수양재 사람들 하

제2회 나라 안팎 한국인기록문화상
소설 갈래 당선작

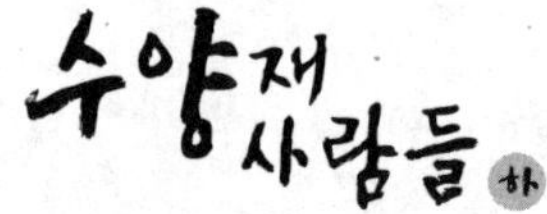

수양재 사람들 하

초판 1쇄 인쇄 2003. 10. 17
초판 1쇄 발행 2003. 10. 22

지은이   최 운
펴낸이   김경희
펴낸곳   (주)지식산업사
주소   서울시 종로구 통의동 35-18
전화   (02)734-1978(대)
팩스   (02)720-7900
인터넷   한글문패 지식산업사
         영문문패 www.jisik.co.kr
전자우편 jsp@jisik.co.kr, jisikco@chollian.net

등록번호 1-363
등록날짜 1969. 5. 8

ⓒ 지식산업사, 2003
ISBN 89-423-7026-8 04810
ISBN 89-423-0042-1 (전2권)

값 9,500원

이 책을 읽고 문의하고자 하는 이는 지식산업사 전자우편으로 연락 바랍니다.

제2회 나라 안팎 한국인기록문화상 소설 갈래 당선작

수양재 사람들 하

최운 지음

지식산업사

차 례
- 하 -

마로니에 교정

마로니에.

참 낭만적인 이름이다. 이 나무 밑의 초록 벤치에 앉아보기를 얼마나 별렀던가. 아직 잎새가 어려서 그런지, 외양이 별난 것도 아니고, 우람하게 큰 나무이거나 연륜이 밴 나무도 아니건만 나무 밑의 벤치들은 언제나 남학생들이 들끓어 평일에는 앉아볼 엄두도 낼 수 없었다.

입학식을 올린 지 거의 한 달이 지난 토요일 오후에나 앉아보는 나무 밑의 벤치는 자세히 보니 흠집투성이다. 조임쇠가 헐거워져 삐거덕거리는가 하면, 군데군데 칠이 벗겨지고, 낙서와 칼자국까지……. 그 모두 마로니에란 이름 탓에 당한 수난의 흔적일 테지만 명진은 그것들조차 낭만적이라 느꼈다.

맞은편 의과대학의 숲 위로 한 뼘쯤 떠 있는 해가 따스한 봄볕을 쏟아내고 있다. 낭만으로 얼룩진 감회는 잠시뿐 명진은 반쯤 감은 눈으로 저무는 해를 바라보며 어느덧 상념에 젖어들었다.

'나는 결국 이 나무 밑으로 오기 위해 그토록 힘겹게 공부를 했던 가? 대학생이 된 지 한 달이 지나도록 물 위에 뜬 나무토막처럼 표류하고 있는 나. 나는 대체 무얼 위해 그리도 맹목적으로 달려왔던 가? 상아탑이라 불리는 이곳도 중학교나 고등학교처럼 한 계단 한 계단 밟아올라가는 과정에 불과한 것인가?'

무언가 달라야 하는 이곳, 교복과 강요된 규율과 꽉 짜인 커리큘럼에서 벗어나 자유를 만끽하는 것이 해방, 그 자체이련만 언뜻 느끼는 대학생활의 실상은 실망스럽기 짝이 없다. 공부라야 고작 고등학교 과정의 재탕이나 다름없는 교양과목이 대부분이고, 꿈꾸어 마지않던 학문이란 말은 마로니에나무란 이름처럼 낭만적이고 고상할 뿐 이런 것이구나, 하고 눈에 와닿는 것이 없다.

명진은 상념의 한가운데서 울고 싶을 만큼 허무감에 젖었다. 오늘 이 나무 밑에서 처음 느끼는 허무는 아니다. 대학 배지를 단 지 일주일이 못 가서 느끼기 시작했던 그 허무는 너무나 빨리 기쁨과 희망의 입자들을 먹어치웠다. 월반을 거듭하여 급하게 달려온 뒤의 피로감과 이완감, 그리고 지독한 외로움이 함께 하여 우울증까지 자아내고 있다.

그 가운데서도 외로움은 그 옛날 형제들과 뿔뿔이 헤어져 남의 집에 맡겨졌을 때의 아픈 기억을 되살려놓곤 한다. 이만큼 자라기까지 굳건한 지주노릇을 해왔던 아버지와 언니가 차례로 옆을 떠나버린 것은 대학에 들어온 뒤에야 뼈저린 허전함으로 실감되어왔다.

외로움과 방황을 더해주는 것이 어디 그뿐인가.

집이 피아노 교습소라 어둠이 오기 전까지는 밖에서 지내야 하는 사정, 그리하여 을지로의 음대 캠퍼스와 중앙도서관이 있는 이곳 동숭동 캠퍼스를 오가며 시간을 죽여야 하는 처지며, 아무리 노력해도 정이 붙지 않는 어머니와의 생활 또한 부평초 같기만 하다.

'아 –, 차라리 그 시절이 좋았을까? 월반하여 다른 아이들 따라붙고, 죽어라 공부하여 상급학교 입학시험에 철거덕 붙는 것으로 만사형통이었던 그 시절. 오로지 공부만 잘하면 어른들로부터 칭찬받고, 동무들로부터 부러움을 사던, 단순하고 명쾌했던 그 시절엔 멀리 아지랑이 감도는 희망의 언덕이라도 있었는데…….'

그 시절에 생각이 미치자 계모와 아버지의 제자들과 이복형제들이 복작거리고 살던 수양재가 그리워졌다. 명식과 우휘는 어쩌고 있을까 하는 생각이 들자 명진은 벤치를 박차고 일어났다.

삼선교에 이르자 버스에서 내린 명진은 여섯 살 적의 옛 기억을 되살리며 개천을 건너고 가파른 산길을 올랐다. 가방 속에 넣고 다니는 비망록에 주소가 있지만 그걸 꺼낼 필요도 없이 술술 길이 풀려나간다. 길가의 풍경은 새로 지은 제법 반듯한 집들이며 거의 메워진 공지로 말미암아 퍽 낯설게 느껴지는데, 중간 중간에 끼여 있는 그 옛날의 판잣집들이 이정표 노릇을 하며 길을 인도하고 있다.

'이상한 일이다. 그때는 날도 저물고 삭풍이 몰아쳐 주변을 살필 여유라곤 없었는데 십여 년이 지난 지금 길눈이 선연하다니…….'

그렇다. 삼선교의 추억은 언제나 너저분한 거적집들, 판잣집들과 퀴퀴한 오물냄새가 함께 떠오르곤 했다. 단 한 번, 그것도 어둑한 저녁에 올랐다가 한밤중에 내려왔던 그 산동네가 여태 삭지 않은 기억으로 남은 것은 이복동생들을 첫 대면한 장소이기도 하지만 이

황량한 풍경 때문일 테다.

등성이를 넘자, 돌을 잘 쌓아 만든 넓은 계단이 나타난다. 기억으로는 거기 계단을 조금 내려가다 오른쪽에 단칸방의 판잣집이 있었다. 분명 그쯤 어디이련만 판잣집은 간데없고 붉은 모조기와에 회칠 벽을 한 꽤 그럴싸한 집이 들어서 있다.

문패에 적힌 김명환이란 함자는 명식 이모부의 그것이다.

대문을 두드리자 "뉘기요" 하는 이북 말씨가 들려오더니 잠시 뒤 문이 열렸다. 머리가 희끗희끗한 초로의 여인이 밖을 내다보며, 의아한 눈으로 살펴보기 시작했다.

"뉘기시더라?"

명식이 이모가 옛날에는 무척 키가 컸다고 여겼는데 지금 보니 보통보다 약간 큰 정도다.

"저 못 알아보시겠죠? 명진이에요."

"뭐시기? 명진이라? 세상에……. 얼굴에 눈밖에 없던 애가 이러키나 컸어?"

그녀의 말이 채 끝나기도 전에 집안에서 비명에 가까운 여자애의 목소리가 들려온다.

"작은언니다. 오빠야, 작은언니가 왔어."

명식 이모의 손에 이끌려 대문으로 들어선 명진은 와락 달려드는 우휘, 명식과 한 덩어리가 되어 제자리 뜀뛰기를 한다. 그 뜀뛰기로 솟구친 듯한 형제우애에 명진은 목이 울컥 메어온다.

'언제 우리 사이에 이런 형제우애가 있었던가? 이제까지 한 벌통에 살면서 칸칸이 벽을 쌓고 살았고, 아버지로부터 형제우애를 강요당할수록 이복의 벽을 더 높이, 더 두껍게 쌓았을 뿐인데.'

　수양재란 벌통은 더더욱 그러했었다. 위선과 가식의 밀랍으로 지어진 집이었으니 그 속의 새끼벌들인들 별 수 있었던가. 똑같은 밀랍으로 능숙한 위장술을 익혀갔을 뿐.

　그러나 지금은 그런 칸막이가 존재했던 사실마저 느낄 수 없다. 그들에게 피를 나눈, 따스하고 포근한 가슴을 느낄 뿐이다.

　뜀뛰기를 그친 우휘가 까잽이 눈으로 흘기며, "언닐 얼마나 기다렸는지 알아? 언니마저 우릴 따돌리기야?" 하고 손을 뿌리친다.

　"미안, 미안. 이제부터 자주 오면 되잖니?"

　명식은 커다란 덩치에 헤벌쭉한 웃음을 띠며 가슴께를 들여다본다.

　"어쮸! 그 빠찌 달고 있으니 작은누나도 폼 나는데."

　"고등학생이 숙녀를 놀리기니? 이게 부러우면 너도 분발해봐."

　"난 글러먹었어. 이 대갈통님이 공부라면 딱 질색이거든."

　명진은 철부지 같은 명식에게 혀를 차며 우휘가 이끄는 대로 마루로 오른다. 명진은 벌거벗은 산마루와 푸른 하늘로 잠시 눈길을 보내다가 가장 궁금했던 문제를 들춘다.

　"니네들 학교는 어찌 됐니?"

　"난 H여중이고, 오빠는 S고등학교야. 우리 학교 저거다."

　우휘의 손가락 끝에는 산 밑에 오목하게 터를 잡은 백악의 건물이 몇 개 늘어서 있다.

　"오빠는 전학 오고부터 매일 싸움질이야."

　"가수나, 니는 어떻고?"

　자세히 보니 명식의 얼굴에는 군데군데 멍자국이 있고, 우휘의 머리는 끝을 살짝 말고 있다.

　"니네들, 제 세상 만났다 하고 멋대로 노는 것 아니니? 내가 보기엔 둘이 똑같아. 너무 놀기 좋아하고, 장래를 위한 노력이 부족해. 이 기회에 사람 좀 되는 게 어때?"

명진은 찌푸린 얼굴로 남매를 번갈아 바라보고는 손위다운 자세를 취해본다. 부산에서라면 이런 투의 말은 감히 할 수 없었다. 그랬다가는 여지없이 명식에게서 "이 가수나야" 하는 우격다짐을 당했을 터였다. 그러나 명식은 뒤통수를 긁적거리며 투박한 사투리로 볼멘소리를 해온다.

"사람 좀 될라 캤더만 아새끼들이 가만 내삐두나. 건드리는 놈들 한 놈 한 놈 손봐주고낭께 인자 까부는 놈도 별로 없다. 나보다는 가수나 저기 문제다."

"내가 뭘? 오빠는 날 못 잡아먹어서 맨날 저래."

남매가 서로 헐뜯고 있을 때 이모가 '휴 -' 하고 큰 숨을 내쉬며 마당으로 들어섰다. 언제 밖으로 나가셨는지 손에 사이다와 과자가 든 종이 봉지를 들고 있다.

먹거리가 담긴 소반을 들고와 이모가 합석하자 명진은 그제야 인사말을 건넨다.

"애들 때문에 이모님 고생이 이만저만 아니시겠어요."

"고생은 무슨 고생이네? 내 자식이나 똑같은 걸. 니기들 공부만 잘해주면 난 더 바랄 게 없어야."

어딘가 부산의 계모와 비슷한 말투다. 그러나 그녀에게는 가식이 없다. 자애로운 눈빛, 녹을 듯한 미소가 듬뿍 정을 품고 있는 것이다. 자식이 없으니 억척스레 살림을 이루고 살 재미도 없으련만 집을 이만큼 넓혀놓았으니 동생들을 맡긴 마음이 한결 가볍다. 아니, 그 정겨움이 오히려 부럽다. 자신은 친모녀 사이임에도 이정도의 오붓함은 꿈도 꿀 수 없다. 정은 피만으로 맺어지는 것은 아니라는 생각이 명진에게 들었다.

이모부는 아랫동네에 복덕방을 차리고 있다고 한다. 대쪽같은 성품이면서도 평생 화투놀음에 낙을 붙이다가 명식 남매가 오면서 손을 씻었다고 한다. 명식 남매의 뒷바라지를 위한 결단이라니 얼마나 부러운가. 이모도 학비조달에 보탬을 주려고 뜨개질을 하고 있다고 한다. 명식 남매의 그 어느 때보다 밝고 명랑한 모습은 그들 노부부의 애정으로 피어난 것이다. 지난 초봄 쫓겨나는 신세로 서울에 왔으면서도 결코 어둡지 않았던 이들 남매의 표정은 이모를 믿는 마음이었으리라.

이런저런 이야기 끝에 마침내 수양재 이야기가 나왔다. 그곳에 얽힌 추억은 많고 많은데 화제는 누가 먼저랄 것도 없이 계모에게로 집중되었다. 그녀에 대해서 누가 무슨 이야기를 끄집어내든 나머지 둘은 어김없이 맞장구를 친다. 단 한 번도 마음 놓고 입을 맞추어보지 못한 욕들이 봇물을 이루어 나오는 것이다. 이복자식들이 가슴에 품은 한과 원망은 그리도 많았다.

셋이 경쟁하듯 계모의 흉허물을 끄집어 내다보니 어느덧 저녁때가 되었다. 식사를 하러 온 이모부가 마루에 동석하면서 계모 대신 아버지가 도마에 올랐다. 아버지가 여러 차례 삼선교에 들린 사실도 이모부의 이야기로 알았다.

그가 안면을 씰룩이며 말했다.

"그 좋은 자리 걷어차고 올라와선 혁신계 신문을 만든다나? 내 그때 벌써 이런 사태가 올 줄 알았다. 사람이 천방지축이라도 유분수지……."

아버지에 대한 이모부의 비난은 분위기를 잠시 얼려놓았다. 명식이도 우휘도 아버지를 대상으로 입방아질할 엄두는 나지 않는지 입을 다물고 있었다.

대학에 들어와서 아직도 친구를 사귀지 못한 명진은 두 시간 정도만 수업이 비어도 걸어서 이삼십 분쯤 걸리는 중앙도서관으로 가곤 했다. 공부에 낙을 붙였다기보다는 외로움도 쫓고 시간도 죽이는 방편으로 소설류나 교양서적을 뽑아 읽는 것이었다.

그러던 어느 날 눈이 번쩍 뜨이는 광경에 맞닥뜨렸다. 신문지상으로나 접하던 학원가의 데모가 눈앞에서 벌어지고 있는 중이었다. 교정 사이의 좁다란 광장에 이백여 명쯤의 남학생들이 맨 바닥에 퍼질러 앉거나 서 있었고 그 앞에는 작달막한 키의 한 남학생이 강의용 책상 위에 올라서서 확성기로 사자후를 토하고 있었다. 연단 뒤쪽에는 몇 개의 플래카드가 미풍에 나부끼고 있었는데 그 내용을 훑어본 명진은 금세 가슴이 두근거리기 시작했다.

'굴욕적인 한미행정협정을 철폐하라'

'정부는 미국 범법자들을 국내법으로 재판하라'

'미국은 제국주의적 탈법을 삼가라'

이러한 플래카드 내용보다 한층 더 피를 덥히는 것은 확성기에서 흘러나오는 연설 내용이었다. 말이 한미행정협정 규탄이었지 실상은 반제, 반미의 기운을 북돋우는 느낌이었다.

여기 서울의 대학 광장에서 아버지의 주의주장이 하나의 운동으로 결실을 맺고 있구나 싶자 전율과도 같은 감회가 온몸을 적셨다. 그것은 아버지의 재발견이었고 그녀 자신의 새로운 발견이었다. 서슬 퍼런 군사정권을 상대로 시위를 벌이는 젊은 지성들의 함성은 대학에 들어 지금까지 끈질기게 따라다니던 실망감과 외로움을 한순간에 날려버리게 했다.

주의를 돌아보니 시위학생은 어느새 몇 갑절이나 불어나 교문을 박차고 나갈 대오를 짓고 있었고 굳게 닫혀버린 교문 밖에는 군인인지 경찰인지 알 수 없는 진압대가 총검을 앞세운 채 도열하고 있었다. 두 무리가 부딪혀 실랑이를 벌인 것은 잠시 뿐 마침내 교문 밖으로 돌이 빗발치듯 날아가고 교문 안으로는 최루탄이 날아들기 시작했다.

명진은 어디선가 돌을 날라오는 학생들을 발견하고는 내가 할 일은 저것이구나 하고 치마에 돌멩이를 담아 나르기 시작했다. 몇 번인가 돌을 나르고보니 교정이 텅 비어 있었다. 그제야 싸움터에서 물러나와 자신의 몰골을 살펴본 그녀는 실소를 흘리고 말았다. 얼굴은 눈물과 흙먼지와 최루가루로 범벅이 되어 있었고 무릎 위까지 걷어 올리고서 돌을 나른 탓에 치마와 두 다리는 흙먼지 투성으로 변해 있었다.

그러나 마음은 그지없이 상쾌하고 뿌듯했다.

회양목 덤불 속에 숨겨두었던 가방을 찾아든 그녀는 캠퍼스 뒤쪽의 편백나무 울타리를 뚫고 나갔다. 혜화동 로터리 쪽으로 길을 걸으며 그녀는 자신의 행위를 반추해보았다.

'성토 현장을 접하자마자 엑스터시와도 같은 흥분에 젖었던 나, 투석과 최루탄의 공방전을 보고서는 불씨 만난 화약처럼 터져버렸던 나, 그리하여 부끄러움도 잊고 맨 다리를 드러내고서 치마로 돌을 날랐던 나, 패잔병처럼 울타리 개구멍으로 빠져나와서도 무언지 모를 포만감을 가슴 가득히 안고 있는 지금의 나, 이런 나는 영락없는 수양재의 자식이 아닌가? 그렇다면 나를 움직이게 했던 것은 정의감이었을까? 아니면 저항과 투쟁에 대한 호기심이었을까? 어쨌거나 아버지와 수양재가 내게 물려주었을 정신적 유산이었을 터.'

명진은 옥중의 아버지를 떠올리며 어쩌면 그런 행위의 이면에 언니의 배반을 보상하려는 심리가 숨어있을지도 모른다는 생각이 들었다. 그녀는 가만히 입속으로 되뇌었다.

"아버지, 나는 드디어 아버지의 자식다운 짓을 했어요."

다음날 오후.

문리과대학 교정으로 온 명진은 광장가의 나무 밑으로 가 잔디밭에 퍼질러 앉았다. 어제의 흥분이 채 가시지 않은 상태라 도무지 책을 펼쳐들 기분이 아니었고, 가슴속에는 거품 같은 것으로 가득 차 있는 것만 같았다. 광장을 바라보고 있으려니 어제의 함성이 아득히 들려오는 듯했고 투석전 광경을 떠올려보자 맥박이 빨라지는 듯했다.

그녀는 어제의 행위를 두고 두 얼굴을 떠올리고 있었다. '과연 내 자식이구나' 하고 무릎을 칠 아버지와 '너 미쳤니' 하고 소리칠 언니가 그들이었다. 둘 사이에 끼어 갈등하던 괴로운 시절은 언니의 로마행으로 일단락되었지만 갈등의 여운만은 머릿속에 남아 힘겨루기를 계속하고 있었다.

그러나 그녀는 오래지 않아 가닥을 잡았다.

'난 어쩔 수 없는 수양재의 자식이야. 반미데모를 보고 피가 끓지 않는다면 수양재 자식일 수가 없어. 피만 끓이는 게 아니라 행동하

는 것이야말로 수양재의 자식다움일 터.'

명진은 또 하나의 얼굴을 떠올리고 있었다. 어제의 시위가 정치학과 학생들의 주도로 이루어진 것이라 들었을 때부터 줄곧 뇌리에 아롱지고 있는 얼굴이었고, 문리과대학 교정을 드나들기 시작하면서부터 우연한 마주침을 기대했던 얼굴이기도 했다.

이성과의 첫 대면이라 해도 좋을 그와의 인연은 언니의 결혼식에서 시작되었다. 송희 언니의 남동생이라 한 그가 S대 배지를 가슴에 달고 식장에 나타났을 때 야릇한 부끄러움이 생겨나 얼굴을 붉히었다. 외국인과 결혼하는 언니가 남부끄럽고, S대에 도전했다가 낙방한 자신이 부끄러웠지만 그것들 아닌 또 다른 부끄러움이 있었다. 세월이 한참 흘러서야 깨닫게 되었지만 그 부끄러움은 신이 내린 것이었다.

그는 바로 이 대학의 정치학과 학생이다. 그도 의당 어제의 데모에 동참했으리라 생각하니 그를 만나보고 싶은 욕망이 더욱 간절해졌다.

여기에 드나든 지 거의 두 달이 가까워오는데 그는 왜 코빼기도 볼 수 없었던 것일까? 얼굴을 못 알아보고 지나쳤을 가능성은 없었다. 결혼식장에서 한 번, 그 뒤 답례차 언니와 함께 송희 언니네 집을 방문하였을 때 또 한 번, 대화를 나누지는 못했지만 두 번씩이나 얼굴을 보았거니와 그는 처음으로 이성의 향기를 안겨준 남자이기 때문이었다.

'결국 내가 찾아가야 하는가?'

그녀는 책을 펼쳐들었다가 해가 떨어져서야 몸을 털고 일어났다.

송희 언니네 집은 캠퍼스에서 천천히 걸어도 삼십 분이면 닿는 거리에 있었다. 그녀가 사는 명륜동의 한옥에 가까이 가자 〈엘리제를 위하여〉를 치는 기타음이 들려왔다. 명진은 야릇한 반가움으로 대문 앞에 서서 귀를 기울이다가 그 곡이 끝나서야 문을 밀고 들어갔다. 그들이 세 들어 사는 행랑채는 방문 두 개가 활짝 열려 있었고 부엌에서는 음식 익는 냄새가 풍겨나왔다.

헛기침으로 인기척을 내자 먼저 송희 언니가 부엌에서 나오더니 반색을 해왔다.

"아니, 명진이 네가 웬 일이냐?"

"언니가 송희 언니를 자주 찾아뵈라 했는데 게을러서 이제야 왔어요."

"그래? 잘 왔다. 혜영이는 편지 자주 오니?"

"그럼요. 언니는 관광에 여념이 없나봐요. 편지마다 그 자랑이거든요."

"그럴 테지. 이탈리아가 어떤 나라니. 혜영이 팔자가 늘어졌구나. 부럽다, 부러워. 아참, 니 대학은?"

그제야 배지가 눈에 띄었는지 그녀는 환호성을 질렀다.

"야호! 그러면 그렇지. 너 같은 수재가 두 번 낙방할 리가 없지. 지금 저녁밥 짓고 있는 중이니까 한필이하고 이야기나 나누고 있거라. 이따가 저녁 같이 먹자."

한필은 기타 치기를 그만두고 엉거주춤 툇마루에 나와 있었다.

"안녕하세요?"

명진이 인사를 하자 그는 빙그레 웃음 띤 얼굴로, "축하드립니다. 방이 너절합니다만 좀 들어오시죠" 하고 배지가 꽂혀 있는 가슴께를 내려다보았다.

　화끈거리는 얼굴로 그의 방에 들어서자 담배냄새와 함께 남자의 체향인 성싶은 냄새가 코끝을 스쳤다.

　"기타소리 참 듣기 좋았어요."

　명진이 방 가운데 놓여 있는 기타를 만져보자 그가 말했다.

　"부끄러운 수준입니다. 배우기 시작한 지 일 년이 넘었는데 별로 늘지 않습니다. 음대생이 되셨으니 악기가 예사로 보이지 않겠군요?"

　"기타음은 좋아하지만 다루어본 적은 없어요."

　명진은 방 안을 휘둘러보다가 책상 위의 책꽂이에 눈이 가자 무릎걸음으로 그 앞으로 다가갔다. 꽂혀 있는 책들은 눈에 익은 것이 많아 대번에 친밀감이 들었다. 아버지의 서재에도, 언니의 책꽂이에도 있던 책들이 많아서였다. 정치학 서적에 비해 문학서적이며 철학류 서적이 턱없이 많은 것이 그들의 책꽂이와는 다른 점이었다. 그러고보니 방구석에 쌓여 있는 한 무더기의 책들도 거의 다 소설이거나 교양서적들이었다.

　"독서를 많이 하시나봐요."

　명진이 운을 떼자 그가 겸연쩍은 듯한 미소를 지으며 말했다.

　"독서라는 게 온갖 잡동사니를 읽는 것이라. 나는 책에 한해서는 잡식성입니다."

　"저도 이제부터는 잡식성이 되려고 해요. 벌써 이것저것 닥치는 대로 읽기 시작했는 걸요."

　"입시지옥에서 벗어나면 자유를 만끽하기 마련이죠. 책을 아무 것이나 마음 내키는 대로 읽는다는 것도 대단한 자유일 테니까요."

　"우리 집은 책에 대해서는 유별나요. 소설이나 시집 따위가 아버지 눈에 띄면 큰일 나거든요. 요즘 남아도는 시간을 때우려고 중앙 도서관엘 자주 가요. 뽑아 읽는 책이란 보통 집 아이들이라면 중고 등학생시절에 읽는 세계명작 같은 것이라 도서관 사서(司書) 보면 얼굴이 화끈거리곤 해요."

"하하, 한풀이를 하고 계신다 이거군요. 대학생이 되어서 하는 한풀이는 한두 가지가 아닙니다. 남녀간 교제에다 담배와 술, 다방 출입, 당구장 출입. 이것 참, 남학생들 이야기만 하여 내 자신의 타락상을 적나라하게 털어놓은 셈이군요."

"한필 씨는 신입생시절이 재미있었던 모양이죠?"

"재미요?"

그는 희번뜩 눈알을 굴린 뒤 말을 이었다.

"재미가 없었다고는 못하지만 재미에 맛들인 대학생활이 마음 편할 리는 없죠. 대학에 들면 대개는 방황에다 방종을 하기 마련인데 그러다보니 일 년이 눈 깜짝 할 사이에 지나가버렸습니다. 마치 도둑맞은 세월처럼 말입니다. 명진 씨는 그러지 마십시오."

명진은 눈을 깜빡이며 생각했다.

'아 -, 이 사람에게도 방황이 있었구나. 도둑맞은 세월이라……. 나도 벌써 두 달은 도둑맞은 셈이야. 그렇지만 이 사람에게 나 같은 지독한 외로움은 없었을 거야.'

그녀는 침묵이 어색하여 이내 생각을 밀쳐버리고 말머리를 붙잡았다.

"어제 데모하는 거 보았어요. 정치학과 학생들이 주도했다던데요?"

그가 입술을 일그러뜨리며 웃었다.

"아 -, 그 데모요? 내 클래스메이트들이 주동이었죠. 영웅이 되고 싶은 친구들이 몇 있거든요."

"한필 씨는 참가하지 않았나요?"

"했죠. 주동은 아니었지만 어깨동무는 해야 했으니까."

"저도 그 데모에 한몫 했어요. 투석전을 보고 피가 끓어 남학생들에게 돌을 날라주었거든요."

"명진 씨가요?"

그는 눈이 휘둥그레졌다가 이내 빙그레 웃음을 머금었다. 몸 여기저기를 훑어보는 그의 시선은 '그 연약한 몸으로 설마 그랬으려고' 하고 말하고 있는 듯했다.

"믿기지 않으세요?"

명진은 진중한 표정을 지었다.

"하긴 그 아버지에 그 따님이라 생각해보면……. 치마에 돌멩이를 싸 나른 여학생이 몇 있었더란 소문은 들었습니다. 하지만 햇병아리 여대생인 명진 씨가 그 가운데 하나였을 줄이야……."

"햇병아리라뇨? 전 엄연한 재수생이에요. 작년에 합격했더라면 한필 씨와 동기생 아니겠어요?"

"그거야 월반과 검정고시로 껑충껑충 뛰어오른 명진 씨이니……. 지금 열여섯이거나 열일곱 살이겠지요? 난 스무 살입니다. 이를테면 학년이 아니라 나이가 햇병아리라는 거죠."

"햇병아리 주제에 뭘 알고 데모에 뛰어들었느냐는 말로 들리네요."

"햇병아리일수록 데모는 더 잘합니다. 명진 씨의 경우는 그 나이에 사회적 의식이 그만큼이나 들었나 하고 놀란 것이죠. 내 경우는 동무 따라가는 송아지처럼 이렇다 할 의식 없이 데모에 가담했다가 교정으로 최루탄이 날아들기가 바쁘게 뒷문으로 달아나버렸거든요. 정치학도 치고는 한심하죠?”

“……?”

“내 마음 하나 추스리지 못하는 주제에 국가다 민족이다 하는 어마어마한 문제에 함부로 끼어들 수야 없지 않겠어요? 명진 씨도 아실 테지만 그 데모는 말이 행정협정 규탄시위였지 반미, 반제 운동이고, 나아가서 군사정권에 대한 저항운동이었습니다.”

명진은 갸우뚱 고갯짓을 해보이며 말했다.

“정치학과를 지망했을 때는 그만한 의식과 포부가 있지 않았겠어요?”

“의식이라……, 포부라……. 이것 참, 이제 막 알게 된 명진 씨와 이런 이야기를 하게 되다니, 정말 뜻밖이군요. 나는 정치학과에 들어온 것을 몹시 후회하고 있는 중입니다. 누님들의 꼬심 반, 강압 반으로 얼렁뚱땅 지망학과를 선택했다 뿐 정치에 대한 의식이나 포부 같은 것은 없었거든요.”

명진은 실망감을 느끼며 말했다.

“한필 씨는 너무 솔직하시군요. 그런데 제 느낌에는 무언가 본심을 감추고 있는 것 같아요. 누님들이 다 정치학을 전공하셨고, 한필 씨 본인은 이렇게 많은 책을 읽으셨는데 난 아무것도 없다고 한다면 누가 곧이 듣겠어요?”

그가 뒤통수를 긁적거리며 말했다.

“숨기는 건 없습니다만 정치학과 분위기를 한 해 남짓 겪어보니 피부에 와닿고 마음에 들어와 차는 것도 없지는 않았어요. 그러나

대부분 회의였고, 역시 학과 선택이 잘못되었다는 확신이었습니다
만……. 4·19와 5·16을 겪은 세대라 그런지 정치학과 학생들 가운
데는 영웅 흉내를 내는 친구들이 적지 않습니다. 그들 속에 섞이면
나는 주눅이 들기도 하고 두드러기가 돋기도 합니다. 명진 씨는 대
학에 들자마자 데모를 했다는데 이런 나를 이야기하기가 부끄럽군
요."
　명진은 말 속의 가시를 어렴풋이 깨달았다. 그쯤에서 대화를 잘
라놓듯 대학 강사인 옥화 언니가 귀가하였고 곧이어 옆방으로 가
식탁에 둘러앉았다. 집으로 돌아오는 밤길에는 한필이 큰길까지 바
래다주었는데 그와 헤어지고 나자 가시에 찔린 아픔이 그제야 서서
히 머릿속을 파고 들었다.
　'네 앞가림이나 하라는 충고였던가?'
　그러나 명진은 세차게 머리를 저었다.
　'나는 수양재의 딸이야. 십수 년을 애민애족 관념과 이데올로기
란 양식을 먹고 자란…….'

　그날 이후 한필은 문리대 교정에서, 도서관에서, 혹은 교문 밖 한
길에서까지 쉽게 마주치는 사람이 되었다. 어깨를 나란히 하고서
교정의 초록 벤치에 앉기도 하고, 커피를 마시려고 함께 대학 근처
의 다방을 드나들기도 하여 남 보기에는 퍽 친밀한 사이로 발전했
는데 정작 마음의 거리는 좀체 좁혀지지 않았다.
　아니, 마음과는 별개의 거리감이라 해야 옳았다. 마음에는 이미
자신도 모르는 끌림이 있었다. 이삼 일쯤 그의 얼굴을 보지 못할라
치면 문리대 캠퍼스로 가 하릴 없이 교정을 한 바퀴 돌거나 도서관

의 넓디넓은 열람실을 휘둘러보게 되는 게 그것이었다. 그의 마음도 마찬가지여서 계절이 여름으로 접어들 무렵에는 아예 약속을 하고 만나게 되었다.

그런데도 거리감이 좁혀지지 않는 것은 서로의 머릿속에 박혀 있는 의식의 상극 때문이었고, 데모에 대한 인식의 상극도 그 축을 이루었다.

알고보니 그는 경이롭다하리 만치 많은 지식과 사색의 결과물들을 가진 사람이었다. 학과공부밖에 하지 못한 자신이 수많은 서적들을 섭렵해온 그를 상대로 토론이란 게임을 할 수는 없었다. 거의 일방적이다 싶게 그의 이야기를 듣는 동안 단순명쾌했던 머릿속이 이물질들로 부옇게 흐려지곤 하는 느낌을 받았다. 처음 얼마 동안은 이데올로기에 대해 모르는 척하던 그가 발톱을 드러내어 그것을 공격하기 시작했을 때는 혼란의 극치를 이루었다.

아버지가 잡다한 책이나 소설을 멀리하라고 한 까닭을 그제야 알 것 같았다. 아버지는 잘못된 책과 음악은 정신을 해치는 병균 같은 것이라 했었다. 한필이 휘두르는 설봉(舌鋒)에는 독성을 지닌 병균이 가득한 듯했다. 그러나 듣고 있는 동안에는 솔깃하게 귀가 기울여지곤 했다.

그는 언니와 비슷한 면이 많았다. 개인주의적인 사고가 그러했고, 이데올로기를 두고 한 사람은 병균이라 말하고 한 사람은 역사적인 재앙이라 말하는 것도 비슷했다. 그러나 인생관에서는 정반대라 해도 좋았다. 언니는 문명의 혜택을 최대한으로 누리려는 사람이었고, 그는 문명비판론자였다. 언니는 로마도 모자라 문명이 찬란하게 꽃핀 미국의 대도시로 가는 게 꿈이었고, 그는 자연으로 돌아가 한껏 자유로움을 누리고 사는 소박한 삶을 꿈꾸고 있었다.

어느 날 그에게 아버지가 저술한 팸플릿을 읽어보라고 주었는데 그게 마침내 위태위태하던 관계에 파탄을 가져왔다. 독후감을 물었을 때 그는 혹평을 서슴지 않았다. 민족주의는 좋은데 혁명이란 수단과 피의 투쟁을 강조하는 것은 마음에 들지 않는다느니, 정치 용어들을 왜 거꾸로 쓰느냐느니, 인민을 민인으로 통일을 일통으로 평화를 화평으로 쓰는 것은 표현의 기술인지 아니면 독특하게 보이려는 의도인지, 또 아니면 민족주의를 표방하고 진짜 사상은 감춘 증거인지 등.

어쨌든 아버지의 사상을 모태신앙처럼 받아들이는 것은 옳지 않을 뿐더러 몹시 위험한 것이라 말하면서 앞으로는 데모의 참여에도 신중해야 한다고 충고하는 그에게 명진은 불쾌감과 분노를 동시에 느꼈다. 그녀는 굳어진 표정으로 입을 봉하고 있었지만 속으로는 소리치고 있었다.

'네가 알면 얼마나 아느냐. 항일투쟁에 내 집 드나들 듯 옥살이를 해온 아버지를, 민족투쟁에 기꺼이 몸을 던져 지금도 옥살이를 하고 있는 분에게 그 따위 망설을 함부로 휘두르다니. 데모 참여에 신중하라고? 니가 뭔데 나에게 그런 간섭을 해? 목이 터져라 소리치고 투석전을 벌이는 학생들은 모두 핫바지들이었단 말인가?'

명진은 발딱 몸을 일으켜 그를 떠난 것으로 보복을 대신했다.

한필이 안겨준 충격은 명진에게 쓴 약 노릇을 톡톡히 해냈다. 그동안 몹시도 해이해졌던 정신을 추슬러 학업으로 되돌려놓았다는 점에서, 그리고 꼭 장학금을 타도록 하라던 아버지의 당부를 상기

시켰다는 점에서 그러하였다.

그녀는 우선 문리과대학으로 가는 발길을 뚝 끊었다. 피를 데우던 그곳의 시위는 활화산처럼 한차례 용암을 토하고서 잠잠해졌다. 이성의 맹아를 틔울 듯 말듯 마음을 끌어당기던 한필이란 존재 또한 망각의 지평 저쪽으로 가물가물 멀어져갔다. 그를 잊는 과정은 곧 자정(自淨)의 과정이었다. 돌이켜보면 대학입학 뒤의 몇 달간은 방종과 혼돈으로 소모해버린, 좌표도 없고 생활의 질서도 없이 허공에 붕 떠서 흘려버린 세월이었는가 하면 그 끝에서 어느 날 문득 무수한 꿈들의 잔해(殘骸)더미에 홀로 서 있는 자신을 발견하게 된 것이었다.

한필이란 존재 또한 혼란의 한 근원이었으며 아쉽기 짝이 없는 꿈의 잔해일 뿐이었다. 그를 밀어낸 자리에는 이내 다급한 현실들이 들어차고, 그 현실들은 컴컴한 심연 위에 솟은 낭떠러지와도 같이 아찔한 일깨움을 안겨주었다.

현실은 당장 이번 학기로 학업을 중단하느냐 마느냐의 위기였다. 로마의 언니가 어떻게 해주겠지 하는 막연한 믿음 하나가 있을 뿐 달리 학자금이 나올 구멍은 없었다. 자력 타개책이라면 가정교사 자리라도 얻어야 하고, 그에 앞서 장학금을 타기 위해 죽어라 하고 공부에 매달려야만 했다.

어머니에게 기대를 버린 지는 오래였다. 그녀는 교도소로 아버지를 면회하러 다니는 꼴을 못 보아 날이 갈수록 욕설과 패악(悖惡)이 심해지더니 최근에 와서는 다음 학기 등록금이란 호재를 내걸어 "등록금 달라고 손 벌리면 야마리 빠진 년이지" 하고 아예 못을 박아오곤 했다. 그녀의 히스테리에 밥 노릇을 해온 지난 몇 달은 생지옥이나 다름없었다. 그런 그녀의 히스테리에 자주 등장하는 레퍼토리가 있었다.

"넌 자식이 아니라 웬수다."

"그 인간의 혼이 쓰인 년에게 밥 먹여주고 잠 재워주는 내가 미친년이지."

창자까지 비틀어놓는 그 악담들도 자주 듣는 사이에 면역이 되었지만 벌어져만 가는 그녀와의 간극만은 어찌해볼 도리가 없었다. 명진은 유일한 희망인 로마의 언니에게 편지로 호소했다. 이제부터 열심히 공부하여 꼭 장학금을 타겠으니 이학기 등록금만은 반드시 보내달라고.

도서관 대신 빈 강의실을 찾아다니며 공부에 열중하고 있을 무렵 대학에 들어와 처음으로 친구 하나가 생겼다. 남도소리로 국악과에 들어온 신정옥이었다. 고향이 전남 함평이라는 그녀는 자신과 마찬가지로 학내에 여고동창이 없는 외톨박이여서 대화의 물꼬를 트자 둘 사이의 우정은 급격히 두터워져갔다. 그녀는 땅딸막한 체형에 야무진 얼굴이었고, 나이는 두 살 위였다. 사귄 지 며칠이 못 가 언니나 보호자 같은 행세를 해오는 그녀는 인정이 많은 반면 샘이 유난히 많고, 매사에 완벽주의적인 성향을 띠고 있었다. 향후 퍽 오랫동안 배타적 우정으로 둘만이 실과 바늘처럼 어울려 다니게 된 것은 그녀의 강한 독점욕 때문이라 해도 좋았다.

어쨌거나 그녀와의 우정은 안정을 찾는 데 큰 힘이 되어주었을 뿐 아니라 함께 학교에 남아 공부에 매진하는 퍽 유익한 관계이기도 했다. 그녀의 꼼꼼한 노트가 소설 탐독에, 한필과의 데이트에 그

리고 데모에 정신을 빠뜨려 빼먹은 강의들을 충분히 보충해준 것만
도 크나큰 득이었다.

그러던 어느 날 학기말고사 공고가 나붙었다. 회심의 미소로 맞
이한 기말고사는 그런대로 잘 치룬 것 같았다.

마지막 시험을 끝내고 정옥과 함께 홀가분한 기분으로 다방을 찾
았을 때 음대 남학생들 한 무리가 위티를 마시며 떠들썩하게 이야
기를 나누고 있었다. 그들을 보자 명진은 문득 한필이 생각났다. 그
에 대한 회상은 이내 그리움으로 여울져왔다.

그녀는 커피잔을 기울이며 그와의 대화를 되새김질했다.

정옥의 목소리가 생각을 흩어놓았다.

"뭘 그리 멍청히 생각하니?"

"응. 어떤 사람이 해준 이야기. 정옥아, 넌 어떻게 생각하니? 인
간세상은 믿을 것이 없다, 나라든 민족이든. 정치와 사상은 더더욱
믿을 것이 못된다고 하면?"

정옥은 희번뜩 눈알을 굴리고는,

"골치 아프게 그런 건 뭣하러 생각하니? 넌 가끔 쓸데없는 일에
관심을 갖더라."

그녀는 역시 이런 종류의 대화상대는 아니었다. 명진은 상념을
털듯 가만히 머리를 저었다.

"그건 그렇고, 너한테 고맙다는 인사를 아직 못했어. 너 아니면
이번 시험 어쩔 뻔했니."

"애는……. 무슨 뚱딴지 같은 소리야. 공부는 네가 한 건데."

"너 말고 또 한 사람, 고마워해야 할 대상이 있어. 난 문리과대학
에서 살다시피 했잖니. 거기서 때맞추어 날 쫓아내준 사람이 있었

거든."

"남자니?"

"그래, 남자."

"흥! 그래서 틈만 나면 거기로 새었다 그거구나. 너 혹시 부뚜막에 먼저 오르는 스타일 아니니? 나이도 어린 것이."

"오해하지 마. 집안끼리 아는 남자니까. 데모판에 얼쩡거린다고 야단쳐 쫓은 거야."

"어떤 남자야? 잘생겼어?"

"키도 큰 편이고, 괜찮게 생겼어. 황당한 소리를 잘 해서 탈이지만."

"아까 그 말들, 그 남자가 했구나. 사람을 믿지 않는다니……. 남자들을 두고 한 말이라면 지당한 말씀이야. 남자들은 다 도둑놈들이니까. 그런데 그 사람 혹시 개똥벌레 아니니?"

"개똥벌레?"

"개똥철학 까발리는 치들 말이야. 문리대에 개똥벌레들 우글거린단 소리 듣지 못했어?"

명진은 잠시 눈을 껌뻑거리며 생각하더니 고개를 끄덕인다.

"네 말 듣고보니 좀 그런 면이 있어. 생각이 너무 많아서 행동을 못하는 점이 특히 그래. 우리 집 사람들은 나부터가 행동이 먼저라 탈이고. 내가 데모하는 걸 철딱서니 없는 짓이라 그가 말했으니까. 아니 그런 말을 한 것이나 다름없었으니까."

그러자 정옥은 갑자기 얼굴을 찌푸리며 말했다.

"넌 그런데 비밀이 너무 많아. 그 남자 이야기는 그렇다 치고, 난 미주알고주알 집안 이야길 하는데 넌 집안 이야기라면 수박 겉핥기

식이야. 아니, 여러 면에서 크렘린 저리 가라야. 우리가 친구라면
그럴 수 있는 거니?"

　명진은 깜짝 놀라 허리를 곧추 세운다. '정옥의 힐책은 당연하다.
그러나 친구가 되기 위한 조건이 자신과 가정의 치부를 벗겨보이는
것이라면 교우(交友)란 얼마나 거추장스러운 것인가. 나 자신조차
망각의 장막으로 덮어둔 과거사들을 남한테 들추어보여야 한다면
그건 살갗을 벗기는 아픔이리라!'

　명진은 괴로운 한숨을 토해냈다.

　"미안해. 난 지금까지 아무에게도 꼬치꼬치 집안 이야길 해준 적
이 없었어. 우리 집 이야기는 너무 복잡해. 그걸 이야기하자면 우선
내가 미치고 말 거야. 그래서 부탁인데, 천천히 세월을 두고 이야기
하도록 해줘."

　정옥은 뚫어질 듯 얼굴을 응시하더니 고개를 크게 끄덕이며 쾌활
한 표정으로 돌아갔다.

　"괴로운 이야기라면 하지 않아도 좋아. 오늘은 그 개똥벌레 이야
기 들은 것으로 만족할 게. 넌 그래도 운이 좋다, 애. 개똥벌레 남자
친구라도 있으니. 이 몸은 언제 님을 만나지? 너 혹시 그 사람이 싫
어지면 나한테 돌려."

　"개똥벌레 어쩌구 하면서?"

　"말이 그렇지. 배우는 학도에게 그런 것도 없으면 무슨 재미니?
맹물 같은 남자는 나도 싫어."

　"그 사람은 나도 더 이상 안 만날 거야. 비겁한 회색분자는 딱 질
색이니까. 그 사람 혓바닥은 박테리아투성이야."

　"얼씨구. 갈수록 태산이라더니, 회색분자는 또 뭐니? 양보하기

싫으면 솔직히 안 된다고 할 것이지."

홀겨오는 정옥의 눈길에 명진은 똑같은 눈흘김으로 대치하다가 함께 웃음을 터뜨렸다.

한필에 대한 이야기로 마음을 푼 정옥은 함평에 같이 가자는 제의를 해왔다. 기나긴 여름방학을 어찌 보낼까 막연해하고 있던 참이라 명진은 흔쾌히 그 제안을 받아들였다.

이학기의 첫 등교일, 교문에 들어선 명진은 엎어지면 코 닿을 거리의 본부 건물로 초조한 발걸음을 떼어놓았다. 실오라기 같은 희망 하나, 그것은 언니의 송금이었다. 어머니의 충무로 집을 두고 학교로 돈을 보낼 가능성은 지극히 희박하지만 늘 세심한 배려를 베풀어 주던 언니였기에 행여나 하고 걸어보는 기대였다.

현관 편지함대에는 주인 기다리는 편지 여남은 통이 띄엄띄엄 꽂혀 있고, 한 귀퉁이 국악과 일학년 칸에는 단 한 통의 편지가 바로 그녀의 이름으로 와 있었다. 언니가 보낸 것이구나 하고 얼른 집어 보니 뜻밖에도 한필이 보낸 것이었다.

기분이 엉망이어서 그럴까? 눈이 번쩍 뜨이는 기쁨은 아닐지언정 한 가닥 반가움은 우러나련만 난데없이 날아든 돌멩이 같은 느낌만 들었다. 가방 속으로 아무렇게나 편지를 찔러넣은 그녀는 나이 든 여직원이 앉아 있는 학생과 창구 앞으로 다가섰다.

"혹시 이탈리아에서 온 우편물 없어요?"

"그런 것 없어요."

얼굴도 들지 않고 튕겨내는 퉁명한 목소리에 줄 끊어진 연처럼 아득히 달아나는 희망. 그녀는 왈칵 눈물이 쏟아질 것 같은 심정으로 현관을 나섰다.

'언니에게 대체 무슨 일이 생긴 것일까? 연거푸 세 차례나 띄운 에스오에스(SOS)에 두 달이 넘도록 응답 한번 없다니……. 어머니가 편지를 감출지 몰라 학교로 답장을 보내 달라고까지 했는데 이렇게 깜깜 무소식일 수 있을까? 이건 어머니의 음모임이 분명해. 그녀의 이간질 말고는 달리 납득될 사유란 없어. 하지만 아무리 미움이 깊다 한들 이간질까지 해가면서 자식을 불행의 구렁텅이로 밀어 넣을까? 그리고 언니는 또 그런 이간질에 쉽사리 놀아날 위인이던가? 아 -, 잔인한 사람들! 아직은 추가등록이 남았어. 누가 알아? 내일 기적이 찾아올지. 그래, 내일 태양이 사라진다 해도 오늘은 태연히 강의를 듣는 거야.'

이미 수업이 시작된 문화사 강의실로 발소리를 죽이며 들어서자 맨 뒷자리의 정옥이 손짓을 해왔다. 버어 있는 그녀의 옆 자리로 가 노트를 펼치자 거기에 필담을 해왔다.

'눈 빠지게 기다렸다, 애. 편지 봤니?'

'무슨 편지?'

'편지함 안 가보았구나?'

'아, 그 편지, 나중에 이야기하자.'

정옥이 교탁으로 시선을 옮기자 명진은 그제야 한필에게로 생각을 옮겼다.

'이 두터운 봉투 속의 사연은 무엇일까? 아마도 늘 하던 군소리들이겠지?'

강의가 끝나자 정옥이 다짜고짜 손목을 잡아끌었다.

"우리 시내로 나가 실컷 이야기나 하자."

"오랜만인데 아는 애들과 인사나 좀 하고."

"관둬. 이제부터 신물 나게 볼 텐데 인사는 무슨……."

정옥은 늘 이런 식이다. 그녀의 독선에 눈살이 찌푸려지다가도 소중한 우정 때문에 져주는 것은 언제나·자신이었다. 을지로로 나가 어느 다방으로 들어가자, 정옥은 철부지 같은 호기심으로 보채왔다.

"그 편지 말이야."

가방을 뒤져 편지를 탁자 위에 올려놓자 그걸 집어 손바닥으로 무게를 가늠해보며, "만리장성인걸 보니 속에 개똥이 잔뜩 들어 있겠군" 하고 편지를 건네주었다. 명진은 불현듯 한필의 편지를 읽기 두려워하는 자신을 깨달았다. 그렇지만 정옥 앞에서 마냥 봉투를 뜯지 않은 채 둘 수는 없었다.

　명진 씨!

　오랜 망설임 끝에 편지를 씁니다. 이 편지를 읽으실 때는 새 학기가 시작되고 있겠지요?

　나는 이달 하순에 군에 입대합니다. 자유주의자들의 무덤인 군대인데 결심을 굳히고 나니 마음이 퍽 홀가분합니다. 명진 씨를 못 본 지 퍽 오래되었군요. 기분이 상한 채로 헤어진 마지막 만남이 지금까지도 마음의 멍으로 남아 있답니다. 우린 왜 번번이 감당하지도 못할 무거운 테마를 안고 입씨름을 벌였던 것인지, 그 쓰디쓴 뒷맛에 괴로워하면서도 다시 만나면 골치 아프고 짜증나는 그 테마로부터 달아날 생각을 하지 못했는지, 지금 생각해보면 후회만 남습니다.

우린 둘 다 고집과 자의식이 너무 강한 사람들일까요?

우린 마치 기어코 자웅을 가리고야 말 승부사들처럼 기회가 있을 적마다 각기 자신의 주장을 관철하려 했던 것 같습니다. 그 끝없는 대결은 우리들의 기대와 희망과 믿음을 조금씩 허물어 마침내 부스러기로 만들어놓고 말았습니다.

명진 씨가 내 곁을 완전히 떠난 것을 깨달았을 때 난 명진 씨의 그 가상한 용기와 정의감을 북돋아주기는커녕 어떻게 해서든지 정치현상으로부터 명진 씨를 떼어놓고자 했던 내 어리석은 집착을 한없이 뉘우쳤습니다. 명진 씨가 말했듯 인간은 사회적 숙명을 가졌기에 누군가는 더 나은 사회를 위해 고민하고 투쟁해야 합니다. 사회가 부패하지 않으려면 끊임없이 진보의 채찍을 가해야 하고, 그러자면 보수와 진보의 대결은 필연일 테지요. 이데올로기는 천재들이 만들어낸 그 공식의 하나일 것입니다.

공부가 얕지만 그걸 모를 나는 절대 아닙니다.

그런데 왜 하필 나에게 신비로운 여인상을 심어준 명진 씨가 그 험난한 사명을 짊어지려는지, 왜 하필 내가 가장 의문을 품는 이데올로기를 명진 씨가 전수받고 있는지, 마음이 아팠던 것입니다.

나는 가끔 이런 생각을 하곤 합니다. 우리가 서로 마음이 끌리면 그것으로 족한, 아랫도리에 풀잎을 두른 원시인이었으면 얼마나 좋았을까 하고요. 아니면 오다가다 눈맞춤이 이루어져 좋아하게 되는 것도 괜찮고요.

　그러나 우리는 그러기에는 허황한 사념과 쓰잘 데도 없는 지식을 머릿속에 너무 많이 채워넣고 있는 존재들이라 생각합니다. 그리하여 신이 그 창조물에 안배해놓은 사랑의 메커니즘과는 너무나 변질된 이성관을 가진 게 아닌가 싶습니다. 우리는 각기 유별난 성장과정과 그것으로 말미암아 생겨난 고착관념으로 더더욱 심하게 변질된 사람이었다고 생각합니다.

　내가 만약 명진 씨의 아버지를 찬양하고, 명진 씨와 어깨를 나란히 하여 데모를 하였더라면 그리 쉽사리 명진 씨가 내 곁을 떠났을까요? 혹은 명진 씨가 평범한 사고를 가져 나 같은 소시민을 인정했다면 어땠을까요?

　우리는 오다가다 만난 사이가 아니기에, 살아가면서 좌표에 여러 개의 만남의 점을 찍어야 할지 모르는 사이기에, 그리고 적어도 순수한 감정 − 원초적인 감정이라 해도 좋지만 − 을 잠시나마 공유했다고 느끼기에 흐지부지 끝내버릴 수는 없어서 이런 말들을 늘어놓는 것입니다.

　나는 입대날짜를 기다리면서 대학생활 일 년 반 동안의 나를 냉정히 돌이켜보곤 합니다. 마음에도 없는 전공과목 탓일지 모르겠습니다만 귀중한 세월을 너무 허황하게 흘려보냈노라 뼈저리게 각성하고 있습니다.

　혼돈, 회의, 방황, 허무. 그런 용어들로 칠갑이 된 듯한 세월이라 군 입대 같은 단절이 절실했습니다. 타성에서 벗어나기에 단절만큼 좋은 것은 없을 테니까요. 그런 와중에서도 명진 씨와 함께 보냈던 얼마 안 되는 세월이 퍽 보람찼다고 기억됩니다.

왜냐면 나 혼자 씹던 고뇌의 일단을 명진 씨라는 거울을 통해보기도 하고, 명진 씨와 부대낌으로써 깨달음을 얻기도 했으니까요. 그리고 육체적으로 성숙한 남자가 처음으로 마음 끌리는 여자를 만난다는 것은 절대로 작은 일이 아니기 때문입니다.

그런데, 나는 지금 그 아쉬움을 되새김질 하면서도 아직도 명진 씨의 사고에는 동조할 수가 없습니다. 명진 씨의 사고란 곧 아버지의 정신적 유산일 테고, 심하게 말하면 아버지를 추종하는 꼭두각시란 뜻인데 그 팸플릿을 통해 본 그분은 명진 씨를 너무나 위험한 경지로 몰아가고 있다고 느낍니다. 위험하기만 한 게 아니라 뒤틀리게 만드는 것이라고도 생각됩니다.

이데올로기가 그렇게도 값어치 있는 것일까요?

나는 유년기와 소년기를 이데올로기로 말미암아 혼란이 극심했던 고장에서 보냈습니다. 어제의 이웃이 원수로 변하고, 피붙이끼리 살육극을 벌이는 살벌한 시대를 겪었을 뿐 아니라, 아버지는 건준(건국준비위원회)의 지방간부로 적을 둔 탓으로 우리 집이 우익 테러단체의 습격을 받기도 하고 경찰서에 붙들려가기도 하여, 뒷날 머리가 커졌을 때 이데올로기에 대한 관심은 남다를 수밖에 없었습니다.

하지만 나는 종내 그것이 인류에게 더 나은 세상을 가져오리란 믿음에 이르지 못했습니다. 언젠가 말했지요? 그것은 인류의 재앙이라고. 풋내기 대학생이 함부로 던진 말임에는

분명하지만 피로 추구하는 이데올로기는 그 목적이 무엇이
든 그걸 지키기 위해 더 많은 피와 압제가 요구되리라는 나
름대로의 생각이었습니다.

명진 씨, 한번쯤은 그것과 인간의 순수성을 관련지어 고민
해보십시오. 이데올로기의 역사는 매우 일천합니다. 수백만
년을 살아왔을 인류에게 그 일천한 역사의 이데올로기가 과
연 몸에 맞는 옷일지…….

난 이렇게 생각합니다. 인간의 순수성은 법률이나 제도나
국가 같은 조직사회와 거리가 멀수록 온전하게 유지되는 것
이며, 지식과 관념—이데올로기를 포함하여—에 찌들지 않을
수록 순도가 높은 것이라고 말입니다. 이런 논리의 잣대는
물론 자유입니다. 자유란 그 무엇과도 바꿀 수 없는 가치라
여기면 그런 것들은 모두가 필요악이 되고 맙니다.

나는 감히 남에게 내 생각이 옳다고 주장하지는 못합니다.
아니, 여기저기서 볼때기를 쥐어박힐 소리라 숨겨야만 하는
사고입니다. 그럼에도 명진 씨에게만은 한사코 설득코자 하
는 이 마음을 무어라 불러야 할지.

명진 씨는 참으로 청순합니다. 그런 외모만큼이나 마음이
순결합니다. 여성에게 그보다 아름다운 게 또 무엇일까요?
그러나 단 하나 눈에 거슬리는 흑점이 있습니다. 그게 바로
'아버지'란 우상이며 그 우상으로 말미암은 고정관념입니다.
절대로 본질적인 것일 수 없는…….

그 우상이 우뚝 서 있는 한 아마도 내가 다가설 틈은 없겠
지요. 참으로 안타깝군요. 절대로 부녀 사이를 이간질하려는

의도는 아니니 오해 없기를 바랍니다. 끝으로, 즐겁고 희망
찬 대학생활을 누리기를…….

명진 씨가 이미 잊었을지도 모르는 한필.

마지막 페이지를 정옥에게 넘긴 명진은 우두커니 찻잔을 들여다
본다. 빈 찻잔에 아련한 망실감과 함께 야릇한 기쁨이 담겨온다. 그
의 사랑을 고백받은 기쁨일까?
정옥의 꺼질 듯한 한숨소리가 들려왔다.
"넌 좋겠다."
"……?"
"나한테는 언제 이런 남자가 찾아오지?"
그녀의 맥 빠진 얼굴을 바라보다 탁자 위의 편지를 넣는 명진의
가슴속에는 잔잔한 파도가 일고 있었다.

추가등록 마지막 날 대학본부에 등록금을 갖다 내고 집으로 돌아
온 명희는 우두커니 창문을 마주하고 앉아 착잡한 마음을 고르고
있었다. 생각해보면 등록금을 건 싸움은 참으로 길었고, 결과는 허
탈했다.
그 싸움은 결코 딸과의 싸움만은 아니었다. 딸과의 고집다툼이었
다면 진작 져주었을 것이고 아예 그런 식의 다툼이 있지도 않았을
것이다. '어디 두고보자!'고 한 대상이 오준혁 그 인간이기에 지금
까지 끈질기게 버티었다 뿐.
감옥에 들어앉았다고 해서 동정 일변도인 명진은 참 어리석은 애

다. 그 인간은 지금 옥고를 치르기는커녕 되려 옥중생활을 즐기고 있을 터인데 말이다. 그리고 부녀 사이를 떼어놓으려 하는 것이 어디 시기와 미움 때문일 뿐이던가. 딸자식 인생을 위해서는 그 마귀의 촉수들을 요절내어 얼씬거리지도 못하게 해야 하는 것. 혜영은 제가 알아서 빠져나왔는데 명진은 깨우쳐주고 욱대겨도 요지부동이니 한심할 따름이다.

'이 녀석은 지금 어디 가서 무얼 하고 있지? 혹시 또 안양교도소에 간 것은 아닐까? 그래, 등록금을 못 내었노라 알려주어야지. 그 인간의 속에 불이 일도록.'

그렇지만 부녀가 함께하고 있으리라 생각하니 명희의 속에 천불이 인다. 말없이 등록금을 대준 사람은 따로 있는데……. 명진은 결코 제정신을 못 차릴 아인지도 모른다. 그 인간이 그런 것처럼. 그걸 알면서도 굴복하고 마는 모정은 참으로 어쩔 수가 없는 것인가 싶다. 내 자식이니 돌봐주어야 한다는 의무감뿐이라면 이토록 속이 부글거리지는 않을 것을.

정과 미움은 같은 뿌리라던가?

딸자식에 대한 미움의 뿌리를 파버리지 못하는 것은 그래서인가 보다. 혜영이 보낸 편지 한 구절이 떠오른다.

'제가 등록금을 보내겠다는데 마다하시는 이유를 모르겠습니다. 혹시 그 애에게 본때를 보이시려는 것은 아니겠지요? 어머니, 제발 그 애에게 상처를 입히지 마세요. 그 애는 이미 너무 많은 상처를 입어왔고, 어머니도 아시다시피 그걸 견디기에는 너무 나약하게 태어났어요. 그 애를 미워만 하시지 말고 끈기 있게 가슴을 여세요. 제가 장담하건데 언젠가는 어머니의 품으로 돌아올 거예요.'

　　명희는 '과연 그럴까?' 하고 허공을 바라보다 항공엽서를 끄집어낸다. 이젠 큰딸을 안심시킬 차례인 것이다.

　　혜영에게.
　　명진이 몰래 등록금을 내고 집으로 돌아와 이 편지를 쓴다. 난 그 애가 나한테 굽히고 들어오기를 학수고대했단다. 그런데 추가등록 마감일인 오늘 아침까지도 그 애는 끝내 사정하지 않더구나. '오냐, 네가 그러면 나도 그러마' 하는 오기가 굴뚝같이 솟아올랐지만 어쩌겠니. 난 조금 전에 네 편지를 되씹으며 생각했다. 이제부터 내가 져주리라 하고. 그 애는 예쁜 짓이라곤 하지 않지만 네 말대로 상처를 많이 입었고, 그 상처 때문에 더 웅크리는 것일지도 모른다 싶구나.
　　허나 나한테로 고즈넉이 기대오리란 기대는 하지 않는다. 그 애가 하도 몸이 약해 얼마 전에는 P장로님께 안수기도를 부탁했었단다. 그분의 손이 얼마나 신통한지 편지로는 다 설명할 수가 없단다. 그분의 손이 닿으면 앉은뱅이가 그 자리에서 펄쩍 뛰어오르고, 천식으로 숨이 껄떡 넘어가는 사람이 멀쩡해진단다. 물론 믿음이 있는 사람이어야 하지만.
　　그런데 그 애는 천신만고 끝에 허락받은 그분의 안수기도를 코웃음 치고 펑크 내버리지 않았겠니. 뭐라더라……. 종교는 마약이라던가? 빨갱이들의 말투 그대로였어. 이 에미의 체면은 또 어떻게 되었겠니? 참 기가 막힐 뿐이더라. 네 애비의 마기(魔氣)가 끼었다는 말이 이래도 틀리니? 난 요즘 들어 원기가 더욱 왕성해졌다. 다 P장로님 덕분이란다. 지면이 다

되었구나. 널 위해 항상 기도하고 있단다.

또 편지해라.

엄마가.

명진은 통금시간이 가까워서야 두 팔을 축 늘어뜨린 모습으로 돌아왔다. 형광등 불빛 속으로 들어온 얼굴은 푸른 기가 돌도록 창백하고, 증오심이 이글거리고 있으리라 여겼던 눈은 체념 때문인지 풀기가 죽어 있었다.

"왜 이리 늦었니?"

한껏 부드럽게 다듬은 목소리에 명진은 의외라는 듯 잠시 눈을 들어올릴 뿐 말이 없다. 그래도 측은함이 앞선다. 내가 너무 잔인했나 싶은 후회로 명희의 가슴이 저며오는 것은 풀 길 없는 모정인가 싶다.

침대 위로 무너져내리는 모양을 보고서야 명희는 지나가는 말처럼, "오늘 네 등록금 내고왔다" 하고는 외면해버린다.

한참 동안의 침묵에 고개를 돌려보니 눈물이 글썽해진 명진이가 우두커니 자신을 바라보고 있었다. 말없이 눈을 마주 보고 있으려니 콧날이 시큰해져왔다. 가슴속에서는 뜨거운 그 무엇이 꿈틀거리며 용트림을 했다. 명희는 그 뜨거움을 못 견디고 먼저 입을 열고 만다.

"너도 짐작하고 있었겠지? 이 에미가 가만 팔 접고 있지 않으리란 것 말이다. 널 괴롭히기보다는 네 애비가 어쩌는지 지켜보려고 했어."

명진은 줄줄 눈물을 쏟을 뿐 여전히 입을 열지 않는다. 명희는 딸에게로 걸어가 여윈 어깨를 안아 등을 쓸어준다.

"언니에게 등록금 보내달라고 여러 번 편지 보낸 것 다 안다. 내가 보내지 말라고 했어. 그 애도 이제 제 자신을 위해 돈을 쓸 때가 되었잖니? 솔직히 말해 난 너에게 누가 진정한 보호자인가를 확인시켜주고 싶었단다. 무책임한 네 애비와 여우 같은 계모가 손쓰지 못하는 것을 끝까지 지켜본 것일 뿐이었어. 이제 됐다. 설사 네가 내 마음을 몰라준다 할지라도 섭섭해하지 않으마."

딸의 눈물 때문이었는지, 명희는 가슴이 뭉클하더니 동시에 눈시울이 뜨거워졌다. 손등으로 눈을 찍어보니 끈적끈적한 액체가 묻어나왔다.

'정 때문에 눈물을 흘려본 것이 언제였더라?'

명희는 사막처럼 메마르고 거칠어진 자신의 모습을 깨닫자 또 다른 슬픔이 올라왔다. 딸에게서 눈물을 빼앗은 것은 바로 자신이었고, 거기에는 뿌리 깊은 미움이 있었다. 그 뿌리를 파내버리라고 윽박지르는 자신이야말로 잔인한 어머니였다. 그녀는 자신에게 다짐했다.

'지금부터라도 노력해보리라. 명진이가 애비 면회 다니는 걸 신경 쓰지 않는 것부터 길들여야 하겠지…….'

명진과 명희의 관계개선은 근본적인 갈등의 해소가 아니라는 점에서 여전히 폭발의 위험을 안고 있었다. 더구나 변덕 무쌍한 명희의 기질로 보아서는 절대로 길게 끌 밀월은 아니리라 예견하고 있었다.

그런데 한 달이 가고 두 달이 가도 더 이상의 폭발은 일지 않았다. 등록금으로 모정을 보인 명희에게 명진이 한결 나긋한 태도로 임하는 것은 정의 작용이기보다는 보상심리라 하는 편이 옳았다. 보상이 보상을 낳아 그 상승작용으로 밀월이 유지되는, 그런 상태일지도 몰랐다.

한편으로는 오륙 년에 걸친 기나긴 알력에 서로가 지친 결과이기도 했다. 더 이상 극한으로 치닫는 것만은 피하려는 마음이 서로를 자극하지 않으려는 조심성으로 나타나고, 그러다보니 으끄러졌던 정의 싹이 조금씩 되살아나는 것일지도 몰랐다.

명희는 확실히 달라지고 있었다. 아침에 일어나 히스테리 대신에 기도를 하는 것 하나만으로도 커다란 변화를 가져오고 있었는데, 신앙의 기쁨으로 시작하는 그녀의 하루는 곧바로 생활 전체를 좌우했다.

장학금을 타리란 결심, 그리고 어머니와의 밀월이 뒷받침된 학업에의 몰두는 명진에게 일석이조의 이득을 가져왔다. 성적의 향상과 잡념으로부터 탈피가 그것이었다. 그해 가을에는 데모와 같은, 못 견디게 피를 덥히는 사건들도 일어나지 않았다.

십이월 중순, 기말고사를 치르고 긴장을 풀자 꾹꾹 눌러두었던 잡념들 가운데 맨 먼저 떠오른 것이 한필에 대한 생각이었다. 고삐가 풀린 상념은 여름날의 뭉게구름과도 같이 걷잡을 수 없는 그리움으로 자라나 마침내 명륜동으로 발길을 끌었다. 일부러 저녁시간을 택해 간 그 집에는 송희 언니 혼자 직장에서 퇴근하여 저녁밥을 짓고 있었다.

그곳에도 적잖은 변화가 있었다. 한필의 군 입대에 이어 연말에는 한필의 큰누나가 약혼자와 함께 미국으로 떠나기로 예정되어 있었고, 송희 언니는 국회도서관에서 S대 문리과대학 사서직으로 직장을 옮겨놓고 있었다.

"언니가 문리대로 전근온 것을 진작 알았더라면 제가 얼마나 든든했겠어요. 전 중앙도서관을 많이 이용하고 있어요."

"한필이한테서 그런 말 들은 기억이 난다. 앞으로 자주 오려무나. 차와 점심은 언제든지 사줄게."

"정말이세요? 귀찮은 빈대가 될 텐데."

"너한테 빨려줄 피는 있으니까 걱정마. 혜영이는 여전히 잘 지낸다니?"

"말도 마세요. 어항 속의 고기가 큰물 만난 격이에요. 편지마다 유적지와 관광지 다녀온 자랑인걸요. 참, 기쁜 소식이 하나 있어요. 언니 임신했대요."

"뭐라고? 야-, 이것 참. 노처녀 기죽이는구나!"

"언니도 시집가세요. 진짜 노처녀 되기 전에."

"너마저 이러기냐? 우리 집 꼴을 봐라, 애. 똥차가 앞에 있잖니? 이제야 겨우 치우게 되었다만."

"큰언니는 떠나기 서운하시겠어요. 전임강사까지 되시고서."

"천만에……. 출발날짜 잡아놓고 신바람이 나서 어쩔 줄을 모르고 있다. 대한민국 떠나는 게 곧 해방이라 생각하는 사람이야."

"미국이 좋아서가 아니고요?"

"너 참 빨리 알아듣는구나. 아메리칸 드림이야 왜 없겠니. 그런데 그건 둘째고, 이 나라를 하루 빨리 떠나고 싶다는 게 첫째야."

"남의 나라인데 살기 좋으면 뭐해요?"

"다들 그렇게 말하지. 생지옥이라도 내 나라 내 민족이 좋다고.

그건 애정이고 미련이야. 하지만 좋은 직장 가져 가난에서 벗어난다거나 그 알량한 애정만으로 이 나라의 꼴을 참아내기란 잠깐 살다가는 우리들 인생이 불쌍해. 언니는 사람 살 만한 세상으로 떠나고 싶은 거야. 그건 나도 마찬가지고."

"……."

"언니는 형부하고 외식하고 오나보다. 상 차려 올 테니 우리끼리 먹자."

송희 언니가 부엌으로 나가버리자 명진은 암담한 심정으로 눈을 들어 방 안을 둘러본다. 이 방은 한필이 쓰던 방이다. 한필의 물건은 거의 다 치워지고 책상과 벽에 걸린 기타만이 흔적을 남기고 있었다.

저녁을 먹을 동안 미국 이야기가 계속되었다. 한 점 거리낌 없이 양키의 나라 미국을 이야기하는 송희 언니는 이념과 동떨어진 사람이기에 거부반응조차 보일 수 없었다. 지구를 오염시키고 있는 양키문화와 제국주의 마수에 대해서는 한마디 언급도 없이 풍요와 무한정한 자유와 찬란한 문명을 이야기하는 그녀는 차라리 순진한 여자였다. 그녀는 큰언니가 수년 안에 도미의 길을 터줄 것이란 기대에 부풀어 있었다. 그녀의 아메리칸 드림 속에 파묻혀버린 한필의 이야기를 먼저 끄집어낸 쪽은 자신이었다.

"한필 씨는 어디서 군대생활 하고 있어요?"

"아직 논산훈련소야. 후반기 교육을 받고 있다나봐."

"겨울이 오는데 고생 많겠어요."

"대한민국 남자라면 한 번은 해야 할 고생 아니겠니? 그 앤 다행히 일 년 반짜리 학보병 군번을 받았다더라."

　그것으로 끊긴 한필의 이야기는 더 이상 등장하지 않았다. 밥그릇을 비우고 그녀가 커피 마시겠느냐고 물어오자 명진은 사양하고 몸을 일으켰다.

"어머니가 걱정하실 텐데 전 이만 가볼게요."

"그럴래? 방학에 부산에 가겠구나?"

"이삼 일 뒤에 갈까 해요."

대문까지 배웅해주던 그녀가 그제야 생각난 듯이 말했다.

"너 혹시 한필이 군대주소 필요하니?"

"주세요. 위문편지 보내게요."

　집으로 돌아온 명진은 서랍 속 깊숙이 보관해둔 한필의 편지를 끄집어냈다. 읽고 또 읽으며 한 구절 한 구절을 음미해보는 사이에 그를 보고 싶은 안타까움이 가슴을 저미었다. 그 회초리 같았던 문구들이 어찌하여 달콤한 언어들로 둔갑하는가. 명진은 성경을 읽고 있는 어머니를 곁눈질 해보고는 편지지를 펼쳤다.

　한필 씨.

　엄동설한이 다가오는데 얼마나 고생이 많으세요? 전 오늘 송희 언니를 찾아갔다가 깜짝 놀랐어요. 옥화 언니는 미국으로 떠난다 하시고, 송희 언니는 다른 곳도 아닌 한필 씨의 학교로 전근해오셨으니.

　주변에서 한 사람 한 사람씩 미국으로 떠나는 것을 지켜보는 제 마음은 허전하기에 앞서 제 자신을 돌아보게 합니다. 반미주의 선봉을 아버지로 둔 그 딸과 정치학 강사인 옥화 언니가 누구보다 앞서 미국으로 떠나는 현상을 어떻게 받아들여야 옳지요? 저라고 뒷날 미국 바람이 들지 말라는 법이 있을까요?

전 한필 씨의 충고대로 지난 학기는 충실히 제 인생을 살았답니다. 말 잘 듣는 학생이라서가 아니니 오해는 마세요. 데모가 없었고, 장학금에 의존해야 하는 절박한 형편 때문에 죽어라 하고 공부를 해야 했거든요. 덕분에 내년에 장학금을 탈 가능성은 아주 높답니다.

한필 씨의 편지는 절 너무나 놀라게 했어요. 그런 법이 어디 있어요? 군대에 갈 요량이면 한번쯤 서울로 오셔서 귀띔해주었어야 하지 않았나요?

한필 씨는 단절에 성공하시고 있나요? 새로운 삶에 대한 밑그림 같은 것이라도 그렸나요? 참 멋진 말들이었어요. 이젠 제 이야기를 할게요. 전 아버지로부터 민족음악 발양이라는 어마어마한 밀명을 받고 있어요. 헌데 여태 민족음악의 발톱도 구경하지 못한 채로 서양음악에 흠뻑 젖고 있으니 한심한 노릇 아니겠어요. 쇼팽, 브람스, 차이코프스키, 드보르자크에 매료되는가 하면 엘비스 프레슬리와 폴 앵카의 노래에 몸이 가만있어주지 않는 걸요. 전 아마 지독한 이중성을 가졌나봐요. 사상적으로도 말이에요. 아버지가 타락한 악기라 경멸하는 색소폰과 트럼펫에마저도 혼을 빼앗기거든요.

전 한필 씨가 생각하는 것만큼 용감하지도 않고 사상적 신념이 투철하지도 못해요. 전 그저 길들여진 사고를 따르고 있을 뿐 아직 세상을 바로 보는 눈을 갖지 못했어요. 한필 씨

말대로 아버지란 우상이 절 지배하고 있지만 절대군주는 아니에요. 수많은 회의와 부정을 하면서도 아버지를 존중하는 것은 한평생 흔들림 없이 지켜오고 있는 그분의 애민사상 때문이에요. 가령 저에게 민족사상이 아닌 볼세비즘을 주입한다면 제가 고분고분 따를까요?

전 민족애라는 지극히 기본적인 수준에서 행동하는 것이니 과대평가를 하거나 비웃지는 말아주세요. 이 말은 꼭 하고 싶었어요.

저더러 청순하다, 순결하다고 하신 말씀 너무나 듣기 좋았어요. 하지만 전 그런 찬사를 들을 자격이 없어요. 제가 얼마나 불순한지 한필 씨는 잘 몰라요.

한필 씨, 전 지금 이 세상 어디론가 한없이 여행을 떠나고 싶어요. 그런데 오직 한 군데 부산밖에는 갈 곳이 없군요. 겉봉에 부산 주소를 쓰는 것은 어서 답장을 받고 싶은 생각에서예요. 아니면 방학이 끝나 학교로 돌아올 때 꼭 한필 씨의 편지를 발견할 수 있기를 바랍니다. 그럼 한필 씨의 건투를 빌겠어요.

　　　　　　　한필 씨를 결코 잊지 못하는 명진이가.

오 해

  일가친척 없는 외로운 처지인 줄로만 알았던 이모인데 회갑연에
찾아오는 하객은 많기도 했다. 산동네 이웃들을 비롯해 계 친구들
에, 갑장 동아리에, 상조회에, 교인들까지…….

  그 가운데 이북 말씨의 손님이 유난히 많은 것은 고향 잃은 사람
들의 끈끈한 유대를 돋보여 주거니와 한편으로는 경우 바른 이모부
와 인정 많은 이모의 인덕을 여실히 증명하고 있었다. 그리고 그 많
은 하객은 한 군데 뿌리내려 오래 산 결과이기도 했다.

  명식과 우휘는 아침나절부터 손님을 맞으랴, 음식상을 나르랴,
빈 상 치우랴 부산한 하루를 시작했고, 일찌감치 잔치일을 거들러
온 명진은 부엌에서 상 차려내는 일을 도맡았다.

  까까머리에 육척장신의 거구를 어기적거리며 음식상을 나르는
명식은 처음 얼마 동안은 헤벌쭉한 입을 다물지 못했다. 그는 손님
이 많을수록 신이 나고 힘이 났다. 사고무친(四顧無親)이나 다름없

는 외로움에 무자식의 설움까지 지닌 이모가 위안받을 잔치라면 오늘 하루는 뼛골이 빠져도 좋다고 생각한 그였다. 그런데 뜻밖에도 하객 가운데 어머니를 아는 사람이 많았다. 어머니를 들먹이는 소리에는 귀가 쭈뼛 서곤 했다. 그들은 평양이 고향인 사람들로 쉬쉬 하면서 귀엣말로 어머니 이야기를 했다. 이야기 현장을 들키면 '참 아까운 분'이었느니, '남자 뺨치는 여장부'였느니 하는 말로 돌리곤 했고, 개중에는 '네가 홍 원장 아들이라지? 요만할 때 봤는데 이리 컸군' 하고 노골적으로 아는 체를 해오는 사람도 있었다.

명식은 자신도 모르는 사이에 얼굴로 침울하게 변해갔다. 그만두자고 다짐하면 어머니에 대한 회상은 더욱 쏠렸고, 한번 출렁이기 시작한 마음은 자신의 힘으로는 그 파랑을 잠재울 수가 없었다.

시끌벅적한 하루가 저물어 모처럼 식구가 한 자리에 모였을 때에야 어머니 생각으로부터 풀려날 수 있었다. 큰일을 치른 나른한 만족감으로 오순도순 이야기의 모닥불을 지피는 그 시간은 하루의 피로를 푸는 시간이었을 뿐 아니라 마음의 찌꺼기를 거르는 시간이기도 했다. 말수가 적은 이모부는 흐뭇한 미소로, 잔정이 많은 이모는 '니기들 덕분'이란 말의 되풀이로 기쁨과 감사를 표했고, 삼남매는 서로 다투어가며 수다를 떨어 화기애애한 분위기를 돋웠다. 게다가 산마루로 불어오는 초여름의 저녁바람은 시원하기 그지없었다.

수다와 웃음으로 깊어가는 밤에 외등 불빛 속으로 들어서는 한 쌍의 남녀가 있었다. 그들은 몹시 쭈뼛거리는 거동으로 대문으로 들어왔다.

"앙이, 니기들이……."

말끝을 맺지 못한 채 허둥지둥 신발을 찾아 신는 이모. "흥!" 콧방귀를 날리곤 마당을 등지고 기둥에 기대앉는 이모부. 그들 내외를 번갈아 보며 삼남매는 한동안 심상찮은 광경에 눈알을 굴렸다.

명식은 마침내 어디선가 본 듯한 그 남자의 얼굴에서 번뜩 한 이름을 떠올렸다.

홍한수.

머릿속으로 벼락이 쳤다. 그리고 십일 년 전의 장면들이 필름처럼 스쳤다.

그 어느 때보다 선명하게…….

가슴에 총을 맞고 돌계단을 떼굴떼굴 굴러내린 어머니. 그녀는 집 앞 길바닥에 엎어진 채 마지막 경련을 일으키고 있고, 군복차림의 두 사나이가 그녀를 내려다보고 있다. 마당에서 놀다가 총소리에 놀라 문간으로 달려나왔다가 보게 된 그 장면만은 또렷한데 그다음은 기억이 희미하다. '나는 어머니를 부둥켜안고 울었던가? 우두커니 서서 내려다보고만 있었던가? 그때 사람들은 모여 들었던가?'

명식은 멈춰버린 필름에 맞추어 기억을 이어본다.

'누군가의 팔에 낚아채여 어머니에게서 떨어졌었지? 바로 저 사람의 팔이었어. 총을 쏜 사나이는 저만치 언덕 아래로 혼자 걸어가고 있었어. 어머니의 피가 그를 따라가듯 길바닥을 적시며 흘러내리고 있었고……. 그리곤 저 사람의 손에 이끌려 이 집으로 왔던 거야. 아니, 또 한 장면이 생각나는군. 집이 보이지 않는 길 모롱이를 돌았을 때였지. 그는 우휘를 길바닥에 내려놓고 어느 집 축대에 기대어 엉엉 통곡을 했었어. 왜, 왜?'

명식은 장작개비처럼 뻣뻣해진 몸으로 그들의 거동을 지켜보았다. 그들 내외는 이모부에게 다가가 등에 대고 인사를 올린다. 이모부가 끌끌 혀를 차며 돌아앉았다.

"자네와는 인연을 끊은 걸로 알고 있는데 웬 걸음인가?"

"자형, 이제 그만 노여움을 푸십시오."

"어허. 나더러 노여움을 풀라고? 억겁의 세월이 흐른들 풀릴 노여움이란 말인가? 이왕 내 집에 왔으니 오르기나 하게."

그들 내외가 마루에 올라앉자 한순간 냉랭한 기운이 감돌았다. 이모를 제하고는 모두가 얼음장 같은 얼굴들이다. 이모의 목소리가 아득하게 들려왔다.

"니기들 외삼촌이고 외숙모다. 인사 드려."

그러나 아무도 입을 열지 않았다. 시선을 내린 채 미동도 하지 않는 우휘와 명진. 고개를 곧추세우고 있는 것은 자신뿐이었다.

"야들은 명식이와 우휘고, 쟈는 명진이라고, 최 선생 소생이다."

이모의 설명에 남자가 고개를 끄덕였다.

"너희들을 다시 보니 반갑구나. 날 기억하겠니?"

명식은 활활 타오르는 눈이 시려 시선을 떨구고 말았다. 살이 부들부들 떨려온다. 이건 살기(殺氣)다. 부모 죽인 원수는 불구대천(不俱戴天)이라 했는데…….

"왜 그러고들 있네야. 날래 인사 올리지 않고시리."

이모의 재촉이 떨어진 순간 명식은 벌떡 몸을 일으켜 마당을 가로질러 횅하니 대문을 나섰다. 어두컴컴한 골목길을 훌훌 뛰어 평지에 다다르자 그는 비로소 속도를 늦추었다. 숨을 고르며 개천가를 걷고 있으려니 눈물이 펑펑 쏟아져 나왔다. 슬퍼서 우는 눈물만은 아니었다. 원수를 코앞에 두고 머리카락 하나 건드리지 못하는 억울함, 혈육간에 얽히고설킨 운명의 얄궂음에 흘리는 눈물이었다.

어머니 때문에 눈물짓기는 그날 이후 처음이었다. 오늘 내내 뜻밖의 사람들이 연이어 나타나 옛 상처를 후비었다 해도 외삼촌의 등장만 아니었더라면 파열(破裂)에 이르지는 않았을 상처였다. 터진 상처에서는 슬픔과 그리움이 축축하게 젖어나왔다. 그리움의 여울 속에 떠다니는 기억의 단편들을 붙잡아 모으는 사이에 어슴푸레 어머니의 모습이 그려졌다.

무척 큰 키에 동그스름한 얼굴이었다. 외삼촌의 그것과 비슷한 모양이기에 쉽사리 형상이 그려지는지도 몰랐다. 그녀는 늘 병원일로 바빴다. 그래서 어쩌다 머릿속에 떠오르는 그녀의 모습은 언제나 하얀 가운차림이었고, 옷에서는 소독냄새며 이름모를 약품냄새가 풍겼다. 그녀에 대한 기억들이 많지 않았던 것, 그것조차도 지극히 희미했던 까닭은 그녀와 함께한 시간이 많지 않았던 탓이리라.

신당동의 그 집에 대한 기억은 오히려 선명하다. 지금 그 근처에 데려다놓는다면 첫눈에 집을 가려낼 수 있을 것만 같다. 그 높은 축대와 대문 왼쪽의 병원, 그리고 담쟁이 넝쿨 위로 길을 향해 치렁치렁 늘어졌던 줄장미들.

그러나 정작 기억해내려 애쓰는, 어머니에게 총질했던 사람의 얼굴만은 어느 한 특징도 기억에 남아있지 않다. 그자의 얼굴을 똑바로 보지 않았기 때문인지도 모른다. 생각해보면 권총을 손에 쥐고 장승처럼 버티고 섰던 그를 눈여겨 볼 정신도, 용기도 없었을 것이다. '아니, 그가 누구이든 상관없다. 어머니를 죽음으로 이끈 장본인이 당장 눈앞에 나타났는데 난 무얼 하고 있는가?'

명식은 여태 아무런 복수의 시도도 해보지 못한 자신이 부끄러워

주먹으로 가슴팍을 쳤다. 어릴 적에는 장차 복수를 하리란 염원이 있었는데 언제 시들어버렸는지 기억조차 없다. 용기가 없어서 단념했던 것만은 절대로 아니었다. 용기라면 항상 넘쳐서 탈이었다. 가는 곳마다 싸움판을 벌였던 것이 기운 세고 덩치 커서만은 아니었다. 그 헛된 만용을 부리고 다니면서 자식의 도리만을 까마득히 잊고 있던 자신이 쓰잘 데 없는 인간인 것 같아서 더욱 울음이 터져나왔다.

돌이켜보면 원수를 잊은 데는 아버지의 책임도 컸다. 부모 살해나 아내 살해가 비슷한 경중이라면 아버지는 어찌하여 복수에는 일념조차 두지 않았는지 알 수 없는 일이다. 그토록 어머니를 기렸던 아버지인데……

명식은 두 주먹을 불끈 쥐었다.

'오늘 밤 외나무다리를 피하면 난 어머니의 자식일 수가 없어. 그는 외삼촌이기 전에 어머닐 죽인 원수야.'

명식은 획 몸을 돌려 오던 길로 되밟아갔다. 그가 떠나버릴지 모른다는 생각에 차츰 걸음을 빨리 하다가 마침내 뛰기 시작했다. 고개턱에 오르자 숨이 턱에 닿았다. 땀으로 흠뻑 젖은 옷이 살갗에 달라붙고, 팔뚝으로 땀방울이 맺혀 내렸다. 그는 이모 집으로 꺾어드는 골목 입구에서 잠시 숨을 고른 뒤 판자울타리로 다가가 틈새로 안을 엿보았다. 다행히 외삼촌 내외의 신발이 축담에 그대로 놓여 있었다. 명식은 가만히 골목에서 나와 고갯길 돌계단에 주저앉았다.

구름을 헤치고 나온 상현달이 머리 위에 있었다. 달빛의 어루만짐을 받으며 하나 둘 잠들어가는 산동네의 나지막한 지붕들을 내려다보고 있으려니 또 다른 슬픔이 울컥 목구멍으로 치솟았다. 그것은 자신에 대한 회오였다. 지금까지의 삶이 한갓 구겨진 휴지처럼 볼품없이 느껴지고 내일에 대한 생각을 휘이휘이 쫓아버리며 하루 하루를 건들거리며 살아온 발자취에 환멸이 느껴졌다.

'이제 반년밖에 남지 않은 학창시절인데 난 무얼 했지? 졸업 뒤 엔 어쩐다지?'

그는 얼핏 앞날에 생각을 빠뜨리다가 칠흑 같은 어둠을 보는 듯 하여 생각을 털어버렸다.

십여 분 뒤 이모의 배웅을 받으며 외삼촌 내외가 고갯마루로 모 습을 드러냈다. 골목의 어둠 속에 숨어 작별광경을 지켜본 명식은 멀찍이 거리를 두고 그들을 뒤쫓다가 산비탈을 절반쯤 내려갔을 때 빠른 걸음으로 접근했다. 발자국소리에 놀란 그들이 걸음을 멈추고 뒤돌아보았다.

"아니, 넌 명식이 아니냐."

명식은 팔 하나쯤의 거리를 두고 외삼촌과 마주 섰다.

"할 말이 있습니다."

비슷한 높이의 그의 눈언저리가 달빛에 꿈틀 경련을 일으켰다.

"아까 네 태도를 보고 짐작은 했다만, 나에게 원한이 있는 게로구 나?"

"어머니를 왜 죽였습니까?"

"뭐?"

단도직입적인 물음에 그는 멍한 눈길을 던져올 뿐 벌린 입을 다 물지 못했다. 한참 만에 밤하늘로 그의 시선이 미끄러져가더니, '끙' 하고 신음을 토했다. 그 사이에 여인이 끼어들었다.

"넌 무슨 근거로 그런 말을 함부로 하니? 설혹 그런 의혹이 있다

손 치자. 이 야밤에 골목에 숨어 있다가 나타나는 의도가 뭐니? 우
릴 해칠 셈이니?”

　명식은 늘어뜨린 두 주먹에 불끈 힘을 주지만 입이 얼어붙었다.
외삼촌이 그녀를 밀어내며 말했다.

　“역시 그것이었구나. 어떤 연유로 네 머릿속에 그런 생각이 박혔
는지 모르겠다만 넌 뭘 오해하고 있다. 그분은 내 누님이기도 해.”

　“그때 살인자를 데리고온 사람이 누굽니까? 거짓말 할 생각 마십
시오. 이 눈으로 똑똑히 본 사실입니다.”

　“이런, 이런……..”

　그는 주먹으로 가슴을 치더니 땅바닥으로 털썩 무너져내리고, 여
인이 달려들듯 턱밑으로 다가와 소리쳤다.

　“오오라. 그래서 네 어머니 복수로 외삼촌을 해치려 했다 이거구
나. 어디 한번 해봐라. 이 두 눈으로 지켜볼 테니.”

　여인의 고함소리에 길 가던 행인들이 멈춰서고, 길가의 창문들이
하나 둘 열리고 있었다.

　명식은 장승처럼 뻣뻣하게 몸이 굳어졌다. 그는 생각했다. ‘이건
뭔가 잘못된 거야. 외삼촌이 공범자였다면 이들이 이럴 수는 없어.
그렇다면 내가 목격한 상황은 무엇이며, 그를 두고 누이 죽인 백정
이라 한 아버지의 말은 무엇이었던가?’

　외삼촌이 일어서 여인을 붙잡았다.

　“당신 좀 진정하구려. 애가 오해하는 것도 무리가 아니잖소?”

　“아무리 철딱서니가 없기로 외삼촌, 외숙모한테 이럴 수가 있어
요? 애 하는 꼴을 보니 치가 떨려 못 견디겠어요.”

　여인을 밀어낸 외삼촌이 한 손을 어깨에 얹어오지만 명식은 그를

뿌리치지 못했다.

"오늘 난 큰누님 회갑연이라 여길 왔지만 너희들을 발견하고 더할 나위 없이 기뻤다. 너도, 우휘도 잘 커주었더구나. 너희들이 서울에 와 있는 줄 진작 알았더라면 한걸음에 달려왔을 나다. 난 그만큼 너희들이 보고 싶었다. 헌데 이게 무슨 꼴이냐? 아까 네가 날 거부하고 집을 나갔을 때만 해도 네 어머니의 죽음을 막아주지 못한 날 원망하는 것이라고만 여겼어. 어쨌든 오늘은 너무 늦었고, 내일 날 새거든 아무 때나 여길 찾아오너라. 미아리 삼거리 근처니까 쉽게 찾을 거다."

그가 안주머니를 더듬어 명함을 건네주었다. 어쩔 줄을 몰라 명함에 시선을 박고 있으려니 그가 어깨를 토닥거려왔다.

"통금시간이 다 되었으니 우린 이만 가야겠다. 내일 꼭 와라."

여인은 아직도 어느 집 벽을 향해 씩씩거리고 있었다. 분을 참지 못하는 모습이었다.

통금 사이렌 소리를 들으며 명식은 소리 없이 대문에 들어섰다. 처마 밑 오 촉짜리 꼬마전구 하나만 남기고 집안의 불은 모두 꺼져 있었다. 대문을 안으로 걸어잠그고 돌아서보니 하얀 잠옷을 입은 이모가 마루로 나서고 있었다.

"어드멜 쏘다니다 이자 오네야?"

"왜 아직 안 자고 있습니까?"

"네가 그러고시리 집을 나갔는데 어드러케 잠이 오네야. 하긴 그렇찮아도 오만 가디 생각이 나서 오늘밤은 잠이 올 것 같디 않았디만……."

명식은 그녀의 눈길이 따가워 고개를 푹 숙이고 마당을 가로질렀다. 그러나 어느새 축담으로 내려선 그녀가 앞을 가로막았다.

"다들 이제 막 잠들었다. 우리 둘이 더기로 가서 이야기나 좀 하자 야."

그녀가 등을 밀어 인도한 장소는 부엌앞 장독대였다. 구들장 돌을 놓아 만든 장독대엔 두 사람이 앉기엔 넉넉한 공간이 있었다. 등을 받쳐주는 커다란 장독들과 발을 내려놓을 화단까지 있어서 의자처럼 편안했다. 화단에는 칸나와 해당화와 봉숭아 등이 달빛의 어루만짐을 받으며 은은히 꽃향기를 풍기고 있었고, 산마루로 불어오르는 실바람이 이마를 간질였다. 명식은 그 편안함에 불현듯 하품을 했다.

"잠이 오네?"

"아뇨. 좀 피곤해서요."

"오죽 고단하갔니. 고단해도 오늘밤엔 이모하고 시간 좀 보내줘야지?"

"말씀하십시오."

옆 얼굴을 들여다보던 그녀의 눈길이 머리 위 하늘로 향한 채 한동안 머물렀다.

"운월(雲月)이 숨바꼭질하는 모양이 참 좋구나. 저 달을 일 갑자나 보아왔으니……. 삼태성이 저 하늘 어디메 있을 거인데 하도 본디가 오래 되어서 찾을 수가 없구나."

소녀적인 감상 같기도 하고, 늙음의 푸념 같기도 한 그녀의 말에 명식은 덩달아 밤하늘을 우러러보았다. 서쪽 산마루에서 하늘 가운데로 궁형의 긴 구름띠가 걸려 있고, 달은 구름 가장자리에 걸쳐 있었다. 삼태성은 그도 아는 별자리였지만 달빛과 엷은 구름으로 말미암아 쉽게 찾아지지 않았다. 그녀가 말을 이었다.

"어릴 적에는 삼태성을 보고 나, 니기 에미, 니기 외삼촌이거니 했디. 우리 삼남매도 그 시절엔 삼태성 같이 의좋게 살았거던. 그러다가 니기 에미가 죽고 나서는 그 별들을 다시는 쳐다보디 않았디. 하나는 별똥별이 되고 남은 둘마저 서로 보이디 않는 데로 떨어졌으니 말이야. 오늘밤 남은 별 둘이 만났으니 감회가 새롭구나. 몇 년 만인디 알간?"

"……?"

"그 내외가 우리 집에 발 들인 디가 다그만치 육 년 만이야."

"왜요?"

"와는 와갔어. 망할 노무 세상 때문이고, 니기 이모부와 니기 외삼촌의 성질 때문이디. 사상이 뭐길래 혈육간도 원수로 갈라놓는디……. 니기 에미는 붉은 물이 들고, 니기 외삼촌은 붉은 물 든 사람이면 눈에 쌍심디를 세우고, 그거이 가슴 아파 니기 이모부는 니기 외삼촌을 보기만 하면 닦아세우곤 했디. 사상 가디고 독한 딧 하는 사람은 개돼지보다 못한 인간들이라고 말이야. 둘다 불같은 성품이라 위태위태했는데 육 년 전 이날, 내 생일이라 만난 두 사람은 기어코 일을 냈어. 니기 이모부 입에서 누이 잡아먹은 놈이란 소리가 나오고, 니기 외삼촌이 그 말에 밥상을 디리 엎었어야. 생던엔 다시 보디 않갔다 하고 헤어져 이날까지 발길을 끊은기야."

명식은 꿀꺽 마른 침을 삼켰다. 목구멍에 가시가 돋힌 듯 따가웠다.

'누이 잡아먹은 놈이라 하면……?'

어머니를 왜 죽였느냐는 물음에 기막힌 표정을 짓던 외삼촌의 모습을 떠올리며 명식은 새로운 의혹에 빠져들었다.

"이모님은 그 사건에 대해 얼마나 알고 있습니까?"

그녀의 눈길이 하늘로부터 미끄러져 내려와 한 뼘 앞에 물끄러미 머물렀다.

"와? 외삼촌이 니기 에미 죽였을 것 같아서?"

명식은 그녀의 시선을 피해 고개를 떨구었다.

"이 세상이 아무리 말세라 한들 누이 죽일 동생이 있간? 그 사람들 여태 널 기다리다 조금 전에 떠났어야. 니기들 성장한 모습 보고 얼마나 좋아했는디 몰라. 니기 에미 죽인 사람이 그럴 수 있간?"

"오다가 만났습니다."

"그래? 아무소리 안던?"

"내일 미아리로 오라 했습니다."

"그러면 됐다. 그 사람, 너한테 하고 싶은 이야기가 태산 같을 거이다. 내가 하고 싶은 말은, 니기 외삼촌을 나쁜 사람으로 보디 말라는 거이다. 그 사람도 속이 숯검덩같이 탄 사람이야. 이제 니기들이 그 사람 멍울을 풀어주어야 해."

그녀는 할 말을 끝낸 듯 또다시 너른 하늘을 두리번거리고 있었다. 삼태성을 찾는 모양이었다. 명식은 얼핏 그녀의 눈에서 이슬의 반짝임을 본 것 같아 콧날이 시큰해져왔다.

이튿날 명식은 여느 때와 다름없이 책가방에 도시락을 챙겨넣고 집을 나섰다. 오전 수업을 마치고 조퇴할 생각이었다. 터덜터덜 산비탈 길을 걸어내려 갈 동안 생각이 바뀌었다. 잠을 설친 탓인지 몸

이 몹시도 무거웠고, 머릿속은 퍼석퍼석한 갯솜이 들어찬 듯 멍멍
했다. 그렇잖아도 늘 고문당하는 듯한 수업인데 그런 상태로는 도
무지 네 시간을 견뎌낼 수 없을 것 같았다.

그리고 어제 하루의 일들을 아무도 없는 곳에서 천천히 되새김질
해보고 싶기도 했다. 그것들은 함부로 훼손할 수 없는 소중한 경험
이었다. 어머니에 대한 슬픈 회상과 죄의식, 원수 갚음의 충동과 분
노, 얽히고설킨 혈연의 갈등이 그 표층이라면 내면에는 그 자신의
인생에 대한 회한과 고뇌가 자리했다. 자고 나자 표층의 감정들이
가라앉은 자리에는 어느덧 내면의 열개(裂開)가 더 이상 감출 수 없
는 치부를 드러냈다. 석류가 익어 새빨간 속을 드러내듯 저절로 열
린 것이었다. 거기에는 구겨지고 뒤틀리고 망가진 자아가 있었다.

명식은 수유리행 버스를 탔다. 지난 봄 학교 친구들과 함께 놀러
간 적이 있는 어느 계곡이 생각난 것이었다. 요람처럼 흔들리는 의
자에 몸을 던지자 간밤에 못다 푼 피로가 한꺼번에 엄습해왔지만
이상하게도 머릿속은 퍼석한 그대로 생각이 맴돌고 있었다. 외삼촌
과 어머니란 존재는 까마득히 잊혀진 채 자꾸만 지난날들이 회상되
어왔다.

그것은 너무나 철부지로 살아온 세월이었고, 부끄러운 기억들로
만 점철된 족적이었다. 자신은 사고뭉치에다가 욕망의 절제란 없는
아이였다. 재미와 즐거움만 좇았고, 기분 내키는 대로 살았을 뿐 작
은누나의 말 그대로 미래를 위한 준비에 보낸 시간이란 없었다. 그
는 아버지와 계모의 지갑에서 돈 훔쳐낸 일, 월사금 잘라 쓴 일, 아
버지의 책 갖다 팔아 영화 본 일, 건달패들과 어울려 다니며 싸움질
한 일 등을 떠올리며 연신 신음을 토했다.

'보지 말자, 보지 말자' 하고 그토록 외면하려 애쓰던 자아는 이제 쓰고 시리고 아린 분비물을 쏟아내고 있는 것이었다.

'아-, 나는 어쩌다 요 모양 요 꼴이 되고 말았을까? 다 같은 환경에서 자랐어도 큰누나와 작은누나는 공부라도 잘 하여 제 갈 길을 가는데 나는 무엇으로 내 길을 찾을까? 우휘마저 나와 비슷한 걸 보면 어머니 쪽의 유전자에 문제가 있을지도 몰라. 하지만 어머니도 외삼촌도 의사가 아닌가? 그리고 나 또한 빌어먹을 월반을 하기 전까지는 반에서 일이 등을 다투었더랬어. 아무튼 환경이나 아버지 탓으로 돌려버리는 것은 온당치 않아. 우리들 모두가 벼랑 끝에 선 나무들처럼 뒤틀리며 자란 것은 사실이지만 이만큼 나이가 들어서 아직도 개망나니짓이나 하고 있는 나는 변명할 여지가 없어. 아-, 나는 구제불능의 실패작인가?'

명식은 자신의 내면을 휘저어보며 버스가 수유리에 도착할 때까지 자학을 계속했다. 그것은 전혀 자신답지 않은 경험이었다. 욱신거려오는 머릿속이며 답답하기 그지없는 가슴속이 폭발 직전의 위험을 알리고 있었다.

차에서 내려 계곡으로 걸어들어갈 동안 조금씩 숨통이 트였다. 이윽고 행인이 뜸한 계곡으로 오른 그는 널따란 바위 하나를 발견하고 걸음을 멈추었다. 주위를 둘러보니 숲이 사각거리는 소리, 산새들의 울음소리, 계곡물 흐르는 소리뿐이었다.

바위에 몸을 눕히자 그 적막함에 울고 싶은 충동이 일었다. 심신은 이제 넝마처럼 지쳐 있었고, 외로움마저 느꼈다. 그는 눈물을 흘리다가 이내 잠이 들었다. 두세 시간은 족히 잔 것 같았다. 깨어나보니 나무이파리 사이의 햇살이 머리 위에 있었다. 몸이 한결 가뿐

해져 있었고, 왕성한 식욕이 일었다. 도시락을 끄집어내어 단숨에 비워버린 그는 담배를 맛있게 피우며 햇빛 속으로 나와 앉았다.

그러자 포만감 속에서 문뜩 쓸데없는 고뇌에 빠져 있다는 생각이 들었다. 어른스러움의 각성은 한갓 고혹(蠱惑)이었던 성싶었고, 자신에게는 그 나름의 삶이 있으리란 희망이 솟았다. 세끼 밥 굶지 않고 인생을 즐겁게 살아갈 길은 얼마든지 있어보였다. 다만 알게 모르게 머릿속에 박혀 있는 위대함에 대한 강박관념만이 문제였다. 그걸 빼버리자 번뇌의 늪은 헛것이었던 양 눈앞에서 사라졌다.

그것은 일종의 체념이었다. 그는 외삼촌을 떠올리며 혼잣말을 중얼거렸다.

'내가 언제부터 어머닐 생각하는 효자였어? 살아 있는 아버질 이태가 넘도록 면회 한번 가보지 않은 주제에……'

그는 내일 학교에 가서 외삼촌 대신 아무 놈이나 하나 붙잡아 신나게 패주리라 생각하며 숲으로 허허한 웃음을 날려 보냈다.

미아리 삼거리의 어느 중화요리집에서 외삼촌과 대좌한 명식은 간밤의 서슬은 간데없이 웃어른 대하는 공손함으로 자세를 낮추고 있었다. 수유리를 떠나올 무렵에는 전의가 거의 다 꺾여 있었고, 병원에서 그를 대면하고서는 그나마 풀기조차 사라져버렸다. 가운의 마술이었을까? 늠름한 풍채에 하얀 가운을 입은 외삼촌에게서는 함부로 범접할 수 없는 권위가 느껴졌다. 다정한 눈빛에는 혈연의 끈적거림이 묻어 있어서 오히려 곤혹스러움을 느껴야만 했다. 더구나 가운차림의 그는 자꾸만 어머니의 옛 모습을 연상시켰다.

이름 모르는 요리들과 배갈을 주문한 그는 담배를 피우며 한동안

연기를 좇고 있었다. 천천히 눈을 감았다 떴다 하는 것으로 보아 그
가 연기 속에서 더듬는 것은 그날의 기억들이라 싶었다. 종업원이
배갈 한 병과 양파 안주를 가져오자 그는 잔을 채워 목구멍으로 털
어 넣고는 비로소 말문을 열었다.

"네가 날 어머니 죽인 사람이라 생각하고 있는 데 몹시 놀랐다.
말해봐라. 어째서 그렇게 생각하고 있었는지."

그것은 따끔하기 이를 데 없는 역습이었다. 명식은 당황하여 고
개를 떨구었다. 깨닫고보니 군복을 입은 그가 그 자리에 있었다는
것 말고는 아무런 명증이 없었다. 오히려 선입관을 심어준 것은 아
버지였다. 십일 년 전 자식들을 모아 대구로 떠나던 날 밤 이모부를
상대로 아버지가 했던 말들이 곧 그것이었다.

그가 다그쳐왔다.

"네 스스로 그런 판단을 내렸을 리는 만무하고……. 네 아버지란
사람 때문에 가지게 된 생각이겠지? 네 아버지가 날 누이 죽인 백
정놈이라 욕하고 다녔다는 사실을 난 알고 있다."

그는 담배를 비벼 끄고 두 번째 잔을 비웠다. 금세 얼굴이 벌겋게
상기되고 있었다. 배갈의 독한 술기운만은 아닌, 가슴으로부터 끓
어오른 분노의 표징인 듯했다.

"머리가 다 큰 자식에게 진실을 이야기해주지 않은 것은 크나큰
잘못이야. 자식이 그런 오해를 품고 자라도록 내버려두다니…….
결론부터 말하마. 난 네 어머니를 죽이지 않았고, 해칠 생각은 눈곱
만큼도 없었다. 네 어머니에게 총을 쏜 그 사람은 내 상관이었다만
그 역시 누굴 죽이자고 작정하고 거길 간 것은 아니었다. 말하자면
그날의 사건은 우연한 사고였고 나, 내 동행 그리고 네 어머니 세

사람 모두의 실수였다."

담배에 성냥을 그어대는 그의 손끝이 떨리고 있었다.

"그 사건의 자초지종을 대강 이야기하마. 육이오사변 당시 그 사람과 나, 그리고 일단의 이북출신은 인척상륙작전에 특수임무를 띠고 선발되어 아직 적의 수중에 있던 서울로 잠입했었다. 우린 몇 군데 은신처로 나뉘었는데 나와 그 사람이 한 조였다. 서울이 혼란에 빠져 있던 어느 날 밤 누님이 궁금하여 그 집을 염탐하다가 나는 깜짝 놀라고 말았다. 항공기 공습 때문에 소등되어 있는 그 집엔 어둠 속에 인민군들이 그득했으니 말이다. 대문 앞 계단에까지 부상병들이 널브러져 앉거나 누워 있었으니 병원 안이며 집 안에는 얼마나 많은 인원이 있는지 알 수도 없었다. 우리 눈에는 꼭 인민군 의무부대 같더구나.

다음날 우리 쪽 정보원을 시켜 알아본 그 집의 실상에 나는 아연할 수밖에 없었다. 거긴 점령기간 내내 인민군 지정병원이었을 뿐 아니라 네 어머니는 점령군 수뇌부가 알아주는 거물급 협력자였다. 이미 돌아오지 못할 강을 건넌 것이었어. 우린 그날부터 그 집을 주시하기 시작했다. 정보원 보고에 의하면 서울수복 하루 전까지도 네 어머니는 인민군 부상병을 치료했어. 내가 얼마나 기막혀 했는지, 솔직히 말해 괘씸하여 살이 떨릴 지경이었다.

네가 들은 적이 있는지 모르겠다만 우리 집은 북녘에서 반동으로 지목되어 갖은 고초와 핍박을 당했다. 네 외할아버지 되는 분은 왜정 때 평안도청의 중급 공무원을 지내셨고, 가세 또한 꽤 울리던 분이었어. 소위 그들이 인민의 적이라 일컫던 부르주아에 친일매국노였지. 이북이 공산당 천하로 바뀌자 맨 먼저 무산자 폭도들에게 잡혀가서는 철사로 목과 두 손목을 묶인 채 평양 거리를 이리저리 끌려 다니시다가 끝내 목숨을 잃었다.

비극은 거기서 그친 게 아니었다. 네 외할머니 되시는 분은 그 충격으로 몸져누워 석 달 만에 돌아가셨고, 나는 여러 차례 자아비판과 재산헌납으로 간신히 목숨을 부지하고 있었지만 죽은 몸이나 다름없었다. 다행히도 너희 이모 내외분에게는 그다지 모진 핍박이 없었다. 어머니의 장례를 치르기 위해 모인 우리 가족은 장례식을 하루 앞두고 비장한 결단을 내렸었다. 가다가 죽더라도 공산당 치하에서 벗어나자고 말이다. 두 가족 다섯 명이 한밤중에 집을 탈출하여 남으로 남으로 향했지. 낮엔 산속에 숨고 밤에만 이동하는 식으로 닷새 만에 임진강에 도달했고, 인민군의 삼엄한 경비를 뚫는데 가진 보석을 절반쯤 축내어 안내원을 구했지. 그동안의 고초와 위험을 다 설명하자면 한이 없고……. 아무튼 서울에 닿기까지 꼬박 보름이 걸렸다. 하지만 그들의 눈을 속이기 위해 어머니 시신을 그대로 두고왔으니 우리들 심정이 어떠했겠니?"

차츰 충혈되어가던 그의 눈에서 주르르 눈물이 흘러내리기 시작했다. 물수건으로 얼굴을 가린 그는 마침내 어깨를 들먹이며 흑흑 소리내어 울었다.

명식은 그 처연함에 덩달아 눈자위가 붉어졌다. 외할아버지니 외할머니니 하는 생소한 호칭들이 주는 슬픔도 있었다. 아니, 앞에 앉은 사람이 피를 나눈 외삼촌이란 실감이 그제야 나면서 가슴이 에이는 아픔이 느껴졌다.

그때 노크소리가 났다. 종업원이 요리를 가져오자 그는 물수건으로 코를 닦는 척하고 돌아앉았다. 잠시 뒤 얼굴을 돌린 그는 물기

묻은 눈썹을 꿈벅이며 태연한 목소리로 말했다.

"이런 요리 먹어봤니?"

"아닙니다."

"이건 샥스핀이라고, 상어 지느러미 요리고, 이건 팔보채라고 한다. 너희들이 서럽게 자란 이야기는 큰누님한테서 다 들었다. 세 어머니에 여섯 자식이라니……. 아라비아 귀족들의 하렘이면 모를까, 이 나라에 그런 집은 다시없을 거다. 음식이나 먹자."

명식은 얼얼한 정신으로 음식을 먹기 시작했다. 입에 녹아드는 샥스핀은 저만치 달아난 입맛을 되당겨온 듯 젓가락질을 재촉했다. 외삼촌 역시 시장했던지 조금 전까지의 격앙된 감정과는 달리 차분히 음식을 씹었다. 샥스핀 접시가 비고, 팔보채 접시를 절반쯤 비웠을 때 그는 수저를 놓고 담배를 물었다.

"난 그만 됐다. 천천히 먹고 자장면이 오거든 마저 먹어라. 어디까지 이야기를 했더라……. 그래, 서울로 온 이야기였지. 난 남한에 발을 붙인 얼마 뒤 서북청년단에 가입해 빨갱이 때려잡는 일에 전심전력을 다했다. 그들에 대한 증오는 골수에 사무쳐 있었고, 세상을 바로 잡는 데 그보다 큰일은 없노라 생각했었다.

그런데 그 무렵 개업 준비에 한창이던 네 어머니가 나더러 미친개 노릇 그만두라고 호통을 치더구나. 개업하거든 병원일이나 도우라면서. 의사인 내가 만사 제쳐두고 뛰어든 일인데 미친개 노릇이라니……. 정말로 미치고 팔짝 뛸 노릇이었다. 내 눈엔 네 어머니야말로 이상한 분이었어. 부모 죽인 원수놈들을 말끝마다 옹호하고 나섰으니 말이다. 알고보니 네 아버지란 사람이 나쁜 물을 잔뜩 들여놓았던 거야.

난 지금도 네 아버지에 대한 원한만은 버리지 못했다. 아니, 원한은 제쳐두고, 처자식을 사지에 던져두고 저 하나 목숨을 부지한 주제에 애국자로 자처하는 그에게 경멸을 금할 수 없다. 그게 말이나 되냐?

아무튼 내가 북녘에서 참혹한 꼴을 당하면서 피눈물을 흘릴 동안 네 어머니는 고대광실에서 호의호식하면서 사상적 낭만에 빠져 있었던 거야. 눈이 멀면 마음도 멀다고, 네 어머니가 꼭 그랬다. 부모님들의 비극을 눈으로 보았다면 사람으로선 그럴 수 없었을 테니까. 네 어머니와 나는 그때부터 틈새가 벌어져 끝내 부모님 제삿날 아니고는 상종도 않게 되었다. 그리곤 덜컥 사변이 터진 거였어. 피난 떠나기 전날 신당동엘 갔더니 예상대로 네 어머니는 서울에 남겠다 하시더구나. 그분들이야 인민군을 두려워 할 까닭이 없었지. 그렇게 헤어진 누님인데 석 달 만에 군인이 되어 돌아와 그 꼴을 보니 억장이 무너질 수밖에.

그날 이야기로 돌아가자면, 난 네 어머니가 거기 남아계시리란 상상도 하지 않았다. 바보 천치가 아닌 한 가만히 앉아서 죽음을 기다리겠니? 당연히 인민군을 따라 북상했으리라 믿을 수밖에. 난 누님이 무사히 떠난 것을 확인하고 싶었고, 한편으론 너희들이 어찌 되었나 궁금하여 그 집엘 갔었다. 누구에겐가 너희들과 집을 맡겨 놓고 떠나셨을 것 같은 생각이 들더구나. 왜냐면, 다급한 후퇴길에 어린 너희들을 데리고 가기란 거의 불가능한 일이었으니까.

멀찍이서 바라보니 대문이 반쯤 열려 있었고, 집 안은 쥐 죽은 듯 조용했다. 엊그제까지도 적이 득실거리던 집이라 달아나지 못한 부상병들이 집안에 숨어 있을지 몰라 우린 권총을 뽑아들고 접근했었지. 난 헛일 삼아 집 앞에서 누님을 불러보았다. 그런데 덜커덕 병원 문이 열리면서 네 어머니가 계단 위로 나오시지 않았겠니.

그 순간 눈 깜짝할 사이에 사고가 터진 거야. '한수야!' 하는 네 어머니의 외침과 동시에 총성이 고막을 울렸어. 가슴을 부여잡은 네 어머니가 계단을 굴러내릴 때까지도 난 누군가 다른 사람이 총을 쏜 줄 알고 뒤돌아보았지. 헌데 바로 내 동료가 총을 쏘고는 총구를 나한테 돌리고 있었어. 그가 다가와 내 권총을 빼앗으며 말했다. '홍 하사, 경거망동하지 마시오. 부탁이오. 누님은 어차피 죽어야 할 사람이오' 하고. 난 계단에 떨어져 있는 군용 권총을 보고서야 내 동료가 총을 쏜 이유를 알아챘다. 네 어머니는 손에 권총을 쥔 채 뛰어나왔던 거야.

뒤에 깨달은 일이다만 나도 물론 네 어머니의 손에 권총이 있는 것을 보았다. 누굴 겨눈 것이 아니라 그냥 쥐고 있었지. 난 총을 의식하지 않았는데 내 동행의 눈에는 그게 아니었던 거야. 네 어머니란 분은 이미 그의 머릿속에 대단히 위험한 인물로 못 박혀 있었으니까 말이다.

그 사람을 옹호하는 말이 아니다. 그가 용서를 빌면서 뒤에 나에게 고백해온 말은 그 순간 눈꺼풀에 무언가가 끼었다는 것이었어. 판단착오이기 이전에 증오가 발동했다는 암시였어. 난 그 말을 믿었다. 우리들이 몇 년 동안 해온 방식은 빨갱이라면 눈이 뒤집혀 일단 죽이고보는 것이었으니까. 네가 집 안에서 뛰어나와 본 장면은 그런 상황이었다. 너무나 어이없고 기가 막혀 난 시신 앞에 멍하니 서 있었고, 내 동행은 내가 무슨 짓을 할지 몰라 내 옆구리에 총부리를 대고 있었지. 너도 그 장면은 기억하지?"

명식은 천천히 고개를 끄덕여 보였다. 외삼촌이 거짓 변명을 늘어놓고 있다는 생각은 추호도 들지 않았다. 이상한 것은 마치 영화의 한 장면이나 남 이야기를 들은 듯한 덤덤함이었다. 의심도, 분노도, 슬픔도 일지 않는 자신의 무딘 감정이 원망스럽기조차 했다.

"이야길 간추려놓아서 네가 제대로 이해했는지 모르겠다만 하늘에 맹세코 거짓은 없다. 그리고 네 어머니를 돌아가시게 한 내 책임에서 벗어나려는 의도도 없다. 삼선교 자형은 날 아직도 사람취급하지 않는다. 사건의 전말이야 어떠했던 인간백정짓을 밥 먹듯 해오지 않았냐는 것이고, 결국은 사상에 미쳐서 날뛴 업보로 누님을 죽이게 되었다는 것이야.

나로선 좀 억울하기는 해도 변명의 여지는 없다. 난 많은 인명을 해쳤고, 결국은 누이 죽인 악한이란 소리까지 듣고 만 것이었다. 전쟁이 끝난 뒤 한때는 죄업에서 벗어나고자 신앙의 힘을 빌리기도 했었다. 하지만 누이를 죽음에 이르게 한 죄업만은 무덤까지 지고 가야 하는 것임을 깨달았지. 다른 사람도 아닌 바로 너에게 이 이야기를 해주고 싶어서 난 네가 성인이 되기를 손꼽아 기다려왔다. 이젠 네 판단에 맡기마."

그는 긴 이야기에 종지부를 찍듯 술병을 기울여 마지막 잔을 채웠다. 붉게 달아올랐던 얼굴은 어느 새 본래의 안색으로 돌아가 있었고, 눈알과 눈자위에만 충혈이 남아 있었다.

명식은 너무나 쉬이 사그라져버린 간밤의 감정들이 아쉬워 숙연함에 일부러 젖어보았다. 하지만 속마음은 가볍기만 했다. 생각해보니 그 삽연(颯然)한 뒤끝은 나름대로 까닭이 있었다. 어머니의 죽음에 관한 이야기를 속 시원히 들어버린 해방감, 그리고 하나뿐인 외삼촌이 결코 악인이 아니었음을 확인한 기쁨이었다.

외삼촌을 나쁘게 보지 말라던 이모의 당부가 생각나 명식은 혼자 고개를 끄덕였다. 어차피 죽음으로 귀착될 어머니 때문에 카인의 원죄를 덮어쓴 외삼촌이야말로 불행한 사람이었다.

"어머니를 쏜 그 사람은 지금 어디서 무얼 합니까?"

"그는 전사했다. 차라리 죽은 그 사람이 편한 것일지도……."

"어머니는 왜 총을 갖고 있었을까요?"

"모르긴 해도 세상이 막 바뀐 때라 겁에 질려 있었겠지. 내 목소리를 듣고 반가운 나머지 엉겁결에 총을 쥔 채 나온 것만은 틀림없어."

"그럼 됐습니다."

"……?"

"간밤에는 그런 사정도 모르고 제가 버릇없이 굴었습니다."

"정말 그리 생각하니?"

"외삼촌이 죄인이 아니라서 기쁘기만 합니다."

"고맙구나. 어젯밤 너희들 자란 모습을 보고 커다란 위안을 받았었다. 비명에 가셨지만 이만한 자식들이 있구나 싶어서였지."

명식은 화장실을 다녀오겠다며 방을 나섰다. 오줌이 마렵기도 했지만 미치도록 담배를 피우고 싶었다.

위문공연

  아버지의 옥중생활도 어언 이 년 하고도 반이 지났다. 본래의 형기대로라면 고작 칠 분의 일을 넘긴 셈인데 대통령선거를 앞둔 혁명정권의 선심 감형으로 오 년이 깎였고, 박정희 장군이 당선되면 오는 크리스마스나 신정에 대통령 특별사면이 있으리란 소문이 있어 명진은 은근히 그날이 기다려졌다. 강력한 경쟁자인 윤보선 전 대통령이 당선된다고 하면 사면이 아니라 형집행정지 조치를 내릴 게 뻔하니 어느 쪽이 당선되든 최소한의 희망은 걸려 있는 셈이었다. 아버지는 아직도 언니가 안겨준 심적 타격에서 벗어나지 못하여 풀 죽은 모습이었고, 독서에 가일층 몰입함으로써 위안을 삼고 있는 듯했다.

  명진은 책을 구해 대기도 신물이 났다. 그 왕성한 독서욕을 채워줄 책들을 시중의 서점에서 구입할 돈도 없으려니와 요청하는 목록 또한 거의 다 시중에서 쉽사리 구할 수 없는 전문서적이거나 오래

된 책들이었다. 아버지가 메모해주는 지인들을 찾아다니며 책을 수소문하는 심부름은 번거롭기 짝이 없었는데 읽고 나서 되돌려주는 일도 여간 성가신 게 아니었다.

최근 몇 달 동안은 면회 때마다 아버지의 건강상태가 기울고 있는 듯했다. 뼈가 앙상하게 불거져나온 어깨며 처져내린 듯한 눈꺼풀, 광채 잃은 눈빛 등이 그러했다. 웃음을 잃은 지는 오래지만 요즘은 말수조차 줄어들고 있었다. 지나친 독서가 건강을 해치고 있는 게 아니냐고 물어보면 아니라는 한마디로 부인하곤 했다. 본인의 부인에도 형색이 나빠진 것은 분명하니 어쩌면 언니로 말미암아 타격이 심화되고 있는지도 모를 일이었다.

'추락한 아버지의 명예와 건강을 함께 되돌려드릴 방도는 없을까?'

그를 위해 무언가를 해주고 싶어 궁리를 짜고 있다가 기막힌 생각이 떠올랐다. 음대생들로 구성된 교도소 위문공연단을 만들어보자는 생각이었다. 생각해볼수록 그것은 언니로 말미암아 실추된 아버지의 위상을 바로 세워드리는데 최상의 선물이었다.

명진은 속으로 멤버를 꼽아보았다. 소매 걷어붙이고 협조자가 되어줄 친구는 정옥이었다. 우선 그녀의 걸쭉한 남도창이 흥을 돋우는 데는 제격이었다. 다음은 이학년에 들어 부쩍 가까워진 민지와 형자였다. 민지는 소프라노로 아리아 몇 곡쯤은 불러줄 친구이고, 첼로 전공의 형자는 현악사중주단을 구성하는 데 안성맞춤이었다. 그다지 친하지는 않지만 가야금의 인화 또한 금쪽같이 쓰일 재목이었다. 그녀는 요염한 미모 때문에 보는 이의 혼을 빼어놓을 성싶은데, 여고시절에 이미 전국 콩쿠르 국악기 부문을 석권한 경력이 있었다.

명진은 맨 먼저 정옥과 상의했다. 예상대로 그녀는 적극 찬동했다. 그녀가 짧은 목을 쓰다듬으며 말했다.

"어쩐지 이 목이 근질거린다 했더니……. 네 덕에 울대 한번 시원하게 틔우게 생겼으니 오히려 내가 감사해야 할 일이야. 그런데 몇이나 모으게?"

"열 명 안팎이면 될 거야. 너무 많아도 곤란하고. 다른 애들도 너와 같은 생각이면 좋은데."

"걱정마라. 모가지든 손목대기든 근지럽지 않으면 음대생이 아니지. 그런 기회가 있다는 소문만 나도 다들 못 끼어서 안달일 거다."

"그럴까?"

대강 점찍었던 친구들의 호응은 과연 정옥이 장담한 대로였다. 민지의 추천으로 남학생 조영길이 가담했고, 형자는 현악사중주 연습상대들인 여학생 하나와 남학생 둘을 끌어들였다. 그 가운데 테너의 조영길은 기성가수 뺨치는 실력으로 교내에서 대단한 인기를 누리고 있었다.

단원 구성에 대충 합의가 이루어진 다음날 정옥과 함께 찾아간 안양교도소에서는 소장이 직접 면담에 응해주었다. 그는 즉석에서 환영 의사를 밝히고서 직원을 시켜 차를 대접해왔다. 차를 마실 동안 그는 안양교도소의 특수한 교도행정과 '선진국 수준을 능가하는 시설'을 장광설로 자랑했다. 그 대부분은 아버지로부터 이미 들은 내용들이었다.

공연 일정의 협의에서는 예상치 못한 사정이 한 가지 있었다. 죄수를 한 자리에 다 모을 수 없으니 오전, 오후로 나누어 공연해야 한다는 것이었다.

교도소를 나서며 정옥이 말했다.

"연속공연까지 하라니, 우리가 꼭 기성예술단 같잖니?"

"그러게 말이다. 덕분에 죄지은 일 없이 점심에 콩밥 먹게 생겼네."

"소장이란 그 사람 제법 유식한 신사 같더라."

"특별히 차출된 분일 테니까 괜찮은 사람일 거야."

"아무튼 기분 째지는 날이야!"

둘은 짜릿한 성취감에 마주 보고 웃었다.

다음날 점심시간에 모인 단원들은 본격적으로 프로그램을 짜기 시작했다. 우선 각자가 가장 자신 있는 노래와 곡들을 두 개씩 내놓았고, 명진은 사회와 피아노 반주를 자청했다. 희망곡을 모아놓고 보니 곧 내용상의 약점이 드러났다.

"이래서는 너무 잡동사니 냄새가 나. 우리의 상대는 명색이 애국자로 자처하는 정치범들이 주인데 흥을 위주로 할 수만은 없잖아."

명진은 설레설레 머리를 젓더니 백지에 〈우리의 소원〉이란 곡명을 써보였다.

"이건 어때? 우리 아버지를 비롯해 그들의 상당수는 통일을 외치다가 잡혀간 사람들이니까."

"옳거니, 대장께서 진작 그런 취지를 말했어야지. 그런 거라면 〈선구자〉도 있고, 〈라 마르세예즈〉, 〈하바나 길라〉도 괜찮지 않을까?"

"남의 나라 애국가는 뭣하지 않아? 차라리 현악연주로 〈새야 새야〉는 어때?"

"맞아. 동학의 녹두장군 노래야말로 우리식 혁명가야. 바이올린과 첼로가 주거니 받거니 화답하다가 중간쯤에 육성을 살짝 섞어넣는 식으로 편곡을 하면 꽤 그럴 듯한 분위기가 나겠어."

"국악 쪽은 그런 거 없나? 남도소리에는?"

"남도소리에 그런 게 어딨어. 한(恨) 아니면 사랑이고, 풍자 아니면 익살이고, 효도 아니면 절개인데. 가만있자. 그러고보니 내 희망곡에도 문제가 있잖아. 감옥에서 푹푹 썩는 사람들 약 올릴 일도 없는데……."

"희망곡이 뭐였더라?"

"《춘향가》 가운데 〈사랑가〉. 왜 있잖니. '이리 오너라 업고 놀자' 하고 시작하는 것 말이야. 또 하나는 〈창부가〉고."

좌중에 까르르 폭소가 터졌다.

"그렇다고 흥이 빠져서야 맹물이지. 두고봐. 너의 그 노래는 틀림없이 백미(白眉)일 테니까."

명진은 정옥의 노래를 소개할 때 꼭 이 대화를 이야기하리라 마음에 새기며 정옥의 사기를 북돋아준다.

"그렇다면 다행이고. 사실 애국 어쩌고 하자면 〈도라지〉나 〈아리랑〉이야말로 애국가 저리 가라야. 그건 민족혼 자체니까."

"가만 가만. 현악사중주 쪽에서 〈진도아리랑〉, 〈밀양아리랑〉, 〈정선아리랑〉을 메들리로 연주하면 어때?"

"야, 야. 이러다간 국악으로 애국가 하나 만들자는 소리도 나오겠다."

"아까 말한 〈우리의 소원〉 말인데 그건 마지막에 우리 모두의 합창으로 하는 게 어떻겠어?"

백출하는 묘안에 명진은 무한한 행복감을 느끼며 생각했다.

'이 공연을 아버지는 얼마나 자랑스러워하실까?'

그날 이후 공연계획은 급진전을 보고 있었다. 공연에 끼워달라는 신청자가 너무 많아 고민할 만큼 교내에 소문이 파다해진 어느 날 명진은 국악과 학과장 교수님의 호출을 받았다.

"자네가 교도소 위문공연단을 만든다는 소문이 사실인가?"

명진은 표정이 경직되어 있는 그에게 약간의 불안감을 느끼며 자초지종을 털어놓았다. 타자기로 친 프로그램까지 보여주며 조언과 지도를 부탁하자 교수님의 표정이 다소 누그러졌다.

"글쎄, 취지는 좋은데 이런 걸 하려면 나한테 상의부터 했어야지. 학생들 단체 공연에 교칙이 있다는 걸 몰랐나?"

"예?"

"역시 그랬군. 학생과에 가서 신청부터 해. 승인이 떨어지면 경비와 비품 협조가 있을 테니. 그런 연후에 나한테 다시 오도록."

"감사합니다. 교수님."

명진은 웬 떡이냐 싶어 한걸음에 학생과로 달려갔다. 그러나 그곳에는 뜻밖의 장애물이 기다리고 있었다. 범죄자들을 대상으로 하는 위문공연은 허락할 수 없다는 것이었다. 그녀는 울컥 치솟는 화를 간신히 눌러앉혔다. '그들은 진짜 죄인들이 아니라고 주장할 것인가? 아니면 죄인들도 순화가 필요한 만큼 위문을 필요로 하는 엄연한 인격체라 항변할 것인가?'

쓸데없는 입씨름을 피해 타협책을 제시했다.

"경비문제라면 우리들 자비로 하겠어요. 처음부터 학교측의 협찬을 기대하지 않았어요."

“무슨 소릴? 이건 금지 교칙이야. 위반하면 징계가 따른다는 걸 알고 하는 소린가?”

“징계라니요?”

“이거야 원. 그렇게 깜깜해서야 설명해주기도 귀찮군. 아무튼 승인할 수 없으니 알아서 해.”

명진은 어깨를 축 늘어뜨린 모습으로 학생과를 나섰다. 단원들을 모아 사정을 설명하자 한동안 침통한 분위기에 빠져들었다. 그들은 능력과 재주를 무대에서 시험해보고자 하는 열정에 들떴던 만큼이나 실망하는 모습들이었다. 정옥이 말했다.

“너무 기죽지 말자. 그까짓 일에 이 많은 인원을 어쩌겠어? 교칙인지 똥칙인지 몰라도 우리가 하고자 하는 게 나쁜 일도 아닌데 중징계야 하겠냐고?”

영길이 맞장구를 치고 나섰다.

“우리끼리 살짝 공연하고 오면 누가 알겠어? 신문에 날 일도 아닐 거고. 서울도 아니고, 안양 귀퉁이라면서?”

“그래도 학교에서 하지 말라는 짓은 말아야 하잖니?”

“내 생각도 그래. 학교 측에 한번 더 사정해보고 안 되면 취소하는 게 옳은 것 같아.”

바이올린의 기정이와 가야금의 인화가 신중론을 펴자 분위기는 더욱 가라앉았다. 입술을 지그시 물고 있던 명진이 무거운 입을 떼었다.

“그러는 게 옳겠지……. 나 때문에 너희들이 불이익을 당해서야 되겠니? 아무튼 일이 이렇게 되어서 면목이 없다. 내일 학과장 교수님을 다시 한번 만나볼 테니 오늘은 이만 헤어지자.”

단원들이 뿔뿔이 헤어지고 정옥만 남아 위로의 말을 던져왔다.

"호사다마라 하잖니. 낙심하지 말고 부딪쳐봐. 하다 안 되면 빠질 사람 빼고 남는 사람만으로 공연하는 거야."

그러나 명진은 절름발이 공연으로 땜질해 넘기기엔 너무나 아쉬운 미련이 있었다. 아버지를 일으켜 세우자면 최소한 인상 깊은 공연으로 기억될 수 있어야만 하고, 그러자면 현재의 단원이 한 사람도 빠져서는 안 되리라 생각되었다.

이튿날 학과장 교수님은 결과보고를 듣고 그것 보라는 듯 빙그레 웃음을 띠었다. 손대지 않고 코 푼 결과에 회심의 미소를 짓는 것이라 깨닫고 명진은 결연한 마음으로 부딪쳤다.

"교수님, 저희들에게 좋은 방도를 가르쳐주시리라 믿고 왔습니다. 저희는 단순히 재주를 뽐낸다거나 그들을 위로하고자 하는 것만은 아닙니다. 안양교도소는 통일과 정의사회 구현을 위해 투쟁하던 수많은 정치인, 언론인, 지식인들이 수감되어 있는 곳입니다. 저희는 그분들에게 용기를 주고자 합니다. 제발 저희들의 좋은 뜻과 사기를 꺾지 말아주십시오."

"그건 알겠는데 나더러 어찌 해달라고?"

"한 차례만 공연하도록 주선해주십시오. 학교 측의 도움은 필요 없고, 그저 눈감아달라는 겁니다. 교수님 부탁이라면 학생과에서도 들어줄 것이라 믿습니다."

"나더러 교칙위반을 눈감아달라……. 자네들 그렇게도 공연을 하고 싶나?"

"물론입니다. 저희는 그동안 반듯한 공연이 되도록 연습에 심혈을 기울여왔습니다. 그리고 교도소 측과 이미 약속을 하고 날짜까지 잡았습니다. 약속을 못 지키면 학교 명예는 어찌 되겠습니까?"

"허어. 그건 협박이잖나?"

"……."

"자네 아버님도 거기 계신가?"

"예. 아버님에게 효도하고 싶은 마음 속이지 않겠습니다."

"효도하겠다니, 말리기도 그렇고. 어쩐다? 교칙은 교칙인데."

"일이 잘못되면 저 혼자 벌을 받겠습니다."

"정학이나 퇴학을 당해도?"

"각오하고 있습니다."

명진은 교수님의 눈빛에서 벌써 한 가닥 희망을 엿보고 있었다. 두 손으로 턱을 고인 상태에서 눈을 껌벅이고 있던 그가 톤을 낮추며 말했다.

"공연날짜가 학기 중인가?"

"아닙니다. 방학 중입니다."

"내가 허락하는 데는 조건이 있어. 인원을 소규모로 축소하여 가급적 조용하게 치를 것, 학생들 사이에 소문이 퍼지지 않을 것, 단 한 번으로 그칠 것 등이야. 그만하면 됐나?"

명진은 선 자리에서 깊숙이 허리를 꺾었다.

"교수님, 이 은혜 평생 잊지 않겠습니다."

"됐어, 됐어. 자네 아버님을 보아서 허락하는 것이니 그리 알아."

학과장실에서 물러나온 그녀는 드높은 늦가을 하늘을 우러러보았다.

"아버지, 이젠 됐어요. 조금만 더 기다리세요."

명진은 작은 소리를 띄워 보냈다.

크리스마스가 일주일 앞으로 다가온 십이월 십팔일, 아홉 명으로 짜여진 위문단은 공연시간을 반시간 가량 앞두고 안양교도소에 도착했다. 다림질로 바지줄을 칼날같이 세운 소장이 단원을 맞아들이며 말했다.

"먼 길 오시느라 수고 많았습니다. 재소자 절반은 벌써 강당에 모여 있습니다. 여러분들의 공연을 보기 위해 환자들까지 나와 있는 상태지요."

퍽 기분 좋은 인사말이었다. 시간이 되어 강당에 들어서보니 대학의 강당과 맞먹을 정도의 넓은 실내에 천 명 내지 천 오백 명쯤 되어보이는 죄수들이 의자에 몸을 조여 붙이고 촘촘하게 앉아 있고, 뒤쪽과 양 옆의 공간에도 빈틈없이 사람의 울타리가 처져 있었다. 거기 어딘가에 아버지와 아는 얼굴들이 있을 터였지만 명진의 눈에는 온통 푸른 죄수복과 검은 까까머리들뿐이었다.

단상에 오른 교도소장이 짧은 인사말 끝에 사회자 소개를 했다.

"이 위문단을 만드느라 애쓰시고, 지금부터 사회를 맡아 수고하실 오명진 양이 여러분께 인사말씀 드리겠습니다."

꽃병과 물컵이 놓인 탁자를 한쪽으로 치운 넓은 연단에 올라 절을 하자 우뢰와 같은 박수가 터져나왔다. 마이크 앞에 서자 갈채소리에 휩쓸려 머릿속까지 휑하니 비어버린 듯 암기했던 인사말들이 까마득히 멀어져버렸다. 그녀는 천천히 좌중을 쓸어보며 정신을 가다듬었다.

"이 공연을 위해 그동안 틈틈이 연습을 해왔는데 오늘 드디어 여러분을 뵈오니 반갑고 감개가 새롭습니다. 요즘 항간에는 대학 위에 대학원이 있고, 대학원 위에 안양교도소가 있다는 우스갯소리가 있습니다. 그러니까 여러분은 지금 굉장히 높은 자리에 계신 겁니다."

잠시 말을 끊은 사이 또다시 터지는 박수에 그녀는 이상한 변화를 느꼈다. 막막하고 두렵던 연설에 갑자기 자신감이 생기면서 멀어졌던 기억들이 선명하게 떠오르는 것이었다.

"여러분, 종교에서는 마음으로 짓는 죄도 죄라고 했습니다. 이 세상에 죄인 아닌 사람은 한 사람도 없다는 말이 됩니다. 여러분은 단지 자제력을 잃고 마음을 행동으로 옮긴 차이밖에 없습니다. 그리고 이 자리에는 애국에 대한 신념의 차이로 들어오신 분도 많다고 들었습니다."

또다시 박수가 일었다. 너무 자주, 너무 쉽게 감동하는 그들이 순진무구한 아이들 같은 모습으로 비춰져왔다.

"방금 소장님으로부터 여러분이 이곳을 대학이니, 호텔이니 하는 근사한 이름으로 부르신다는 말씀 감명 깊게 들었습니다만 산자수명한 이곳은 여러분이 머리를 식히고 인생수업을 하시면서 잠시 쉬어가기는 참으로 좋은 곳으로 보입니다. 배움의 도상에 있는 저희 음악도들이 미숙한 솜씨로 여러분들을 위로하고자 하는 이 자리에서 후회와 원망과 비탄과 복잡한 사념들을 모두 물리치시고 동심과 같은 순수한 마음으로 어울려주셨으면 합니다. 변변찮은 재주나마 힘찬 박수로 격려해주시길 부탁드립니다."

뒷날까지 안양교도소에서 명사회로 회자된 이날의 사회는 명진의 인생에서도 한 획을 그었다. 그것은 대중과 함께 호흡하고, 대중 속에 부대끼며 살아가리란 결심이었다.

공연은 상상외로 성공적이었다. 나오는 노래와 곡마다 터지는 박수와 휘파람은 단원 모두에게 무아지경의 기쁨과 흥분을 불러일으켰다. 마지막곡인 〈우리의 소원〉에서는 좌중이 합세하여 강당이 떠나갈 듯한 합창으로 변했다.

작별인사를 하기 위해 연단에 서자 죄수좌석에서 한 목소리가 튀어 나왔다.

"사회자도 무얼 하나 해주시오."

아버지 이야기를 하리라 작정하고 있던 그녀는 뜻밖의 요청에 어쩔 바를 몰라 한동안 멍청히 서 있었다. 그녀는 즉흥적으로 아버지를 자연스럽게 끌어낼 묘안을 떠 올렸다.

"저는 이론음악을 하기 때문에 자랑할 만한 특기가 없습니다. 그러나 여러분들의 요청이니 추억의 노래를 하나 할까 합니다. 어릴 적에 아버님이 불러주시곤 하던 자장가입니다. 실은 제 아버님도 여러분과 함께 이 자리에 계십니다."

장내가 찬물을 끼얹은 듯 숙연해졌다. 까까머리들이 서로 시선을 비껴가며 사방으로 고개를 돌리고 있었다. 웅성거림이 일고 있는 가운데 간수 한 사람이 마이크 앞으로 나왔다.

"사회자의 아버님 되시는 분은 연단으로 나와주시기 바랍니다."

몇 번을 되풀이하자 좌석에서 한 죄수가 엉거주춤 몸을 일으켰다. 아버지였다. 어깨를 꾸부정하게 숙이고 중앙통로로 걸어나오자 명진은 단 아래로 내려가 그의 손을 붙잡았다. 마이크 앞으로 돌아오기까지 이날 가장 길고 큰 박수가 이어졌다. 연단에 오른 그는 장터에 팔려 나온 촌닭 같은 모습으로 연신 허리를 굽신거려보일 뿐 말 한마디 하지 못했다. 명진은 마이크에 대고 물었다.

"아버지, 그 자장가 기억나세요?"

　그는 급히 고개를 저었다. 그는 자장가 따위를 알 위인이 아니었다. 딸이 자장가를 들으며 잠들 시절이라면 한 집에 살지도 않았기에 단번에 쇼맨십임을 알아차렸을 그였다.
　어렴풋이 어머니가 불러주었다고 기억되는 그 자장가는 명진 자신도 출처와 작곡자를 모르고 있었다.
　"그럼, 저 혼자 부를게요."
　명진은 마이크를 잡았다.
　"전 이 자리에서 그 옛날 아버지가 불러주시곤 하던 추억의 자장가 일절을 부를까 합니다."

　둥둥 아기 자거라.
　예쁜 아기 자거라.
　강아지도 쿨쿨 잠자는 밤에
　누가누가 안자고 엄마 조르나.

　노래를 부르는 가운데 가슴으로부터 무언가가 뭉클 치솟아 목구멍을 메워왔다. 이슬이 반짝이고 있는 아버지의 얼굴 때문이었는지, 혹은 스스로 감격이 넘쳤던 것이었는지 더는 노래를 할 수가 없었다. 그녀는 박수소리를 들으며 아버지의 손을 놓고 강당을 떠났다.
　안양교도소 측이 내놓은 약간의 사례금까지 받아 서울로 돌아온 위문단은 하나같이 제정신이 아니었다. 그들이 받은 환호와 갈채는 상상을 훨씬 초월한 것이었고, 가야금의 인화와 테너의 영길을 제하고는 무대 경험이 처음이라 그 아쉬움은 좀처럼 씻어낼 수가 없었다.

명동의 한식당에서 불고기 파티를 벌이며 성공담에 취해 있을 때 명진은 불쑥 위문단의 거취문제를 끄집어냈다.

"니네들 덕분에 공연은 성황리에 끝났고……. 이젠 각자 고향 앞으로 해야 되겠지?"

흥청거리던 분위기가 대번에 가라앉았다. 화두를 던져놓은 명진은 빈 잔을 들어 술을 청했다. 좀체 마시지 않는 술이지만 불현듯 취해보고 싶은 생각이 들어서였다.

"방귀 나자 양식 떨어지는 격이군."

맞은편에 앉은 조영길이 맥주를 부으며 쨍그렁 잔을 부딪혀왔다.

"양식이야 무한정이지. 방귀 뀔 데가 없어서 탈이지."

"방귀 뀔 데가 왜 없겠니? 요는 우리들 용기 문제지."

"맞아! 교칙인가 뭔가가 무서워 방귀가 쑥 들어가버리는 거야."

"야, 야, 좋은 음식 앞에 놓고 웬 방귀타령이니. 교칙이고 지랄이고 나쁜 짓이 아니면 겁먹을 것 없어."

"난 해체에 반대다."

"나도 같은 생각이야. 최소한 방학 동안만이라도 존속시킬 필요가 있어."

해체 반대로 의견이 모아지자 명진은 떨떠름한 표정으로 입을 열었다.

"그렇지만 우리 학과장님과 약속이 그렇고……. 말이 그렇지 교칙도 만만찮은 위협이잖니? 만약의 경우 나 하나 당하는 것은 괜찮은데 장래가 창창한 너희들이 다칠까 겁나."

"웃기고 자빠졌네. 우리들 장래는 창창하고 넌 캄캄하니? 여기 범 무서워 산에 못 가는 사람 있으면 손들어봐."

맥주 한두 잔에 홍당무가 된 정옥이 소매를 걷어붙이며 나서자 해체 반대의 결의는 더욱 굳어졌다.

"실은 한두 달 뒤에 공연 한번 더 해달라는 교도소장님의 부탁이 있었어. 단원들과 상의해보겠다 하고 따돌렸는데 니네들 생각이 정 그렇다면 오케이 해야 되겠구나?"

"두 말하면 잔소리지."

"그런 일을 왜 이제사 밝히니?"

"흥. 우리더러 고기맛 보라 하고선 접시 빼앗는 격이군. 네 본심은 대체 어떤 것이니?"

"나? 나라면……. 좋아. 고기맛 보인 책임 내가 질게. 이왕지사 내친 걸음에 다른 교도소 측에도 손써볼까?"

"진작 그렇게 나올 것이지. 우리 사회자님을 위해 건배하자."

가슴 설렘으로 찾아간 서울교도소 측의 반응은 안양의 전례가 약발을 받아서인지 환영일색이었다. 그러나 크리스마스 다음날에 거행된 그곳의 공연은 턱없이 적은 청중과 지나친 질서유지로 말미암아 김을 뺐다. 삼백 명쯤이나 될까? 우선 강당이 작았고, 그나마도 공간이 휑하니 방치된 채 청중은 차렷 자세로 굳어 있었다. 정복차림의 간수들이 여기저기 끼어 있는 것도 눈에 거슬렸다.

알고보니 그곳에서는 모범수만을 엄선하여 관람시킨 것이었고, 정치범들은 일체 제외된 것이었다. 법대출신 교도관들이 정문까지 따라나와 다시 와줄 것을 당부했을 때, 명진은 정치범과 비모범수들의 배제를 풀어달라는 조건부로 응했다.

그러나 서울교도소 공연은 몇 사람의 이탈자를 내고 말았다. 가야금의 인화와 현악사중주단원 가운데 두 사람이었다. 현악사중주단의 와해는 자칫 공연단 전체를 와해시킬 위험이 있었다.

명진은 단원들의 의기소침함에도 오히려 공연단의 존속의지를 강하게 드러냈다. 일종의 오기였다. 그녀는 속으로 다짐했다.

'두고봐. 너희들이 빠진다고 이대로 주저앉는지. 사실 고정단원에 의존하는 공연은 오래갈 수도 없는 것이었어. 아무리 곡들을 바꾸어대도 그 얼굴, 그 목소리에는 염증나기 마련이니까.'

새 학기가 시작되자 명진은 타 단과대학들로 손을 뻗기 시작했다. 단원을 음대생으로 한정하지 않음으로써 교칙을 피해가는 묘가 있기도 했다.

그 과정에서 명진은 한 남자와의 특별한 만남을 시작했다. 그것은 조우(遭遇)라기보다는 운명적인 만남이었다. 며칠 전 크리스마스 특사로 풀려난 정치범 가운데 아버지 제자 가운데 유일하게 실형을 선고받았던 강만준이 포함되어 있었는데, 명진은 아버지의 부탁으로 꽃다발 하나를 들고서 교도소 정문 앞의 영접에 나갔다. 건강한 모습으로 활짝 웃으며 나오는 그를 포옹으로 맞이하는 또 한 사람이 있었는데 그가 바로 문리과대학 철학과 대학원생인 강일준이었다. 얼굴을 대하기는 그날이 처음이었지만 서로 이야기를 들어서 아는 사이라 첫인사는 지극히 자연스러웠다.

그는 중키에 그의 형과 마찬가지로 피부가 까무잡잡하고 무뚝뚝한 인상이었다. 서울까지 같은 차로 돌아오고, 식사와 차를 함께 마시는 긴 시간에 다소 친해졌다고는 하나 헤어지고 나자 금방 잊혀지는 그런 사람이었다.

그를 다시 찾게 된 것은 그날의 대화 가운데 문리과대학에서도 위문공연에 참가하면 좋겠다고 한 그의 제의가 생각나서였다. 그렇게 하여 문리과대학의 연극단이 참가한 안양교도소의 이차 공연은 또 한번의 성공을 거둘 수 있었다.

이차 공연 며칠 뒤 명진은 그들 형제와 함께 아버지를 면회했다. 그날은 정문을 지키는 수위에서 뜨락을 어슬렁거리는 죄수들, 면회실의 간수에 이르기까지 모두 얼굴을 알아보고 인사를 해왔다. 아버지 또한 이차 공연에 대한 촌평과 교도소 안의 반향을 이야기하는 데 거의 다 시간을 써버렸다.

면회 끝무렵에 아버지가 뜻밖의 말을 해왔다.

"너희 둘이 나란히 있으니 참 보기 좋구나!"

명진은 순간 얼굴이 새빨개져 강일준으로부터 한 발 물러섰다.

"말이 나왔으니 하는 말이다만 난 너희 둘을 맺어줄 생각을 오래 전부터 갖고 있었다."

그러자 강만준이 신중한 표정으로 말했다.

"새앵님, 그 말씀 진정이신교?"

"내가 헛소리하는 것 보았나? 자네 생각은 어떤가?"

"저야……, 저희로서야 영광입니다만……."

"그럼 됐다."

명진이 소리쳤다.

"아버지? 이런 법이 어딨어요?"

"야, 이놈아. 네가 무슨 말 하고 싶은지 다 안다. 이 애비는 제자들의 연분(緣分)에도 일일이 간여해왔다. 하물며 딸자식 연분을 내 손으로 맺어주지 않을 줄 알았더냐? 애비가 늘 하던 말이 있다. 비둘기 같은 한 쌍이 되기보다는 동지가 될 수 있고, 전우(戰友)가 될 수 있는 한 쌍이 되라고 말이다. 이 애비의 뜻을 알고 너희 둘이 잘 사귀어보길 바란다."

그 말에 강만준이 고개를 끄덕였다.

"여기 들어와 있는 젊은이들이 공연에서 널 보고 서로 사위 되겠다고 난리다. 그 덕에 내 인기가 천정부지가 되었다만……. 다들 똑똑하고 동지적 호흡을 같이 할 수 있는 것은 좋은데 그 면면을 지켜보면 굴절이 있어보이기도 하고, 경박함이 느껴지기도 한다. 이곳은 적나라한 곳이라 내면이 잘 보이거든. 이래저래 애비 마음에 드는 사람은 없더라. 일준이 자네라면 형을 봐서라도 내 눈은 틀리지 않을 것이야. 이 담에 둘이 다시 한번 오너라."

아버지와 헤어져 서울로 돌아오는 길은 거북하기 짝이 없는 시간이었다. 그 심정을 아는지 버스의 옆 자리에는 그의 형이 붙어앉아 혼담과는 동떨어진 이야기를 해왔다. 서울에 닿자마자 그들과 헤어진 것은 어서 숨통을 틔우고자 하는 바람이었다.

며칠 뒤 명진은 혼자 아버지를 면회했다. 그녀가 볼멘소리로 말했다.

"어쩌자고 그 사람 앞에서 그런 말씀을 하셨어요. 창피해서 죽을 뻔했어요."

아버지의 표정이 싹 굳어졌다.

"넌 애비의 말을 그렇게 들었느냐? 너만은 내 뜻을 알아줄 것이라 믿었는데……."

"하지만 아버지, 전 아직 어리고, 아버지도 이런 곳에 계시잖아요."

"넌 절대 어리지 않아. 네 언니란 놈도 비슷한 나이에 남자를 취했어. 여러 말 할 것 없고……. 그게 애비의 소원이라면 듣겠느냐?
자식 문제에 두 번 다시 실패하고 싶지 않은 간절한 바람이라면 말
이다."
　"아버지!"
　불러놓고 명진은 더 이상 말을 잇지 못했다. 눈을 감고 입술을 깨
물고 있으려니 느닷없이 한필의 얼굴이 떠올랐다. 퍽 오랫동안 잊
고 있던 얼굴이었다. 면회실을 물러나올 때에도 망막에는 그의 영
상이 어려 있었다.

　혼담이 나온 뒤 오랫동안 강일준을 만나지 못했다. 문리과대학으
로 가면 도서관에서든 교정에서든 십중팔구 그와 만나게 될 터이지
만 혼담이 되레 발목을 잡았다.
　삼월 하순 어느 날 뜻밖에도 그의 형 강만준 씨가 음대로 찾아왔
다. 화성학 강의가 끝나 동무들과 어울려 현관을 나서던 명진은 맞
은편 벤치에 앉아 있는 그를 발견하고 우뚝 걸음을 멈추었다. 그 순
간 머릿속을 쳐오는 생각은 강일준과 잘 사귀어보겠노란 아버지와
의 약속이었다. 동그래진 눈으로 다가가자 그는 거구를 일으키며
겸연쩍은 웃음을 보였다.
　"나 부산으로 내려가기로 했다. 그래서 떠나기 전에 니 좀 볼라꼬
왔다."
　"아주 가시게요?"
　"그럴 생각이야. 여기 있어봤자 뭐하겠노? 사상전과자는 취직도
몬하는데……. 놀고 묵더라도 집에 가서 빈둥거리기로 했다."
　명진은 앞을 막아선 그에게 갑자기 답답함을 느꼈다. 커다란 덩

치 때문도, 그의 말 때문도 아니었다. 아버지의 애제자로서의 그와 일준의 형으로서의 그는 또 다른 존재이며, 그의 출현 자체만으로도 미루어온 숙제를 풀어야 한다는 압박이었다.

"시간 있나? 한 삼십 분이면 되는데?"

"곧 수업이 있지만 상관없어요. 제가 차 한잔 살게요."

그와 어깨를 나란히 하여 교문을 나서고 있으려니 문득 옛기억 하나가 떠올랐다.

그는 언니를 탐냈던 사람 가운데서도 가장 오래, 그리고 가장 가까이 접근했던 사람이었다. 언니의 출국으로 닭 쫓던 개 지붕 쳐다보는 꼴이 되고 말았지만 그때까지만 해도 자타가 공인하는 수양재의 맏사윗감이었다. 엄밀히 말한다면 거기에는 아버지의 책임이 컸다. 제자들 가운데서 사윗감을 고르겠노라 입버릇처럼 말해오다가 어느 날 내 사윗감은 만준이라고 못을 박아버렸으니. 우직한 데다 아버지의 카리스마에 맹목적이었던 그는 철석같이 그 말을 믿었다. 그게 언니가 서울에서 이년제 대학을 다니고 있을 때였다. 그는 그 당시만 해도 스물 일곱여덟 살의 결혼적령기였고, P대학 출신에 모 수산회사를 다니고 있었으니 눈을 다른 데로 돌리기만 했더라도 쉽사리 혼처를 찾을 조건이었다.

뒤에 그 사실을 알게 된 언니는 또 얼마나 화를 냈던가! 그녀는 그의 눈치 없는 친절과 미련스러운 접근에 사정없이 면박을 주곤 했었다. 자신보다 여섯 살이나 나이가 많은 그를 한사코 아저씨란 호칭으로 부른 것도 화풀이의 한 방식이었다. 언니가 기득권을 행세하려는 그에게 얼마나 질색했는가는 그녀 자신의 표현 속에 잘 나타난다.

"저 사람은 바늘로 찔러대도 아픈 줄을 모르나봐. 하긴 저 씨름꾼 같은 몸이며 산도둑 같은 얼굴 좀 봐. 바늘이 들어가게 생겼는지. 저 입술은 또 어떻고. 썰어놓으면 한 접시는 되겠다, 애. 아무튼 영판 짜맞춘 촌뜨기야."

공보원을 다닐 때였다. 보다 못해 언니에게 애인이 있노라 귀띔해준 적이 있었다. 상대가 미국인이란 소리는 차마 할 수 없어 형준이란 옛 애인을 끌어다 붙였는데 그의 반응이 뜻밖이었다. 가벼운 연애는 다른 사람과 하더라도 결혼은 결국 자신과 하게 되리라는 것이었다.

그 아둔한 미련은 전적으로 아버지를 신봉하는 데서 나오는 것이었기에 제자들 가운데 유일하게 실형을 살게 된 것도 언니와 무관하지는 않으리라 여겨졌다. 자신과 일준을 엮으려는 아버지의 의도 역시 그 못다 이룬 미련 때문이었는지도 몰랐다. 아무튼 그들 형제에 대한 아버지의 신뢰가 어느 정도인가를 말해주기에 부족함이 없었다.

다방에 들어가서야 그가 본론을 끄집어냈다.

"실은 어제 아버지를 찾아가 뵈었다. 헌데 입장 곤란한 당부가 계셔서……. 교수님 당부가 아이라 캐도 네 의향을 알고 싶고. 마 단도직입으로 말 할끄마. 니 우리 일준이가 어떻노?"

이런 용건이라 짐작은 하고 있었지만 명진은 쉽사리 입이 떨어져 주지 않았다.

"니가 아버지한테 무슨 약속을 한 모양이던데?"

"그, 그건 일준 씨와 교제를 해보겠다는 언질이었어요."

"그으래?"

　그의 실망한 듯한 시선이 칸막이 겸용의 수족관으로 미끄러져갔다. 열대어 두 마리가 헤엄치고 다니는 그 수족관으로 명진의 시선도 따라갔다. 한 마리는 금빛의 비늘에 너울 같은 지느러미를 천천히 저으며 물레방아 주위를 돌고 있고, 다른 한 마리는 유선형 몸체에 검정색 가로무늬가 둘러진 놈으로 부지런히 수족관을 누비고 있었다. 그것들이 한필과 일준으로 비쳐졌다. 하나는 둥글고 다른 하나는 길쭉하다. 하나는 화려하고 하나는 게으르다. 그러나 어항은 둘이 놀고 있어 아름답다. 그 가운데 하나를 고른다는 것은 어항의 조화를 깨는 일이다. 둘 가운데 하나를 선택한다는 가정도 그만큼 비현실적으로 느껴져왔다.

　그렇지만 아버지의 특사가 눈앞에 와 있지 않은가.

　"전 일준 씨를 좋은 사람이라 생각하고 있어요. 하지만 생각해보세요. 제 나이는 이제 겨우 열아홉이에요. 아직 결혼 같은 것 생각에도 없는데 아닌 밤중에 홍두깨 식으로 그런 이야기가 나오니 황당할 수밖에요. 저희는 그동안 공연 때문에 자주, 스스럼없이 만나 왔는데 앞으론 관점을 달리해 사귀어볼 생각이에요."

　"그렇기는 한데, 교수님 뜻은 그게 아인 모양이라……. 나더러 매듭을 짓고 떠나라 하시니."

　"매듭이라뇨?"

　"글쎄다. 약혼 같은 것 아이겠나? 교수님 뜻은 백번 이해하겠는데, 마 혼사에는 억지 써서 좋은 일은 없더라. 니 아다시피 나한테도 쓴 경험이 안 있나, 와?"

　명진은 속으로 혀를 차며 비정상적인 아버지의 집념에 생각이 머물렀다. '탐스러운 과일일수록 벌이 쏘기 전에 거두려는 심사이겠지. 언니에게 덴 상흔이 크다보니 망집으로 발전한 것이야. 그렇다면 적당히 타협하는 것으로 아버지를 다독거리는 편이 옳아. 일준이 싫은 것도 아니니까.'

마음을 정한 명진은 짐짓 밝은 표정을 보이며,

"부산으론 언제 떠나실 예정이에요?"

"느그 문제만 아이모 내일이라도 떠나고 싶다."

"그럼 내일 떠나세요. 그 대신 오늘 일준 씨를 만나 저녁을 함께 먹어요."

명진은 가방을 집어들고 자리에서 일어났다. 그의 얼굴에서도 구름이 걷혔다. 늘 다니던 지름길을 이용해 문리과대학으로 향하는 그녀의 발걸음은 그다지 무겁지 않았다. 생각해보니 마음 한구석에는 일준을 보고 싶은 한 가닥 그리움이 있었다.

화사한 봄날씨 때문일지도 몰랐다. 활짝 핀 개나리꽃과 이제 막 꽃망울을 맺고 있는 민가 뜨락의 라일락이 군데군데 길벗을 해주고 있었다. 그 역시 기분이 상쾌해져 스스럼없이 언니를 들먹였다.

"혜영이는 로마에 산다캤재?"

"일 년 전에 미국으로 갔어요. 예쁜 딸도 하나 낳았구요."

"아를? 그것 참 빠르구나."

"빠르기는요. 강 선생님이 늦은 거지요. 진짜 결혼 서둘러야 할 사람은 강 선생님이세요."

"니는 와 남 아픈 데를 콕콕 찌르노?"

"강 선생님이야말로 웬 일이세요? 아픈 옛 상처를 스스로 후비시게요."

"허허, 그런 셈인가. 자학이라 생각하라모. 짝사랑에도 그리움은 있고, 아름다운 추억도 있는 것임을 니는 모를기다.”

“언니가 밉지 않으세요?”

“미울 게 뭐 있노. 입은 비뚤어져도 말은 바로 하랬다고 내나 느거 아부지가 택도 없는 짓을 한기지. 혜영이는 잘 살기다. 워낙 영악하고, 주관이 뚜렷해서. 나 같은 남자 거들떠보지 않은 건 잘 했지 뭐. 난 멍청하고, 미련하고, 그래서 덩치값 몬 한다는 소릴 귀에 못딱지가 앉도록 들어왔다 아이가.”

그는 자조의 웃음으로 두터운 입술을 씰룩이고 있었다. 명진은 우울한 화제로 흘러가려는 분위기를 바꾸어놓을 셈으로 물었다.

“까막소 생활은 어땠어요. 별 하나 단 지금의 느낌은요?”

“별? 니도 마이 배웠구나. 하긴 별은 별이었제. 어영부영 살아온 인생에 별이 번쩍한 셈이었은께.”

“후회하고 계시는군요.”

“글쎄. 후회랄 것까지야. 그렇다고 그런 별 자꾸 달아갈 생각은 없다.”

명진은 그의 목소리에서도 회한을 감지했다. 수양재 문턱이 닳도록 드나들며 민족이요, 투쟁이요 하던 기운은 어디에도 없었다.

일준을 만난 것은 낙산 중턱에 있는 그의 하숙에서 저녁밥을 얻어먹고 있을 때였다. 술냄새를 풍기며 들어서는 그를 형이 원망 반 꾸중 반으로 나무랐다.

“대낮에 웬 술을……. 오후에 어디 있었노? 우리 둘이서 온 학교를 찾아 다녔그만.”

“쌍과부집에요. 친구들과 한잔 했습니다. 명진 씨는 이 누추한 곳까지 어쩐 일입니까?”

　　인사말 치고는 사람을 낯 뜨겁게 했다. 강만준 씨가 설명을 대신했고, 뒷통수를 긁적거리는 그를 명진이 빈정거려주었다.

　　"문리대생들은 낮술이 예사인 모양이죠?"

　　그는 말없이 수건을 들고 나가더니 후두둑거리는 물소리를 냈다. 이윽고 밥상에 합류한 그가 뜬금없이 말했다.

　　"학원가에 슬슬 전운이 감도는데요."

　　"무슨 전운?"

　　"데모가 한판 벌어질 기미라고요. 서 푼어치 배상금 받고 삼십육 년 식민통치 면죄부를 쥐어주려는 판인데 가만히 팔 접고 있을 수야 없죠. 해서 도하의 대학들이 〈대일굴욕회담반대학생연합회〉를 결성했는데 첫 행동으로 민족적 민주주의 장례식이라는 걸 준비하고 있습니다."

　　"민족적 민주주의 장례식이라……. 괜찮은 발상이군. 파쇼를 호도하는 그 구린내나는 민족주의를 관 속에 처넣을 수만 있다면 좀 시원하겠다만 탱크로 세운 정권이야말로 팔 접고 있지는 않을 테고……. 근데 대학원생인 너까지 주모자 노릇 할라꼬?"

　　일준은 힐끔 눈을 치떠보이고는 침묵으로 답을 대신했다.

　　만준은 남은 밥을 입 안에 쑤셔넣듯 하더니 탁 숟가락을 놓아버렸다. 담배를 피워 물고서야 그가 말했다.

　　"넌 좀 자중해라. 형제가 둘 다 감옥에 들락거리는 것은 남이 웃을 일이다."

　　"형님, 데모는 시작도 하지 않았는데 감옥 어쩌고 하시니 우습지 않습니까?"

　　"웃을 일이 아이야. 시작도 결과도 뻔해. 이 정권의 폭압을 느그들이 이길 것 같나?"

"그건 형님답잖은 말씀입니다. 정의와 애국이 이기고 지는 것과 무슨 상관입니까? 민주투쟁, 민족투쟁, 민중투쟁이란 삼민투를 저한테 역설한 분은 바로 형님이었잖습니까?"

"……."

"군사독재가 똬리를 틀고 앉은 암담한 시절에 이번 한일협상은 그 뿌리를 흔들 호재라 봅니다. 아무리 단단하게 박힌 나무도 자꾸 흔들면 뿌리가 상하기 마련이고요. 그리고 반미와 반일은 민족적 감정으로 볼 때 천양지차입니다. 이 년 전 한미행정협정 때의 데모는 흐지부지되고 말았지만 이번에는 그리 되지는 않습니다. 절대로요."

"날 설득할 생각은 마라. 결과가 대형 불상사로 끝날 거라는 내 예상은 변함이 없다. 니 하나만은 제대로 학업을 마쳤으면 하는 기이 내 희망이고, 나 땜시 애태운 부모님들이 너한테 기대를 모으고 있는 걸 알기에 하는 말이다."

형제의 대화는 순식간에 방 안 분위기를 팽팽하게 해놓고 있었다. 명진은 그를 사윗감으로 밀어 붙이려는 아버지의 뜻을 그제야 제대로 알 것 같았다.

라일락과 학생시위를 상관지우는 것은 난센스일지 모른다. 그러나 라일락 개화기와 한 해의 첫 데모가 발생하는 시기에는 묘한 동시성이 있다.

4·19혁명에서 이번의 대일굴욕외교 규탄시위에 이르기까지 오 년 동안의 시위를 고찰해보면 그 동시성은 거의 일백 퍼센트의 확

률이다. 라일락의 물씬한 향기에 남성의 광기를 자극하는 성분이라
도 있는 것일까?

　논리적인 추리를 하자면 데모를 시작하는 타이밍으로서 라일락
필 무렵만큼 알맞은 계절도 없었다. 겨우내 움츠렸던 심신을 봄기
운에 실어 한바탕 몸부림치고 싶은 시기라는 점에서, 햇병아리 신
입생들의 호기심과 만용(?)으로 말미암아 시위 참여율이 가장 높은
시기라는 점에, 그리고 등록과 수강신청을 끝내고서 한 해의 첫 학
기를 본격적으로 시작하는 그 무렵이야말로 투쟁의 교풍을 신입생
들에게 보여주기 알맞은 때라 여기는 선배들의 의도에서 과히 절묘
한 시기라 할 수 있다. 훗날 대학가에 춘투(春鬪)의 전통이 자리 잡
는데, 이 몇 해의 봄철 시위가 기초가 되었으리라는 점은 의심할 나
위가 없다.

　명진은 데모가 시작되면서 교도소 위문공연에서 흐지부지 손을
떼고 거의 매일 문리과대학에 드나들고 있었다. 거기에는 후끈 피
를 덥혀놓는 정의의 함성이 있었고, 진리에의 목마름을 축여주는
청량수가 있었다. 더구나 그녀가 흠모해 마지않던 투쟁 영웅들의
반열에 일준이 자리하고 있었다. 그는 이제 마음속에 새로운 기쁨
으로, 가슴 설레는 희망으로, 그리고 영웅으로 자리매김하고 있었
다. 아버지의 간곡한 당부가 아니었다 해도 이 봄은 그와의 운명적
인 밀착이 시작될 수밖에 없었다. 그가 보여주는 투쟁의 정열과 낭
만은 너무나 쉽사리 마음을 사로잡아오는 것이었다.

　그는 한필과는 너무나 대조적인 사람이었다. 진리와 정의에 갈증
같은 열정을 가졌으되 그 대상은 개인이 아니라 사회와 국가였다.
그는 한필이 가졌던 불신과 회의 대신에 저항과 투쟁을 통한 부조

리 타파를, 허무 대신에 신념을 이야기하는 사람이었다. 개량과 발전, 진보와 혁명, 목적과 이상으로 충만한 그의 언어를 듣고 있노라면 피만 더워지는 게 아니라 발걸음조차 가벼웠다. 희망찬 미래가 느껴지는 대화란 영양제나 보약 같은 것이기도 했다. 그는 이데올로기에 대한 해박한 지식으로 학구적 갈증을 풀어주기도 했다.

그렇게 익어가는 연분의 과실은 어느덧 사랑의 형태를 갖추어갔다. 더구나 나날이 드세져가는 데모의 열기가 숙성제(熟成劑) 노릇을 하고 있었다. 아버지가 말한 동지적 결합이란 의미의 깨달음이 거기에 있었다. 양가의 어른들이 밀어주는 관계라 사랑의 행위에도 그다지 거리낌이 없었다. 고작 팔짱을 끼거나 허리에 팔을 두르는 정도였지만 고속 진행임에는 분명했다.

그러던 어느 날 교정으로 들어서다 마주친 송희 언니가 커피를 사겠다며 다방으로 이끌었다. 일준과 함께 다니는 것을 여러 차례 그녀에게 목격당했으면서도 해명 한번 하지 않은 죄스러움이 있었기에 명진은 내키지 않는 발걸음으로 학교 앞의 다방으로 따라갔다. 예의 미국에 있는 언니 이야기로 시작된 대화는 예상대로 일준과의 관계로 귀착되었다.

그녀가 넌지시 물어왔다.

"그런데 너 요즘 연애하는 것 아니니? 같이 다니는 그 학생 가끔 우리 도서관에 책 빌리러오는 학생이야."

명진은 이참에 한필과의 관계에 매듭을 지으리라 작심했다.

"그 사람, 아버지가 정한 약혼자예요."

"그래에? 팔짱을 끼고 다니길래 보통 사이가 아니라고는 생각했다만. 잘 됐다, 애. 그 학생 꽤 똑똑해뵈더라. 약혼식은 했니?"

"아니에요. 졸업도 하지 않았는데 벌써요?"

"한필이가 알면 좀 서운하겠다. 널 좋아하는 눈치던데."

"언니, 죄송해요."

"죄송할 게 뭐니? 너희 둘 사이야 열나게 연애한 것도 아닌데. 한필이는 모레 제대해 온다더라."

"벌써 제대를? 지내고보니 일 년 반도 눈 깜짝할 사이네요."

"본인이야 그렇겠니? 마지막 편지에 제대날짜 기다리느라 미치겠다고 썼더라."

대화가 끊기자 그녀가 몸을 일으켰다. 다방 앞에서 그녀와 헤어져 교정으로 되돌아오는 길은 왠지 허전하고 서글펐다. 그 야릇한 상실감은 오래 잊고 있었던 한필의 모습을 차츰 크게, 차츰 뚜렷하게 떠올리게 만들었다.

'까닭도 밝히지 않은 채 슬그머니 편지를 끊어버린 지도 어언 반년. 지금쯤 그도 흘러간 계절처럼 지난날의 미련을 버렸을 터인데 어찌하여 해묵은 책갈피 같은 추억에 내 가슴이 쓰릴까. 나도 변덕기 많은 여자에 불과한가?'

명진은 교정으로 돌아와 가끔 한필과 함께 했던 마로니에나무 밑의 벤치를 찾았다. 신입생들이 진을 치고 있는 그곳엔 앉을 자리가 없었다. 결국 도서관 모퉁이를 돌아 운동장까지 나온 그녀는 발부리에서 부서지는 봄햇살을 밟으며 회상에 잠겨들었다.

생각해보면 둘 사이는 연인이라 하기에는 교분이 너무 엷었다. 여남은 통의 편지 교환으로 잠겼던 마음의 빗장을 열고 사랑의 언어들을 실어보내기는 했어도 그것은 언어의 유희와 다름없었고, 안전거리를 확보하고서 교환하는 화살처럼 과녁에 꽂혀들지 않았다.

그리하여 그리움이란 가장 기초적인 감정마저도 아지랑이나 안개처럼 엷게 피워오를 뿐 가슴 밑바닥을 저미지는 못했다.

그가 휴가를 얻어 서울로 왔던 지난 겨울, 난생 처음으로 포옹을 하였을 때의 느낌은 참으로 어설프고 현실감이 들지 않아 이것이 숙성되지 못한 사랑의 실체인가 하고 실망을 자아내었다.

그가 안겨준 더 큰 실망은 그가 던진 언어들이었다. 군복차림의 그는 건강하고 쾌활하여 사람이 확 달라진 듯했다. 약간의 경박감마저 느껴지는 그 모습에 명진은 꼬집는 투로 말했었다.

"한필 씨는 많이 변했어요. 몸에서 풍기는 그 팔팔한 기운은 자신감인가요?"

그러자 그는 유쾌한 웃음을 날리며 말했다.

"명진 씨의 마음도 얻었고, 정신적 방황도 그쳤고, 팔팔하지 않을 까닭이 없지요."

"방황을 그쳤다 함은?"

"삶을 너무 어렵게 생각하지 않게 되었다는 뜻입니다. 남들처럼 대학 졸업하여 취직하여, 짬 나면 친구들과 만나 술잔 앞에 놓고 한담하고, 적당한 시기에 결혼하여 자식을 낳고……. 삶은 그저 그런 것이다 하고 생각해버리면 그다지 큰 고뇌가 있을 턱이 없다고 봅니다."

"평범하고 싶다는 말로 들리네요. 꿈은, 정말 꿈은 없나요?"

"꿈이 왜 없겠습니까. 내 꿈은 가급적 젊은 나이에 자연으로 돌아가는 것입니다. 내가 말했지요? 내 소년시절의 꿈은 상록수가 되는 것이었다고."

"설마……."

"설마가 아닙니다. 나는 그동안 내가 무엇 때문에 고뇌하고 방황했던가를 확연히 깨달았습니다. 한마디로 도시가 체질에 맞지 않았던 것입니다. 다른 말로 하면 문명이 싫은 것이죠. 그게 왜 싫은가 설명하자면 한이 없을 테고……. 도시와 문명은 자유의 무덤이나 마찬가지라 느낍니다. 끝없는 욕망과 끝없는 경쟁이 그 속에서 살아가는 사람들의 숙명일 테죠. 문명의 속성 가운데 가장 무서운 것은 가속도입니다. 그걸 따라잡기 위해서는 한평생 바동거리고 살아야 할 겁니다. 사람과 사람 사이의 경쟁도 지겨운데 그래가지고서야 자유로움이 있을 턱이 없지요. 장마철에 빠끔 내비치는 햇살 같은 자유, 그게 얼마나 끔찍합니까? 도시에서 태어나 도시물만 먹고 자랐다면 몰라도 나같이 자연의 향기, 자연의 풍요로움, 자연의 경이로움을 실컷 맛본 사람에게는 너무나 감질나는 자유입니다.

베이컨은 자연은 추하고 문명의 손길이 닿아야 아름답다고 했더군요. 아마 그게 그 시절의 보편적인 생각이었을 겁니다. 그때의 문명이란 인류에게 내린 은혜 같았을 테니까요. 그러나 그로부터 이백 년이 지나고서는 철학자, 역사학자, 예언가 등이 앞다투어 문명의 파탄을 경고하기 시작했습니다. 츠빙글리라는 철학자는 이십 세기는 문명 때문에 지구가 종말을 고할지 모른다고 했습니다. 그리고 이십 세기 중반인 지금은 달나라가 정복되었지요. 내가 말하고자 하는 것은 그 무시무시한 문명의 가속도입니다.

우리가 노인이 되어 있을 즈음이면 세상은 어떻게 변할까요? 우린 아마 문명을 따라잡지 못해 낙오자가 되어 있을 겁니다. 그리고 지구촌에는 겉모습만 우리를 닮고 속은 우리와 전혀 다른 인종이 득실거릴 테죠. 그들은 아마 신의 사타구니까지 들여다보는 인종일 겁니다. 나는 일찌감치 자연으로 돌아가 자유나 만끽하고 살면서 문명의 질주를 멀찍이서 지켜볼 요량입니다.”

명진은 한숨만 내쉴 뿐 한동안 말문을 닫아버리고 있었다. 그가 쏟아낸 언어는 이데올로기를 맹타할 때보다 몇 갑절의 독성을 지닌 듯했다. 그러나 부딪쳐보지도 않고 꽁무니를 빼겠다는 도피적인 태도를 제외하고는 저절로 고개가 끄덕여지는 말들이었다. 그가 맛있게 담배를 피우는 것을 보고서야 명진은 말문을 틔웠다.

“문명이야 어찌 됐건 가급적 젊은 나이에 자연으로 돌아가겠다는 것은 좀 그렇네요. 저도 자연과 농촌이 좋기는 해요. 특히 그 평화스러움이요. 하지만 생의 황혼을 보내는 곳 정도가 아니겠어요?”

그가 담배연기를 훅 불며 말했다.

“다들 그렇게 말하지요. 그러나 농사는 오히려 근육이 단단할 때 시작해야 하는 겁니다. 내가 문명 어쩌고 했지만 실상 농장을 하나 갖는다는 것은 참으로 살맛나는 인생입니다.”

“그래도……..”

그날의 대화는 흐지부지하게 끝난 것만큼이나 뒷맛이 개운치 않았다. 저 홀로 설계하는 앞날이라면 나는 뭘까 하는 생각, 이 사람이야말로 망상가가 아닐까 하는 생각이 모락모락 피어나고 있었다.

그에게 더 이상 편지를 쓰지 않은 것은 위문공연단을 이끄는 데 정신을 빠뜨린 탓도 있었지만 그날의 실망감도 적잖이 작용했었다.

‘그는 아직도 그 꿈에 젖어 있을까? 비현실적이며 망상 같은 꿈이지만 그는 아름다운 사람이야. 첫사랑은 이루어지지 않는 것이라, 누가 말했던가? 비록 사랑다운 사랑은 아니었지만 그를 내 첫사랑이라 부르리라. 이만큼 미련과 아쉬움이 남는 사람이니……..’

명진은 머리를 흔들어 회상을 털어버리고는 일준과 만나기로 되어 있는 분수대로 발걸음을 떼어놓았다.

일준은 부석부석한 얼굴에 약간 충혈된 눈으로 벤치에 비스듬히 기대앉아 있다가 힘겹게 몸을 바로 세웠다. 머리카락은 헝클어져 있고 꾸겨진 옷에는 막걸리 자국이 있다. 자세히 보니 두 눈에 눈곱까지 끼어 있다.

간밤에 술과 토론으로 잠을 설친 흔적이었다. 요즘 들어 그의 풀어진 모습을 부쩍 자주 보고 있다. 대학가의 투사들이 술과 토론으로 울분을 토하고 내일의 투쟁심을 충전하곤 한다는 것을 알고 있기에 그러려니 하고 밉지 않게 보아넘기던 모습인데 왠지 오늘은 눈살이 찌푸려졌다.

이 모습이 올바른 투사의 그것일 수 있을까?

명진은 혼자 고개를 젓는다. 아버지가 말했었다. 투사의 냉철함은 극지(極地)의 얼음으로 재어놓은 무쇠 같아야 한다고. 수양재에 술과 담배가 금기로 되어 있는 것은 그 같은 수칙 때문이었다.

아니다. 오늘따라 유난히 이 모습이 눈에 거슬리는 것은 조금 전까지 떠올려보던 한필의 모습과 무관하지 않다. 언제 보아도 깨끗하고 말쑥하던 한필과는 너무 대조적이었다.

명진은 벤치 앞 분수가에 서서 꽃가루가 떠 있는 우중충한 수면을 내려다보았다. 등 뒤에서 하품소리에 이어 졸린 듯한 그의 목소리가 들려왔다.

"왜 그러고 있어요? 여기 앉지 않고."

"……"

"오늘은 좀 이상한데? 언짢은 일이라도 있었습니까?"

"아뇨. 일준 씨는 어젯밤 술 많이 마셨어요?"

"밤새 퍼마셨지요. 여기서 명진 씨 기다리면서 한숨 잤더니 이제 정신이 좀 듭니다."

"오늘은 교정이 조용하네요. 휴전인가 보죠?"

"천만에요. 태풍전야의 고요일걸요. 내일이면 깜짝 놀랄 일이 벌어집니다."

명진은 무의식적으로 그를 향해 돌아섰다. 수면부족으로 충혈된 눈인 데도 새로운 전의로 이글거리는 눈빛을 대하자 한순간에 마음속의 회의들이 이지러졌다.

"그게 뭐죠?"

일준은 텅 빈 주변을 훑어보고서도 속삭이듯 나직한 목소리로 물어왔다.

"혹시 대학 안에 '와이 티 피'라는 조직이 있다는 말 들어보았어요?"

"금시초문인데요."

"서울의 명문고교 출신들로 이루어진 극비의 정보부 끄나풀 단체입니다. 이 대학의 전 학생회장을 포함해서 각 단과대학들의 간부들이 대거 그 조직에 가담하고 있답니다. 내일 규탄대회에서 그 조직원 한 사람이 그걸 폭로하기로 되어 있어요. 본교는 물론 온 나라가 시끄러워질 겁니다."

"그건 대단한 뉴스군요. 그러느라 밤새 술파티를 하신 게로군요."

"하하, 그 호재에 자축연이 없을 수야…… . 정보부를 한방 먹이는 일인데.”

　폭로자는 정치학과 학생이라 했다. 무소불위의 정보부와 지금까지의 동료들을 대상으로 배신의 칼을 뽑는 것이어서 죽음을 각오하지 않고서는 감히 엄두를 낼 수 없는 위험한 일이라 했다. 일준이 일러준 대로 다음날은 ‘와이 티 피’ 폭로대회가 송철원이라는 학생에 의해 문리대 교정에서 이루어졌고, 그날을 기점으로 데모는 새로운 단계로 접어들었다. 폭로 학생이 정보부에 납치 당함으로써 소강상태에 빠져 있던 데모에 새로운 불씨를 지폈기 때문이다.

　그를 내놓으라는 시위는 그 어느 때보다 규모가 확산되었다. 문리과대학의 4·19탑에서는 학생들의 단식 데모가 벌어져 실신한 학생들이 줄줄이 들것에 실려나가고, 종로와 세종로는 각 대학에서 쏟아져나오는 시위대로 연일 교통이 두절되었다. 학원사찰의 야비한 수법이 백일하에 드러난 상태에서 정부의 대응에도 변화가 있었다. 교문진출 차단에서 시위행렬의 호위로, 폭압해산에서 수비일변도의 대치로 방침을 바꾼 것이었다. 초주검이 된 폭로 학생을 내놓은 것 역시 유화책의 일환이었다.

　그러나 그 이완을 틈타 시위는 더욱 거세져만 갔다. 굴욕외교 규탄에서 군사독재 타도로 구호가 바뀐 것도 그 무렵이었는데, 정부는 마침내 초강경으로 돌아서 무차별 검거로 나오기 시작했다. 그 이전의 시위정국에는 양측에 묵계와도 같은 것이 존재했다. 데모는 대일협상에 퍽 유용한 카드이기도 하여 정부가 은근히 시위를 방치하는 느낌이 없지 않았다. 그러나 반정부 구호가 본격화한 마당에서는 그 무형의 묵계는 여지없이 파기될 수밖에 없었다.

　당국이 초강경 진압으로 돌아선 어느 날 등굣길에 나선 명진은 중부경찰서 앞을 지나다가 길을 향한 반지하 쇠창살에 몇 개의 얼굴이 붙어 있는 것을 보았다. 가까이 가보니 유치장인 듯한 실내에는 콩나물시루같이 빽빽하게 대학생들을 가두고 있었다. 그들 가운데 몇몇이 이름과 학교, 더러는 전화번호가 적힌 쪽지를 내던지며 연락을 부탁해왔다.

명진은 얼른 쪽지들을 집어 가방 속에 넣고는 그곳을 떠났는데 근처의 가게 앞을 지날 때 자신도 모르게 발걸음이 멈추어졌다. 저들은 밤새 굶은 채 갇혀 있었으리란 생각이 머리를 스쳤다. 학교까지 가는 차비만 남기고 수중의 돈을 몽땅 털어 빵과 음료수를 사니 커다란 종이봉지 한 개 정도가 되었다. 오던 길로 되돌아가 창살 속으로 그것들을 던져 넣고 있으려니 경찰서 앞을 지키고 있던 보초가 달려왔다.

"학생 뭐하는 거야?"

"……."

"저리 꺼지지 못해!"

명진은 거친 말투로 눈을 부라리고 있는 그를 무시한 채 태연히 남은 것을 던져넣고는 발길을 돌렸다. 경찰관의 어이없어 하는 시선을 등으로 느끼며 성큼성큼 발걸음을 옮기는 기분은 그리 상쾌할 수가 없었다.

그날 명진은 중대한 결단 하나를 내렸다. 데모 무풍지대인 음대에 전운(戰雲)을 이끌어내리란 결단이었다. 먼저 학생 몇 사람을 모아 투쟁심을 고취시켜보았다. 그들 모두가 교도소 위문공연을 통해 정치적 관심을 조금씩이나마 갖게 된 친구들이라 희망이 없지 않았다.

"굴욕외교 규탄에 온 나라가 시끌시끌한 마당에 지성인들이라 자부하는 우린 팔 접고 구경만 해도 되는 거니? 왜놈들에게 나라 빼앗기고 설움 당한 우리 부모님들을 생각해서라도 이래선 안 되는데……. 난 음대생이라는 게 요즘만큼 부끄러운 적이 없어. 우리가 구름 위에 사는 선녀들인가? 이 땅에 발 딛고 사는 배달의 자손들일진대 이렇게 철저하게 정의를 외면할 수는 없는 일이야. 며칠 전에 미대의 여학생들이 들고 일어나 연행당한 미대 남학생들을 석방하라고 교내 농성을 벌인 뉴스는 니네들도 들었지? 그들은 기어코 동료 남학생들을 구해내고서야 농성을 풀었어. 그런데 음대생들은 이게 뭐야. 음대 쪼다들이란 소리를 들어도 할 말이 없다 이거야. 니네들 생각은 어떻니?"

"바지씨들도 가만히 있는데 우리 치마씨들이 뭘 하니?"

"우리 음대엔 데모의 역사도 없었어."

"역사야 만들면 되지만 우린 수가 데모할 정도가 안 되잖니? 음대생 다 나서봤자 한주먹거리밖에 안 될 텐데."

"그리고 악기 다루는 우리가 손가락이라도 다쳐봐. 상상만 해도 끔찍하다, 얘."

반응을 지켜본 명진은 고개를 절레절레 흔들어보이고는 두 주먹을 불끈 쥐었다.

"그건 다 구차스런 변명이야. 난 말이야, 그런 입장의 우리들이 한번 나서는 것이야말로 이 정국의 판도를 바꾸어놓는 데 커다란 기여를 할 수 있다고 생각해. 전투력이 세서가 아니라 타 대학 시위 학생들에게 주는 사기가 그렇다는 거야. 한번 생각해봐. 잠자던 음대의 미녀들이 시위에 나섰다 하자. 그건 상징적 의미에서 대단하지 않겠니? 내 말은 딱 한 번으로 족하다는 거야."

“딱 한 번이라면 해볼 만도 하다, 얘. 기습적으로 말이야.”

“그래. 명진이 말이 맞아. 음대의 미녀들이 나섰다 하면 지금까지 방관하던 남학생들도 가만있지 못하겠지?”

“하긴, 명색이 대학생인데 데모 한번 못해보고 졸업한다는 것도 부끄럽긴 해.”

“명진이 네 생각은 구체적으로 어쩌자는 거니?”

명진은 회심의 미소를 띠며 마음속으로 세웠던 계획을 설명했다.

“우선 우리가 똘똘 뭉치는 것이 첫째고, 다음은 각자 남학생들을 찾아다니며 선동하는 거야. 그 선동에 ‘음대 쪼다들’이란 말을 빠뜨리지 말아야 해. 쪼다가 뭔지 알지? 바보 얼간이들이란 뜻이야. 여학생들이 앞장서는 데 뒷짐 지면 그게 쪼다 아니고 뭐겠니?

그런 식으로 오십 명 정도만 규합하면 그 다음은 쉬워. 설득이든 압력이든 그 숫자로 학생회를 움직이고, 그러곤 교정에서 성토대회를 갖는 거야. 플래카드, 성토문, 구호 등은 나한테 맡겨. 성토 연설도 희망자 없으면 내가 할께. 이 정도면 됐니?”

그렇게 시작된 음대생 데모 모의는 예상 밖의 순조로움으로 이틀 뒤 문리과대학의 시위에 때맞추어 성토대회를 갖기에 이르렀다. 백 수십여 명의 시위대가 교문을 나서 문리과대학 시위대로 합류하기까지 길을 막는 진압대조차 없었다. 음대생의 데모는 학교와 당국의 허를 찌른 것이었다.

벼랑에 선 나무들

　데모의 메카 동숭동 대학가의 오월은 데모로 열려 데모로 닫혔다. 그리고 유월은 민주화의 오로라로 밝아와 겨우 사흘 만에 계엄령의 암흑 속으로 곤두박질쳤다. 훗날 6·3투쟁으로 지칭된 대일굴욕외교 규탄시위는 투쟁의 크기만큼이나 구금자와 수배자가 많았다.

　계엄령이 발동된 날, 책가방을 들고 집을 나선 명진은 음대 아닌 문리과대학으로 가는 버스를 탔다. 계엄령이란 찬 서리에 문리과대학은 어떤 모습이 되어 있을지 몹시도 궁금했고, 강일준의 신변이 무엇보다 걱정되었다.

　버스에서 내려보니 문리과대학은 예상했던 대로 교문은 굳게 닫혀 있었고, 샛문만 열어 놓은 채 군경들이 지키고 있었다. 멀찍이서 지켜보니 가방을 든 학생들이 드문드문 교문 앞으로 와서는 되돌아가기도 하고 일부는 학생증을 제시하고 샛문으로 통과하곤 했다.

강일준이 와 있을지 모른다는 생각으로 들어가본 대학 앞의 다방들만은 아침부터 학생들로 초만원을 이루고 있었는데 어디에도 강일준은 보이지 않았다. 대학 뒤쪽의 낙산 중턱에 있는 그의 하숙집으로 가보니, 강일준이 남긴 편지 한 통이 그녀를 맞았다.

　　명진 씨.
　　행여 이곳으로 찾아올지 모른다는 생각으로 편지를 남깁니다. 나는 계엄령 소식을 접하고 모처로 피신하기로 했습니다. 시국이 잠잠해질 때까지 산사에 들어가 그동안 소홀했던 공부나 하려고 합니다.
　　명진 씨도 조심하십시오. 음대생 데모를 주도했으니 엄연한 주동자 아닙니까? 현명한 처신을 하리라 믿지만 내 생각 같아서는 명진 씨도 당분간 어디로 피신을 하는 게 좋을 듯싶습니다.
　　건강한 모습으로 다시 볼 날을 기약하며 이만 떠나고자 합니다.

6월 4일 아침, 일준이가.

메모를 읽은 명진은 가슴에 저며드는 한 가닥 실망감에 편지를 와락 구겨쥐며 낙산 내리막길을 걷기 시작했다.
'피신 삼아 산사로 간다고? 나더러 피신을 하라고?'
편지의 문구들을 되새김질해보자 배신감 같은 것이 찰싹이는 물결처럼 마음을 때려왔고, 가슴속에서는 뭉클 거부감이 일었다. 치고 빠지는 게릴라식 행동수칙은 혁명운동가들이나 하는 전술일 터.

데모 좀 하였기로 지레 몸을 사려 도망을 친다는 것은 데모를 혁명
운동으로 착각하는 짓이나 아닐지.

생애 통산 열 번째 감옥이라는 곳에서 옥살이를 하고 있는 아버
지를 떠올려보자 계엄령이라는 소리에 놀란 비둘기처럼 날아가버
린 강일준이 너무나 왜소해보여 절로 한숨이 나왔다.

음대에도 예의 군인들이 교문을 지키고 있었다. 문리과대학을 지
키는 군인들과는 달리 학생들의 교문출입을 통제하지는 않았지만
그들은 총검과 험상궂은 표정으로 자못 위압감을 주고 있었다. 그
러나 교문 안 캠퍼스의 분위기는 여느 때와 별로 다를 게 없었다.
기악연습실에서는 가지가지 악기들이 불협화음을 이루며 들려오고
있었고, 소프라노 음성이 후덥지근한 공기를 찢어발기고 있었다.
소음이라 해야 할 그 소리들에 반가움과 내 집 같은 정다움을 느끼
며 명진은 '외도가 퍽 길었구나!' 하는 생각이 들었다. 울컥 공부
에 대한 그리움도 마음의 회귀를 말해주는 것이었다.

그날 하루 명진은 오랜만에 친구들과 어울리며 수다를 떨었다.
수다의 즐거움은 마음에 간단없이 와닿는 축축한 불안감을 증발시
키는 듯했고, 삶에 대한 애정마저 한없이 북돋아주기도 했다.

그러나 친구들과 헤어져 터벅터벅 집으로 향하는 길에서는 온갖
불안감이 되살아나는가 하면 가슴속에는 커다란 허공이 생겨난 듯
까닭 모를 허탈감이 엄습해왔다.

수다의 뒤끝이란 허무하기 마련이지만 가슴속의 허공은 분명 그
것으로 생겨난 것은 아니었다. 무인고도에 홀로 남겨진 듯한 고독
감이 엄습해오는가 하면 도깨비와 한바탕 씨름을 벌인 듯한 허탈감
마저 일었다. 그것들은 원초적인 열정이 식어가며 생겨나는 것일지

도 몰랐다.

'열정. 돌이켜보면 교도소 위문공연에 빠져들었던 것이며 데모에 광분했던 것 모두가 신들린 듯한 열정에서 비롯되었다. 그렇다면 실체는 과연 무엇이던가? 정의와 진리에 대한 목마름이었던가? 아니면 한필이 말한 바 있던 꼭두각시놀음이었던가? 아니, 아니. 고독을 떨쳐버리려던 몸부림은 아니었던가? 계엄령 한 방에 참새 떼처럼 흩어져 달아나버린 데모 주동자들과 제정신이 번쩍 든 나는 무엇이 다른가?'

헤아려보니 열정에 두둥실 몸을 실어 흘려보낸 세월이 꼬박 일 년이었다. 그동안 공부가 얼마나 엉망이었던가를 생각하자 무얼 위해 대학에 들어갔던가 하는 한탄이 신음이 되어 나왔다.

명진은 냉철하게 자아를 들여다보며 눈물을 삼켰다. 그러자 불현듯 한필의 얼굴이 떠올랐다. 아버지의 꼭두각시가 되지 말라고 하던 그, 데모의 열정을 치기라 매도했던 그, 도둑맞은 세월이란 말로 방황을 경고해주었던 그, 그는 지금의 내 모습을 보면 무슨 말을 할까?

계엄령 발동 며칠 뒤, 게시판에 학기말고사 공고가 나붙었다. 대학당국에게 전가의 보도가 되어버린 조기고사, 조기방학 조치가 다시 한번 발동된 것이었다.

오전 강의로 종강을 맞은 정옥과 민지가 중앙도서관으로 가 시험공부를 하자고 제의해왔다. 며칠이 흘러도 아무 일 없는 것을 보면 신변의 안전은 어느 정도 확인된 셈이었지만 군경이 삼엄한 경계를 펼치고 있는 문리과대학 교문만은 어쩐지 마음이 켕기었다. 하지만 데모에 가담하느라 빠뜨려먹은 강의가 많았던 명진은 그들의 노트를 빌려보아야 했기에 울며 겨자 먹기로 따라나왔다.

버스에서 내려보니 문리과대학 교문은 여전히 샛문만 열려 있고 군경 두 사람이 지키고 있었다. 그들 가운데 경찰모를 쓴 사람이 학생증을 제시받고서는 군소리 없이 정옥과 민지를 안으로 들여보냈다. 차례가 되자 명진은 쿵덕거리는 가슴에 숨을 가득 들이킨 뒤 학생증을 내밀었다. 그러자 학생증과 얼굴을 번갈아보며 고개를 갸우뚱거리던 그가 주머니 속에서 수배자 명단인 성싶은 인쇄물을 끄집어내어 대조했다. 그가 고개를 번쩍 치켜들며 말했다.

"학생이 음대생 데모주동자 오명진이야?"

명진은 한순간 현기증을 느꼈다. 그러나 몸 어디에선가 '난 수양재의 자식이야' 하는 울림이 일어났다. 명진은 고개를 빳빳이 들었다.

"그 명단에 제 이름이 올라 있나요?"

그가 버럭 소리를 질렀다.

"데모주동자 그 오명진인가만 대답해."

"전 주동자 소리를 들을 자격은 없지만 오명진임에는 분명해요."

"이런 건방진……. 이봐, 수배자명단에 올라 있는 여대생은 너 하나뿐이야. 여대생이 주동자라……. 세상 참 말세로군. 아무튼 저 안으로 들어가봐."

그에게 등을 떠밀려 수위실에 들어서자 나무의자에 앉아 있던 사복차림의 중년 남자가 손에 들고 있던 신문을 내려놓으며 말했다.

"오오라. 하는 소리가 꽤 당돌하여 누군가 했더니 오명진 자네였군."

그가 아는 체를 하며 살집이 넉넉하고 거무튀튀한 얼굴에 미소를 띠자 명진은 갑자기 당혹감에 빠져들었다. 눈을 멀뚱거리고 있으려니 그가 말을 이었다.

"그렇잖아도 오늘 내일 자넬 잡으러 음대로 갈 예정이었는데 마침 잘 와주었군. 내가 누군지 아나?"

그가 간접화법으로 경찰관임을 밝히자 명진은 각오를 다지며 사뭇 도전적인 목소리로 말했다.

"제가 어떻게 알아요? 누구신데요?"

"날 모른다니 유감이군. 자네 남자친구 강일준은 날 잘 알지. 이 대학 학생들은 날 지킴이 채 형사라고도 하고 능구렁이 채 형사라고도 부르지. 자네는 날 모르지만 난 자넬 잘 알아. 왠지 아나?"

"……?"

"그건 자네가 내 눈에 꽂힐 짓을 그만큼 많이 했다는 뜻이야. 우리 서(署)로 가서 이야기를 계속할까? 수갑을 채워야 마땅하지만 자네 체면을 봐서 그냥 가도록 배려해주지."

그를 따라 밖으로 나오자 저만치 물러나서 발을 동동거리고 있는 정옥과 민지의 모습이 보였다. 명진은 그들에게 허풍스러운 웃음을 보이며 손을 흔들고는 교문 밖에 세워져 있는 지프차에 올랐다.

차가 달릴 동안 눈을 감고 있으려니 착잡한 감회가 밀물처럼 다가왔다.

'아 -, 나는 이제 투사의 길을 가는가?'

그러자 올바른 투사가 되려면 이 나라 감옥의 절반쯤은 돌아야 하고, 인생의 절반쯤은 옥살이로 보내야 한다던 아버지의 말이 생각났고 '과연 내 자식이로구나' 하고 흐뭇해하는 아버지의 얼굴이 떠올랐다.

　그러나 성난 어머니의 얼굴이며 비웃는 한필의 얼굴, 실망하는 언니의 얼굴이 뒤를 이어 떠오르자 그 감회는 안개처럼 흩어져버렸다. 그녀는 생각했다.

　'나는 진정 투사가 되자고 마음먹은 적이 있던가? 아니, 인생을 몽땅 던져버릴 만한 투쟁의 목표가 있었더란 말인가? 아버지에게는 조국광복이란 거룩한 명분이 있었고, 민족통합이란 절대가치가 있었지만 나에게 무슨 명분이 있으며 신념은 무엇이었던가? 고작 굴욕외교 규탄에 정의감을 가졌을 뿐.'

　요 며칠 동안 준엄하게 자기성찰을 한 뒤끝이라 그런지 '이건 아니야' 하는 생각이 머릿속을 떠나지 않았다.

　한낮이어서 그런지 경찰서 안은 의자들이 텅텅 비어 있었고, 형사인 듯한 사복차림의 사내 하나가 책상에 엎드린 채 코를 골고 있어서 채 형사의 책상 맞은편에 앉은 명진은 긴장감이 풀어졌다.

　그는 책상서랍에서 서류뭉치를 끄집어내더니 타이프 용지 서너 장으로 된 한 묶음의 서류를 뽑아들었다.

　"따라와."

　그가 의자를 밀고 일어나자 명진은 그제야 긴장감을 되살리며 아랫배에 힘을 주었다. 그는 수하인 듯한 젊은 형사에게 커피 두 잔을 가져오라 시킨 뒤 취조실로 인도했다. 칸막이 속의 취조실은 대낮인데도 그다지 밝지 않은 백열등이 켜져 있어서 음산한 느낌을 주었다. 탁자를 마주하고 앉은 그는 서류를 대충 훑어보더니 입을 열었다.

　"이건 최근에 작성된, 자네에 대한 조사 기록이야. 이 서류에 의

하면 학원에 대해서는 베테랑 소리를 듣는 나마저도 자네한테는 깜빡 속은 셈이야. 데모에 약방의 감초처럼 자네 얼굴이 보이곤 해서 주목했다가 앳되고 예쁘장한 여학생이라 호기심으로 그러는 것이라 여기고 예사롭게 넘겨버렸거든. 더군다나 음대생 배지를 달고 있어서 말이야.

헌데 어느 날 자네는 난데없이 음대생 시위대를 이끌고 동숭동에 나타난 것이야. 내 뒤통수를 한대 갈긴 셈이었어. 깜짝 놀라 조사해보았더니 자네는 그럴 만한 배경을 가졌더군. 여기 적힌 내용들이야 누구보다 자네가 잘 알 테고. 요는 내 관심은 자네가 정말 이 서류가 말해주는 것만큼이나 질 나쁜 이념 학생인가야."

그가 담배에 불을 붙이고 빤히 얼굴을 바라보자 명진은 가두고 있던 숨을 내쉬며 말했다.

"절 인격체로 대해주셔서 고맙습니다만, 질 나쁜 이념 학생이란 말씀은 무얼 뜻하는지 모르겠어요."

"모른다고? 아버지는 용공단체를 만들어 옥살이를 하고 있고, 어머니는 빨갱이로 사형수가 되었다가 풀려났는데도? 게다가 자네는 몇 달 전까지도 교도소 위문공연단을 이끌었는데도?"

명진은 갑자기 말문이 막혀버렸다. 아버지와 어머니를 들먹이는 데야 무슨 말을 할까? 씌워져오는 올가미를 벗어나려면 아버지와 어머니의 행적과 사상을 변호해야만 하는데, 섣부른 변설을 해보았자 먹혀들 리가 없는데……

망연한 얼굴로 고개를 떨구고 있으려니 노크소리가 들리고 젊은 형사가 커피를 가지고 왔다. 채 형사가 커피를 앞으로 밀어주며 말했다.

"이것 마시고 긴장을 풀어. 자네 말마따나 이런 대접은 특별한 것이야. 내가 이러는 건 이런 일로 여대생을 다루어보는 게 처음이고, 나한테도 자네보다는 조금 어린 딸자식이 있기 때문이야. 그리고 자네는 아무리 보아도 이념에 빠져들 인상은 아니야. 학원사찰 임무를 십수 년 수행하다보니 얼굴만 척 보아도 성분을 알아맞히게 되더군."

명진은 커피를 대하자 몹시도 목이 마르다는 걸 깨달았다. 잔을 몇 번 기울이고 나자 따뜻한 차 기운에 용기가 솟아오르는 듯 했다. 명진은 잔을 내려놓으며 말했다.

"부모님들을 말씀하셨는데 그분들의 영향이 없다고는 못하지만 제가 한 데모는 순수한 제 신념에서 행한 것입니다. 배달의 자손이라면 중고등학생일지라도 가질 애국심일 뿐입니다. 국모를 살해한 만행에다 극악무도한 식민통치를 자행한 일본에게 돈 몇 푼 받고 면죄부를 쥐어주는 위정자들인데, 그 한심한 외교에 눈을 감아버린다면 이 나라 대학생들은 썩은 무뿌리와 무엇이 다르겠어요? 전 민족관이 흐리멍텅한 음대생들에게 정의감과 민족애를 일깨웠을 뿐입니다.

제 아버지를 용공분자로 말씀하셨지만 제가 알기로는 그분만한 애국자는 드뭅니다. 제 아버지는 항일투쟁에 청춘을 바친 분이고, 옥살이 경력이 그걸 뒷받침하고 있습니다. 세태에 밀려 정치범이 되어 계실 뿐인데 정치적 잣대로 제 아버지를 그런 식으로 말씀하시는 것은 온당치 못해요.

교도소 위문공연을 말씀하셨는데, 그게 질 나쁜 이념과 무슨 관계가 있나요? 솔직히 말씀드려서 전 아버지에게 용기를 북돋아드리기 위해 위문공연단을 생각해냈더랬어요. 그런 게 모두 죄가 된다면 달게 벌 받을 각오는 되어 있습니다."

한바탕 열변을 토하고 나니 채 형사의 눈빛이 싸늘하게 변해 있었다. 그가 착 가라앉은 목소리로 말했다.

"내가 자넬 크게 잘못 보았군. 자넨 결코 단순치가 않아.

'대일협상은 국치 외교다!'

'36년 식민통치에 면죄부가 웬 말이냐!'

'제2의 이완용, 김종필을 처단하라!'

이 플래카드 문구들은 자네 머리에서 나온 것이겠지?"

명진은 올 것이 오는구나 하는 아득한 심정으로 고개를 끄덕였다.

"이봐, 오명진. 아까도 말했지만 난 자넬 내 선에서 깨우쳐 훈방시키려고 안 해도 되는 짓을 하고 있는 거야. 딸자식 같고, 자네 청춘이 아까워서 말이야. 헌데 자네는 벌써 사상의 물이 흠씬 밴 것 같아. 안 그런가? 자네 혹시 공산주의자 아니야?"

"전 사상 같은 건 몰라요. 제가 아는 사상은 민족주의밖에 없어요."

"민족주의라, 그게 얼마나 위험한 사상인지 알고나 하는 말이야?"

"……?"

"문리과대학에는 비교민족연구회라는 게 있어. 알고 있나?"

"그건 들어서 알아요."

"강일준이 그 주요 멤버이니 당연히 알고 있겠지. 그들이 거의 다 데모의 주동자들이라는 걸 어떻게 설명할 텐가? 자네 아버지도 물론 명목상으로는 민족주의자이고 말이야."

"전 그들을 몰라요. 강일준이 그 멤버인 것은 알지만 그들이 하는 일은 모른다고요."

"그래? 나는 학원의 이념단체와 사상범들을 하도 오래 다루어보아서 그들이 잡혀와서 하는 말을 훤히 꿰뚫고 있어. 누구도 '난 사회주의자다, 공산주의자다' 라고 시인하는 일은 없어. 그리고 누구나 민족주의라는 가면 뒤로 숨으려 들지. 자네도 그 수법을 배운 게로군."

명진은 불현듯 한숨을 내쉬었다. 민족주의 가면 뒤에 숨은 아버지의 진면목 어쩌고 하는 말은 어머니와 언니로부터 귀 따갑게 들어왔고, 한필한테도 들어온 말이었다. 그녀는 말실수를 깨닫고 당황했지만 사상범이 되는 것만은 막아야하리란 생각이 들었다.

"전 모르겠어요. 애민애족 관념이 왜 그런데 이용되는지를요. 제가 정의라고 판단하는 잣대는 그 관념뿐입니다."

"민족주의는 정신이나 관념이 아니라 엄연한 이념이야. 그걸 모르고 하는 소리는 아니겠지?"

"그렇다면 제 말에 실수가 있었어요. 전 '주의' 같은 건 갖지 않았어요."

"나더러 그 말을 믿으라는 건가? 자네는 데모 상습범이야. 게다가 이런 플래카드 글귀를 지을 정도인데. 유치장에 들어가 며칠 푹 썩어봐. 거기에 들어앉아 있으면 세상이 조금 보일 거야. 며칠 뒤에 다시 부를 때는 자네에 대한 처리가 결정되어 있을 거야. 계엄령이 발동된 이상 데모 주동자들은 아마도 된서리를 맞을걸. 집시법 위반이 아니라 내란음모죄 같은 걸로 말이야."

채 형사는 커피를 가져다주었던 젊은 형사에게 유치장으로 데려

가라는 명령을 내린 뒤, 냉정하게 등을 돌려버렸다.

　유치장에 갇힌 명진은 자신의 운명에 대해 그다지 두려움을 느끼지 않았다. 내란음모죄 같은 걸로 된서리를 맞게 될지 모른다던 채 형사의 말이 귓전을 맴돌고 있었지만 그런들 어떠리 하는 대범함이 차츰 두려움을 쫓았다.
　다만 아쉬운 것은 투쟁다운 투쟁도 못해보고 철창신세가 되는 것이었다. 피신을 하라던 일준의 편지를 떠올리자 쓴웃음이 나왔다. 그럴 바에 데모는 왜 하였느냐 반문해주고 싶었다.
　그녀는 망막에 스치는 수많은 얼굴 가운데 한필의 얼굴이 많이 떠올랐다. 지난 며칠 동안 삶에 회의를 느끼기 시작하자마자 까맣게 잊고 있던 그가 생각났던 것은 그가 했던 말들 때문일지도 몰랐다. 지나고보니 독화살 같았던 그의 말들은 하나하나가 예언이었다. 데모도, 교도소 위문공연도, 일준과의 사랑도 모두 아버지란 우상에서 비롯된 것이었고, 거기 어디에도 자신만의 인생은 없었다.
　'나만의 길은 결국 아버지란 우상을 무너뜨리는 것으로 시작되는가? 그리고 사상의 허구를 인정해야만 하는가? 그리하여 찾은 순수한 내 삶은 대체 어떤 것이란 말인가?'
　한필이 옆에 있으면 물어보고 싶은 심정이었다. 공부에 푹 젖어보고 싶은 마음은 이제 열망으로 타올라 여기에서 나가게 되면 만사 팽개치고 공부만 하리란 생각이 들 정도였다.
　낮에는 한산하던 유치장에 밤이 되자 꾸역꾸역 범법자들이 들어오기 시작했다. 술 냄새 풍기는 작부들, 값싼 화장품으로 범벅을 한 창녀들, 생선 비린내며 시큼한 땀 냄새를 묻힌 장사꾼 아줌마들이 대부분인 비좁은 유치장에서 명진은 상념마저도 흐려졌다.

사흘째 아침나절에는 어머니가 나타나 우락부락 몸을 흔들며 철창 안으로 한바탕 욕설을 안기고 갔다. 못된 짓만 골라 하는, 엉덩이에 뿔난 송아지니, 제 애비를 빼박은 년이니 하는…….

명진은 옷에 흙탕물이 튀긴 것과 같은 가벼운 마음으로 어머니의 욕설을 들어 넘겼다.

채 형사의 호출을 받고 이층의 취조실로 끌려간 것은 닷새째 오후였다.

"여어, 오명진. 그동안 반성 좀 했나?"

그가 싱그럽고 인자한 웃음을 보이자 명진은 팽팽했던 긴장감마저 풀어져 자신도 모르게 고개를 숙여 절을 했다. 탁자 위에는 어느새 커피잔까지 올려져 있었다.

"유치장과 감옥 맛을 보아야 인생을 제대로 안다는 말이 있어. 모르긴 해도 거기서 인생공부 좀 했을걸?"

그가 보여주는 호의에 명진은 무슨 말인가 해야만 하리라 생각했지만 적절한 말이 떠오르지 않았다. 쓸쓸한 미소를 보이며 커피를 마시고 있으려니 그가 말했다.

"그동안 고생 많았어. 자넬 믿어보기로 하고 내 선에서 훈방조치를 내리는 거야. 수배자 명단에 오르면 훈방을 하는 데도 검사에게 품신을 올려 지휘를 받는 거야. 그러느라 시일이 걸렸지만 그런 절차가 없었다 해도 자네는 유치장 맛을 좀 보아야 했어. 무슨 말인지 알아?"

명진은 한동안 멀뚱거리는 눈으로 그를 바라보다가 의자에서 일어나 깊숙이 허리를 꺾었다.

"감사합니다. 큰 은혜를 입었군요. 데모가 큰 죄라고는 생각지 않지만 그 따위 일로 별을 다는 것은 달갑지 않았어요."

"큰일이면 별을 달겠다는 뜻인가?"

"그만한 명분이 생긴다면 모르겠어요. 하지만 데모는 더 이상 하지 않겠어요."

"그거면 됐어. 어쨌든 경찰서에는 다시 오지 마. 사내자식들이라면 몰라도 딸자식들은 당체 모질게 다룰 수가 없어서……. 강일준이 말인데, 연락 닿거든 속히 자수하라고 해. 나한테 먼저 찾아오라 전해주고. 자넬 인계할 보호자가 아래층에 와 있을 거야. 아, 참. 한필이란 학생 좋은 친구더군. 며칠 전에 날 찾아와 자네 가정 이야기를 소상히 들려주었어."

명진은 한필이란 말에 고개를 갸웃거렸지만 채 형사에게 묻지는 않았다. 그가 어떻게 잡혀온 것을 알았을까 하는 의문은 그다지 풀기 어려운 수수께끼는 아니었다. 아마도 정옥이 한필을 찾아가 사정 이야길 했겠지.

그러나 그가 채 형사를 찾아갔더란 말에는 가슴 찡한 감동이 솟구쳤다. 그는 아직도 날 잊지 않은 것일까?

학교로 돌아와 그나마 안도의 한숨을 내쉰 것은 이제 막 기말고사가 시작되고 있다는 점이었다. 친구들의 노트도 빌려보고, 밤샘 공부도 하여 얼렁뚱땅 시험을 치른 명진은 몹시도 지친 심신을 끌고 수양재로 향했다. 그곳밖에는 안식처가 없었다.

손끝 하나 움직이고 싶지 않은 그 깊은 피로감은 실상 마음의 회의와 허탈에서 비롯되고 있었다.

'아버지의 그늘에서 벗어나자. 이제부터 공부에만 매달리자.

경찰서를 나서며 다짐에 다짐을 거듭했던 두 마디였는데 수양재로 와보니 그 어느 것도 쉽지 않음을 깨달았다. 수양재는 아버지가 집 떠난 지 삼 년이 지났어도 변한 게 별로 없었다. 계모와 진영 아저씨는 여전히 잦은 모임을 갖고 민족과 통일과 군사정권 타도를 부르짖고 있었고, 닷새 동안 유치장살이를 한 자신을 잔다르크나 유관순이나 되는 양 영웅대접을 해왔다. 이제 눈에 훤히 보이는 한심스런 작태인데도 자신은 겸양의 말을 할 뿐 그들의 분위기 띄우기를 탓할 수는 없었다.

수양재는 아직도 나라와 민족에 자신의 그늘을 드리우고자 하는 망상의 숲이었다. 이곳의 나무들은 끝없이 결속의 언어와 사기부양의 언어들을 나누며 서로의 어깨를 비빈다. 아니, 그래야만 하는 게 이곳의 생리다. 마치 나무들이 자신이 떨군 낙엽을 거름으로 삼듯 이곳의 사람들은 자신들이 떨군 언어들을 양분으로 삼아 우 - 우 - 소리를 지르는 것이다. 그것은 곧 그들의 존재확인인 것이다.

그런 분위기에서 아버지로부터 벗어나고자 하는 몸부림은 곧 늪 속을 허우적거리는 것과도 같았다. 명진은 한필이 말한 바 있던 단절이라는 의미를 뼈저리게 느꼈다. 아버지의 그늘에서 벗어나자면 절단중류(截斷衆流)에 버금가는 단절이 필요하지만 자신에게는 마음을 가다듬을 수양처마저 없었다.

공부로 열정을 돌려놓으려는 것도 쉽지 않은 일이었다. 잡념으로 들끓는 머릿속은 무슨 책을 대해도 겉돌기만 하여 신경회로들이 고장을 일으킨 게 아닐까 싶었다. 학습습관이 망가진 정도는 더욱 심하여 책을 조금만 오래 들고 있어도 피로감을 느끼곤 했다.

다만 하나, 일준에 대한 마음만은 확실히 단절되었다. 그것은 그가 안겨주었던 도피의 실망감에서 비롯된 것만은 아니었다. 아버지라는 그늘에서 벗어나자고 마음먹었을 때 맨 먼저 멀리할 표적이 그였을 뿐이었다.

'그에 대한 내 사랑은 허상이었던가? 정의와 진리와 실천, 애국과 애민과 이념으로 도포(塗布)되었던 그 사랑은 어찌하여 미련조차 그다지 남지 않는가? 그리고 내가 밀쳐버렸던 한필은 요즘 들어 왜 이다지 그리운 것일까?'

명진은 줏대 없이 흔들리는 자신의 마음에 진저리를 치곤 했다. 하지만 채찍질로 다스려질 마음의 방산(放散)은 아니었다. 내가 진정으로 사랑했던 사람은 그가 아니었을까 하는 생각이 들곤 했다.

데모가 한창이던 오월 하순경. 문리과대학에서 그와 맞닥뜨린 적이 있었다. 공교롭게도 일준과 나란히 교문에 들어서던 중이었고, 그는 혼자 밖으로 나가던 중이었다. 그는 보일 듯 말 듯한 미소를 머금은 채 스쳐가고 말았다. 그 순간 가슴 한구석이 무너져내리듯 뭉클한 아픔이 왔었다. 그가 얼마나 반가운 존재이며, 그를 잃은 상실감이 얼마나 깊은가를 비로소 깨닫는 순간이었다.

며칠 뒤 또 한 번 먼발치에서 그의 뒷모습을 보았지만 불러세우지도, 뒤쫓아 가지도 못하는 안타까움에 눈물이 핑 돌았었다. 명진은 송희 언니에게 약혼자란 말을 입에 올린 것을 후회했었다. 그 말을 전해 들었을 한필의 반응이 어떠했을까를 생각하자 경망한 혓바닥을 뽑아버리고 싶을 만큼 자신이 미워졌다.

그러나 그에게 다가가기는 이제 때가 늦었다는 생각이 들었다.

명진은 넝쿨식물 같은 자신의 의존성을 뉘우치며 이제 철저히 홀로서기를 하리라 마음먹었다.

일준이든 한필이든 그들 또한 마음을 의탁하려던 지주에 불과하다는 사실을 명진은 깨달았다.

1965년 십이월 하순으로 접어든 어느 날 아침.

서울의 장기호 선생으로부터 한 통의 전화를 받은 혜숙은 머릿속을 회오리쳐오는 오만 가지 생각에 몸을 가누지 못해 요를 깔고 누웠다. 성탄절 특사로 남편이 풀려날 것이 거의 확실하다는 소식인데 어찌 기쁘지 않으랴.

그녀는 방금 전화기에 대고 호들갑스러운 환호성을 올렸고, 기쁜 소식 전해주어서 고맙다는 인사를 몇 번씩이나 했는데, 수화기를 놓고 돌아서자 기쁨의 전율이 휩쓸고 지나간 자리에는 이내 불안의 그림자가 드리워져왔다. 먹구름처럼 음산하게 다가온 그것의 정체는 앞날에 대한 예감이었다. 뭉뚱그려보면 어렵사리 꾸려온 보금자리가 닥쳐올 비바람에 풍비박산되리라는 예감이었고, 한 올 한 올 들여다보면 삶이 다시 한번 난마처럼 얽히리라는 예감이었다.

곁가지들을 쳐내어 자신의 핏줄만으로 단란한 가정을 이루고 살아온 지난 몇 해는 수양재 답지는 않았을망정 나름대로는 호시절이었다 해도 좋았다. 내 피가 흐르는 내 새끼들에게 누구 눈치 보지 않고 좋은 음식 먹이고 고운 옷 입히는 즐거움이 그러했고, 가식과 위선의 옷을 훌훌 벗어던진 홀가분함에서도 그러했다.

남편의 옥중생활이 삼 년째로 접어든 어느 봄날 광복동의 큰언니가 말했었다.

"넌 요즘 얼굴에 개기름이 잘잘 흐르는 게 마음이 편한가보다. 펄펄 날아다니는 듯한 그 걸음걸이도 그렇고. 나 모르는 좋은 일이라도 있나보지?"

"언니두 참, 집구석이 풍비박산인데 무슨 말이 그래요. 하기야 체념해버리니까 속이 덜 썩지만."

"풍비박산 좋아하네. 네 남편 일이야 예정된 운명 같은 것이고……. 덕분에 귀찮은 짐짝들을 싹 쓸어냈는데. 그래서 네가 요즘 제 세상 만난 듯이 살고 있는 줄은 안다만 그런 것 말고, 무언가가 있어. 근래 부쩍 싱싱해진 그 피부와 얼굴의 윤기가 말해주는 것은 또 다른 것이라니까."

"또 그놈의 심술통이 근질거리우? 무슨 말을 하고 싶어서 그래요? 변죽 건드리지 말고 말해봐요."

"너 연애하니?"

혜숙은 입을 크게 벌린 채 찢어질 듯한 눈으로 그녀를 흘겨볼 뿐 아예 말문을 닫아버렸다.

"말하기 싫으면 관둬. 그렇지만 꿀단지에 빠져 죽는 파리는 되지 마라."

싱긋싱긋 눈웃음까지 보이는 그녀를 혜숙은 한 대 갈겨주고 싶은 분기를 가라앉히며 투덜거렸다.

"하여간 생사람 잡는 데는 뭐가 있다니까. 머릿속 나사가 잘못 조여도 분수가 있지. 그런 말도 안 되는 생각을……."

"아니면 그만이지, 그 눈이 뭐니? 사람 잡아먹겠다, 야. 젊은 제자들하고 어울려 다니는 네 신수가 샘나서 해본 소리다, 왜. 사랑방 손님같이 아래채에 두고 있던 그 노총각, 아직도 그대로 있니?"

"언니! 사람 뒤집어지게 할 일 있수? 아니면 벌써 망령이 든 거유?"

"그래, 그래. 그만 하자. 하지만 다 늙은 남자 만나서 살아온 것도 서러운 너인데 앞으로 십수 년을 수절하고 살 거니? 내 말은 적당히 연애하는 것도 나쁘지 않다는 뜻이야."

"제발 그만해두셔. 노망났다는 소릴 안 들으려면."

그날의 대화는 그쯤에서 다른 이야기로 넘어갔지만 언니의 넘겨짚기는 생판 근거 없는 것은 아니었다. 제자들과 잦은 어울림이 생의 활력소임에는 분명했고, 그 가운데 상화에게서는 가끔 타락해버리고 싶은 충동을 일으키곤 했다. 밤늦게 술에 취해 그의 부축을 받으며 수실 언덕배기를 오를라치면 젊은 남자의 체취가 노곤한 육신으로 거침없이 스며들어 못 견딜 정염을 일깨웠는가 하면 잠 못 이루는 밤에는 아래채에서 들려오는 코고는 소리에도 이불을 가랑이 사이에 끼우고 몸부림치곤 했었다.

그럴 때면 자신에게 말하곤 했다. '내 무슨 불륜을 저지른다 한들 그이의 방종에 비하겠어. 여러 여자를 울리기만 한 게 아니라 죽음에까지 이르게 한 사람인데. 아 -, 그러나 내 어찌 한순간을 못 참아 내 삶에 치욕을 안기랴.'

상화를 가겟방으로 옮겨가게 한 것도 수많은 밤을 갈등으로 뒤척인 뒤였다.

돌이켜보면 그렇게 하여 지켜낸 지난 오 년의 수절은 남편의 옥살이에 비교되리 만치 승리의 기쁨을 안겨주는 것이었다. 그 생각을 하고 있는데, 상화의 목소리가 상념을 깨웠다.

"사모님, 안에 계시오?"

"응, 마침 잘 왔어."

자리를 박차고 일어난 혜숙은 그를 방 안으로 들이고 장기호 선생과의 통화내용을 알렸다. 환호성을 올리는 그에게서 혜숙은 또 하나의 야릇한 기쁨을 맛보았다. 그와 함께 불륜의 구덩이로 빠졌더라면 지금은 환호성이 아닌 비명을 질러야 하리란 생각에 안도의 기쁨을 느끼는 것이었다.

언제부턴가 아이들에게 진영 아저씨라 부르게 한 상화는 그동안 수양재의 버팀목 노릇을 해왔다. 사실 다른 말로 하면 수양재에 매여 청춘을 다 썩혀버린 사람이다. '이제 주인이 돌아오는데 그는 어떤 감회를 느낄까?'

혜숙은 철부지 소년처럼 들떠서 동지들에게 소식을 전하러 가는 그의 뒷모습을 바라보며 이번에도 남편이 몰고올 풍운에 맞서지 못하리란 느낌이 들었다.

미미 양장점은 손님을 맞고 있었다. 예사로 대할 수 없는 단골인지 점원을 제쳐두고 큰언니가 직접 응대하고 있었다. 그녀는 반 시간 가량이나 씨름하여 투피스 한 벌과 코트 하나를 팔고는 소파로 와 앉았다.

"웬 걸음이냐?"

"자갈치 생선회 생각이 나서. 마수 톡톡히 한 모양인데 근사하게 한턱 내슈."

"그뿐이니?"

"그이가 석방될 모양이에요. 크리스마스 특사로."

그러나 함께 기뻐해주리라 여겼던 그녀는 얼굴에 수심을 담았다. 한동안 눈을 멀뚱거리고 있던 그녀가 말했다.

"너 괜찮겠니?"

"괜찮다니, 뭘?"

탐색해오는 그녀의 시선에 혜숙은 의아한 표정을 짓고 있다가 버럭 화를 냈다.

"언니, 대체 무슨 생각을 하길래 그런 눈으로 사람을 보는 거유?"

"아니, 뭐……. 내 생각에는 기쁜 소식만은 아닐 것 같아서……. 그동안 네가 퍽 행복해보였거든."

"난 또 무슨 뚱딴지같은 상상을 하나 했지. 지금 내 기분은 아닌 게 아니라 요상하다우. 기쁘기야 하지만, 좋은 시절도 이제 끝이구나 싶기도 해요. 그이는 틀림없이 흩어져 있는 자식들부터 모으려 들 터이고, 또 무슨 일인가는 벌이고 말 거유. 집안에 가만 앉아 있을 위인은 아니니까."

"옳은 말이야. 이제부터는 미친 짓 그만하고 수양이나 쌓으라고 해. 그 집을 수양재(修養齋)라 한다면서."

"그렇다고 미친 짓이라니, 그이가 하는 일이 미친 짓이라면 나는 뭐유?"

"흥, 너야 오 서방한테 시집가겠다고 할 때부터 미치지 않았었니? 꼴에 남편 욕은 듣기 싫다 이거군. 아무튼 미친 말은 마구간에 매어두는 게 상책이야. 점심이나 먹으러 가자."

혜숙은 짚불처럼 확 피어오르려는 분기를 이내 주저앉히며 볼멘소리를 했다.

"아무튼 언니 심보는 알아줘야 해. 남의 속을 확 뒤집어놓고 먹여주겠다니……."

장기호 선생과 밤늦도록 이야기를 나누고 새벽녘이 가까워서야 잠자리에 들었는데 눈을 떠보니 아직도 창문에는 짙은 어둠이 묻어 있었다. 한두 시간 잤을까? 그 짧은 겉잠은 피로만 온몸으로 퍼뜨려놓았는지 전신이 찌뿌드드했다. 잠을 자야 한다는 생각에 혜숙은 두 눈을 꼭 감고 다리 사이에 이불을 감아넣었다. 푹신한 이불의 촉감이 다리 사이의 허전함을 메우자 그 편안함으로 스르르 잠이 드는 듯했다.

그러나 한번 깨어난 의식은 비몽사몽간에 두둥실 떠서 좀처럼 가라앉지 않았다. 남편을 맞이하는 흥분 때문만은 아니었다. 수양재의 옛 모습이 떠올라 아련한 그리움을 불러오는가 하면 나 몰라라 하고 내쳐버렸던 배다른 자식들의 얼굴들이 떠올라 괴로움을 일깨웠다. 오만 가지 생각이 머릿속을 기는 벌레처럼 스멀거려 깨어났을 때는 잠을 잔 것이 아니라 고문을 당한 듯했다.

장기호 선생과 겸상으로 아침밥을 먹고 있을 때 명진과 우휘가 함께 들이닥쳤다. 삼선교 이모 댁에서 아침밥을 먹고 오는 길이라 했다.

부쩍 커버린 우휘의 모습에 깜짝 놀란 혜숙은 한동안 입을 다물지 못했다. 물외 크듯 쑥쑥 자라는 나이에 내보냈으니 사 년 만에 다시 보는 그녀의 탈바꿈은 당혹감을 주기에 충분했다. 더구나 그녀의 탈바꿈은 못난 애벌레에서 예쁜 나비로의 그것이었다. 상큼하게 쌍꺼풀 진 눈, 서구적 음영으로 조각해놓은 듯한 얼굴의 윤곽, 앵두 같은 입술과 상아빛 피부, 그것은 함부로 내다버린 귀중품 같은 느낌으로 한순간 후회가 밀려왔다.

"저 애가 홍 원장 소출입니까?"

"이런 내 정신 좀 보게. 우휘야. 이분께 인사 올려라. 장기호 선생님이라고, 아버지의 둘도 없는 벗이시다."

우휘가 공손히 허리를 굽히자 장 선생은 수저를 놓고 얼굴 가득히 웃음을 머금었다.

"호오! 홍 원장이 절세미인 따님을 남기셨구만. 난 네 어머니를 잘 안단다. 그분은 애석하게 가셨지만 새 열매가 이렇게 곱게 영글고 있으니 지하에서 기뻐하시겠다."

"우리 집 애들 가운데서는 우휘의 미색이 제일 낫지요. 어떻습니까, 이 애는 홍 원장을 닮았나요? 사진 한 장 남지 않았으니 도무지 그분의 얼굴을 알 수 있어야지요."

"글쎄요. 홍 원장 본 지가 워낙 오래 되어서……. 아무튼 미모에서는 이 애가 훨씬 앞섭니다그려."

"그런데, 네 오빠는?"

우휘의 멀뚱거리는 눈이 명진을 향하고, 명진은 몹시 당황하는 표정으로 더듬거린다.

"명식이는 구, 군에 갔어요. 해병대에 자원입대했어요."

"뭣!"

혜숙은 외마디 소리를 지르고는 눈을 부릅떴다.

"언제?"

"작년 가을에요."

'이럴 수가……. 그 중대한 사실을 일 년이 넘도록 내게 숨겨오다니. 의붓자식이 군에 간 것도 모르는 나는 허수아빈가!'

눈알이 튀어나올 것 같은 분노에 이를 악물고 있으려니 장 선생이 물음을 대신했다.

"아버님은 알고 계시나?"

"아녜요. 충격 받으실 것 같아서 말씀드리지 않았어요."

"그건 잘한 일인지 모르겠다만 어머니에겐 알렸어야지. 월남파병을 한다는 고약한 시기에 하필 해병대라니……. 왜 말리지 않았어?"

"저도 입대 이틀 전에야 알았어요."

"그것 참, 예삿일이 아니구나. 어젯밤만 해도 네 어머니는 대학 못 가고 놀고 있을 그 애 앞날 걱정을 하셨는데……."

쩝쩝 떫은 입맛을 다시고 있는 장 선생과 고개를 늘어뜨리고 있는 두 딸을 지켜보며 분을 삭이고 있던 혜숙은 상을 들어 마루로 내놓고는 핸드백을 집어 들었다.

"올 사람 다 왔으니 저희는 먼저 출발할까 합니다."

"출소 수속 끝내자면 한낮이나 되어야 나올 텐데요."

"기다리더라도 교도소 정문에서 기다리도록 하지요."

"정 그러시다면 먼저 가십시오. 출소 환영하러 갈 동지들이 여기서 모이기로 했으니 전 그분들과 함께 가렵니다."

딸들을 데리고 여관을 나선 혜숙은 머리로 쏠린 혈압 때문에 한동안 걸음걸이가 흔들리고 있었다. 방금 먹은 아침밥이 식도에 걸려 있는 느낌이기도 했다. 남대문 쪽으로 방향을 잡고 걷다가 시청 앞에 이르러 그녀는 마침내 분통을 터뜨리고 말았다.

"흥! 사람 하나 병신 만들기는 간단하군. 너희들 셋이 철두철미하게 짰어. 간악한 계모로 대접해주자고. 너희들을 내보냈다고 하여 앙심을 품은 것 같다만 난들 그러고 싶었겠어? 돈 벌어오는 사람 하나 없는 집구석에서 날더러 어쩌라고?"

"……."

"그분 면전에서 망신당하는 내 꼴이 시원했겠지? 너희들이 노린 게 또 뭐였니? 아버지한테 낯 들지 못하게 만들고 싶었어?"

"죄송해요, 어머니. 입장 곤란하게 만들 의도는 아니었어요. 전 그냥 듣고 속상해하실까봐……."

"되지도 않는 변명 그만둬! 너희 셋 가운데 아무도 그 사실을 알려주지 않은 걸 우연이라 할 거니? 난 너희들을 그렇게 기르진 않았어. 모두 내 뱃속에서 낳은 자식들이거니 하고 똑같이 거두었고, 너희들한테서나 남들한테서 팥쥐엄마 소리 듣지 않으려 나로서는 하느라 했어. 너희들로서야 유감이 많을지 몰라도 입장을 한번 바꿔놓고 생각해봐. 어느 누가 나 같은 시집살이 할 수 있었겠는지. 찬길이, 사인이를 낳고도 이 눈치 저 눈치 보여 정 한번 마음 놓고 주지 못한 나야.

씨는 뿌린 대로 가고 죄는 지은 대로 온다고 했는데 난 대체 너희들에게 무슨 죄를 지었기에 돌아오느니 배신이요, 악물인지 모르겠다."

"제 탓이에요. 지난 여름방학에 천천히 말씀드린다는 게 그만……."

"네 탓만은 아니야. 지난 사 년간 난 저 애들한테서 편지 한 장 받은 적이 없었어. 아무리 철없는 아이들이기로서니 십 년이나 길러준 나한테 그럴 수가 있니? 우휘 너, 솔직히 말해봐라. 나한테 무슨 원한이 있는지."

"저 그런 거 없어요."

"없다? 하긴 내 앞에서 있다고 하겠니? 내가 참지. 이 좋은 날에 이른 아침부터 얼굴 구기기는 나도 싫다. 그러나 저러나 난 또 아버지한테 자식 제대로 돌보지 못한 책망을 듣게 됐구나."

혜숙은 문뜩 '내가 왜 이러나' 하는 생각이 들었다. 간밤에 잠을 설친 탓이기도 했지만 신경이 몹시 팽팽해지는 느낌이 들었다. 분풀이의 뒤끝은 치졸한 넋두리로 갈미암아 몹시 씁쓸했고, 양심의 가책이 새삼 고개를 들었다.

명식 남매를 거두고자 했으면 못할 것도 없었다. 땅 한 뙈기를 팔아서라도 고등학교 과정은 마쳐줄 수 있었기에, 그리고 지난 사 년 동안 그들에게 관심 한번 기울여본 적이 없기에 양심의 가책은 더욱 쓰라렸다. 명식 남매와 명진을 데리고 오늘과 똑같이 안양으로 면회 가던 기억이 떠올랐다. 혜영의 배반을 남편에게 알리던 날이었고, 명식 남매를 이모 댁으로 보내겠노라 통고한 날이었다. 눈엣가시들을 쓸어내고서 십 년 묵은 체증이 내려간 듯 속시원해했던 그날의 기억은 이제 목에 가시로 되살아나는 듯했다.

혜숙은 자신도 모르게 다리를 비틀거렸다. 명진과 우휘가 급히 달려들어 좌우로 부축해왔다.

민족학교

아버지는 동지들과 제자들의 환호와 박수에 개선장군처럼 교도소를 나섰다. 사 년 칠 개월 만에 밟아보는 바깥 세상에 일말의 감회를 느낄 틈도 없이 이십여 명에게 둘러싸여버린 그는 허풍스러우리 만치 등과 고개를 빳빳이 세우고서 형형한 안광을 내쏘고 있었다. 그는 녹슬지 않은 투지를 과시하려는 듯 헐렁한 옷에 삐죽삐죽 솟아난 뼈마디들마저도 팽팽히 당겨진 활시위 같은 느낌을 주었다.

교도소에서 나온 사람들로 초만원을 이룬 버스를 타고 서울로 돌아오는 동안 명진은 무너져내릴 듯한 피로감에 머릿속이 흐려져 있었다. 그러나 그 속에서 점점 뚜렷해져오는 생각 하나는 이제야말로 아버지 곁을 떠나야 한다는 결심이었다.

장안여관에 진을 친 아버지는 출감 첫날부터 몹시도 분망했다. 석방 소식을 접하고 여관으로 찾아오는 손님이 많았고, 아침저녁이면 전화통에 불이 날 지경으로 걸려오는 전화도 많았다.

날마다 아침식사 뒤에 장안여관으로 출근하다시피 한 명진은 나흘째 아침에야 가부좌를 틀고 느긋하게 망중한을 즐기는 아버지와 대좌할 수 있었다.

"그동안 인사하러 다니느라 가족끼리 오붓하게 모여 앉을 틈도 없었구나. 오늘은 너하고 이야기나 좀 하고 나중에 삼선교에 들릴까 한다. 그리고 내일 아침차로 부산으로 내려갈 예정이다."

"명식이 때문에 충격받지 않으셨어요?"

"왜 충격이 없겠느냐. 애비 면회 한번 오지 않은 녀석이라 내심 서운하고 괘씸했는데 부모하고 상의 한마디 없이 입대한 행위에 그저 자식교육이 잘못 되었구나 탄식할 뿐이다. 그간 가정과 자식들 돌보지 못한 허물이 나한테 있으니 그놈 나무랄 일만은 아니다. 내 옥중에서 뼈저리게 느끼고 결심한 것이 한 가지 있었느니라. 옥을 나가면 만사 제쳐두고 자식들을 예전처럼 한 곳에 모아 내 눈 안에서 키우리라는 것이었다. 입에 담기도 싫다만 네 언니의 탈선으로 말미암아 난 한때 인생을 헛살아왔노란 참담한 심정에 빠져 헤어나오질 못했었니라. 언젠가 네게 말한 바 있지만 난 더 이상 자식에 관한 한 실패하고 싶지 않았다. 그런데 명식이 그놈이……."

그는 목이 잠기며 말끝을 흐렸다. 얼굴을 천장으로 향하고 상체를 흔들기 시작하는 그는 끓어오르는 격정을 삼키려는 듯 목젖을 꿈틀거리고 있었다.

세수를 하고 들어와 경대 앞에 앉아 있던 계모가 눈짓을 해왔다. 아버지의 옛 상처를 건드리지 말라는 경고였다.

그러나 명진은 그녀 나름대로 기분이 적잖이 울적해져 있었다. 지난 며칠간 아버지의 영향권에서 벗어나리라 결심에 결심을 거듭해오며 대화의 틈을 엿보아왔는데 그 초입부터 암초에 걸리고 만 것이었다. 자식들을 모으겠다 함은 자신과 우휘가 표적일 수밖에 없었다.

아버지의 그늘에서 벗어나리라 생각을 굴려보지만 허를 찔린 탓인지 쉽사리 입이 떨어지지 않았다. 손톱으로 방바닥을 긁고 있으려니 아버지의 목소리가 귀청을 울려왔다.

"때마침 너도 우휘도 졸업식만 남겨두고 있으니 부산으로 모이기엔 지금이 절호의 시기다. 우휘 녀석은 성적이 시원찮은 모양이니 이년제 대학에 넣기로 하고. 너 말인데, 애비 생각엔 음악 선생으로 취직하는 게 최선일 것 같다. 네 취직 자리야 애비가 손을 쓰면 여기서도 얼마든지 구할 수 있지만 동생들을 올바로 다스리자면 모범적인 손위가 있어야 하고, 또 집안형편으로도 당분간 네가 기둥 노릇을 해야 할 것 같다. 지금까지 어머니가 가게 하나 의지해서 근근이 버텨온 모양인데 애비가 풀려났다고 해서 당장 돈을 벌어올 수는 없는 것 아니냐. 해서 내가 전화상으로 부산의 여자중학교 한 군데 알아보고 있다. 오늘 안으로 성적증명서 몇 통 떼어 내일 같이 떠났으면 한다."

"그건 안 돼요."

"안 되다니? 무엇이?"

아버지는 이미 눈썹을 꿈틀대고 있었다. 명진은 부산으로 가지 않겠다고 했을 때의 아버지 얼굴을 상상하고는 지레 고개를 떨구었다. 퍼런 불꽃을 뿜어낼 눈과 돌처럼 굳어질 그 성난 얼굴은 어린 시절 너무나 자주 오금을 저리게 했기에 상상만으로도 까마득히 잊고 있던 공포를 다시 불러왔다.

명진은 정면대결을 피해 한 발짝 물러섰다.

"전 서울에서 할 일이 많아요. 아직 졸업도 하지 않았다고요. 그리고……."

"알았다. 그런 사정이라면 함께 가지 않아도 된다. 하지만 졸업 뒤의 거취문제만은 딴생각하지 말아라."

못을 박듯 말을 건네고 아버지는 가부좌를 풀었다. 긴장인지 노여움인지, 얼핏 스쳤던 얼굴의 경색은 온데간데없었다. 끼어들지 않겠다는 듯 하릴없이 머리만 매만지고 있던 계모가 그제야 몸을 돌려왔다.

"벌써 열 시가 지났어요. 삼선교 가실 거면 서둘러야 되겠어요."

그들이 외출준비를 시작하자 명진은 말 한마디 제대로 끄집어내지 못한 망연함에 입술을 깨물었다. 문득 육 년 전 언니가 처했던 상황이 뇌리를 스쳤다. 그때의 재판이라 할 만큼 똑같은 상황의 재현이었고, 아버지의 손아귀를 벗어나려는 생각도 언니의 그것과 다르지 않았다. 그렇지만 언니처럼 뒤통수를 칠 수는 없었다. 아버지를 맞대놓고 항거할 용기는 더더욱 없었다. 그녀는 못 다한 말을 입속으로 되뇌었다.

'전 공부를 더 하고 싶어요. 대학원에 가서 이제부터 진짜 공부를 하고 싶다고요. 아버지 때문에 제 대학시절은 허송세월이나 다름없었잖아요. 그러니 이젠 제발 제 인생을 살도록 내버려두세요. 민족음악 발양이란 높은 뜻은 어디 두고 절 부려먹을 생각만 하세요? 아버지가 어찌 저한테 이러실 수가 있어요? 저마저 아버지를 미워하게 만드실 작정이세요?'

아버지가 정감어린 목소리로 말했다.

“너도 별일 없으면 우리와 동행하자. 쇠고기 몇 근 사들고 가서 모처럼 이모 댁에서 불고기 파티라도 벌이는 것도 좋겠지?”

“우휘는 부산으로 가지 않을 거예요. 그 앤 외삼촌이 대학공부 시켜준다고 했어요.”

그 한마디는 신통할 정도로 아버지에게 약효를 발휘했다. 동작이 멎은 그의 몸은 장작개비처럼 굳었고, 마주 보는 눈에는 파도가 일렁거렸다.

이튿날 오전 서울역으로 나온 명진과 우휘는 플랫폼에서 작별인사를 나누고 있었다.

“언니도 정말 가는 거야?”

“난들 별 수 있니?”

“언니한테는 최 선생이 있잖아. 내가 언니 처지라면 부산엔 절대 안 가.”

“그런 소리하는 너야말로 웬 일이니? 난 네가 아버질 따라 나서리라곤 생각지도 않았다. 그리고 이모부랑 이모가 널 순순히 딸려 보내는 것도 이해할 수 없는 일이야.”

“그건 언니가 몰라서 하는 소리야. 내 자식 내가 키운다 하고 펄펄 뛰는 아버질 누가 감당해? 아버지가 어떤 분인지 알면서.”

“짐작은 가.”

“우린 아버지의 노예야. 그치?”

“애는……. 못 하는 소리가 없어.”

“하긴 언니야 변함없는 아버지 편이니까……. 난 달라. 언젠가는 아버지에게 본때를 보여줄 거야. 난 어젯밤을 눈물로 지새웠어. 죽

어버리고 싶었고, 가출해버리고도 싶었어. 눈물을 뿌리면서 내가
무슨 생각을 했는지 알아? 흥! 두고보라지."

우휘는 잿빛 하늘을 우러러보며 어금니를 악물었다. 눈발이 하나
둘 플랫폼으로 날아들어 얼굴에 내려앉고 있었지만 처마 끝 한 점
을 노려보는 그녀의 시선은 기적이 울리는데도 움직일 줄을 몰랐
다. 그녀의 두 눈엔 눈물이 고여 나오고 있었다.

명진은 그녀의 어깨를 싸안아 열차의 승강구로 밀고 갔다.

"네 심정 알고도 남아. 실은 나도 아버지 때문에 분통이 터져 죽
을 지경이야. 하지만 부산도 살 만한 곳이야. 거기에도 희망과 즐거
움은 있을 거라고."

"올 거면 언니도 빨리 와. 언니가 오지 않으면 난 서울로 도망쳐
올지도 몰라."

승강계단에 발을 올려놓은 우휘는 소매로 눈물을 닦아내고는 손
을 흔들었다.

미끄러지기 시작한 열차의 차창에 아버지와 계모의 얼굴이 나란
히 밖을 내다보고 있었다. 명진은 그들을 향해 손을 반쯤 들어올렸
다가 매정하게 내려놓으며 우휘에게 소리쳤다.

"내가 갈 때까지 얌전히 기다려!"

멀어져가는 그녀의 얼굴이 뒤를 향해 두세 번 끄덕였다. 그녀는
매의 발톱에 채여가는 한 마리 비둘기처럼 애처로웠다. 하지만 독
을 품은 그 먹이는 아버지의 내장을 뒤틀어놓을 소지가 충분했다.

서울역 역사를 나선 명진은 행선지를 정하지 못한 채 광장을 가
로질러 남대문 쪽으로 무작정 걸었다. 그들을 떠나보낸 뒤끝은 그
들이 남긴 끈끈한 점액 같은 것으로 말미암아 발걸음마저 무거웠

다. 아버지의 망집과 우휘의 비탄이 그것이었다.

　명진은 별안간 할 일이 없어진 사람처럼 막막하기만 했다. 인생을 다 살아버린 듯한 허탈감이 드는가 하면, 황량한 광야에 혼자 내던져진 듯한 외로움이 엄습해왔다.

　'아버지라는 존재는 내게 대체 어떤 의미였던가? 난 정말 그림자에 불과했는가? 그가 없으면 나도 없는……. 그래. 그건 엄연한 사실이었어. 아버지가 무너진 모래탑이라면 난 그 폐허에 버려진 조개껍질이야. 아버지가 찢겨진 깃발이라면 난 부러진 깃대야. 아버지의 시대가 종언을 고했다면 내 시대도 간 거야. 나란 계집애는 철저한 허상이었어. 난 한필의 충고를 귀담아 들었어야만 했어. 그가 주었던 수많은 충고들은 결국 아버지를 직시하라는 한 가지였지. 내게 충고한 사람이 어디 한필뿐이던가. 어머니와 언니는 그런 나를 보며 반쯤 미쳐나갔었어.

　그러고보면 내 주위엔 두 종류의 사람들이 있었을 뿐이야. 아버지란 분수령을 사이에 두고 이쪽저쪽으로 편 가름한 사람들, 아버지의 충견 노릇을 하는 나에게 한쪽에선 찬사와 갈채를 보내고 다른 한쪽에선 힐난과 비웃음을 보냈지. 그리고 내게 소중한 사람들은 한결같이 반대편에 있었어. 이제 와서 분수령 저편을 기웃거리는 나라는 계집애는 웃음거리 중에서도 웃음거리야. 누구보다 크게 비웃을 사람은 한필이겠지? 아! 그러나 분수령 저쪽 골짜기에 자리한 그에게로 가까이 가고픈 생각이 왜 이다지 염치없이 솟구치는가! 서울을 떠나기 전에 한번만이라도 그를 보아야 할 텐데……. 하지만 그는 날 용서하지 않고 있어. 그는 철두철미한 무관심으로 날 응징해왔어. 본체만체 지나치며 보일 듯 말 듯 비웃음을 짓곤 한

것이 몇 번이던가? 그 비웃음이 얼마나 내 가슴을 멍울 지워놓는지 훤히 아는 사람이면서…….'

한필에 대한 그리움은 송희 언니를 떠올렸다. 그녀는 아무런 수치심 없이 한필에게로 다가가는 징검다리였다. 한필과 관계없이 울적한 마음을 달래줄 사람으로 그녀만 한 사람이 없었다. 잠시 뒤 버스에서 내려 문리과대학 교문에 들어선 명진은 잔설을 밟으며 한참 동안 교정을 거닐었다. 을씨년스럽고 황량하기조차 한 그곳은 상흔과도 같은 아픈 추억들을 하나하나 떠올려주었다. 그 추억의 알갱이들 역시 어느 것 하나 아버지와 연관되지 않은 것이 없었다. 데모가 그러했고, 한필과의 헤어짐, 일준과의 만남이 또한 그러했다.

명진은 새삼 진저리를 치며 교정을 떠나 송희 언니의 사무실로 향했다. 겨울방학을 맞은 송희 언니의 사무실에는 난로가 지펴져 있었는데, 그 둘레엔 앳된 얼굴의 여직원과 화가풍의 검정 베레모를 쓴 삼십대 초반쯤의 남자가 그녀의 좌우에 앉아 있었다. 그녀는 평소와 다름없이 반가운 표정으로 맞아주었다.

"야-, 얼굴 잊어버리겠다. 너 못 본 지 일 년이 넘었지, 아마?"

"죄송해요. 언닌 여전하시네요. 아니 전보다 예뻐지신 것 같아요."

"알았으니 소쿠리 비행긴 태우지 마라. 점심은 사줄 테니까."

"아니에요. 정말 그래 보여요."

"듣기 나쁘진 않구나. 참 이분하고 인사나 해. 박 선생님이라고, 일본서 공부하시다가 〈독도〉란 팸플릿을 쓰시고 추방당한 분이셔. 일본 문헌을 동원하여 독도는 우리 땅이라 썼으니 쫓겨날 수밖에."

"어머! 애국자를 만나 뵙는군요."

“애국자는 무슨……. 나 박준태라고 합니다.”

“전 오명진이에요.”

“재도 애국이라면 한 가락 하는 애예요. 아버지가 쟁쟁한 민족계 사상가로 군사혁명 때 잡혀가 지금 옥고를 치르고 있는 중이고요. 재 언니와 난 여고동창이에요.”

“아버진 며칠 전 크리스마스 특사로 가석방되셨어요.”

“그으래? 그것 참 기쁜 소식이구나. 가만있자……. 난 애하고 다방에 가서 이야기나 좀 해야 되겠어요. 박 선생님은 오후에 다시 봐요.”

“그러시죠 뭐.”

사무실을 나와 교정을 가로지르고 있을 때 송희 언니가 말했다.

“아까 그분 어떻든?”

“뭐가요?”

“눈치가 없긴……. 나 다음 달에 그 사람과 결혼해.”

“언니!”

“왜? 놀랐니?”

“그럼, 아닌 밤중에 홍두깨 내미는 식인데 놀라지 않게 생겼어요? 아무튼 축하해요.”

“그거야 네가 날 자주 찾지 않은 탓이지. 그 사람과 알게 된 지 반년이 넘었어. 추방당한 처지라 수중에 가진 것 없고 직장도 없지만 사람 됨됨이 하나는 괜찮아. 네가 놀랄 일이 또 하나 있어. 나 식 올린 뒤 곧바로 미국 가.”

“미국에요?”

명진은 미국이란 소리에 감전이라도 당한 듯 우뚝 발걸음을 멈추었다.

"그래, 미국. 그런데 왜 그리 놀라니?"

명진은 후-한숨을 내쉬었다.

"저도 미국으로 유학 오라는 압력을 받고 있어요. 미국으로 오라는 언니의 성화보다 가라는 어머니의 성화가 더 심해요."

"그건 잘된 일이잖니? 남들은 미국 못 가서 안달인데 너야 언니가 알아서 데려가겠다, 학비 대주겠다, 그야말로 땅 짚고 헤엄치긴데."

"그렇지만 전……."

"알 만하다. 골치 아픈 이야기는 커피 마시면서 할까?"

빤히 얼굴을 들여다보고 있던 송희 언니가 고개를 끄덕이며 발걸음을 떼어놓았다. 그녀는 미국에서 대학교수가 된 큰언니의 성공담에 곁들여 초청이민이 성사되기까지의 어려움을 세세히 이야기해 왔다. 그것은 행운의 기회를 놓치지 말라는 우회적인 충고였다.

다방에 앉아서도 미국 이야기는 계속되었다. 졸업을 한 학기 남겨둔 한필이도 미국유학을 두고 적잖이 고민하는 중이라 했다. 명진은 반가움에 눈을 반짝였다.

"한필 씨는 왜요?"

"걔도 여간 엉뚱한 애가 아니야. 돈 벌어 농장 하나 갖는 게 꿈이라나……. 하지만 졸업이 임박하면 달라질 거야. 그건 그렇고 넌 아버지 때문이니?"

"꼭 아버지 때문만은 아니에요."

"그럼 뭐가 문제니?"

"저 자신이에요. 전 요즘 카오스에 빠져 있어요. 무엇이 옳고 그

른지, 앞날을 어떻게 살아야 할지 통 모르겠어요. 미국이 저에게 얼마나 민감한 문제인가는 언니도 잘 아시잖아요. 어머니와 언니의 뜻을 따르면 아버질 또 한번 죽이는 일이 될 거고, 아버질 따르자니 그분들과 연을 끊는 것이나 다름없어요.

그리고 저만 하더라도 '양키 고 홈'을 누구보다 열렬히 외쳐왔고 반미, 반제를 금과옥조로 삼아왔어요. 그런 제가 다른 곳도 아닌 미국으로 유학 간다면 절 아는 사람들이 얼마나 비아냥거리겠어요?"

"미국 가고 싶은 생각은 있다 이거구나?"

"솔직히 말해 그건 눈물나는 유혹이에요. 전 지난 사 년간 뭘 공부했는지조차 모르겠어요. 지금부터라도 만사 잊고 학문에 흠뻑 젖어보는 게 소원이에요. 그러니 기왕이면 장애물이 없는 미국에서 공부할 수 있다는 게 얼마나 좋겠어요?

하지만 아버지라는 넘지 못할 장벽에다 자승자박까지 해온 저로서는 언감생심일 수밖에요. 여기서 대학원에 진학하는 게 차선인데 아버지는 그것도 못하게 해요. 절 부산의 어느 여자중학교 선생으로 취직시키겠대요. 언니, 전 어째야 하죠?"

"진심으로 구하는 충고니?"

"……?"

"내 충고가 소용없으리란 생각에서 묻는 말이야. 그러나 이것만은 알아둬. 넌 이미 회의의 눈을 떴고, 그 회의를 안은 채 같은 길을 걸으면 닥쳐오는 험난한 고비들을 절대로 무사히 넘기지 못한다는 게 문제야. 말이 나온 김에 네 속 뒤집는 말 좀 할까?"

"하세요. 울고 싶은 아이 볼 꼬집는 셈 치시고요."

"네 심정이 그 정도니? 행복에 겨운 내가 불행에 찌든 널 학대하

기는 공평치 않은 것 같구나. 하지만 지금까지 널 보아오면서 느낀
걸 이야기해야 될 것 같다. 넌 처음부터 짐을 너무 많이 진 당나귀
와도 같았어. 복잡한 가정사만으로도 등이 휠 정도였을 텐데, 넌 국
가니 민족이니 하는 짐마저 졌어. 말하자면 과부하 상태였다는 거
야. 그 나이엔 너 자신의 삶을 고민하는 게 올바른 순서가 아니었겠
니? 아무튼 지금의 넌 엎어지기 직전에 있는 지친 당나귀야. 네 몸
을 굴려서라도 짐을 던져버려야 해. 훌훌 내던지고 미국으로 가. 그
러지 못하면 넌 죽을지도 몰라."

커피잔을 홀짝 비운 그녀가 손목시계를 들여다보았다.

"점심이나 먹자."

명진은 무거운 짐을 지고 비틀거리는 한 마리의 여윈 당나귀를
상상해보며 한숨 지었다. 그렇지만 송희 언니가 꿰뚫어본 것처럼
명진에게는 그녀의 충고를 따를 용기가 없었다.

"한필 씨는 무얼 하고 지내요?"

"시골 갔어. 걔는 시골에 미쳐가지고 방학 때마다 내려가."

아! 그렇다면 이렇게 허무하게 그와 헤어져야 하는가!

명진은 그를 만나볼 수 없는 낙심에 어깨가 처져내렸다. 그런데
송희 언니가 아픈 데를 찔러왔다.

"그 사람과는 잘 돼가고 있는 거니?"

"일준 씨는 군에 가 있어요. 출옥해서 곧바로 입대했어요."

"안 됐다. 하지만 어쩌겠니?"

"전 그 사람과 결혼할 생각 없어요."

"……?"

"그 일은 한때의 치기로 생각해주세요. 그에게 순수한 애정을 가

졌던 것은 아니었어요. 요즘은 편지왕래도 뜨악해지고 있어요.”

“왜? 내가 보기엔 괜찮은 남자던데…….”

“왠지 미지근해졌어요. 아버지가 강요한 사람이라서 그런지도 모르겠어요. 전 이제 제 자신을 찾고 싶어요.”

“그래. 너 자신을 찾고 싶다는 말은 듣던 중 반가운 말이다만……. 너 혹시 우리 한필이를 못 잊는 건 아니니?”

“…….”

명진은 은연중에 드러내고 만 마음의 한 자락을 붙잡히자 얼굴이 화끈거려왔다. 그녀는 더 이상 추궁하지 않았다.

“우리 점심이나 먹으러 가자. 뭘 먹고 싶니?”

명진은 송희 언니에게 속마음을 고백해버릴까 망설이며 다방을 나섰다.

수실 골짜기의 봄은 앞산과 뒷산에 흐드러지게 피어나는 진달래로 시작한다. 지난 몇 해 사이에 큰 나무들이 무척 많이 베어졌는데 그 자리를 메운 것은 억새풀과 진달래뿐이다. 세월이 갈수록 억새풀마저 물리치고 난공불락의 군락을 이루고 마는 진달래의 끈질긴 생명력 덕분에 사람의 눈으로 보기에는 수실의 봄은 화려하기 그지없는 앵월성춘(櫻月盛春)의 모습이다.

봄바람이 불어오면서 몸과 마음이 근질거리기 시작한 준혁은 온 산에 가득 찬 진달래를 바라보면서 마침내 기지개를 켜고 재기의 활로를 찾기 시작했다. 겨울 한철의 칩거와 보양으로 사지에 기운이 넘쳤고, 긴 옥중생활을 통해 쌓아온 지식은 수양재의 온기 속에서 무르익을 대로 무르익어 출구를 찾는 가스처럼 팽창해 있다. 더구나 그는 갑년(甲年)을 맞은 초조감에 쫓기고 있었다.

가석방이라 운신의 폭은 지극히 좁았다. 사상적으로는 물론이고, 정치적으로로든 학문적으로든 투쟁의 냄새를 풍겨서는 그것으로 끝장을 맞을 각오가 있어야 했다. 다만 하나 열려 있는 길은 후진양성이었다. 수양재에 제자들을 모아놓고 사상강연을 하는 후진양성이 아니라 민족의 영재를 다량으로 배출할 수 있는 공식적인 교육기관이 필요했다. 사실 수양재에는 늙은 말 같은 제자 몇몇이 모이고 있을 뿐 옛날의 예기(銳氣)는 어디에서도 찾아볼 수 없었다. 그들은 덜커덕거리는 빈 수레를 끌망정 알차게 짐 실린 수레를 감당할 말들은 아니었다.

준혁은 며칠 동안 궁리한 끝에 어느 날 저녁 아내와 찻잔을 가운데 두고 마주 앉았다.

"우리 땅을 팔면 돈이 얼마나 되겠소?"

"글쎄요. 당신이 옥에 있는 동안 이곳 땅값이 무척 오르긴 했지만, 경사 급한 임야야 무슨 큰돈이 되겠어요? 대지와 밭이라면 몰라도……. 그런데 갑자기 땅은 왜요?"

찻잔을 들어 한 모금 들이킨 준혁은 그것으로 목구멍을 틔운 듯 복안을 풀어내기 시작한다.

"우리 부산의 변두리 지역에 학교 하나 세우면 어떻겠소?"

깜짝 놀라 입을 벌리고 있는 아내에게 그는 틈을 주지 않고 말을 잇는다.

"그동안 심사숙고를 거듭해온 것이오만 지금의 내 처지에 유일하게 열려 있는 활로는 교육사업뿐이오. 영어의 몸은 아니라 하나, 집게다리 떼어버린 게나 다름없고, 발톱 뽑힌 고양이나 진배없는 나인데 달리 무얼 하겠소. 교육을 백년대계라 하지만 서구사조에 물들어가는 오늘날의 세태를 보면 민족혼으로 무장된 영재들을 육성하는 일은 통일투쟁만큼이나 중요하고 시급한 과업이라 생각되는구려. 당신과 내가 손잡고 민족학교 하나 세우자고 하면 못할 것도 없으리라 여겼소.”

“육영사업 좋은 줄이야 누가 모르겠어요? 하지만 막대한 재력을 요하는 일인데 우리가 무슨 수로요?”

“우리가 가진 것만으로 측량하면 어림 반 푼어치도 없는 소리지요. 그러나 내게 생각이 있어서 하는 말이오. 당신만 동의해주면 나는 전국 방방곡곡을 돌면서 자금을 모을 작정이오. 주식회사의 주주들을 모으는 것과 똑같은 방식으로 말이오. 그에 앞서 우리가 해야 할 일은 ‘자, 이렇소’ 하고 상당한 자금을 먼저 내놓는 것이오. 내 생각엔 땅을 절반쯤 떼어 팔고, 나머지 땅은 은행에 잡혀 돈을 빌리면 되지 않을까 하는 것이오.”

혜숙은 날벼락을 맞은 듯 정신이 얼얼했다. 그녀는 직감적으로 위험을 감지했고, 그 위험은 결혼 십사 년 동안에 맞이한 숱한 위험과는 전혀 다르며 가장 파괴적인 것이라 느낀다.

그것도 문제가 돈이기 때문에 머릿속도 굳고 혀도 굳는다. 남편은 민족학교 운운하는데 돈에 집착하여 동의할 수 없다고 하면 치사해지고 비참해지는 건 자신뿐이다.

시집 올 때의 일들이 뇌리를 스친다. 뿔뿔이 헤어져 남의 집에 맡겨졌던 거창의 아이들을 거둬와 대신동의 단칸방에서 함께 기거하던 일이며, 영양실조로 명태같이 마른 아이들을 섭생하기 위해 친정에서 지니고 왔던 돈을 다 써버린 일 등.

잘못되어 재산을 잃고 나면 그 시절로 되돌아가지 말라는 법도 없다. 그때는 젊었고, 세상 무서운 것이 없었지만 지금은 상상만 해도 진저리가 쳐질 것 같다. 더구나 눈에 넣어도 아프지 않은 내 자식들이 쑥쑥 자라고 있는데…….

혜숙이 무릎 위에 놓인 손가락을 꼬고 있으려니 남편이 설득조로 나온다.

"《민족신문》 설립을 위해 모금하고 다니던 때가 생각나는구려. 그때도 자금의 기초야 주 사장이 끌어댔지만 내가 모금해서 들인 자금도 적은 액수는 아니었소. 민족학교는 취지도 그것에 못지않고 사업상 위험은 전무라 해도 좋을 것이오. 내 장담하건대 중학교가 아니라 고등학교, 나아가서 대학까지도 가능할 것이오. 민족을 생각하는 애국자는 아직도 많고 많소. 집안 살림을 책임진 당신 입장을 모르는 바 아니오만 재산을 날릴 걱정일랑 하지 마시구려. 난들 왜 내 가정 걱정을 않겠소?"

"이건 쉽게 생각할 일은 아니에요. 재산 날릴 걱정 말라고 하시지만 넉넉히 돈 싸들고 하는 일도 아닌데 위험이 어찌 없겠어요. 우리는 늙어가고, 층층이 커가는 자식들이 있는데 신중에 신중을 기할 일이에요."

이번에는 준혁이 깊은 생각에 잠긴다. 아내가 쉽사리 응해올 것이라 생각한 것은 아니었지만 그녀의 저항은 생각보다는 강해보인다. 그렇다고 아내의 반대를 무릅쓰고 강행할 생각은 없다. 아내의 신중론은 약간 비위를 건드려놓지만 옳은 태도다. 몸으로 때우는 일이라면 겁낼 것이 없으련만 가산을 거는 일만은 역시 뒤가 켕기는 것이다. 이 나이에 궁핍한 생활로 되돌아갈 수는 없는 일, 만에

하나의 실수마저도 충분히 경계해야 하기에 혜숙에게 화가 나지는
않는다.

그렇기는 하나 민족학교 설립의 꿈은 그냥 버리기에는 너무나 아
깝다. 이 나이에 가장 적합한 사업일 뿐더러 나도 살고 가정도 살리
는 길이기도 한데……. 그는 후루룩 차를 들이키고는 또 한번의 시
도를 한다.

"가령 말이오, 땅값이 싼 변두리에 우리 돈으로 부지를 사서 당신
명의로 등기를 하면 만에 하나 일이 잘못되어도 기본 권리는 보존
되지 않겠소? 학교 건물, 시설, 운영비 등은 모금한 돈으로 충당코
자 한다면 말이오. 그렇게만 되면 당신은 이사장 겸 국어 선생을 맡
고, 나는 교장으로 사회와 윤리를 맡고, 명진이는 음악을 맡고, 이
년 뒤에는 우휘 녀석까지 동참할 수 있으니 교원 인건비 문제에서
도 퍽 유리한 사업이라 보는 것이오. 무엇보다 자금관리를 당신이
손수 할 테니까 위험요소도 그만큼 적을 것이고요."

혜숙은 자신도 모르는 사이에 귀가 솔깃해지고 있었다. 만약 남
편의 말대로라면 밑져야 본전일 것 같았고, 모금만 원활하면 학교
하나가 공으로 떨어질 것 같기도 했다. 그리고 민족학교의 이사장
이란 간판은 말만 들어도 가슴 설레는 유혹이기도 했다.

책을 덮고 골짜기 밖으로 나들이를 시작한 준혁은 세상 돌아가는
이야기도 나눌 겸 시내의 지인들을 찾아다니기 시작했다. 물론 민
족학교 설립에 대한 호응도를 탐색해보는 것이 본뜻이었다.

민족학교라는 명칭에 곰팡내가 난다는 의견이 많아서 실망하고,
모금이 원활치 못하리란 현실에 더욱 실망했지만 소득이 전무한 것

은 아니었다. 학교 설립이 전망 밝은 사업이라는 데는 이견이 없는 듯했고, 부산 외곽지역에 넓은 땅을 잡아놓는 것은 부동산 투자로서도 퍽 전망이 밝다는 의견도 있었다.

그는 다음 단계로 시 외곽의 부동산 현황을 살펴보기 시작했다. 사상·김해 방면, 양산 방면, 기장 방면 등을 염두에 두고 며칠을 쫓아다닌 결과 땅값이 비교적 싼 기장 방면으로 대상이 좁혀졌다. 부산과 기장의 경계지역을 중심으로 그럴싸한 임야를 물색하고 다닐 무렵 회의적인 태도로 임하던 아내가 차츰 관심을 보이기 시작했다.

그녀는 땅값이 의외로 싼 데 고무된 것 같았다. 그리하여 복덕방이라는 데서 땅 사라는 전화가 걸려오면 꼬치꼬치 물어보는 것은 그녀였다. 몇 차례 매물현장 답사를 함께 다닌 그녀는 부동산의 투자가치에 은근히 눈을 뜬 듯했다.

그러나 그녀의 동의에는 단서가 있었다. 땅은 점찍어놓되 후원자를 먼저 구하라는 것이었다. 은행 쪽 일을 그녀에게 알아보라 하고 장기 출타에 나선 것이 초여름으로 접어들 무렵이었다. 그는 마산을 첫 행선지로 삼아 진주, 거창을 거쳐 대구로 향하고, 대구에서는 닷새를 머물며 상당한 성과를 거두었다. 동지와 지인이 많은 옛 연고지라서 그렇기도 했으려니와 박문호 회장 한 사람의 쾌척 의사가 사기를 크게 북돋워주었다. 그는 '고려직물'에서 회사명을 '고려물산'으로 바꾸어 대기업으로 번창하고 있었다.

김천, 대전, 천안 등지에서도 불확실하나마 약간의 성과가 있었다. 그리고 마침내 당도한 서울은 이번 일의 성패가 걸린 곳이어서 준혁은 그곳에 무덤을 팔 각오로 임했다. 그는 민진의 옛 동지들이

모인 다방에서 일장연설을 했다.

"우리는 지난 이십여 년을 오직 정치현실에만 부딪쳐왔소이다. 그게 우리의 뜻을 이루는 가장 빠르고 확실한 수단이었으니 이제 와서 방향 설정이 잘못되었으니, 투쟁이 미약했느니 하고 반론할 일은 아니라 봅니다. 우리는 그동안 많은 피를 흘렸고, 수많은 동지들이 옥고를 치렀소이다. 그러나 오늘의 정치현실은 우리의 희생을 한갓 물거품으로 만들어놓은 것도 사실이외다. 한때는 언론의 칼을 쥐고자 우리의 주머니를 털기도 했지만 그것 또한 고고성을 울리기 무섭게 압살당하고 말았소이다. 지금 극우정권이 건국 이래 가장 극랄하게 탄압을 자행하고 있으니 정치적 행동으로 그들과 맞선다 함은 계란으로 바위 치기나 다름없고, 해서 소생은 지난 몇 달 동안 누거에 처박혀 곰곰이 생각했소이다.

학교를 세워 민족수(民族樹)들을 길러내자 그런 것이외다. 우리들이 거름을 주고, 가지를 쳐주고, 우리의 혼을 불어넣어 굳고 곧은 민족 재목으로 육성하자는 것인데 그것은 곧 우리를 새롭게 응집시키는 역할도 겸하게 되리라 보는 것이외다. 소생은 이미 얼마 되지 않는 가산을 기울이기로 하고 학교 부지를 흥정하는 단계에 이르렀소이다."

그러자 이내 웅성거림이 일었다. 준혁은 쏟아지기 시작하는 문의와 찬사에 뿌듯한 기쁨을 느끼며 후원자를 찾아 여기까지 이른 과정을 덧붙여 설명했다.

그러나 선뜻 자금을 대고 이사가 되겠다는 사람은 나서지 않았다. 그들 대부분은 돈과 담을 쌓아온 사람들이라 궁색한 편이었고, 약간의 재력을 가진 사람이 없진 않았지만 투자 차원의 참여는 기대할 정도가 아니었다.

십시일반의 모금을 하자는 것으로 뜻을 모으는 것이 고작이었는데, 그것은 그나마 몇 안 되는 민족계 재력가들을 접촉하는 예비단계로서 퍽 중요한 의미를 갖는 것이었다.

그는 한 달 가까운 서울체류 끝에 당초 기대한 것의 삼 할 정도의 성과를 거두고 귀향길에 올랐다. 그것도 말로 한 약속이라 모금여행을 마감하고 돌아서는 심정은 몹시 허탈했다. 지금까지 언질받은 자금은 모두 합쳐 교실 두어 칸 짓는 정도일까?

시원찮은 모금의 성과 말고도 그는 무언가에 마음이 짓눌리고 있었다. 동지들의 옛날 같지 않은 결속력이며 물렁한 정신상태, 돈이란 문제에서 여지없이 드러내는 약아빠진 반응 등이 그것인 듯했고, 변해버린 세상에 대한 소외감과 당혹감이 그것인 듯도 했다.

나아가 세상의 변화는 불과 오륙 년 만인데도 입이 벌어질 정도였다. 가는 곳마다 도로의 확포장 공사가 눈에 띄었고, 도시에는 속속 들어차는 공장과 높은 건축물들로, 농촌은 지붕개량과 하천공사와 농로개설 등으로 눈부신 변모를 하고 있었다. 건설현장들의 우렁찬 캐터필러소리, 공장의 기계소리와 길거리를 굴러다니는 국산자동차들 또한 적잖이 충격을 주었다.

차창에 스치는 건설현장을 바라보며 그는 문득 방지묵과 나눈 대화 한 토막을 떠올렸다. 방지묵은 영남의 대표적인 혁신계 인사이면서도 군사혁명이 일어나자 재빨리 신정부 쪽에 붙은 변절자였다. 출감 몇 달 전 교도소로 면회 온 그가 말했었다.

"오 교수님, 고생을 너무 오래 하십니다그려. 이제 그만 여길 나가셔서 국가재건사업에 동참하심이 어떨는지요. 지금 바깥은 눈부신 변화가 일고 있어요. 민족의 박동이 시작된 마당에 오 교수님 같은 분이 이런 곳에 계시다니요. 소생도 처음엔 긴가민가하고 현 정권이 하는 짓을 방관만 했습니다만 세월이 흘러보니 그게 아닙디다 그려. 얼마 전 울산에 가보고 얼마나 놀랐던지……. 그야말로 벌어진 입이 다물어지지 않습디다. 소생에게 연줄이 있어 드리는 말씀이오만, 오 교수님만 허하신다면……."

"그만두시오. 들으나 마나한 이야기요."

무안을 주어 그를 물리쳤지만 그가 말한 국가의 약동은 어느 정도 믿고 있었다. 감옥으로 스며들어온 소식들로 세상의 변화를 약간은 감지하고 있었기 때문이었다.

그러나 이 정도일 줄은 상상조차 하지 못했었다. 눈으로 목도한 국가의 약동은 과히 혁명적이라 할 만했다. 온 국토에 넘쳐나는 활력이 손에 잡힐 듯했다. 그 활력의 근원은 희망과 자신감과 잘살아보자는 의지였다.

그는 눈을 감고 깊이 생각에 잠겨들었다.

'정치란 결국 잘사는 나라, 희망찬 나라를 만드는 것일진대 누구의 손으로 이룩되든 목적이 달성되면 그것으로 족하지 않은가. 그래, 이만큼 잘하기도 어렵지. 나에게 나라를 맡겼더라도 이만큼은 어려웠을 거야. 방지묵을 욕할 수만은 없어. 그 사람 대신 내가 거창한 공업화 현장을 둘러보게 되었더라도 마음이 움직였을지 몰라.

아무튼 박정희는 참 대단한 인물이야. 주먹만 한 꼬투리 어디에 그 무서운 힘이 숨었더란 말인가! 그렇지만 그에게는 민족이념이 없어. 경제부흥도 좋지만 분단의 항구화를 기정사실로 삼는 정권일진대 이승만의 자유당 정권과 무엇이 다르랴. 그가 보여온 반공 히스테리는 접어둔다 할지라도 올바른 이념 없이는 오래지 않아 함정이 드러나겠지. 히틀러의 파쇼정권도 국가적 정열을 부추겨 경제기적을 능히 이루지 않았던가. 경제위주는 물질만능으로 몰아가는 것. 지나친 물질위주는 이기주의의 팽배, 사치, 윤리와 도덕의 함몰, 몰가치, 그리하여 종내 국민적 타락으로 이어지는 것. 반풍수가 집안 망해먹고, 선무당이 사람 잡는다고, 정치를 제대로 모르는 군인들의 손으로 성취되는 경제부흥이니 종말이 어떨지…….

하기사 그런 자들이 아는 게 외래의 체제 모방밖에 더 있던가. 케인즈의 수정자본주의가 자본주의 모순을 극복했노라 떠들고, 신경영주의가 인간의 창의성과 생산의 효율성을 극대화하고 있다고 말하지만 천부당만부당한 말씀. 소비가 미덕으로 둔갑하고, 사치가 일상이자 보편으로 인식되는 세상, 쓰잘 데 없는 소비품 생산에서, 한술 더 떠서 인간에게 해악을 끼치는 물건들을 생산하고 판매하고 수출하는 데서도 고용창출이란 용어를 남발하는 세상. 이윤추구라면 지구의 내장까지 파헤쳐 자원을 고갈시키는 세태를 두 눈 똑바로 뜨고는 못 볼 일이야. 경제적 동물인 인간에게 자유, 자율이라니……. 경제부흥으로 졸부가 된다 한들 물질만능주의에 절제를 모르는 국민으로 몰아가 어쩌겠다는 건가?

자본주의란 무엇이란 말인가? 서구 열강들이 자본주의 논리를 구축하는 데 얼마나 많은 황인종이 수탈을 당했으며 얼마나 많은 흑인 노예가 노동을 착취 당했으며 얼마나 많은 인디언들이 죽었던가! 노예무역, 해적질, 식민지 쟁탈, 제국주의 침탈이 근저를 이루었던 자본주의를 내 것으로 삼아 어쩌겠다는 건가?

자본이란 본시 침략적 본성을 지닌 것, 이 나라 이 백성에게 종내

해적질이라도 가르칠 셈인가? 그리고 자본주의 병폐들이 벌써 홍수처럼 쏟아져 들어오고 있어. 젊은 여자들에게 미니스커튼가 헝겊 조각인가를 입히질 않나, 청년학도들에게 빠찡코를 맛들이지 않나, 축구와 프로권투와 프로레슬링 같은 스포츠로 눈을 돌리게 하여 저항의식을 빼놓지 않나, 술집과 유곽을 번창시키지 않나……. 지금 그걸 깨우치고자 고래고래 소리친들 누가 귀담아 들을까? 경제발전에 현혹되고 희망에 도취된 저들은 귀머거리와 같고, 옥석을 구분하지 못하는 청맹과니나 다름없는데…….

그래, 쓰레기통에서나마 장미화는 피어라! 허튼 수작이나마 잘 살아보자는 노래는 소리높이 불러라! 민중이 이 허구를 깨닫는 날은 온다. 그때 한 계단 높은 곳에서 다시 시작하자!'

계절은 어느새 한여름으로 바뀌어 수실 골짜기의 벼논들이 무성한 풀밭이 되어 저녁 바람에 일렁이고 있었다. 집 떠난 지 오랜 만이라 골짜기의 정겨운 풍경에 없던 힘도 솟으련만 준혁은 집이 가까워 올수록 어깨가 처져내렸다. 아내에게 내놓을 보따리가 작아서였다.

산모롱이를 돌자 수양재에서 왁자지껄 떠드는 소리가 들려왔다.

'저놈들이 와 있구만.'

준혁은 제자들의 목소리에 원기를 되찾기라도 한 듯 빠른 걸음으로 마당에 들어섰다. 우르르 축담으로 내려서는 제자들, 마루 끝에 나선 아내, 이 방 저 방에서 달려나와 맞아주는 자식들을 대하자 그는 지금 막 옥에서 풀려나 집으로 돌아온 듯한 착각이 들었다.

집이란, 이렇게 좋은 것인가.

환갑 나이가 되어서야 그 고마움을 눈시울 뜨끈하도록 깨닫는 자신에게 그는 서글픔마저 느꼈다. 투사가 집과 가족에 지나치게 연연함은 투혼이 다했다는 증거라 여기는 자신이기 때문이었다.

안방으로 들어가 시원한 모시옷으로 갈아입고, 저녁밥상을 받고, 상을 물리면서 그는 말없이 늙음과 함께 시들어가는 투혼을 생각했다. 아무리 생각해보아도 아니라고 고개 저을 수만은 없었다. 민족학교를 세워 민족영재를 길러보겠다는 발상이 그걸 단적으로 말해주고 있었다.

마루로 나가 제자들과 어울리면서도 그는 옛날 같지 않은 그들의 면면에 눈길이 먼저 갔다. 다들 허리통은 굵어지고 거친 풍상을 겪은 살갗을 하고 있어 또 다른 서글픔을 안겨주었다. 수양재를 드나들었던 그 많은 제자들 가운데서 지금도 변함없이 찾아오는 사람은 이들뿐이다. 일 세대 제자라 할 수 있는 이들은 어쩌면 상화가 중심이 되어 있기에 여전히 모여드는 것일지도 모른다. 어쨌거나 이들은 이미 수양재의 식구나 다름없는 존재들이다.

준혁은 전에 없이 애정 어린 눈길로 그들 하나하나를 더듬었다.

"오늘 밤에 보니 다들 몸이 많이 불었군. 만준이 자네는 더욱 그래. 안사람이 잘해주는 모양이구먼."

그가 뒤통수를 긁적거리며 말했다.

"잘해주기는요. 밤낮 바가지 긁어대는데 죽을 맛입니더."

"허허. 새색시가 바가지를?"

"마, 월급봉투는 얇고, 술은 고래고, 바가지 긁혀도 할 말이 없심더."

그러자 카바레 악사 김만규가 끼어들었다.

"얌마, 입은 비뚤어져도 말은 바로 해라. 네 놈이 늦장가 들어서
마누라한테 뜯기는 재미로 사는 걸 모르는 사람이 여기 어딨노?"
"그러는 니 놈은? 의부증에 달달 볶이고 사는 니 놈보다는 내가
낫다. 똥 묻은 개가 겨 묻은 개 나무라고 자빠졌네."
이번에는 김상화가 끼어든다.
"야 - 야, 집어치워라. 여편네한테 쥐여사는 놈들끼리 니 똥 굵다
하고 싸우는 꼴 눈뜨고는 몬 봐주겠다."
"어허. 니놈은 또 와 나서노. 장가 못 간 애놈이 나설 자리가 시
방 여기가?"
제자들의 걸쭉한 농지거리에 웃음을 머금고 있던 준혁은 상화가
입도마에 오르자 가슴 한 켠에 찡한 아픔을 느낀다. 그가 수양재의
식객이 된 지도 어언 육칠 년, 그동안 수양재를 드나드는 제자들의
구심점으로 자리매김해온 것만도 고마운데 자신이 옥중에 있을 동
안 수양재 살림을 떠받쳐온 집사격이기도 하여 그에게는 늘 빚진
마음이다.
"그러고보니, 상화만 홀몸으로 남았군. 자네들은 친구 중매설 줄
도 모르나?"
그러자 와르르 입도끼질이 쏟아진다.
"저놈 중매요? 말도 꺼내지 마이소. 저놈 중매 서서 부도난 것만
도 한 트럭은 될낍니더. 대개는 여자한테 퇴짜 맞은 기지만."
"저놈 눈깔은 또 어떻고? 쎄빠닥은 짧아도 침은 얼마나 길게 뱉
고 싶은 놈인데."
"저놈은 내비 두입시더. 중놈으로 족보나 올리게." ·
"허어, 그래서야 쓰나? 자네 정옥이와 잘 어울리던데 그 애가 마

음에 들던가?"

"정옥이가 누군교?"

아내 혜숙이 좌중의 의아한 눈들을 바라보며 말했다.

"지난 겨울에 우리 집에 놀러와 있던 명진이 동창생이야. 김 군이 몇 번 시내구경 데리고 다녔지."

"뭐라꼬요? 그 국악 전공한다는 서울대학생 말인교? 아이구야, 저 도적놈 보레이."

"절마 택도 없는 놈인 걸 인자 알았나? 올라가지 몬할 나무만 쳐다본다쿠이. 니가 뭐 볼기 있노? 나이가 젊나, 직장이 있나, 돈이 있나. 대가리는 익은 대추거치 벗겨져 갖고."

"맞다, 맞아. 저놈한테는 아새끼 두셋 달린 과부가 제격이야."

친구들의 농지거리에 대머리를 긁적거리고 있던 김 군이 볼멘소리를 한다.

"야, 일마들아. 동냥 몬 주거던 쪽박은 깨지 마라 캤다. 데이트 몇 번 함시로 기분 좀 내본기다 와."

"에라이, 이놈아. 기분도 유분수지, 주머니칼 갖고 소 잡아 묵을 놈 아이가 말이다."

그 말에 좌중은 웃음바다가 되고 만다. 여느 때라면 빙그레 미소를 머금고 있을 터였지만 오늘밤의 준혁은 덩달아 호탕하게 웃어젖힌다.

그로부터 한 달 남짓 지난 어느 일요일 오후, 준혁은 마루에 밥상을 내다놓고 학교설립 계획서를 상 위에 펼친다. 첫 장에 '개천중학교'란 큼지막한 교명 아래 채색조감도가 그려져 있고, 금년 공사에 해당되는 건물은 청색으로 칠해져 있다. 둘째 장을 넘기자 태극 그림을 가운데 두고 뒷발로 선 곰과 호랑이가, 각기 앞발로 태극을 맞붙잡고 있는 그림이 나온다. 곰과 호랑이는 단군신화에 나오는 영물스런 두 짐승을, 태극은 하늘과 땅을 상징하는 것으로 교기(校旗)와 교지(校誌)에 그려 넣을 휘장이다.

준혁은 그 휘장이 새삼 흡족하여 한참 들여다보고는 다음 장으로 넘긴다. 거기에는 자신이 작사하고 명진이 작곡한 교가가 악보와 함께 인쇄되어 있다. 그가 지금 다시 한번 검토하고자 하는 것이 바로 이 페이지이다. 앞마당 포고나무에서 들려오는 매미들의 합창이 귀따가워 그는 흘깃 나무 끝으로 눈길을 주고는 일절을 나직이 읊조려본다.

보아라 용마산 빼어난 정기
겨레의 부름 받아 우뚝 선 전당
동해를 굽어보아 새 아침 열고
선열의 얼을 새겨 배우는 우리
민족의 초석 되고 나라의 기둥 되어
삼천리 금수강산 통일 이루리
(후렴)
배우자 가르치자 민족의 정사(正史)
나가자 싸우자 민족의 횃불 들고

준혁은 아무리 보아도 잘된 것 같은 가사에 이러쿵저러쿵 부정적인 평이 나오는 게 못마땅하다. 민족이란 용어가 칠갑되어 고루한

느낌을 준다느니, 후렴이 너무 전투적이라 필화(筆禍)를 가져올 소
지가 있다느니 하는 비평들인데 준혁은 연필로 밑줄을 그어놓은 그
부분들이야말로 교가를 살리는 뼈대이며 나아가 민족학교로서의
정신을 살리는 백미라 생각하는 것이다.

이번에는 곡조를 붙여 서툰 음정으로 노래를 불러보며 손바닥으
로 밥상을 두드려 박자를 맞추어본다. 아이들에게 수십 번 노래를
부르게 하며 귀로, 마음으로 익힌 곡조인데 막상 자신이 직접 부르
려고 하니 음정이 뜻대로 되어주질 않는다. 하긴 노래를 불러 본 지
가 사십 년도 더 된 까마득한 옛날이고, 학창시절에도 노래라면 질
색하던 그였다.

그러나 두 번, 세 번, 연거푸 노래를 부르는 사이에 음정이 잡히
고 따라서 신도 났다. 사분의 사박자의 평이한 곡조임에도 높낮이
에 박진감이 있고, 가사가 주는 묘한 힘이 느껴지기도 했다. 그는
노래의 감흥에 젖어들며 마음의 눈으로 입이 째지도록 교가를 불러
대는 아이들을 그려보았다.

이런 노래를 부르며 민족혼을 가슴에 새기는 아이들이라면 필연
코 애국자로 크리라. 그들은 고등학교, 대학교로 진학하여 그 혼을
퍼뜨리고, 그리하여 수양재 마루와 뜨락에 새봄이 찾아오듯 그들
애국청년들이 가득히 메우리라! 강산이 두 번 변할 즈음이면 그 숫
자가 얼마일까? 그때 내 나이는 몇인가?

"웬 일이세요? 노래를 다 부르시게요."

준혁은 등 뒤에서 들려오는 딸의 목소리에 노래를 뚝 그친다. 그
순간에 백일몽도 아쉬운 분광으로 흩어져 사라진다.

"듣기 좋은데 왜 그치세요? 아버지가 노래를 다 부르시다니, 내

일은 해가 서쪽에서 뜨겠어요."

"에끼, 이놈!"

웃음을 머금고 있는 딸에게 눈화살을 쏘아보내지만 그 역시 얼굴의 미소만은 지우지 못한다.

"노래를 불러보니 네 작곡솜씨가 보통이 아닌 것을 알겠다. 이 교가는 훌륭해."

"아버지가 지으신 가사가 좋은 것이겠죠. 요즘 들떠 계시는 아버지 모습은 꼭 설 기다리는 아이같아 보여요."

"저 말버릇……. 늙은 애비한테 아이가 뭐냐?"

"아버지가 왜 늙어요? 머리가 새까만데요. 찬길이, 사인이를 보아서라도 스스로 늙으셨다 생각하시는 건 좋지 않아요. 그런데 다들 어디 가고 빈 집이에요?"

"네 어머니는 찬길이, 사인이 데리고 광복동에 갔고, 우휘는 놀러 갔나 보다. 그렇잖아도 너에게 해줄 이야기가 있다. 이리 좀 앉아라."

방 안의 선풍기를 들고 나와 바람을 쐬며 앉은 명진의 안색은 낮잠 덕분인지 발그레 핏기가 돌고 있었다. 딴에는 한 학기 동안 피로가 쌓였던지 방학을 맞자 내리 낮잠만 자더니 일주일이 지나서야 나무그늘을 찾아 독서를 즐길 만큼 원기를 회복한 그녀였다.

"선생 되고 처음 맞는 방학인데 재미가 어떠냐?"

"방학이야 좋지만 선생 똥 개도 안 먹는다는 말뜻을 알겠어요."

"이학기부터 주야간을 가르쳐야 할 판인데 그 정도에 죽는 소리 해서야……."

"그게 무슨 말씀이세요?"

　놀란 토끼눈을 하는 딸에게 강인한 정신력을 불어넣으려는 듯 준혁은 허리를 곧추세우고 눈살에 힘을 준다.

　"너도 알고 있을 테지만 우리 집은 지금 어려운 한 고비를 넘고 있다. 밭과 가게마저 처분했으니 이제 수입처란 너 하나뿐이고, 내년 봄 개교(開校) 때까지 가족의 생계를 짊어지자면 네가 야간부 수업을 겸할 수밖에 없다는 뜻이다. 며칠 전 문 교장을 만나 양해를 얻어놓았으니 그리 알고 남은 방학동안 원기나 잔뜩 돋우어놓아라. 네 어머니한테 보약을 한 제 지어오라 해두었니라."

　"……."

　"학교 세우는 데 피 한 방울까지 짜넣으려는 참이니 너도 그만한 희생은 기꺼이 감내하리라본다. 네 언니란 놈도 한때는 주야간을 뛰어 가족을 부양하지 않았더냐. 그놈만 빗나가지 않았더라면 이런 때 얼마나 큰 힘이 되었을지……."

　준혁은 붉으락푸르락 하고 있는 딸의 얼굴에서 눈을 떼어 포고나무 위의 짙푸른 하늘로 눈길을 보낸다. 흰 구름 두 조각이 형제인 양 두둥실 떠간다. 앞 구름이 나무꼭대기 저편으로 사라지는 모양을 지켜보고 있으려니 그 두 개의 구름이 품 안을 떠난 자식들인 듯하다.

　가장 믿었던 자식으로, 가장 뼈아픈 배신을 안겨준 큰자식은 소식조차 듣고 싶지 않아 누가 그 애 말만 끄집어내도 버럭 소리부터 지르는데 이따금 듣는 그 애의 반성 없는 삶이 감정의 응어리를 소금덩어리처럼 쓰고 짜게 절여놓곤 한다.

　명식이란 놈인 양 바라보는 구름도 사라지고 있다. '그놈은 또 애비에게 무슨 한을 지녔던고?'

자신의 그것인 듯한 명진의 한숨에 깜짝 놀라 눈길을 돌린 그는 눈에서도, 등에서도 힘을 뺀다. 이 자식이야 미덥기 한이 없지만 그래도 조심스럽게 다루어야 한다고 깨닫는 것이다.

"네가 힘든 줄은 안다. 우리 학교가 개교할 때까지만 참아라. 그때는 네 짐도 저절로 덜어질 테니."

자물통으로 채운 듯한 딸의 입에 한 가닥 불안이 스치지만 시간이 그녀의 의지를 굳혀주리라 믿고 화제를 돌린다.

"정옥이 말이다만, 그 애는 졸업 뒤에 뭘 하는고?"

"걔는 대학원에 다니고 있어요."

또다시 한숨을 떨구고서 옆모습을 보이며 돌아앉는 그녀의 태도에 한 자락 끄집어낸 말이 무색해진다. 그러나 언제 이런 기회가 다시 오랴 싶어 다음 말을 잇는다.

"상화가 그 애를 못 잊어 하는 모양이더구나. 어떠냐, 그 두 사람 맺어주는 것은?"

"옛?"

"내가 듣기로는 그 애도 김 군을 싫어하지 않는가 보던데?"

벌레 씹은 듯한 표정을 지으며 몸을 돌려오는 딸의 태도는 자못 도전적이다.

"누가 무슨 말을 했는지 몰라도 그건 어림 반 푼어치도 없는 생각이에요. 도대체 진영 아저씨 나이가 몇이에요. 정옥이가 뭘 보고 좋아하겠어요?"

"나이가 무슨 그리 큰 문제냐? 동지적 결합은 능히 조건을 초월하는 데 진가가 있는 것이다. 이 애비와 네 어머니를 봐라. 더군다나 난 너희들까지 딸리지 않았더냐."

"그것과는 달라요. 정옥인……. 아무튼 전 그런 일에 나서지 않겠어요."

"너더러 나서라는 게 아니다. 학교 공사가 시작되면 서울을 몇 번 오르내려야 하는데 그때 한번 만나 설득해볼까 하는 것이다."

"마음대로 하세요. 하지만 결혼 이야긴 하시지 않는 게 좋을 거예요."

준혁은 딸의 냉담함에 적잖이 마음이 상했다. 양해도 구하지 않고 발딱 일어나 제 방으로 가버리는 그녀의 태도가 더더욱 못마땅했다. 그러나 희망이 없다고는 생각지 않았다. 김 군에게는 개천중학교 서무주임이란 직책이 예약되어 있고, 정옥은 그가 알기로는 꽤 의식이 깨어 있는 여자였다.

F여중·고등학교는 설립된 지 오 년밖에 되지 않은 사립학교다. 학교 주인이자 교장인 문학규 씨와 아버지의 친분으로 다른 데 이력서 한번 내보지 못하고 채용된 명진은 체념 반 희망 반으로 전반한 학기를 때웠다.

아이들의 초롱초롱한 눈망울을 대하면 가르치는 보람과 의욕이 솟다가도 멍에를 맨 소처럼 강요당하는 노동이라 생각하면 의욕이 시들곤 했다. 신설학교가 다 그러하듯 학생의 질이 낮았지만 음악에서는 성적이 변변찮은 학생일지라도 각별한 흥미와 좋은 성적을 거두는 예가 허다하여 교육상의 문제는 그다지 없었다. 직장생활의 첫경험이라 긴장이 계속되고 이따금씩 나이 든 교직원들과 마찰이 생기기도 하여 정신적으로 약간의 고통이 따랐지만, 밖에서 어엿한 직장인 대접을 받는 것이나 집에서 받는 우대로 충분히 상쇄될 정도였다.

　다만 과도하다 싶은 시간배정에다 동래에서 대신동까지, 끝에서 끝으로 통근하는 고달픔이 무척이나 힘에 겨웠다. 과거 언니가 그러했듯 월급을 봉투째 계모에게 갖다 바쳐야 했지만 그것 또한 이미 각오했던 바라 그다지 마음 쓰이지 않았다. 이 년 동안의 집안 봉사는 남자로 치면 군대생활이라 여기면서 마음은 편했다.

　그런데 다음 학기에는 야간부까지 수업을 나가라니 기가 막힐 뿐이었다. 죽자 살자 하고 이를 악물면 못할 리도 없으련만 자식의 건강에는 아랑곳하지 않는 아버지의 마음에는 야속하다 못해 괘씸한 생각마저 들었다. 학교설립에 피 한 방울까지 짜넣을 형편이라니 무슨 찍소리를 할 것인가!

　그렇지만 가슴속에서 솟구쳐오르는 원망과 분노는 어찌할 도리가 없었다. 그것은 지금까지 내부에 쌓고 가두어온 온갖 감정들을 분출시키는 분수였다. 결국 아버지의 이용물이 되고 말 것이라던 어머니와 언니의 예언이 적중하여 더욱 세차게 내뿜는 분수였고, 아버지란 우상을 무너뜨려야 한다던 한필의 충고며 너무 큰 짐을 지고 엎어져 죽는 당나귀가 되지 말라던 송희 언니의 충고가 되새겨져서 피눈물이 되려는 분수였다.

　그녀는 이제 딱 이 년만 교직생활을 하라는 아버지의 언약조차 믿을 수가 없었다. 아버지가 말했었다. '너는 두 해를 월반했으니 그 두 해를 집안을 위해 봉사하여라. 그 뒤 대학원에 진학해도 손해 본 세월은 없지 않느냐' 하고.

　어차피 굴종할 수밖에 없는 일이라 흔쾌히 그러마고 했지만 지금 아버지가 떠벌리고 있는 학교설립은 수양재에서 몸을 빼 나갈 수

있으리란 희망을 가지기에는 너무나 벅찬 일이다. 아니, 정작 믿을
수 없는 것은 아버지의 마음이고 인격이다.

'정옥이를 진영 아저씨의 배필감으로 여길 정도로 망집에 빠져
있는 분이니…….'

명진은 턱없는 매파 노릇을 하려고 하는 아버지에게 인격적인 회
의를 넘어 역겨움을 느끼고 있었다. 어찌 보면 아버지의 독선이 가
장 적나라하게 드러나는 것이 중매일지도 모른다. 딸들의 혼사를
자기 멋대로 하고자 하는 것은 사상적 망집이라 쳐도 좋지만 진영
아저씨와 정옥을 맺어주고자 하는 것은 발상 자체가 상대를 안중에
두지 않는 독선의 극치였다. 진영 아저씨가 가진 것이라곤 정말이
지 아버지에 대한 맹종뿐이었다.

자신과 자신을 추종하는 자들의 사상만큼 값어치 있는 것은 없다
고 하는 생각, 그리하여 혼사마저도 자기 주변을 사상적으로 엮으
려드는 사람이 아버지였다.

그는 자신의 이상을 실현하기 위해서는 동지와 제자 나아가서는
아내와 자식마저도 모조리 발판으로 삼고, 재목으로 삼으려는 사람
이었다.

'정옥이 그 소리를 들으면 얼마나 어이없어 할까? 불판에 올려놓
은 미꾸라지처럼 팔짝팔짝 뛰겠지? 그래. 차라리 가만히 내버려두
고 구경하리라. 망신을 당해도 아버지의 자업자득인 것을…….'

그날 우휘는 어둠이 깃들어서야 집으로 돌아왔다. 여느 때의 얌
전한 옷차림 그대로였지만 방 안 불빛 속으로 들어선 그녀의 팔다
리는 햇볕에 불그스레 구워져 있었고, 몸에서는 미미한 해초냄새가

났다.

옷을 갈아입는 그녀의 목덜미에 코를 들이대고 킁킁 냄새를 맡던 명진이 귀엣말로 말했다.

"너, 나한테 바로 말해."

"내가 뭘?"

"너 해수욕 갔었지?"

우휘의 손이 재빨리 입을 막아왔다.

"쉿! 나 좀 봐줘. 친구들과 약속이 있었단 말이야."

"놀러다닐 돈이 아직 남았니?"

"달랑달랑이야. 언니, 나 용돈 좀 줘."

"난들 무슨 돈이 있어? 넌 외삼촌한테 손 벌리면 되지만 난 명색이 월급쟁이라 어디다 손도 못 벌린다야. 나야말로 거지라고."

"월급봉투째 바치는 건 너무 심해. 그건 언니가 너무 물러서 그런 거야. 근데 맨날 돈타령하는 집구석에 이 보약 냄새는 또 뭐야?"

"저거? 저건 보약이 아니라 누구 몸에서 기름 짜내려는 독약이야."

"……?"

"저녁이나 먹으러 나가자."

눈을 멀뚱거리고 있는 우휘를 방 안에 남겨두고 마루로 나온 명진은 반찬과 수저만 놓여 있는 두리밥상에 앉으며 마당에서 놀고 있는 찬길과 사인을 불러올렸다.

저녁식사 뒤 세 동생과 함께 포고나무 밑 평상에 모기장을 치고 누웠는데 온종일 바닷가에서 나부댔을 우휘는 초저녁부터 코를 골

며 잠이 들고, 양옆에 누워 팔을 하나씩 베개 삼은 찬길과 사인은
아는 노래를 모조리 불러제치고도 모자라 새 노래를 배우다 차례로
골아떨어졌다.

혼자 남은 명진은 나무 이파리 사이로 밤하늘의 별들을 올려다보
며 깊은 상념에 젖어들었다. 오늘 아버지가 건드려놓은 자각은 시
간이 갈수록 회한과 격분의 깊이를 더하는 것이었다.

얼마나 시간이 흘렀을까, 부엌 앞에서 인기척이 나더니 계모가
손수 약을 짜가지고 평상으로 왔다.

"일어나 이것 마셔라."

모기장 한 귀퉁이를 들어올린 그녀는 팔베개를 한 두 아이를 보
더니 모기장 안으로 몸을 들이고 모서리에 걸터앉았다. 팔을 빼고
일어난 명진은 한약 냄새에 짐짓 코를 벌름거려보이고는,

"돈이 궁하실 텐데 저한테까지 보약을 지어주시니 황송해서 어찌
마실지 모르겠어요."

"그런 소리 하지 마라. 네 몸이 약해 늘 안쓰럽던 차에 시내에 나
간 김에 큰마음 먹고 용약을 한 제 지었다. 이것 먹고 기운이나 내
어라."

낮에 아버지와 대화했다는 사실을 알지 못하는 그녀는 자신의 선
심으로 생색을 내고 있었다.

구수한 향기와는 달리 쓰디쓴 약이었다. 어려서부터 저것 한번
마셔보았으면 하는 것이 소원이었는데 결국 달갑잖은 연유로 먹게
되는구나 싶어 쓴맛이 더욱 심한 듯했다. 찌꺼기까지 기울여 마시
고 사발을 내려놓자 그녀는 학교 짓는 이야기를 해왔다. 아버지의
생을 끝맺음하는 사업이라느니, 아버지의 거룩한 뜻을 받들어 일척

건곤의 모험을 하게 되었느니, 가을부터 본 공사에 들어가면 천정부지로 돈이 들어갈 텐데 자금조달 걱정에 잠이 오지 않느니 하는 이야기 끝에 가족 모두의 분발과 내핍이 필요하다고 역설했다. 지당한 말씀이었다. 명진도 그 순간만은 반짝 자기반성에 젖었다.

'내가 너무 이기적이었나? 삐딱한 내 마음을 알면 남들은 누구나 날 일방적으로 욕하겠지? 민족학교란 거룩한 이름을 더럽히는 자로 매도하리라는 건 뻔하고, 난 유다로 손가락질 당할 거야. 아니, 난 실제로 속 좁은 계집애인지도 몰라. 그건 가정대사이기에 앞서 사회사업이고, 애국사업이기도 해. 그 일에 이의가 있을 수 없고, 자식으로서 헌신은 당연하다고도 할 수 있어. 그렇다면 개교 때까지는 참는 거야. 설마 그 안에 죽기야 하겠어?'

명진은 소용돌이치는 심경을 숨긴 채 다소곳이 말했다.

"알고 있어요. 저도 전력을 다할 게요."

"고맙구나. 이학기에 주야간 가르치기로 했다는 소리 듣고 네 건강이 걱정되더라."

그녀가 물러가자 잠들어 있는 줄 알았던 우휘가 소근거렸다.

"보약을 독약이라 한 언니의 말 이제야 알겠어. 역시 언니는 감언이설과 뇌물엔 약해."

"뭐야? 너 안 잤구나!"

"독약냄새에 깼어. 주야간 가르치기로 한 것 정말이야?"

"응. 우리 학교 교장을 만나 아버지가 일방적으로 결정해버린 모양이야."

"언니 의사는 묻지도 않고? 아버지란 사람은 그렇다니까. 김일성과 다를 바 없다고. 아무튼 그건 언니 체력엔 무리야. 그러다간 죽어. 생각 좀 해봐. 야간수업 끝내고 대신동에서 여기까지 오면 몇 시겠어? 통금시간 넘기겠다, 뭐.”

“될 대로 되겠지. 네가 내 꼴이 되는 것도 시간문제야. 우리 수양재의 딸들은 똑같은 전철을 밟게 되어 있어.”

“흥!”

우휘는 얼굴을 돌리며 콧방귀를 날렸다.

“나한테는 안 통해. 억압도 뇌물도 어림없어.”

“아버지를 김일성이라면서? 그럼 여긴 북한 땅이고, 경애하는 어버이 수령의 명을 거역하면 그날로 아오지행이야.”

우휘의 야광주(夜光珠)같은 눈이 어둠을 뚫고왔다. 그녀는 상체까지 일으켜 앉고는 한층 낮은 목소리로 말했다.

“언닌 내가 어떤 아인지 몰라서 하는 소리야. 난 게릴라 전법에 도사야. 나 밖에서 미니스커트 입고 화장하고 다니는 거 모르지?”

“그게 무슨 소리니?”

“밀가루 푸대 같은 옷 입고, 납작구두 신고 다니는 줄 알았어? 난 내일 아오지엘 가도 오늘은 나 하고 싶은 대로 해.”

“그런 걸 가방에 넣고 다닐 리도 없고……. 대체 무슨 수로?”

“머리를 쓰면 간단해. 아랫동네 구멍가게 주인을 삶아놓았거든. 올 때 갈 때 들려서 화장하고 지우고, 옷 갈아입으면 그만이야.”

“너, 너…….”

명진은 벌어진 입을 다물지 못하고 멀거니 그녀를 바라보았다. 야단치고 훈계해봤자, 마이동풍은 둘째 치고 코웃음 칠 그녀이기에 설레설레 머리를 젓고 말았다.

“넌 보통 심각한 애가 아니구나. 그러다가 들키면 어쩌려구.”

"들키면 맞아 죽기밖에 더하겠어? 아마 난 그러기 전에 도망칠 거야. 사실 난 언니가 있으니까 여기도 그나마 참을만한 거야. 난 한편 언닐 보면 화가 나 죽겠어. 명문대학 나온 언니가 이런 정신병 동 같은 곳에서 똑같은 병을 앓고 있는 게 보기 싫고, 그 미스터 강 이라는 사람과 결혼한다는 것도 영 못마땅해. 아버지가 골라준 사 람이니 그렇겠지만……."

"넌 날 정신병자로 취급하고 있구나? 네 눈엔 아버지 다음가는 중증환자겠군?"

"미안하지만 아니라곤 못하겠어. 그치만 언니는 정상인으로 회복 될 가능성이 농후해. 보약을 독약이라 말한 것만 봐도 그렇잖아?"

명진은 후 – 한숨을 토해냈다. 동생의 눈에 비친 자신의 모습이 한심하고, 툭툭 겁 없이 던지는 말에 애틋한 정이 있고 진실이 있기 에 더더욱 가슴이 쓰리다. 오늘 따라 그녀가 성숙한 어른 같고, 나 름대로 강인한 정신의 소유자 같다. 명진은 불현듯 마음의 비밀 한 자락을 그녀에게 보이고 싶어졌다.

"난 네가 생각하는 그런 맹추는 아니야. 아버지 맹종자는 더더욱 아니고."

명진은 '설마' 하고 말하는 듯한 우휘의 눈을 의식하며 밤하늘을 우러러본다. 별세계 어디엔가 오늘의 결심을 아로새겨두려는 듯.

여름이 끝나갈 무렵 드디어 개천중학교 일만여 평 부지에 첫 삽 을 떴다. 용마산 바위와 돌이 굴러내려 억겁의 세월에 흙으로 부서 져 편편한 산비탈을 이룬 지형이라 교사와 운동장 사이에 꽤 높은 둔덕이 생기게 되고, 세로에 견주어 가로가 곱이나 되는 장방형으로 다듬어질 수밖에 없었다.

삽과 지게뿐인 시절이라면 엄두도 내지 못할 공사지만 불도저와 포크레인이 있는 오늘날에 땅고르기는 식은 죽 먹기나 다름없다. 시일을 잡아먹는 것은 밀어붙인 땅이 다져지기를 기다려야 한다는 것이고, 그런 연후 콘크리트로 기초를 만들어 굳혀야 한다는 것이었다.

그런데 불행히도 날씨운이 따라주지 않았다. 유난스런 늦여름, 초가을 비에 장비와 사람이 일손을 놓기 일쑤였고, 여기저기 토사가 무너지기도 했다. 그 손실은 시간이기도 하지만 곧바로 돈이었다.

혜숙은 하늘이 궂을수록 속이 마르고 탔다. 하늘이 도와주지 않는 일인가 싶어 부쩍 겁이 나기도 했다. 평소 미신에 그다지 혹하지 않는 편인데 이 공사만은 남편 한 사람의 성쇠만이 아니라 가운(家運)이 걸렸기에 운이란 것에 마음이 크게 동요되고 있는 것이었다.

그럴 만도 한 것이 남편이 교수직을 놓은 뒤 손대서 되는 일이라곤 없었다. 그가 '됐다!' 하고 무릎을 칠 때마다 나쁜 일만 생겨 마치 《삼국지》에서 촉군에게 쫓기는 조조가 하늘로 껄껄 웃음을 날릴 때마다 매복한 적장이 나타나곤 하는 장면을 연상케 했었다.

짓궂은 가을장마에 애태우는 것은 곡식을 걷지 못하는 농민들도 마찬가지였다. 그들은 나락이 선 채로 싹이 나게 생겼다고 동동거릴 정도였다.

하늘도 무심치 않아 수확의 적기를 살포시 넘겨 푸른 그 가슴을 열었다. 농민들이야 쨍쨍한 햇빛에 안도의 한숨을 내쉬었지만 혜숙에게는 이미 너무 큰 손실을 입힌 뒤였다. 쾌청한 날씨가 이어지자 그녀는 매일 새벽밥을 먹고 집을 나서 첫 버스로 현장으로 출근했다. 오전 오후 두 차례 국수를 삶아 중참을 해대는 것이 주된 소임이었지만 일꾼들 독려가 더욱 중요한 역할이었고, 짬이 나면 운동장의 돌 하나라도 치워내는 억척을 보였다.

혜숙은 그곳에 뼈를 묻을 각오였다. 민족학교 설립의 뜻이 거룩해서가 아니라 승부에 지지 않으려는 투지이며, 삶의 고비를 넘기려는 발악으로 덤비는 것이었다. 그녀는 산에 곱게 단풍이 물든 것도, 낙엽이 지는 것도 모르고 오직 조금씩 높아져가는 건물의 형체만 보았다. 그리하여 교실 세 칸에 지붕 슬래브를 치기까지 뼈대를 완성한 것이 꼬박 네 달 만이었다. 계절은 벌써 아침저녁으로 살얼음이 얼기 시작하여, 혹한기 이전에 내장공사까지 마무리 짓겠다던 당초의 계획은 이미 물 건너간 것이었다. 아니, 그보다 더 심각한 차질은 자금의 부족이었다. 공사 예산 총계의 구 할 정도를 소진한 현재, 목재·유리·목수 노임 등 알짜배기 돈이 들어가는 내장공사가 고스란히 남아 있었던 것이다.

애시당초 빠듯한 예산이어서 일을 저질러놓고보자는 심사이긴 했으나 이렇게까지 태부족일 줄은 몰랐고, 날씨 탓에 허비된 돈이 워낙 많았다.

혜숙은 또 한 차례의 모금출장으로 남편을 내몰았다. 각종 인허가 업무와 인근 초등학교들을 순회하며 내년 봄의 학생모집에 주력하고 있는 그를 시일이 얼마나 걸릴지도 모르는 장기출장 보내는 것은 자칫 또 하나의 차질을 가져올 수도 있었지만 목전의 위기감은 그만큼 심각했다.

그러나 불과 열흘도 못 가 그가 목을 축 늘이고 돌아오자 억장이 무너져 내렸다. 학교 뼈대만 세워놓으면 돈 댈 독지가는 줄을 설 것이라 호언장담하던 그였는데 거의 빈손으로 돌아온 것이다. 새 후원자는커녕 언질받고 약속받은 돈마저도 거두지 못한 것이었다.

화가 치민 혜숙은 결혼생활 십오 년 만에 처음으로 남편을 폄하하는 독설을 쏟아냈다.

"수백 수천이라던 당신 동지들은 다 어디 갔어요? 목숨보다 귀한 게 동지애라더니 겨우 이런 것이냐고요? 당신의 허풍을 믿고 일 저지른 내가 미친년이에요. 우린 이제 망했다구요."

마침내 울음을 터뜨리자 천장에 눈을 매달고 침통해 있던 그가 말했다.

"입이 열 개라도 할 말이 없소. 달리 타개책을 찾아볼 터이니 마음을 굳게 먹으시구려. 동지들의 무관심이 개탄스럽기 짝이 없지만 그들을 믿은 내 어리석음도 그에 못지않게 한스럽소."

자신의 어리석음을 한탄하기는 그녀 쪽이 더했다. 남편과 김 군은 물론 수양재에 매달린 이 모두에게 신바람 나는 삶의 터전이 되리란 기대에 학교설립이 솔깃하기는 했어도 남편의 보따리가 그 정도인 것을 알았으면 진작 두 손을 들고 말았어야 했다.

혜숙은 더 이상 남편을 믿지 않았다. 혹한기에 공사가 중단될 동안 무슨 수를 써서라도 그녀 힘으로 자금을 보충해야만 했고, 남은 수단이란 동업자를 구하는 것이었다. 그녀는 남편과 상의도 없이 사방으로 동업자를 물색하기 시작했는데 며칠이 지나 광복동의 언니로부터 전화가 왔다. 그녀와 사채거래를 하고 있는 허 사장이란 사람을 만나보라는 전화였다. 사채꾼이란 선입관에 선뜻 내키지 않는 걸음이었는데 허상만이란 오십대 중반의 사나이는 풍기는 인상이 꽤 좋은 편이었다.

그가 말했다.

"김 사장 이야기 들어본깨 구미가 쪼깨 당깁디다그려. 처음에는 민족학교라 캐서 무슨 그런 학교가 있는가 싶었는데 오 교수님 내외분 경륜을 알고본깨 납득이 가더라고요. 각설하고, 돈 때문에 애태우시나 본데 내가 자금 좀 대는 거 우찌 생각합니꺼?"

혜숙은 단도직입적인 그의 태도에 당황하며 넌지시 떠보았다.

"학교는 돈 벌자고 하는 사업이 아닌데요."

"그 정도는 나도 압니다. 이런 말하기 부끄럽심더만, 이 사람은 야학으로 까막눈 면하고 독학으로 무지렁이 제우 면한 무학자올시다. 학교 몬 댕긴 게 한이 되어 학교 세우는 일에 남다른 관심을 갖는 것이다, 이깁니다."

옆에서 언니가 거들었다.

"말씀이 이렇지, 허 사장님은 웬만한 대졸자 뺨치는 분이시다. 개같이 벌어 정승 같이 쓰라는 말 알지? 허 사장님은 지금 험하게 번 돈 정승 같이 쓰고 싶으신 거야. 안 그래요, 허 사장님?"

언니의 독설에 익숙한지, 그는 무릎을 치고 껄껄 웃는다.

"맞심더. 나는 입때꺼지 살아옴시러 험한 일이라카모 안해본 것이 없어예. 솔직히 말해서 인자 사람거튼 일을 해보고 싶어예."

혜숙은 재빨리 머리를 굴린다. '광복동에서 소문난 알부자라 하니 자금 하나는 확실하게 보장되리라. 그렇지만 돈의 위력으로 학교운영을 마음대로 휘두르고자 들면 무슨 수로 감당할까? 말은 이렇지만 사채꾼 근성이 숨어 있을 터인데……'

그녀는 새삼 눈을 들어 그의 관상을 뜯어본다. 주걱같이 넓적하고 억세보이는 턱, 누렁기가 살포시 배어 있는 부리부리한 눈, 턱을 닮아 넓게 퍼져앉은 코 등은 퍽 이지적이며, 사업가다운 면모를 가지고 있다. 노동자 같은 넓은 어깨와 구릿빛의 피부 또한 약아 빠진 사람으로 보이지 않게 하는 요소다.

'설마하니 이런 작자에게 학교를 집어삼키려는 야심은 없으리라. 하지만 엄연한 사채꾼과 동업은 모양새가 뭣 하지 않을까? 남편이 호락호락 찬동해줄지도 의문이야.'

"뭘 그리 오래 생각하니?"

언니의 재촉에 생각을 그친 혜숙은 말투를 가다듬고 말했다.

"허 사장님 말씀 가슴에 와닿습니다. 저희가 무리를 해서라도 민족학교를 세우려는 뜻은 다만 얼마라도 올바른 의식을 가진 민족 지도자감을 길러보자는 것입니다. 말하자면 민족수(民族樹)에 거름을 주는 정신으로 이 사업에 동참하셔야 한다는 겁니다. 그런 마음이시라면 저희로서야 유비가 제갈량 만난 것이나 다름없지요."

"하하하. 나 같은 사람에게 제갈량이라니요? 난 그저 돈을 댈 뿐이지요. 혹시 제가 표면에 나서 설칠라쿠는 건 아닌가 하고 걱정일랑 마십시오. 그랬다가 학생들이 그 학교 올라쿠겠는교?"

속을 꿰뚫어보기나 한 듯 말끔히 우려를 걷어버리는 말이었다. 최종응답은 남편과 상의하여 드리겠노라 하고 그와 헤어졌는데 집으로 돌아오는 길에서는 안도감과 함께 서글픔이 우러나 온몸에서 맥이 빠졌다.

자초지종 이야기를 들은 남편은 또다시 그 불길한 무릎 두드리기를 했다.

"여보, 그 사람은 선열들의 혼령이 보낸 사람일 거요. 당장 연락을 하시오. 내가 한번 만나보아야 되겠소."

“생각을 좀 신중히 해보세요. 상대가 사채꾼인데 덥석 손잡아서
될 일인지.”

“무슨 소릴. 그 사람이 정말 악덕 사채꾼이면 이런 일에는 관심조
차 갖지 않소. 틀림없이 심성이 좋은 사람일 거요. 그리고 지금 우
리는 찬밥 더운밥 가릴 처지가 아니잖소.”

남편의 성화에 이튿날 두 번째의 회합이 이루어졌다. 남편의 경
망함이 못 미더워 동행을 했지만 그녀 또한 허 사장의 달콤한 제의
를 걸어찰 마음의 여유가 없었다.

며칠 뒤 허상만을 재단 공동설립자로 하는 명의변경과 함께 당사
자간 세부적인 합의서가 작성되었다. 수입, 지출 등 자금운용은 쌍
방 합의하에 하되 교사채용, 교육방침 등의 학사운용에는 그가 간
여하지 않는다는 것이 골자였고, 그녀 명의인 이사장과 남편 명의
인 교장에도 변화가 없었다. 단 하나 김상화로 내정되어 있는 서무
주임 자리를 허 사장이 추천하는 사람으로 바꾸어야만 했다. 흡족
하기 이를 데 없는 조건이어서 희희낙락하던 중이라 김상화 문제는
안중에도 없었다.

배반의 싹을 무럭무럭 키워가는 데는 역설적이게도 아버지의 역
할이 자못 컸다. 자식의 장래를 생각해주는 아버지였다면, 아니, 혹
사로 상해가는 자식의 건강을 조금이라도 걱정해주는 아버지이기
만 했어도 유학수속을 그토록 빠르게 진행시킬 수는 없었을
터…….

구월 어느 날 심한 몸살로 결근을 하게 되었을 때 아버지가 보여
준 것은 애정과 걱정이 아니라 격노와 꾸중이었다. 몸살은 나약한

정신력에서 오는 병이라면서 자신은 육십 평생 몸살 따위로 몸져누운 적이 없노라 했다. 걸핏하면 수업 중에 코피를 쏟은 일이며, 탈진상태로 양호실에 드러눕곤 한 일을 호소하려던 마음은 서러운 눈물이 되어 흐를 뿐 입 한번 뻥긋하지 못했다.

결정적으로 배반의 결단을 내리게 한 것은 개천중학교가 문을 열면 거기서 음악과 미술을 가르치라는 아버지의 말이었다. 약속된 봉사기간이 반이나 끝나가는 마당에 나온 말이라 그것은 곧 언약을 파기한다는 뜻이었다.

명진은 약속과 다르지 않느냐고 따지는 것조차 싫었다. 이미 그러리라 예견한 것이라 충격이 있을 것도 없었다. 그녀는 당장 그날로 미국의 언니에게 편지를 썼다. 그렇게 하여 시작된 유학 준비는 급류를 타듯 빠르게 진행되어 십일월 중순에는 산호세 주립대학 대학원 입학허가서가 학교주소로 우송되어왔다.

당장 직장을 걷어치우고 서울로 올라가 비자를 받으라는 언니의 성화에 명진은 연거푸 양해를 구하는 편지를 띄웠다. 도미 시기를 내년 봄으로 늦추어 달라고 한 것은 아버지와 수양재 사람들에 대한 마지막 호의였다. 애초의 생각대로 개천중학교가 문을 열 준비를 갖추기까지는 월급을 갖다바치겠노란 생각이었다.

이제 시퍼런 비수로 변하고야 만 역심, 그걸 가슴에 품고 나자 미움과 원망과 분노를 뿜어올리던 분화구는 거짓말처럼 잠잠해졌다. 아버지는 물론 학교 공사장으로 발을 동동 구르며 다니는 계모에게마저 안쓰러움이 느껴졌다. 끝까지 그들에게 힘을 보태주지 못하는 죄스러움이 일기도 하여 때에 따라 급변하는 자신의 감정이 한심스럽게 느껴졌다.

　겨울방학이 다가오자 명진은 마음이 급해졌다. 서울로 올라가 여권과 비자 수속을 미리 해두어야 했고, 짬짬이 하고 있는 영어회화 공부도 학원을 다니면서 다듬어야만 했다. '겨울방학을 서울에서 보내겠노란 말에 순순히 허락을 내린 것은 그동안의 고생에 대한 아버지의 보상이었던가.' 명진은 그런 아버지에게 아릿한 양심의 가책을 느끼며 방학이 시작되자마자 상경길에 올랐다.

　상경 다음날 오전 미국인 회화반 등록을 마친 명진은 약속보다 한 시간이나 이르게 도착한 명동의 S다방에서 음악을 들으며 시간을 보내고 있었다. 이윽고 나타난 정옥은 사람들 눈을 아랑곳하지 않고 달려와 귓볼과 뺨에 쪽쪽 입을 맞추며 호들갑을 떨었다.
　"너 없는 서울은 오아시스 없는 사막이었어. 나 사랑에 빠진 거 아닐까?"
　"지랄하고 자빠졌네! 여태껏 애인도 못 구했어?"
　"옳은 눈깔 가진 사내가 있어야지. 난 포기했어. 넌? 강일준 씨와 자주 만나?"
　"나도 포기했어. 곧 휴가 나온다는 편질 받았는데 보시다시피 난 그를 피해 여길 왔잖니. 갈수록 정이 없어지니 날 샌 거나 다름없어."
　"그럼 잘 됐어. 나하고 동성연애나 하는 거야. 레즈비언이 있다는 소문만 들었는데 노처녀 되고보니 내가 그 꼴이 되어간다."
　"징그러운 계집애! 너 때문에 오랜만에 서울에 온 기분 다 망치겠다. 대학원은 재미있니?"
　"오갈 데 없이 다니는 걸 뻔히 알면서? 졸업해봤자 대학강사 자리 하나 얻어 걸칠 희망이 있나, 시집가는 데 프리미엄이 붙나, 말짱 헛지랄하는 거지 뭐. 해외유학파들이나 살판나는 세상이라고. 그런데 만나서 할 이야기란 뭐니?”

“나 실은 미국유학 추진하고 있어.”

그녀는 갑자기 얼굴이 굳어지며 수다를 그쳤다. 부럽고 샘나서 그런 것 같기도 하고, 친구를 멀리 떠나보내는 실망감 같기도 하다. 우두커니 창밖으로 향한 그녀의 시선이 돌아오기를 기다리던 명진이 먼저 침묵을 깼다.

“넌 지난 겨울 우리 집에 와서 무언가를 느꼈을 거야. 내가 왜 미국으로 떠나려는지도 알 거고.”

“대강은 알겠어.”

“난 진작 떠났어야 했어. 거기엔 처음부터 내 인생이란 없었는데 말이야.”

“알 만하다. 니네 아버지 이야기라면 나도 너 만나서 물어볼 게 있었어. 뭐고 하니…….”

그녀는 후루룩 커피잔을 비우고 말을 이어나갔다.

“실은 두세 달 전 니네 아버지가 날 찾아왔었다.”

“가만, 혹시 진영 아저씨 건이었니?”

“알고 있었구나. 니네 아버지 머리가 좀 어찌 된 분 아니니?”

명진은 설마 하던 일이 벌어진 데 헛웃음이 나올 뿐이었다.

“뭐가 그리 우습니? 사람 입장 곤란하게 만들어놓고선……. 따끔한 말 한마디 했더니 마구 화를 내시더라. 진짜 화나고 요절복통할 사람은 나였는데…….”

“무슨 소릴 했기에?”

"사람 싫다는 소리 하기는 뭣해서 그 사람 사상이 싫다고 했지 뭐. 빨갱이는 질색이라고 말이야."

"우리 아버지가 가장 싫어하는 말을 잘도 골랐군. 아무튼 잘했어. 아버지는 당해도 싼 분이야."

"야, 그건 사실이잖니? 니네 아버지는 몰라도 그 사람은 순 빨갱이더라. 지난 겨울에 그 사람이 내게 떠벌린 말들은 온통 사회주의 우월성 역설이었고, 북한의 체제와 김일성 칭송이었어. 그런데 그 일로 난 니네 아버지에게 단단히 찍히고 말았다, 애. 너한테 나쁜 물 들일까 저어되니 너와 교분을 끊어달라고 하시더라."

"아버지는 능히 그러실 분이야. 사상이 다르면 딸이라도 적으로 돌릴 분이지. 몇 달 뒤면 나도 용서받지 못할 딸이 되고 말 텐데, 찍힌들 무슨 상관이니. 말이 유학이지 도망이나 같아. 그것도 그냥 도망가는 것이 아니라 아버지에게 치명타를 안겨주는 도망이라고. 아마도 그걸로 부녀간 인연이 끊어질 거야."

정옥은 그제야 사태의 심각성을 깨닫는지 눈이 휘둥그레졌다. 그럴 만도 했다. 지금까지 정옥의 눈에 비친 자신은 아버지의 그림자와도 같은 존재였다.

어느 날 학원에서 영어회화 강습을 끝내고 거리로 나서보니 함박눈이 내리고 있었다. 명진은 소녀적인 감상에 젖어들며 동숭동의 S대학 도서관까지 걸어가리라 작정했다. 하늘에 구멍이 뚫린 듯 펑펑 쏟아져내리는 눈을 맞으며 걷고 있으려니 가슴속의 온갖 상념들이 한꺼번에 녹아났고, 난마처럼 얽혀오는 감정의 뒤섞임에 핏물처럼 진한 외로움이 배어 나왔다.

'아 –, 이런 날 그를 만났으면…….'

저만치 문리과대학 캠퍼스가 보이자 맨 먼저 떠오르는 것이 한필의 얼굴이었다. 교정으로 들어가 눈을 밟으면서도 명진은 줄곧 그를 생각했다.

'지금은 어디서 무얼 하고 있을까? 혹시 누나들을 따라 미국으로 간 것은 아닐까? 만약 아직도 서울에 살고 있다면 함께 미국으로 가자고 해볼까?'

명진은 마로니에나무 밑으로 들어서서 그와 함께 자주 앉았던 벤치를 찾아 소복이 쌓인 눈을 손바닥으로 쓸었다. 눈에 덮여 있던 옛 추억을 되찾듯 한동안 초록 벤치를 내려다보고 있던 그녀는 횡하니 발길을 돌려 교문을 나섰다.

한필이 살던 옛 집에서 대문을 열어준 사람은 초로의 한 부인이었다.

"저–, 이 행랑채에 사는 한필이란 사람을 찾아왔는데요."

"내가 핸필이 에미요만……."

명진은 반가움에 꾸벅 절을 했다.

"안녕하세요. 송희 언니 친구 혜영이 아세요?"

"미국 사람하고 혼인해서 미국 가 산다는 그 혜영이 말이오?"

"맞아요. 전 혜영이 동생이에요."

그러자 노부인의 얼굴에 반기는 미소가 떠올랐다.

"핸필이를 찾기에 누군가 했더니만……. 핸필이는 지금 직장에 가고 없소만, 좀 들어오소."

"아닙니다. 직장 전화번호 아시면 가르쳐주세요."

그녀가 가져다 준 명함에는 '남영물산' 이란 직장명과 전화번호가 적혀 있었다. 명진은 골목길을 빠져나오며 착잡한 기분에 감싸였다. 그가 직장인이 되어 있다는 사실에 금석지감(今昔之感)을 느끼는가 하면 미국으로 떠나지 않은 사실에 안도감을 느끼기도 했다. 이름 모를 시시한 직장에 몸을 담은 그도 결국 제 갈 길을 가지 못하고 있는 사람일 터. 그러나 명진은 미국으로 그와 동행할 가능성이 그만큼 커졌다고 느끼며 공중전화를 찾아 힘찬 발걸음을 떼어 놓았다. 버스길까지 나와 전화를 걸자 여직원이 받아 한필을 바꾸어주었다. "전화 바꿨습니다" 하는 한필의 바리톤 음성이 들려오자 명진은 한동안 혀가 굳었다.

"전화가 끊어졌나?"

그제서야 그녀는 말문을 열었다.

"저 명진이에요."

그가 침묵했다. 그 침묵에는 얼음장 같은 냉기가 서려 있는 듯했다. 명진은 연거푸 한숨을 토하며 그 순간만은 후회감에 젖었다. 착 가라앉은 그의 목소리가 한참 만에 들려왔다.

"전화번호는 어떻게 아시고……."

"집엘 갔었어요. 지금 막 되돌아 나오는 중이고요."

그리곤 또다시 침묵. 납덩이보다도 무거운 침묵이었고, 수많은 언어들을 함축한 침묵이었다. 배신자와 배신당한 자의 융합이 쉬우리라 생각한 것은 아니었지만 이다지 난감하리라고는 예상치 못한 그녀였다.

"바쁘세요?"

"별로요. 지금 H다방으로 가죠."

수화기를 내려놓은 명진은 갑자기 추위를 느끼며 으스스 몸을 떨었다. 한필의 목소리와 침묵에 서려 있던 냉기 탓이었을까. 그녀는 '너 때문이야' 라고 하면서 아직도 흩날리고 있는 눈발을 바라보았다. 지금이라도 약속을 취소해버릴까 하는 마음에 전화통을 떠나지 못하고 있던 그녀는 지금이 아니면 두 번 다시 그의 얼굴을 볼 수 없으리란 사실에 생각이 미치자 다방을 향해 발걸음을 떼어놓기 시작했다.

그는 한번은 꼭 만나야 할 사람이었다. 그가 지금은 어떻게 변했는지, 그에게 되살려낼 희망의 불씨가 남아 있는지, 여자가 생긴 것은 아닌지, 그 밖에도 알고 싶은 것이 너무나 많았다. 아니, 그냥 보고 싶었다. 그를 보지 않고서는 미국으로 가는 발길이 떨어질 것 같지 않은 심정, 그래서 서울에 가면 그를 만나보리라는 기대에 가슴을 설레기도 했던 자신임을 깨닫자 더 이상 망설임은 일지 않았다.

H다방은 한필과 함께 커피를 마시러 자주 다니던 다방이었다. 명진은 난로가에 자리를 잡고 앉아 몸을 녹이면서 옛 추억들을 함께 녹이고 있었다. 그러자 그와 함께 지폈던 첫사랑의 기대며, 이데올로기 논쟁으로 그 기대를 무참히 짓이기곤 했던 추억들이 쓴맛 단맛을 함께 자아올렸다. 아버지란 우상을 무너뜨려야만 한다던, 그래야만 자기가 설 자리가 생긴다고 하던 한필의 호소가 생각나자 눈물이 나오려 했다. 그럴수록 아버지의 우상에 기댔던 자신이 지금은 그 우상을 쓰러뜨릴 음모를 하고 있다는 사실이 지난날의 삶이 모두 꼭두각시놀음이었다는 각성을 불러일으키고 있었다.

반시간이 채 못 되어 그가 왔다. 검정색 바바리코트차림의 그는 씁쓸한 미소를 입술에 매단 채 다가왔다.

"명진 씨가 어쩐 일로?"

“못 올 곳을 왔다는 뜻은 아니겠죠?”

“……?”

“아직도 절 미워하는지 확인하러 왔어요.”

“그럴 리가……. 부산으로 갔다고 알고 있었습니다만?”

“거기까지는 알고 있군요. 저에 대해 또 아는 게 있으세요?”

머쓱한 표정으로 고개를 젓는 그에게 명진은 한동안 도전적인 시선을 보냈다. 내가 무슨 자격으로 이러지 하는 생각에 그녀는 한숨을 떨구며 말했다.

“부산서 선생질을 하고 있어요. 한필 씨의 직장은 뭐하는 데죠? 재미있나요?”

“재미는 무슨……. 일제 농기계를 들여와 농촌에 보급하는 게 내 일인데 약간의 보람은 있죠.”

“역시 농(農)자 붙은 직장이군요. 한필 씨는 아직 그 꿈을 못 버린 모양이죠?”

“꿈을 버리다니요? 지금이라도 달려가고 싶지만 마음뿐입니다. 막대한 자금이 있어야 하니까요. 명진 씨는 어때요?”

“선생 똥은 개도 안 먹는다는 말 모르세요?”

순조롭게 출발한 대화는 거기서 끊어졌다. 침묵이 대신하자 한필은 담배에 불을 댕겼다. 때마침 종업원이 와 커피를 시켰는데 한번 끊어진 대화는 좀체 이어지지 않았다. 담배연기를 깊게 들이마셨다가 길게 내뿜곤 하는 한필은 착잡하게 얽혀드는 감정을 감추지 못하는 모습이었고 명진 자신은 이 사람에게 내 치부를 내보여야만 하나 망설이고 있었다.

“저 미국 가요.”

내던지듯 하는 말에 그가 움찔하며 시선을 돌렸다. 그 말에 함축된 의미를 풀어헤칠 시간을 충분히 주겠노란 뜻으로 명진은 종업원이 갖다놓은 커피를 후 - 불어 마시기 시작했다. 한참 만에 그가 물었다.

"언제 가지요?"

"오는 삼월 중에요."

"이것 참 놀랍군요. 결단이 쉽지 않았을 텐데…… . 그럴 만한 사정이 뭘까요?"

"미국 간다는 한마디로 거기까지 아셨다면 더 이상 구차한 설명이 필요 없지 않아요? 차 마시고 문리대 교정에나 가보시지 않을래요? 전 아까 마로니에나무 아래까지 갔다가 한필 씨 만나면 함께 걷겠다는 생각으로 되돌아 나오고 말았어요."

"지금 갑시다, 그럼."

다방을 나와 어깨를 나란히 했을 때 그가 말했다.

"우리가 함께 이 길을 걸은 것이 엊그제 같은데 헤아려보니 어느새 오 년이 지났군요."

그 말에 명진은 신음소리가 새어나올 것만 같은 느낌으로 눈 속에 파묻히는 자신의 발부리를 내려다보았다. 한필과 함께 이 길을 걸은 것이 한 번이라면 일준과는 열 번, 스무 번은 되었으리라 생각하니 한필에 대한 미안함에 새삼 가슴이 쓰렸다.

"한필 씨에게는 면목이 없어요. 오랜 망설임 끝에 여기까지 오고 말았어요. 설경에 이끌려서 말이에요. 무슨 낯짝으로 찾아왔느냐고 속으로 비웃고 있죠?"

그는 허공으로 허허 웃음을 날렸다.

"비웃음 같은 거 없습니다. 미국으로 간다기에 '아, 드디어 파랑새가 새장을 박차고 넓은 세상으로 날아가는구나' 하고 감동하고 있습니다. 수양재란 곳은 복잡한 세상 한 귀퉁이에서 나름대로 빛과 소금을 구어내고 있는 곳이라 생각됩니다만 나는 워낙 속물인데다 자유를 최고의 가치로 신봉하고 있는 놈이라서 이런 말밖에 못합니다. 나와 명진 씨 사이에 있었던 일을 미안해 할 필요는 없습니다. 적어도 그때는 내가 명진 씨를 핍박하여 쫓아버린 것이나 다름없었으니까요."

"제 배신에 그다지 마음 아프지 않았다는 말이군요."

"그랬다고 여깁니까?"

그는 눈웃음을 짓고 돌아보고 있었지만 눈동자에는 그때의 아픔이 배어 있는 듯했다.

"아버지의 그늘에서 벗어나겠다는 뜻임은 알겠는데……. 그 강일준이란 사람과는 잘 진행되고 있습니까?"

명진은 얼굴을 빤히 들여다보는 그의 시선을 피해 허공을 바라보았다. 눈발은 그쳐 있었으나 잿빛 하늘은 머리 위로 보자기를 덮어씌울 듯 구름인지 안개인지 모를 어둠을 낮게 드리우고 있었다. 미국 간다는 말은 아버지도 그도 함께 밀쳐버렸노란 뜻임을 이 남자는 정녕 모르는가?

아킬레스건을 건드린 탓에 찾아온 침묵은 마로니에나무 아래에 도착할 때까지 이어졌다. 명진은 자신이 눈을 쓸어냈던 벤치를 손바닥으로 다시 한번 쓸고는 엉덩이를 내렸다. 그가 옆 자리에 앉자 명진은 그제야 말했다.

"전 모든 면에서 새 출발을 하고 있어요. 한필 씨는 애인이 생겼겠죠?"

"만나는 여자라면 몰라도 애인은……."

"어떤 여잘 만나나요?"

"아무나요. 쉽게 사귀고 쉽게 헤어질 수 있는 여자라면."

"말도 안 돼요. 그럴 리가?"

"거짓말 아닙니다. 심심풀이를 함께하는 여자, 때로는 잠자리도 함께할 수 있는 여자들이죠."

명진은 경악스런 눈으로 그를 돌아보다가 한숨을 떨구었다. 이 사람이면 그럴 수도 있겠구나 싶었다.

"그것도 자유주의 방식이겠군요?"

비아냥거림임을 아는지 모르는지 그의 대답은 명쾌했다.

"옳게 이해하셨습니다. 하지만 그런 상대를 만나기가 그리 쉬운 것은 아닙니다."

"쉽게 만나는 여자라 하셨잖아요?"

"그것과는 뜻이 다르죠. 그런 여자 만나기는 어려워도 만난 다음에는 쉽다는 뜻이니까요."

명진은 방파제를 때린 큰 파도가 차츰 잔잔한 물결로 변하는 듯한 느낌으로 그가 안겨준 충격을 소화하고 있었다. 자유, 자연 등 '자(自)' 자 돌림의 언어들로 칠갑이 되곤 하던 그와의 대화들이 생각나고, 삶이란 그저 그런 것이라던 그의 말이 생각나자 자신이 지닌 뻣뻣한 정조관념이 개나 물고다니는 뼈다귀가 아닐까 싶은 생각마저 들었다. 타락이나 방종이라는 느낌이기보다는 삶의 허리띠를 느슨하게 해놓은 느낌이었고, 그에게서 달관이 엿보이기도 했다.

어색한 분위기를 털어버리듯 명진은 눈 묻은 옷을 털고 일어섰다. 교정을 걷기 시작하자 그도 뒤따랐다. 교정 오솔길에는 발자국 몇 줄이 찍혀 있었으나 운동장으로 나서자 흠집 하나 없는 설원이 펼쳐졌다. 거기에 발자국을 찍으며 걷기 시작하자 잡다한 사념들이 조용히 가라앉았다. 명진은 그런 차분함으로 말했다.

"저하고 미국에 같이 가시지 않을래요?"

그가 멈칫 걸음을 멈추었다.

"제가 알기로는 언니 두 분이 한필 씨에게 손짓하고 있으니 마음만 먹으면 되잖아요. 농장 꿈일랑 먼 훗날로 미루고 저와 함께 가서 공부나 해요."

그가 담배를 뽑아 물더니 연기 한 모금을 길게 불고는 말했다.

"나는 안 갑니다. 출세와 명리를 탐하지 않는 내가 미국엔 왜 갑니까?"

덜컹 내려앉는 실망감에 명진은 고개를 떨구었다.

'이 사람은 하나도 안 변했구나! 아무 여자나 만나 잠자리나 함께 하는 것만 빼고는……'

설득이 소용없으리란 생각에 그녀는 걸음을 계속했다. 이제 나혼자 길을 가야 하리란 쓸쓸한 발걸음이었다.

서울 체류 이십여 일이 지난 어느 날, 정옥과 영화를 보고 밤늦게 귀가한 명진은 어머니의 성난 음성에 한 발짝 실내로 들어선 상태에서 몸이 얼어붙었다.

"그놈이 누구야? 그런 놈하고 언제부터 붙어다녔어?"

별의별 욕설을 들어왔어도 이런 식의 모욕은 처음이라 명진은 황당한 눈길로 그녀의 후속타를 기다렸다.

"야마리 빠진 년. 에미에게 약혼한 사실도 알리지 않는 년이 제 아쉬우면 찾아와? 그게 사람새끼야? 네 언니는 미국인을 사귀어도 에미 허락은 받았다. 네년같이 똥구멍으로 호박씨 까진 않았어!"

여전히 밑도 끝도 없는 욕설이지만 약혼이란 말에 감이 잡혔다.

'대체 누가 무슨 까닭으로 어머니에게 고자질을 했을까? 혹시 일준 본인의 소행은 아닐까? 전화를 걸었거나, 편지를 보냈거나……'

명진은 어머니의 욕설을 귓전으로 흘리며 한동안 생각을 굴리고 있다가 일단 항변으로 맞서보았다.

"누가 뭐랬기에 확인도 안 해보시고 펄펄 뛰기부터 하세요. 전 약혼한 적 없어요."

"뭐가 어째? 날 속여먹은 것으로 모자라 이젠 거짓말까지 하려고?"

"전 사실을 말하고 있는 거예요."

"에잇, 못된 년!"

어머니가 느닷없이 뺨을 때려왔다. 휘청 넘어질 뻔한 몸을 바로 잡은 명진은 침상으로 걸어가 털썩 무너져내렸다. 어머니는 고래고래 소리를 지르고 있었다.

"약혼? 흥! 너희 연놈들끼리 잘해봐라. 애비편이 되어 지금까지 날 잘도 속여먹었지. 너 같은 년을 돈 들여 공부시킨 내가 멍텅구리였어. 하지만 더는 안 속는다. 이 시간 이후로 네년은 내 자식도 뭣도 아니야."

명진은 눈물을 찔끔거리며 생각했다. 사태가 이 정도면 꼬투리를 잡혀도 단단히 잡힌 게로군. 뺨까지 맞은 것은 분하고 억울하지만 이 일만은 내 잘못이야. 입장을 바꿔놓고 생각해보면 나라도 모녀

간 인연을 끊으려 들 터. 지금이라도 사연을 곧이곧대로 털어놓는
게 옳겠지? 명진은 벌떡 몸을 일으켜 세우며 말했다.

"어머니는 그렇게도 내 말을 못 믿으세요? 때리시든지, 인연을
끊으시든지 사정이나 알고 당해야 되겠어요."

"흥! 사정이야 네년이 더 잘 알 것 아냐."

"말씀하세요. 저도 드릴 말씀이 있어요."

"그래, 말하마. 네 약혼자라면서 어떤 군인이 찾아 왔었다, 왜?"

"아―."

명진은 아찔한 현기증을 느끼며 한 손으로 침대 모서리를 붙잡
았다.

"그 사람이 제 입으로 약혼자라 했어요?"

"그 사람이 거짓말했다는 거니?"

"생판 거짓말은 아니에요. 아버지가 사위 삼겠다고 공언한 사람
이니까요. 하지만 하늘에 맹세코 약혼한 사실이 없고, 그 사람과 결
혼할 생각은 추호도 없어요."

"네가 싫다는 데도 약혼자라고 떠벌리고 다닌다는 거야? 도저히
이해할 수 없구나. 또 여길 어떻게 알고 찾아와."

"대학 다닐 때 한두 번 바래다준 적이 있어요. 아버지의 강권에
못 이겨 교제를 했더랬어요."

"그것 봐. 네년이 꼬리를 쳤으니까 그 사람이 그러지. 아니 땐 굴
뚝에 연기 나겠어?"

"그런 게 아니에요."

명진은 일준을 사귀게 된 사연을 차분히 이야기했다. 그러나 한
때 연정으로 발전하여 사랑의 약속을 나누었던 사실만은 말할 수

없었다. 붉으락푸르락 얼굴을 물들이고 있던 어머니가 소리쳤다.

"그 인간이 하는 짓이 그렇다니까. 무엇이 급해서 그 나이에 약혼을 시키려 들었어? 그리고 넌, 싫으면 싫다고 하지 왜 질질 끌려다녔니?"

"……."

"내 그놈 상판대기 보고 진작 그런 종락인지 알아보았지. 빨갱이들은 눈이 다르다니까. 그 스승에 그 제자라더니 뻔뻔스럽기가 똑같아. 여기가 어디라고 찾아와 약혼자라 주둥일 놀려. 그리고 너, 경고해두지만 그 인간이 정해주는 사람을 배필로 맞을 요량이면 나하고는 끝인 줄 알아둬. 그 인간이 좋다는 인물은 다 그렇고 그런 종락들이란 말이다."

명진은 한결 누그러진 어머니의 태도에 내심 '후유―' 안도의 한숨을 쉬며 볼멘소리를 했다.

"사정도 알아보시지 않고 때리기부터 하신 건 너무했어요. 저도 이제 사회인이라고요."

"미안하게 됐다만 에미 몰래 약혼을 했다는데 화나지 않게 생겼니?"

한바탕 홍역을 치르고 잠자리에 든 명진은 분한 마음에 좀체 잠을 이루지 못했다. 폭력을 휘두른 어머니보다는 일준에게 더 화가 났다.

'바보 같은 작자. 눈치가 있는 사람이면 여길 찾아와? 온 것까지는 좋다 치고 제입으로 약혼자라 말한 것은 정말 용서할 수 없는 일이야. 약혼자 행세를 하면서 제 멋대로 수양재를 드나들던 버릇에서 비롯된 망발이겠지. 차라리 잘됐어. 이번 참에 관계를 깨끗이 정리해버리는 거야. 다시는 약혼자 소리를 못하게…….'

이튿날 명진은 학원 강습도 빼먹은 채 일찌감치 일준을 찾아나섰다. 문리과대학 아니면 근처의 다방에 있겠지 했는데, 과연 그는 대학 앞의 다방에서 친구 하나와 이야기를 나누고 있었다. 합석 권유를 뿌리치고 다른 자리에 혼자 앉아 있으려니, 잠시 뒤 친구를 보내고 그가 왔다.

명진은 퍼렇게 날을 세운 얼굴로 말했다.

"그런 법이 어딨어요. 사람을 곤란하게 만들어도 분수가 있지. 어찌 그러실 수 있느냐고요."

일준은 얼빠진 듯한 머쓱한 얼굴을 하고 있더니 담배를 뽑아 물었다.

"제가 얼마나 곤욕을 치렀는지 알아요? 뺨까지 맞았다고요."

"……."

"우리 어머니한테 불쑥 찾아가 약혼자라 하면 '오, 그러냐' 하고 환영받을 줄 알았나요? 아니, 우리가 언제 약혼했죠?"

일준은 입술을 씰룩거리며 무슨 말인가를 할 듯하다가 허공으로 망연자실한 시선을 휘둘렀다. 명진은 후─후─ 한숨을 토하고, 일준은 푹푹 담배연기를 뿜어내는 침묵이 뒤를 이었다. 명진은 몹시 화난 모습으로 과장하고 있는 자신에게 한 가닥 양심의 가책을 느꼈다. 일준은 그 옛날 나누었던 사랑의 밀어들을 철석같이 믿고 있었다. 더군다나 수양재 사람들의 전폭적인 지원까지 받고 있으니 부동의 위치라 믿고 있었을 테고. 그러도록 가만 내버려둔 것은 자신의 과실이었다. 미지근한 마음이든지, 변한 마음이든지 딱 부러지게 표시했더라면 이런 일은 일어나지 않았을 터.

학문에서는 꽤 영특해뵈는 그도 남녀문제에서는 우직하다. 형을 닮았을까? 아무튼 오늘은 결판을 내리라. 그와의 관계를 그대로 두고 아버지 그늘에서 벗어난다는 것은 불가능한 일일 테니까. 두 개비째의 담배에 불을 붙인 그가 텁텁한 목소리로 말했다.

"내 잘못을 시인합니다. 미안하게 됐어요. 난 휴가를 얻어 나왔다가 명진 씨가 서울에 와 있다기에 친구들도 만나볼 겸 얼씨구나 하고 상경했습니다. 그 일만 해도 그래요. 거길 찾아간 것은 결과적으로 큰 실수였지만, 약혼 이야기가 나온 것은 내 잘못만은 아니었습니다. 그분이 사람을 붙들어놓고 어떤 관계냐, 언제부터 알고 지냈느냐 하고 꼬치꼬치 물어 오셨고, 그것도 퍽 인자한 미소로 유인했어요. 난 이분도 날 환영하는구나 싶어 안심하고 이야기했어요. 그분이 그런 분일 줄이야……. 하지만 명진 씨한테는 크게 실망했습니다. 내가 그렇게도 못 갈 데를 갔습니까? 우리 사이가 이 정도였습니까?"

"실망하셨다니 잘되었네요. 저도 마찬가지예요."

일준은 말문이 막히는지 주먹을 쥐었다 풀었다 하더니 꺼질 듯한 한숨을 토했다. 명진은 자꾸만 약해지려는 마음을 다잡으며 속으로 말했다.

'마음 약해져선 안 돼! 여기서 끝장 보는 거야!'

"명진 씨는 많이 변했어요. 편지에서도 그걸 느껴왔는데 오늘 보니 영 딴사람 같아요."

"잘 보신 거예요. 전 이쯤에서 우리 관계를 그만 청산했으면 해요."

“……?”

“우린 그동안 소꿉놀이를 한 것이었어요. 그보다는 아버지의 장기판 위에서 놀아난 장기말이었다 하는 편이 옳겠군요. 전 여태껏 아버지의 의도대로 움직여왔어요. 아버지의 강압에 떠밀렸든, 제 스스로 아버지의 의도를 좇았든……. 아버지가 석방되었을 때 전 이제부터라도 내 인생을 살겠노라 다짐했었죠. 제가 대학원에 가고 싶어 한 것 아시잖아요? 그게 처음 가져보는 나만의 소망이었는데 찍 소리 못하고 짓밟히고 말았어요. 아버지는 이제 장군을 부를 기력을 상실한 분이에요. 그런데도 손에 쥔 장기말들을 놓으려 하지 않는 거예요.”

“그렇다 한들 뭐가 그리 나쁘지요? 난 그분의 장기말이 되어드릴 용의가 있습니다. 맨 선두에 서는 졸(卒)일지라도.”

명진은 상체를 뒤로 젖히며 설레설레 고개를 저었다. ‘그가 이렇게 나와서는 약효가 없다. 그렇다면 보다 강력한 충격파를 쏘아야 할까? 말장난이 아님을 보여주려면 실탄을 쏘아야해.’

“전 아니에요. 전 이미 아버지의 장기판에서 벗어나기로 결심했어요. 그것도 아버지의 손길이 닿지 않는 머나먼 곳으로 달아나기로 말이에요.”

“예? 그게 무슨 뜻이죠?”

일준의 놀란 시선이 얼굴을 더듬어올 동안 명진은 쩌릿한 아픔을 온몸으로 버티었다. 그를 과녁으로 하여 쏜 화살은 도리어 자신의 심장에 박히며 파르르 깃을 떨고 있는 듯했고, 핏방울이 화살대를 타고내려 뚝뚝 떨어지고 있는 듯한 환각에 젖어들었다.

그녀는 현기증을 물리치며 번쩍 눈을 떴다. 일준의 굳은 얼굴이 코앞에 있었다.

"저 미국으로 유학 가요. 때가 오면 알리려 했는데 일준 씨에게는 지금 알려드리는 게 도리일 것 같아서 하는 말이에요."

침묵이 흘렀다. 스메타나의 〈내 조국 몰다우〉가 실내에 흐르고 있었는데 그 아름다운 선율조차 귀에 거슬렸다.

일준은 담배연기를 굴뚝처럼 뿜고 있더니 사태의 진상을 깨달았는지 혼자 고개를 끄덕였다. 이윽고 물컵을 움켜쥐고 단숨에 마셔 버린 그가 말했다.

"명진 씨가 사상적 회의에 빠져 있다는 사실, 난 오래전부터 감지하고 있었습니다. 하지만 그게 우리를 갈라놓을 만큼 대단한 변화라고는 생각지 않습니다. 교수님은 우리더러 비둘기 같은 한 쌍이 되기보다 동지가 되라 했고, 나 또한 정의로운 투쟁에 함께 정열을 태우던 한때를 가장 고귀하고 행복했던 시절이라 추억하고 지냅니다만 그런 것들을 초월한 단계에 왔다고 믿고 있었습니다. 사상적 회의라면 난들 없었겠습니까. 민족이란 테제만 해도 한 점의 회의가 없다면 한갓 쇼비니즘이 되고 말 것이며 군사정권을 두고 말해도 민주화에 역행하는 파쇼에 분기탱천하면서 다른 한편에서는 질서회복, 빈곤퇴치, 경제부흥 등의 긍정적 요소들에 찬양하는 마음이 생깁니다. 회의는 지성으로 나아가는 길에 필연적으로 맞닥뜨리게 되는 고뇌라 봅니다. 그것 때문이라면 시간을 두고 생각합시다. 오늘은 내게도 몹시 실망스러운 날입니다만 우리를 아껴주는 분들을 생각해서라도 신중해야 할 겁니다."

"그만, 그만하세요. 난 지금 미치도록 자유롭고 싶어요. 아버지로부터, 이데올로기와 민족과 관념으로부터, 과거로부터, 내가 아는 모든 사람으로부터의 자유 말이에요. 난 미치지 않으려고 떠나는 것이니 제발 붙잡을 생각일랑 말아주세요. 부탁이에요.”

“그건 도피지 자유가 아닙니다. 진정한 자유는 극복으로 얻어지고, 자신을 둘러친 철조망을 인정하는 데서 획득되는 겁니다.”

“아니에요. 우선 미치지 않아야 해요. 일준 씨는 절 속속들이 알지 못해요. 예컨대 내가 얼마나 지쳐 있는지, 얼마나 지치기 쉬운 체질인지를 몰라요. 난 내게 소중했던 모든 것을 내던지고 빈 배로 바다를 건너려는 거예요. 바다 건너편에 절망이 기다린다 해도 떠나는 자유 하나로 족할 만큼 지금의 나는 위태로운 거라고요. 전 당분간 일준 씨와 만나지 않을 거예요. 편지도 하지 않을 거구요. 전 이 길로 부산으로 내려가요.”

“지금?”

명진은 자신도 모르는 사이에 눈물을 흘리고 있었다.

버스 정류장까지 따라온 일준이 말했다.

“난 여기 온 김에 난 친구들 좀 만나보려고 합니다. 그럼 며칠 뒤에 다시 봅시다.”

신화의 종말

부산으로 돌아온 지 나흘 만에 기어이 우려했던 일이 일어났다. 일준이 수양재에 나타난 것이었다. 아버지는 외출 중이었고, 혹한기의 학교 공사 중단으로 집에서 빈둥거리고 있던 계모와 진영 아저씨가 그를 맞았다. 서재에서 들려오는 그들의 이야기소리와 웃음소리에 귀 기울이며, 명진은 안절부절 못하여 우리에 갇힌 야생동물처럼 방 안을 서성거렸다. 설마 하니 미국유학 이야기는 입 밖에 내지 않으리라 여기면서도 폭탄을 품 안에 안은 듯한 불안감은 떨쳐버릴 수가 없었다.

한 시간쯤 지나 일준이 방문을 노크해왔다. 문을 연 명진은 대뜸 화를 냈다.

"왜 이러시는 거예요? 절 미치게 만들 작정이세요?"

"아직도 화가 풀리지 않았군요. 그만한 실수를 가지고……."

"그것과는 상관없어요. 제가 말하지 않았어요? 당분간 만나지 말자고……."

"이것 참 오나가나 문전박대군요. 갑자기 내 신세가 왜 이리 처량해졌지요? 나 내일 귀대합니다. 겨울 바다나 구경하면서 이야기 좀 나누었으면 하는데……."

"전 할 이야기가 없어요. 그럴 기분도 아니고요. 제발 그만 가주세요."

머쓱한 얼굴의 그를 외면하고 책상으로 가 등을 보이고 앉자 그는 큰 한숨을 뿌리고 문 앞에서 사라졌다. 잠시 뒤 집안이 조용해져 밖으로 나와보니 어른들은 보이지 않고 찬길과 사인이 햇볕이 잘 드는 마루 끝에서 만화책을 보고 있었다.

이 집에서의 만화책은 자식교육에 대한 차별을 말해주는 것이라 명진은 쓴웃음을 머금었다.

"다들 어데 가셨니?"

"그 군인 아저씨랑 해운대 간다 쿠더라."

아이들은 눈 한번 들지 않고 만화책에 몰두하고 있었다.

명진은 불안을 지우지 못한 채 방으로 돌아가 책을 펼쳤다. 이번에 서울서 사온 전공서적들을 뒤적거리다가 소설로, 소설에서 시집으로, 마지막에는 영어회화 포켓북으로 바꾸었다가 반시간도 못가서 아예 책을 덮었다. 혼란스러운 머리에 무엇 하나 들어오는 것이 없었다. 우려했던 사태가 벌어진 것은 밤이 이슥해서 아버지가 귀가한 뒤였다. 언제나 그러했듯 아버지의 호출에 오금이 저린 채 큰 방으로 들어섰는데 계모가 동석하고 있었다. 야단칠 일이 생기면 아버지한테 미루고 자리를 피해버리곤 하던 그녀라 다소 마음이 놓이는 자리였다.

그러나 착각이었다. 그날 밤 문제를 제기한 것이 바로 그녀였다.

"낮에 일준이한테서 이상한 소릴 들었다. 술이 취해서 횡설수설하는 통에 제대로 파악하진 못했다만…… 네가 요즘 무슨 생각을 하고 있는지 솔직히 말해줄 수 있겠니?"

명진은 자신의 경솔함을 뉘우치며 입술을 지그시 깨물었다. 아버지의 얼굴을 마주 볼 수 없어 시선을 떨구고 있으려니 계모가 말했다.

"올 봄에 널 대학원에 보내라더구나. 그게 무슨 소리냐고 했더니 글쎄, 아무것도 묻지 말고 자기 부탁을 들어달라고만 하지 않겠니. 그러지 않았다간 크게 후회하게 될 거란 협박까지 하면서 말이다. 서울에서 너희 둘 사이에 무슨 이야기가 있었기에 그 점잖은 샌님이 경우에 닿지도 않는 말을 하니? 술은 또 얼마나 퍼마시는지…… 난 도무지 짐작이 가지 않아."

"……"

"너희들 싸웠니? 답답하다. 속 시원히 말 좀 해봐라."

명진은 번쩍 고개를 치켜세우고는 그녀를 정면으로 응시했다.

"그 사람, 그밖에 또 무슨 말을 했어요?"

"글쎄다. 하도 횡설수설해서…… 참, 이런 말도 했다. 네가 지금 몹시 위험한 상태에 있다나? 그러니, 널 자유롭게 풀어주라고. 지금 우리가 널 구속하고 있는 거니?"

명진은 머릿속으로 쏴 – 파도가 밀려드는 느낌으로 눈을 감았다. 그러자 아버지의 거친 숨소리가 들려왔다. 아버지의 침묵은 어둠 속에 도사린 창날처럼 소름이 끼쳐왔다. 벼랑 끝으로 몰린 당혹감은 서서히 원망과 비탄에서 분노로 변했다. 그녀는 천 길 벼랑으로 몸을 날리는 느낌으로 말했다.

"그 사람 말이 옳아요. 절 그만 놓아주세요. 전 자유롭고 싶어요."

정신없이 말해놓고보니 아버지는 꽉 다문 입술과 눈썹을 씰룩거리고 있었고, 계모는 어이없어 하는 표정으로 입을 벌리고 있었다.

아버지가 말했다.

"네 이놈, 다시 말해봐라. 네가 집안을 위해 봉사하는 것이 그리 아깝고 싫으냐?"

"싫고 좋고의 문제가 아니에요. 전 제 인생을 살고 싶어요."

"내가 널 노예로 부린다는 거냐?"

"그런 식으로 말씀하지 마세요. 아버지는 저더러 국악의 대가가 되라 하시고선 제 의사 한번 묻지 않으시고 대학졸업도 하기 전에 취직 자리부터 구하셨어요. 대학원에 진학하여 학문을 하고 싶다는 하소연에 그럼 딱 두 해만 집안을 위해 봉사하라 언약하시고선 이번에는 개교하거든 개천중학교에서 가르치라 하셨어요. 언약에 대해서는 한마디 변명도 하시지 않고서요. 제 장래를 진정으로 생각하셨으면 그러실 수는 없어요. 전 여태껏 아버지 뜻을 거역한 적이 없었어요. 하지만 더는 그럴 수가 없어요. 개천중학교가 개교하면 제 길을 가겠어요."

"이런 고얀 놈을 보았나! 네 눈으로 집안 사정을 보았으면 능히 알 일을 꼭 입으로 사정을 납득시켜야만 했더냐. 그리고 뭐? 내 갈 길을 가겠다니, 그건 무슨 뜻이냐? 내가 널 이런 무례한 자식으로 가르쳤더냐? 넌 하는 말이나 하는 짓이 꼭 언니년을 닮아가는구나."

　그 말에 머릿속의 회로가 고장을 일으켰던가? 명진은 시뻘건 얼굴이 되어 정신없이 설봉을 휘두르기 시작했다.

　"바로 보셨어요. 저도 서울 어머니의 뱃속에서 나온 자식인데 별 수 있겠어요. 그 어머니에 그 자식들이라고요. 아버지가 제 어머니를 어떻게 망가뜨렸는지를 저도 이젠 알아요. 속속들이 알고 나자 실망을 넘어 참을 수 없는 분노를 느꼈지만 내색 한번 한 적이 없었다고요. 어머니를 더러운 매국노의 피라 욕하시고 언니를 벌레보다 못한 놈이라 욕하신 것 다 알아요. 하지만 아버지는 그들을 욕하실 자격이 없어요."

　그 순간 어둠 속의 창끝이 푹 심장을 찔러오는 느낌과 함께 기우뚱 상체가 무너졌다. 아버지가 뺨을 후려친 것이었다. 그녀는 두 손으로 방바닥을 짚은 채 소리쳤다.

　"차라리 절 죽이세요. 전 살고 싶지 않아요."

　"이 못된 놈!"

　그는 무릎을 세우고 양손으로 뺨을 갈겨왔다. 명진은 더 이상 아픔을 느끼지 못했다. 무수히 튀는 불똥 속에 한 가닥 후련한 바람이 일었다.

　계모가 둘 사이로 몸을 끼워오며 빽 소리를 질렀다. 그 틈에 자세를 바로 한 명진은 계모를 밀쳐내며 아버지 앞으로 얼굴을 들이밀었다.

　"더 때리세요. 실컷 때려보세요."

　계모가 다시 끼어들며 소리쳤다.

　"너 미쳤니? 어서 네 방으로 가!"

　"안 가요. 전 오늘밤 죽어도 할 말은 하겠어요. 아버지는 우리들을 어려서부터 걸핏하면 손찌검했어요. 그런데 찬길이와 사인이는 왜 못 때리죠?

우리들에게는 조의조식(粗衣粗食)하라시면서 찬길이와 사인이는 호의호식을 시켰어요. 우리들에겐 시집도 읽지 못하게 하시고선 찬길이, 사인이한테는 만화책도 허용했어요. 그건 왜죠? 우린 애국자 자식들이고 찬길이, 사인이는 애국자 자식이 아닌가요?

아버지는 입으로 형제우애를 말하시면서도 아버지 본인은 자식 차별을 서슴지 않았어요. 피난시절에 홍 원장 소생들과 서울 어머니 소생들을 차별하신 것 인정하세요? 전 어려서 그때는 잘 몰랐지만 언니는 그 때문에 피눈물을 머금고 컸다고 했어요. 그리고 아버지가 어머니를 어떻게 하셨는지를 몰랐다면 언니가 과연 그랬을까요? 저도 더 이상 아버지 욕심에 희생물이 되지 않을 거예요. 절 죽이세요. 죽이지 못하시면 절 붙잡지 마세요. 전 미국 언니한테로 갈 거예요."

소리치고 울부짖다가 정신을 차려보니 이상한 광경이 펼쳐지고 있었다. 얼빠진 사람들처럼 멍한 얼굴로 앉아 있는 아버지와 계모, 그들은 정녕 요술봉에 마비된 사람들 같았다.

명진은 자리를 박차고 일어나 어둠 속으로 내달았다. 신발은 더듬어 신었지만 양말을 신지 않은 맨발이었다. 입은 옷도 얇은 실내복이었다. 반은 뛰고 반은 걸어서 정신없이 달려간 곳은 마음에도 없던 개천가였다. 개천을 따라 휘몰아치는 밤바람이 회초리처럼 뺨과 목덜미를 때려오자 정신이 번쩍 들었다.

'내가 무슨 짓을 했지?'

명진은 개천둑 마른 풀 위로 풀썩 쓰러져 되는 대로 몸을 눕혔다.

섬뜩하도록 총총한 별들을 올려다보며 그녀는 정신없이 쏟아냈던 말들을 되새겨보았다. 그러자 '끝장이 나고 말았구나' 하는 깨달음이 왔다. 솟구치는 눈물이 뺨에서 귓불과 목덜미로 흘러내리는데도 이상하게도 마음과 육신에는 안식과도 같은 편안함이 느껴졌다. 어린 시절 한때 너무나 친숙했던 그 안식이었다.

그녀는 죽음에 대한 향수가 이토록 가까이 있었는가 싶더니만 그걸 잊고 지낸 세월이 쓸데없이 길었구나 하는 생각이 들었다. 그녀는 생에서 보람있고 즐거웠던 기억을 더듬어보려 애를 썼지만 고통이 함께 하지 않았던 적은 한 번도 없었다는 깨달음에 한숨을 내쉬었다.

그녀는 현 생애의 막을 내리듯 생각을 거두고 밤하늘에 마음을 실어보냈다.

'별들아. 오늘 밤엔 너희들 눈망울이 유난히 곱구나! 난 아이였을 때부터 너희들과 동무가 되고 싶었어. 이제야 때가 왔구나. 너희들은 불쌍한 날 동무로 받아주겠지? 너희들과 함께라면 내 영혼은 밤마다 편안한 꿈을 꿀 거야.'

하늘에서, 땅에서 배어드는 냉기를 못 이겨 그녀는 모로 돌아누워 새우처럼 몸을 웅크렸다. 살을 파고든 냉기가 오장육부까지 얼려놓는데 이상하게 졸음이 몰려왔다. 그녀는 더 이상 별을 볼 수조차 없었다. 그녀는 무거운 눈꺼풀을 내렸다. 눈으로는 더 이상 세상을 보지 못하리라 여기자 소리로 세상이 느껴졌다. 질주하는 자동차소리, 먼 산의 밤새 울음소리, 야경꾼의 딱딱이소리 등.

이윽고 그것들마저 아스라이 멀어지려 하자 그녀는 마지막으로 그리운 이름들을 하나하나 불러보았다.

　얼마나 시간이 흘렀을까? 명진은 자신의 심한 기침소리에 잠이 깼다. 아무리 그치려 해도 멈추어지지 않는 기침이었다. 기침 사이로 이가 달가닥거리는 소리가 고막을 울리고, 한기로 떨리는 몸은 용수철처럼 튀었다.

　그때 어디선가 불빛이 다가와 눈꺼풀을 비추었다. 희미한 의식 속에 남자의 목소리가 들려왔다.

　"거기 누구요?"

　그러나 그녀는 대답할 기력이 없었다.

　일곱여덟 살 아이로 돌아간 명진은 낯익은 산골짜기를 혼자 걸어 오르고 있었다. 거창의 허용준 선생님 댁에 맡겨졌던 시절에 자주 찾아갔던 음산골이라는 골짜기였다.

　할미꽃 한 송이를 손에 쥐고 있었는데 길가 바위에 올라앉았던 한 노파가 길을 막고 손을 내밀며 소리를 질렀다.

　"내 꽃 내놔!"

　"아니에요. 이 꽃은 저 아래 길가의 묏등에서 꺽은 거예요."

　"내 꽃이라니까."

　명진은 꽃을 빼앗기지 않으려 달아나는데 도무지 다리가 움직여 주지 않았다.

　"이 꽃 죽었잖으냐? 네가 내 꽃을 죽인거야."

　노파는 꽃을 빼앗더니 불같이 화를 냈다. 어찌나 무서운지 바들바들 몸을 떨고 있으려니 갈고리 같은 노파의 손이 손목을 잡아 쥐고 골짜기 위쪽으로 끌고 갔다. 거기엔 난데없는 저수지가 있었다. 옥잔에 담긴 물처럼 푸르고 깨끗한 물이었고, 조용한 수면에 구름

그림자가 비치고 있었다.

"내 꽃을 죽인 벌이다."

노파는 사정없이 명진을 물 속으로 떠밀었다. 명진은 물속에서 허우적거리다가 의식이 깨어났다. 눈꺼풀을 연 그녀는 형광등이 있는 천장과 회칠 벽과 머리맡의 링거병을 거쳐 침상가에 앉아 있는 우휘에게서 시선이 멎었다.

"언니, 나야. 날 알아보겠어?"

명진은 가만히 고개를 끄덕여보이고는 다시 눈을 감았다. 망막에는 아직도 노파의 쭈글쭈글한 얼굴과 저수지의 푸른 물과 보송보송 털옷을 입은 할미꽃 잔영이 남아 있는 듯했고, 가고자 했던 아늑한 골짜기가 아쉬움으로 아롱지고 있었다.

급성폐렴으로 사흘째 인사불성이었다고 했다. 새벽녘에 순찰하던 방범대원들에게 발견되어 병원으로 실려오기까지의 이야기를 우휘에게서 듣는 동안 명진은 온몸의 아픔을 느끼고 있었다. 우선 머릿속이 욱신거리고 목이 몹시 아팠다. 허리에 뼈마디가 끊어진 듯한 통증이 있는가 하면 팔다리가 무겁고 갑갑했다. 두 발에도 가려움과 함께 욱신거림이 있었다.

그녀는 몸을 움직여보려 용을 쓰다가 얼굴만 찡그리고 포기해버렸다. 그녀는 고개를 들어 푸르뎅뎅하게 부어 있는 자신의 두 발을 보았다.

"내 발이 왜 저래?"

"지독한 동상이래. 조금만 더 늦게 발견되었으면 얼어 죽었거나 두 발이 썩었을 거래. 맨발이었던 것 기억나?"

명진은 고개를 저으며 눈을 감았다. 그 아픔들보다 몇 갑절 더한 아픔이 있었다. 되살아난 생명의 고통이었다.

명진은 마음속으로 탄식했다.

'망할 놈의 노파! 내게 무슨 원한을 가진 혼령이기에 훼방을 놓았지? 내 어찌 삶의 고뇌를 다시 짊어지랴. 이 망가진 몸을 끌고서……. 그건 안 될 말이야. 무슨 수를 써서라도 안식의 골짜기로 가야만 해. 할미꽃을 꺾지 않으면 노파는 길을 막지 않겠지? 할미꽃은 저승꽃이라 했는데……. 그걸 빼앗기지 않았으면 성공했을 텐데…….'

상념에서 가물가물 무의식으로 빠져드는데 우휘의 목소리가 명진을 깨웠다.

"언니, 또 자려구? 그만 자. 나하고 이야기나 해."

명진은 눈을 뜨고 힘없이 고개를 끄덕였다.

"나 그날 밤 이야기 다 엿들었어. 언니는 용감했어. 그런데 끝이 이게 뭐야? 나라면 이러진 않아. 난 그들과 맞서 끝까지 싸웠을 거야. 내 몸 죽이고 상해서 무슨 복수가 돼? 그건 패배일 뿐이야. 그것도 케이오패로 말이야.

언닌 이제 싸울 힘이 있잖아? 싸워! 악착같이 살아서 싸우라고. 그들을 비웃어주며 나 보란 듯이 행복하게 내 인생을 즐기는 게 올바른 승리란 말이야. 그러니까 빨리 회복해서 미국으로, 언니의 길을 가."

명진은 이슬 맺힌 눈을 감으며 팔을 뻗어 우휘의 손을 꼬옥 붙잡았다.

이틀 뒤 퇴원하여 수양재로 실려 간 명진은 그 사건이 있은 뒤 처음으로 아버지와 대면했다.

그가 머리맡에 와앉자 명진은 몸을 일으켜 앉으려다 말고 "그대로 누웠거라" 하는 소리에 베개 위로 머리를 내려놓았다.

그는 이마를 짚으며 어깨를 다독였다.

"열은 다 내린 모양이구나. 고약한 놈, 애비한테 원망이 있으면 진작 말을 하지."

"죄송해요."

"죄송이고 뭐고 빨리 원기나 회복해라. 그동안 애비의 잘못도 많았다. 할 말이 많다만 훗날로 미루자. 새 학기 개학일이 지난 것 알고 있겠지? 문 교장한테는 병이 났다고 양해를 구해놓았으니 안심하고 며칠 푹 쉬어라."

"……."

"봄에 대학원 진학하는 문제를 곰곰이 생각해보았다. 몹시 어려운 형편이지만 네 희망이 그러하다니 어쩌겠니. 어서 나아서 진학할 준비나 해라. 미국 간다는 말은 안 들은 것으로 하겠다."

명진은 벽을 향해 돌아누우며 마음속으로 절규했다.

'이제 와서 대학원을 가라고요? 이젠 늦었어요. 제 갈 길은 따로 있어요. 그게 어딘지 아시게 될 때는 아버지 눈에서도 피눈물이 나올 거예요.'

아버지가 방에서 나가자 하염없이 눈물이 솟았다. 그날 이후 흘린 눈물은 몇 바가지가 될 정도였는데 그 많은 눈물이 어디서 만들어져 나오는지 신기할 뿐이었다. 그 눈물을 타고 몸에서 빠져나간 것은 진기(津氣)와 자신감, 그리고 삶의 욕구였다. 육체라는 껍데기에 누룽지만큼 붙어 있는 삶의 미련, 그것이 녹아 눈물이 되고 아버지에 대한 미움으로도 되는 것이었다.

그러나 빈 껍데기에 희망의 새살이 차오를 가망은 없었다. 그녀의 혼은 이미 죽음의 향수에 깊이 젖어들고 있었고, 그 옛날 하늘을 올려다보며 환상의 날개를 펼치던 때의 안락함을 맛보고 있었다. 십오 년 전 허용준 선생님 댁에서 경험한 것과 똑같은 거식증이 온 것은 이미 육신마저도 죽음을 원하고 있다는 증거였다. 계모와 우휘가 날라다주는 깨죽이며 과일즙이 싫었다.

유리창 화폭에 담기는 하늘 그림을 올려다보며 방 안에 누워서 지낸 지 사흘째. 명진은 높다랗게 수놓인 새털구름을 보고 오랜만에 몸을 끌고 마루로 나갔다. 아니나 다를까, 청도라지꽃 빛의 물감을 풀어놓은 듯한 하늘에 찬연한 백색의 새털구름이 남북으로 흘러가고, 골짜기로 치오르는 바람에는 훈기가 실려 있었다.

"봄이 오고 있구나!"

그녀는 탄식처럼 중얼거리고는 따뜻하게 쪼여드는 햇살에 푸르뎅뎅한 두 발을 가지런히 내어놓았다. 진물이 나오는 발가락들에 이내 가려움증이 일었다. 우휘가 연고를 발라주고, 집안 일을 도와주고 있는 춘자는 살 속에 박힌 얼음을 뽑아낸다며 날마다 두세 번씩 가지대 삶은 물을 가져와 발을 담그게 하지만 명진은 자신의 발을 위해 손끝 하나 움직인 적이 없었다. 그녀는 발을 내려다보며 혼잣말을 했다.

"발가락들아! 어서 나아 날 걷게 해다오. 나는 이 세상을 정처 없이 걸어다니다가 힘이 다하면 깊은 산골 숲 속에 육신을 버리고 싶구나."

입은 옷 한 벌에 벙어리저금통까지 헐어 마련한 여비로 정처 없는 여행길에 오른 것이 이월 하순이었다. 날씨가 풀렸다고는 하나 폐렴을 앓은 끝이라 그녀가 느끼는 추위는 한겨울이나 다름없었다.

그녀는 내복을 껴입은 데다 목에는 스카프를 두르고, 겨울용 두터운 코트까지 입고 길을 떠났다. 그 대신 휴대품이라고는 돈지갑과 손수건 한 장이 전부였다.

그것은 마치 연료 게이지가 고장난 남의 차를 빌려 타고 먼 길을 떠나는 것과도 같았다. 언제 어디서 멈추어 설지 모르는…….

죽음으로의 여행이라 꼭 결심한 것은 아니었다. 다만 여행 도중 어디에선가 죽음을 맞게 되리란 막연한 느낌으로 길을 떠난 것이었다. 그동안 가족들로부터 어서 털고 일어나라는 욱대김을 받고 위로를 받을수록 죽음으로 끌려가던 혼이어서 더 이상 집안에 누워 지낼 수가 없었다. 죽음은 이제 미학적 가치를 지니고 어서 오라고 손짓하고 있었다.

아무도 모르게 집을 나와 버스에 올라탔을 때 그녀는 홀가분함에 어느새 시구를 읊조리고 있었다.

외투도 있지만 허울뿐인 물건.
너는 하늘 밑을 나는 걸었지.

버스가 거창읍에 도착한 것은 초저녁을 살짝 넘긴 밤이었다. 명진은 낯설지 않은 밤거리를 한동안 걸어다닌 끝에 저자거리로 들어섰다. 언니와 함께 장보러 다니던 시장통 골목들은 옛 모습이 가장 많이 남아 있어서 감회가 새로웠다. 참으로 오랜만에 식욕이 당긴 것은 옛 추억 때문이었을지…….

그녀는 소전머리 목로국밥집에 들어가 순대국밥을 시켰다. 모락
모락 김이 오르는 뚝배기가 식탁에 놓이자 불현듯 추억 한 토막이
떠올랐다. 영양 보충하라고 언니가 남몰래 사먹이곤 했던 음식이
바로 이 순대국밥이었다.

그녀는 수증기 속에 어려오는 언니의 모습에 울컥 눈물을 머금었
다. 그녀만 발 닿는 곳에 있어주었어도 이 지경에 이르지는 않았으
리란 생각에 목이 메여 수저를 들지 못했다. 언니로 말미암아 촉발
된 회상의 실타래에 그녀는 두 손을 앞으로 깍지 낀 채 눈을 감았
다. 거기에는 언니 없이는 살아갈 수 없는 자신의 어린 생명이 추위
와 굶주림, 그리고 외로움과 불안에 떨고 있었다.

삐쩍 마른 몸을 보고 이곳 여인들이 댕강넝쿨 같다고들 했었다.
그러나 그 풀은 알고보니 퍽 질기고 강인한 생명력을 가진 댕댕이
덩굴이었다.

명진은 그 기억을 떠올리며 쓴웃음을 지었다.

척박한 황토땅에 홀로 기기도 하고, 나무꾼들이 새끼줄 대신 끈
으로 사용하기도 하는 그 넝쿨이 어찌 나와 같을 수 있을까.

그녀는 누군가에 기대지 않고서는 못 견디는 의존성 넝쿨식물로
존재해온 자신의 참모습을 보았다. 어머니로부터 언니로, 언니로부
터 아버지로 지주(支柱)를 바꾸었다 뿐 지나온 삶은 온통 의존투성
이였다. 그리하여 의식과 사상까지도 닮아버렸던 마지막 의존, 마
침내 지주가 되레 넝쿨에 기대오려는 데 환멸을 느낀 것이 자신인
지도 몰랐다.

"뭘 그리 들여다보고 있소?"

　　식당 여주인의 목소리에 상념을 깬 명진은 비로소 숟가락을 집어
들었다. 국물 한 술을 떠넣자 따뜻하고 얼큰한 국물이 식도를 적시
며 식욕을 다시 북돋워왔다.
　　"난 또 비위가 안 맞는다꼬……."
　　여인이 안심하고 시선을 거두자 그녀가 말했다.
　　"참 맛있네요. 옛날에도 이 집에 와서 국밥을 사먹었어요."
　　"언제요?"
　　"십오 년 전이에요."
　　"그때는 우리 오매가 장사할 때그마."
　　환갑 나이는 지났을 것 같은 여인이 하는 오매란 말이 놀라와 명
진은 눈을 동그랗게 떴다. 생각해보니 길 떠난 뒤 처음으로 해보는
말이었고, 말이 가슴속의 그 무엇을 조금 뽑아낸 것 같았다.
　　군청 앞의 여관에 방을 잡아 따뜻한 요 위에 몸을 눕히자 끊겼던
필름이 다시 돌기 시작했다. 이번에는 먹칠로 지워버리고 싶었던
영상들마저 선명하게 떠올랐다. 형제가 뿔뿔이 헤어질 때 낯선 남
자의 손에 이끌려 남의 집으로 가던 일, 어린 유령처럼 이곳 산야를
헤매고 다니던 일, 어느 여름날 신작로를 따라 무작정 걷다가 개울
가의 너른 바위 위에서 잠들었던 일 등.
　　돌아보지 않으려 그토록 애써오고, 까맣게 지워버리거나 삭둑 잘
라내버리고 싶었던 기억들이지만 자신이 왜 이곳을 오고 싶어 했는
지를, 자신이 이곳에서 얼마나 철저하게 망가졌는지를 깨닫게 해주
는 것들이라 그녀는 고스란히 아픔을 견디었다. 눈물과 콧물로 범
벅되어 흘러내린 액체가 베갯잇을 적시었다. 목덜미와 어깨에 맷돌
이 얹힌 듯한 뻐근한 통증이 왔다. 그 확연한 노이로제 증세에 그녀

는 비로소 생각의 가학(加虐)을 멈추었다. 브레이크를 듣지 않는 자전거처럼 눈물도 생각도 계속 흘러나왔지만 두 번째 닭 울음소리가 들려온 새벽녘이 되어 어느 결엔가 잠이 들었다.

이튿날 늘어지게 자고 일어나 커튼을 걷어보니 해가 중천에 솟아 있었다. 그녀는 조반을 거른 채 아버지가 봉직했던 학교를 찾아나섰다. 천천히 걸어서 이십 분 남짓 걸려 당도한 학교는 운동장이 그다지 크지 않은 데 실망하고, 사택이 볼품없는 초가집인 데 또 한번 실망을 했다. 학교 앞 도랑가에 하늘을 찌를 듯 키가 큰 두 그루 느티나무가 있었는데 그것 역시 키다리가 별안간 난쟁이로 둔갑한 듯했다.

무엇이나 크게 보이는 어린 시절의 착시현상을 모르는 바 아니지만 환상의 추락은 어쩔 수 없는 서글픔이었다.

음산골이란 이름으로 기억되는 골짜기에서도 어린 시절의 환상은 여지없이 깨졌다. 산비탈에 널브러진 바위들, 골짜기를 감싼 두 줄기의 능선, 그것들의 모체인 산봉우리 등이 턱없이 왜소했고, 골이 깊지도 않았다.

그러나 숲과 바위가 어우러져 별천지 같은 아늑함을 주었던 곳이라 골짜기로 발을 들여놓는 감회는 콧날을 저리게 하기에 족했다. 한사코 회상을 거부해온 암울한 시절이었지만 학교사택과 더불어 이 골짜기만은 다시 보고 싶은 장소로 머릿속에 박혀 있었고, 더구나 이곳은 얼마 전의 꿈으로 말미암아 간절한 소망으로 발길을 끌었다.

명진은 꿈을 되짚어보며 골짜기 안 오솔길을 걸었다. 나무꾼들의 발에 닳은 듯 반질거리는 황토흙이 자갈과 바위 바닥으로 바뀌는

지점에 묏등 하나가 있었다. 그 순간 그녀는 소스라치게 놀라 숨을
멈추고 말았다. 거기에 묏등이 있었다는 기억이 단 한번도 떠오른
적이 없어서 놀라고, 묏등에 말라 죽은 할미꽃 꽃대가 몇 포기 눈에
뜨여 더욱 놀랐다.

그게 꿈에서 할미꽃을 꺾었던 뫼라 생각하니 무덤의 주인이 꿈속
의 노파였으리라 연상되는가 하면 어린 날 천국에의 비원을 안고
이 길을 지나다녔던 자신을 지켜 본 혼령이라는 생각까지 들었다.

그러나 그곳에서 올려다 본 하늘은 혼을 손짓하던 옛날의 그 하
늘이 아닌 성싶었다. 낮게 드리운 잿빛의 구름 때문일지도 몰랐다.

어디선가 나무 찍는 소리가 들려왔다. 근처 어디에 나무꾼이 있
는가보다. 누군가의 눈이 자신을 지켜보았으리라 생각하니 기분이
언짢았다.

그녀는 낙엽과 풀잎을 털고 일어나 발길을 돌렸다. 이곳은 이제
아늑함을 잃은 망각의 골짜기로 잊혀지리란 생각에 그녀는 미련 없
이 평지로 내려왔다. 거창에는 더 이상 보고 싶은 곳이 없었다.

거창에서 북상하여 수많은 도시와 촌락을 지나친 명진은 집 나온
지 스무 날이 넘어서야 서울에 당도했다. 낡아서 허옇게 핀 구두에
때 묻고 구겨지고 찢겨진 옷차림으로 찾아든 곳은 삼선교 이모 댁
이었다.

이모 내외는 밝은 전등불 아래서 찬찬히 겉모습을 뜯어볼 뿐 아
무런 말이 없다.

"저 집 나왔어요. 여기서 며칠 쉬게 해주세요."

이모부가 잔뜩 좁히고 있던 눈살을 풀며 말했다.

"언제까지라도 여기서 마음 놓고 쉬어라. 내 집은 너희들에게 아무 때나 열려 있는 집 아니더냐? 우휘의 편지로 네 소식은 다 알고 있느니라."

그러나 이모는 울먹임을 참지 못해 입술을 삐죽이고 있더니, 소매로 눈언저리를 문지르며 말했다.

"불쌍도 해라. 너만은 좋은 대학 나오고, 낳아준 오마니도 살아 있어 좀 나은가 했더니……. 니기들 신세가 어째 이리 기박하네야? 다 니기 애비 잘못 만난 탓이디만, 해도 너무 하디야."

"우휘는 잘 지내고 있대요?"

"우휘야 잘 참고 있는 모양이다만, 명식이가 월남에 간다니 이 일을 어째?"

"예엣?"

"그것도 자원이라니, 그런 망할 놈의 자석이 어딨간. 갸한테 무슨 변고라도 생기면 구천에 가서 갸들 에미를 어케 보갔어, 응?"

명진은 망연히 천장을 쳐다볼 뿐 위로의 말이 떠오르지 않았다. 이모부가 혀를 끌끌거리며 말했다.

"그놈은 천생 제 외삼촌이야. 사람 죽이는 전쟁털 제 발로 찾아가는 것도 똑같다니까. 요전번에 면회 가서 야단 좀 쳤더니 그놈 대답이 어땠는 줄 알아? 배운 것 없으니 군대에서 돈 좀 벌어 사업밑천 하겠다나……."

"지금도 강화도 그 부대에 있어요?"

"아니야. 진해로 갔어. 지금쯤 하마 월남 가는 배를 탔을 거다."

"부산에선 아무도 그 일은 모르고 있었어요. 우휘한테도 편지 한 통 없었나봐요."

"그랬을 테지. 그놈은 제 애비란 사람을 아버지로 생각하지 않고 있어. 이모가 편지를 했으니, 이젠 알고 있겠지만 땅을 치고 통탄했겠지."

그날 밤 명진은 좀체 잠을 이룰 수 없었다. 자식들이 하나하나 모진 칼질을 하고서 등지는 수양재가 폐허 같은 모습으로 아롱져오고, 전쟁터로 떠나간 명식은 저세상으로 멀어져간 듯한 느낌이 들었다.

이튿날 아침, 잠에서 깨자 이모가 속옷 한 벌을 가져왔다. 입은 옷을 벗어내자 누렇게 때에 전 내복과 팬티를 뒤적여본 그녀가 혀를 찼다. 명진은 얼굴을 발갛게 물들이며 옷을 당겼다.

"이따가 제가 빨게요."

"이리 내놔. 그 옷만 봐도 네가 얼마나 발광하고 다녔는지 알겠어. 충무로엔 알렸네?"

명진은 고개를 저어보일 뿐 차마 그녀의 눈을 바로 볼 수가 없었다. 그녀는 어머니 집으로 가지 않은 이유를 캐어묻지 않고 빨랫감만 빼앗아갔다.

바깥출입도 하지 않고 꼬박 닷새를 명식이가 보던 무협지들을 읽으며 방 안에서 누워 뒹군 명진은 엿새째 아침에는 아랫동네 목욕탕을 찾아갔다. 켜켜이 앉은 때를 벗겨낸 그녀는 실로 오랜만에 거울 앞에 섰다. 지난 이삼 일 사이에 혈색이 좋아지고 있다는 소리를 몇 차례 들었는데 과연 까무잡잡하게 탄 얼굴에 홍조가 선명하게 피어 있었다. 그보다 더 놀라운 것은 예전보다 이 킬로그램이나 불어 있는 체중이었다. 여행과 푸근한 사람들의 보살핌을 받으면서 실컷 취한 휴식이 가져온 변화였다. 하긴 여행 첫날부터 입맛이 되살아났으니 여행은 보약이었을지도 모른다. 낯선 대지를 방황하며 드넓은 우주공간 속으로 날려버린 망집(妄執)들. 불어난 이 킬로그램의 살은 다름 아닌 던져버린 것들의 무게이며 던져버림으로써 얻은 자유의 무게였다.

방화착(放下着).

인연도 욕망도 존재마저도 놓아버리라는 선가(禪家)의 구도는 생명에 대한 집착을 놓아버림으로써 가능한 것인지도 몰랐다.

삶과 죽음의 경계선을 걸어다녔던 여행은 한동안 우주라는 대상만을 생각함으로써 마음에 커다란 동공(洞空)을 안아들였다. 출발점도 귀착점도 없는 거대한 공간을 떠다니는 하나의 티끌로 자신을 바라보면서 수많은 깨달음이 왔다. 존재의 뿌리를 생각하지 않으며 존재를 몰아갈 방향을 생각하지 않는 훈련이었다 해도 좋았다.

그러자 언제부턴가 존재의 슬픔이 엷어지는 것이 감지되었다. 그것은 한사코 나무를 타고오르는 넝쿨식물 같았던 자신에게서 그 뿌리와 넝쿨손을 놓아버림으로써 가능했다. 그리고 고독을 초월적 체념으로 단련시켜 그것을 영혼의 쉼터로 삼음으로써 가능한 것이었다.

그리하여 이제까지의 삶의 지주였던 존재들, 아버지와 그의 이념, 심지어 언니마저도 마음의 저편으로 밀어버릴 수 있었다. 자신을 홀로 세우는 의지가 움트게 되자 삶은 애착의 대상이 아니라 우주에 내던져진 생명체로 스스로의 삶을 영위하게 되리란 생각에 이르렀다.

이모 댁으로 돌아온 그녀는 이모의 화장대 앞에 앉아 크림을 발랐다. 등 뒤에서 지켜보며 빙그레 미소를 짓고 있던 이모가 말했다.

"외출할거네?"

"한 바퀴 시내를 돌고 올까 해요."

"이 길로 오마니한테 가라. 그동안 말은 않았디만 사람이 그러면 못써. 내 말 알간?"

명진은 어쩔 수 없이 고개를 끄덕였다. 아니, 마음속은 이미 그 생각으로 소용돌이가 일고 있었던 것이다.

음악실과 영화관에서 시간을 보내고는 어둠이 내려서야 찾아간 어머니 집에는 창문에 불빛이 없었다. 고개를 갸웃거리며 노크한 문 안에서 "누구요" 하는 어머니의 목소리가 새어나왔다. 문고리를 당기자 어스름을 등지고 앉은 어머니의 실루엣이 보였다. 그녀는 비대한 몸을 용수철처럼 퉁기며 일어섰다.

명진은 말없이 걸어가 그녀 앞에 고개를 숙이고 섰다.

"용서하세요, 어머니."

그러나 그녀는 미동도 하지 않고 바라만보고 있었다. 가만히 보니 턴테이블에서 슈베르트의 〈겨울나그네〉가 아주 낮은 볼륨으로 흘러나오고 있었다. 명진은 고개를 들어 그녀의 시선을 맞받으며 생각했다.

'어머니는 불도 켜지 않는 방 안에서 저 음악을 들으며 무슨 생각을 하고 있었던 것일까? 겨울 속으로 사라져버린 딸을 생각하고 있었을까? 그리고 어머니의 이런 모습은……?'

그것은 힘차게 뛰놀던 아이가 갑자기 병에 걸려 축 처져 있는 모습과도 같았다. 그녀의 참모습은 그런 게 아니었다. 이런 때는 우락

부락 큰 몸을 흔들며 쇳소리를 질러대는 것이 그녀다움인 것이다.

명진은 시큰해져오는 콧날을 집게손가락으로 문지르고는 코트와 재킷을 벗어 옷걸이에 걸었다.

"저녁식사는 어쩌셨어요?"

그녀는 대답 대신 털썩 의자 위로 몸을 내렸다. 의자가 삐걱 비명을 질렀다. 대답조차 잊고 있는 그녀의 넋 빠진 모습에 오히려 불안해진 쪽은 명진이었다.

"왜 아무 말씀이 없으세요?"

그녀는 꺼질 듯한 한숨으로 목을 틔우고서 비로소 말문을 열었다.

"무사히 와주어서 고맙구나. 난 네가 이미 이 세상 사람이 아닐 거라 생각하고 있었다. 그래도 기도하고 기도했지. 주님께서 내 기도를 들어주신 거야."

"……."

"어디에 있다가 이제 나타나니?"

"연락드리지 못해 죄송해요. 이야기는 차차 드릴게요. 그런데 어머니는 어떻게 아셨어요?"

"그걸 말이라고 묻니? 네가 서울로 온 줄 알고 부산에서 전화가 왔었다. 집 나간 애가 감감 무소식이라는데 내가 가만히 팔 접고 앉아 있었겠어?

며칠 전에 부산으로 그 인간들 찾아가 내 딸 찾아내라고 난리를 피우고 왔다. 어디 가서 죽었거든 시체라도 찾아내라고……. 그 인간들, 찍 소리도 못하더구나. 내 돈 들여 공부시켜놓으면 쏙 빼내가 노예처럼 부려먹은 종락들인데 입이 백 개라 한들 무슨 주둥일 놀리겠니? 내 딸 못 찾아내면 집이고 학교고 불을 싸질러버리겠다고 했다."

"잘하셨어요. 전 수양재와는 담 쌓았어요. 그 사람들, 다시는 보지 않을 거예요."

"마땅히 그래야지. 암, 그래야 되고 말고. 그 인간들……."

명진은 "어머니!" 하고 그녀의 말허리를 분질렀다. 어둠 속에서 번쩍이기 시작하는 그녀의 눈, 차츰 톤이 높아지는 그녀의 목소리, 실룩이기 시작하는 입술 등은 위험신호들이었다.

"그러니 앞으로 그 사람들 이야기는 입 밖에도 내지 말았으면 해요."

"아―, 알았다. 그러지 뭐. 헌데, 산호세 대학원 입학은 이미 늦었으니 어쩐다니? 입학허가서가 온 지가 언젠데……. 네 언니는 날마다 네 소식 묻는 전화질이고."

"전 미국에도 가지 않아요. 당분간 아무 생각 않고 지내고 싶어요."

그녀는 무슨 말인가를 하려고 입술을 달싹거리다 말고 "그래, 그래. 우리 저녁이나 해먹자. 배고프지?" 하면서 몸을 일으켰다.

준혁은 페인트 냄새가 채 가시지 않은 창틀에 붙어 서서 계단 아래의 빈 운동장을 내려다보고 있다. 하염없이 허공으로 미끄러지려는 시선을 붙잡아주는 것은 지주목을 대어 심어놓은 운동장가의 나무들이다. 소나무를 위시해서 기목, 수양버들, 단풍나무, 백일홍, 모과나무 등 산야에 흔하디 흔한 나무들을 운동장가에 빙 둘러 심은 것은 민족학교의 특성을 나타내고자 하는 것이고 들녘과 마을들을 굽어보는 운동장 끝단에 심어놓은 소나무들은 그 가운데 백미다.

그것들만은 근처의 산야를 누비며 그가 손수 고른 것이기에 유달리 애착이 가기도 하지만 모진 풍상에 이리 구불 저리 구불 몸이 뒤틀린 형상이 민족의 수난사와 애환, 은근과 끈기, 그리고 멋스러움과 가장 유사하게 닮고 있어서 더욱 정이 가는 것이다.

지금 그 나무들에 시선이 걸리는 것은 삭막한 운동장에서 그것들만이 유독 푸름을 간직하고 있기 때문일지도 모른다.

그러나 오늘은 왠지 그 나무들이 자신의 삶을 닮은 것 같아서 서글픔이 일었다. 굵은 가지들을 베어낸 상흔들마저도 닮았다. 뿌리를 쉽게 내리라고 솎아낸 가지이건만 발코트를 발라놓은 선명한 자국들은 마치 자식들이 떨어져나간 자신의 상처 같기만 하다.

애비의 몸에 모진 칼자국을 남긴 그 자식들은 지금 어디서 무얼 하고 있는지……. 큰자식 혜영은 잊은 지 오래건만 자살소동 끝에 집 나간 둘째 놈, 파월장병으로 자원해 갔다는 셋째 놈의 칼자국에서는 아직도 선혈이 솟는 느낌이다.

'내 자식농사에 무에 그리 큰 흠이 있었던고? 제 에미들의 한을 대신하고자 함이라면 할 말이 없지만 그 모두 까마득한 과거지사이고, 젊은 날의 실수가 있긴 했어도 민족을 위한 사연이니 애민애국의 정신만 살아 있다면 능히 애비의 허물을 덮어줄 수도 있었으련만. 내 일신과 내 가정의 안녕과 영화만을 도모하고자 했다면 굳이 허물을 짓지 않았을 터이고, 그놈들에게 원하는 것 모두 해줄 수 있었으리라. 하찮은 미물도 내 몸 지키려, 내 자식 지키려, 내 배부름을 위해 목숨 걸고 싸우는데 나라고 내 것 지킴을 못했으랴. 고대광실에서 호의호식시키고, 유학 보내고, 그리고 자가용인들 못 굴렸을까.

하지만 그래서야 미물과 무엇이 다르랴. 무릇 인간 사회는 지도자와 피지도자가 있는 법. 이기심과 노예근성으로 말미암아 방종과 타락과 탐욕으로 빠져들기 십상인 사람으로 내 자식들을 방치했어야 옳단 말인가? 가치를 추구하는 데 인간다움이 있는 것이라면 민족과 국가라는 절대가치를 마음의 깃대로 지님으로써 지도자가 되는 것이며, 민족이 나아갈 역사의 물줄기를 치수(治水)하는 것은 가치 가운데서 가장 빛나는 가치일 터. 그걸 모르는 자식이라면, 애비의 뜻을 받쳐주지 못하는 자식이라면 스스로 떨어져나가지 않으면 베어내기라도 해야 하잖은가?

그렇다! 내게는 아직도 절반의 자식이 남아 있고, 상처투성이의 보람이지만 여기 민족 백년대계의 기틀이 마련되어 있다. 사책인의 가시밭길을 가는데 내 집 안뜰이라고 수난이 없을손가. 저 소나무들을 살리기 위해 가지를 잘라 내었듯 내 몸의 병든 가지를 제거한 셈 치자!'

준혁은 합판으로 칸막이를 한 교장실 겸 이사장실을 나와 교무실을 가로지르고, 복도 골마루로 나선다. 교무실과 붙어 있는 여학생 반 교실에서 수업하는 소리가 들려오자 그는 자석에 끌리는 쇠붙이처럼 그쪽으로 걸음을 옮긴다. 영어와 국어를 가르치는 김미숙 선생이 영어를 가르치고 있다. 김상화를 의식하여 일부러 노처녀 선생을 고른 것인데 한 달 남짓 지켜본 그녀는 민족의식을 배우는 퍽 성실하고 열성적인 제자로 임해와 마음을 흐뭇하게 한다.

"아이 엠 어 스튜던트. 유 아 어 티처."

선생이 읽으면 제비새끼들처럼 짝짝 입을 맞추어 따라 읽는 스물

여섯 명의 여학생들. 준혁은 새 자식들인 양 하나하나 그들을 눈여
겨보고는 다음 교실로 향한다. 남학생 마흔두 명이 제법 그득하게
실내를 메운 모습에 그는 어느새 얼굴의 주름을 펴고 있다.

지금 과학을 가르치고 있는 송광훈 선생은 P대학 제자로 민족학
교에 동참하기 위해 시내의 학교를 사직하고 와서 수학과 자연과학
을 가르치고 있다.

'내년에는 교실들이 학생들로 가득 차겠지!'

준혁은 콩나물동이처럼 속이 꽉 찬 교실들을 상상해보며 어느새
상념의 찌꺼기를 날려버리고 있다.

춘광이 가득한 운동장으로 나오자 인부 둘을 데리고 화단 미화작
업을 하고 있던 상화가 삽을 든 채 다가온다.

"교장새앵님, 이래 가지고서는 화단 꼴이 말이 아입니더. 볼 만한
화목도 없고, 꽃씨는 봉숭아, 민들레, 국화, 채송화 같은 흔한 것들
뿐이라 쿤깨요."

"무슨 소리. 그런 게 다 우리 민족꽃 아닌가?"

"그렇기는 해도 교육상으로나 미관상으로나 종류가 다양해
야……."

말인 즉 옳다. 학생들에게 꽃나무 한 그루씩, 꽃씨 한 봉지씩 가
져오라 하여 화단도 가꾸고 운동장가도 꾸미는 것인데 그들이 가져
오는 것이란 그게 그것일 수밖에……. 하지만 그런 것까지 돈을 들
이고자 해서는 한도 끝도 없는 게 돈이다.

"오늘 아침에 나무값 받으러 온 박 사장하고 허장수 씨 사이에
시비가 있었심더. 알고 계시능교?"

"옆방에서 다투는 소리를 들었네."

"예산이 초과되었다 쿰시로 허 사장이 결제를 안한다 쿱디더. 아무래도 교장새앵님이 허 사장 한번 만나야 되겠심더. 화단만 해도 안 그렇능교? 돈 안 들이고 될 일이 아니라지예."

"알았네. 하던 일이나 하게."

준혁은 찌푸린 얼굴로 상화와 헤어져 운동장가의 나무들을 따라 걷는다. 학교는 이만큼 세웠지만 목에 걸린 가시 같은 존재가 허 사장이고 허 사장 조카인 허장수다. 돈줄을 쥐고 있는 그들은 요즘 들어 사사건건 제동을 걸어오고 있다. 눈덩이처럼 불어난 공사비가 불씨이지만 그들에게 모종의 야심이 숨어 있다는 것이 아내와 상화의 주장이라 영 마음이 찜찜한 것이다.

그날 밤 아내와 마주 앉은 준혁은 가래침을 자아올린 듯한 헛기침 끝에 허 사장에 관한 이야기를 끄집어낸다.

"올 가을에 교실 두 칸을 더 짓자면 허 사장 그 사람과 실랑이 꽤나 하게 생겼소그려. 원칙을 지키자는 명분이니 시비를 걸 수도 없고, 공사란 벌여놓고보면 돈 들어갈 구멍이 지천으로 생겨나고……. 만약 정부보조금이 기대만큼 나오지 않는다고 하면 더 이상 출자여력이 없는 우리로서는 낭패에 처할 것이오. 그 사람 하는 짓을 보면 반반씩의 출자란 틀을 무슨 수를 써서라도 고수해야 하는 게 우리 쪽 입장이 아니겠소?"

"그러게 제가 뭐랬어요. 허 사장이 던진 미끼를 덥석 무는 게 아니었어요. 제 문제만 해도 그래요. 이사장 체면에 걸맞지 않아서라 하지만 수업 맡는 걸 반대하고 나선 것은 명백히 숨은 의도가 있는 것이라니까요. 제가 상근하여 꼬치꼬치 학교일 챙기는 게 싫은 거예요."

"아무튼 생각을 좀 달리해야 되겠소. 설혹 그자에게 숨은 의도가
있다한들 당장이야 어쩌겠소? 어디 두고봅시다."

하루 내내 기분이 울적했던 끝이라 덩달아 침울해진 아내를 지켜
보며 준혁은 기분전환을 모색한다.

'좀 밝은 이야깃거리는 없는가? 그렇다. 이제는 슬슬 그 이야기
를 끄집어내어도 좋으리라.'

그는 회심의 미소를 흘리며 천장을 바라본다.

"상화에게 내가 맡고 있는 역사과목을 맡길까 하는데 당신 생각
은 어떻소?"

"글쎄요. 허 사장이 동의할지……."

"그게 무슨 말이오? 선생을 쓰고 말고는 그 사람 소관이 아니잖
소?"

"애당초 약속은 그렇지만, 어디 그 사람이 약속대로 하나요?"

준혁은 눈썹에 노기를 싣고는 아내를 허 사장인 듯 한동안 노려
본다.

"주제넘은 간섭은 내가 용서치 않소. 어쨌거나 내가 김 군에게 과
목을 주려는 뜻은, 공사가 해마다 계속되어야 하니 적어도 몇 년간
은 김 군 일거리야 보장되지만 그러다가 막일꾼으로 인식될까 저어
하는 것이고, 한편으로는 김미숙 선생과 친해질 기회를 주자는 것
이오."

"예에?"

"김 선생은 광산 김씨니 김 군과 동본은 아니고……. 볼수록 참
한 여잡디다. 실은 서른이 넘은 노처녀라 채용하면서부터 김 군을

생각했었소."

"잘 하셨어요. 그 일이 성사되기만 하면 누이 좋고, 매부 좋고, 옆에서 보는 사람도 좋지요. 할 일 없어진 우리 집에 눌러 있기가 김 군에게도 큰 곤욕일 거예요."

"김 군은 우리 자식들보다 났소. 장차 학교를 김 군에게 물려줄 생각도 없지 않소."

준혁은 말을 던져놓고 아내를 바라본다. 아내가 절레절레 고개를 젓는다.

"당신의 결점은 미리 김칫국부터 마시는 점이에요. 학교는 아직도 풍전등화나 같아요. 그걸 지켜낼 수 있을지도 모르는 판국인데 행여 그런 말씀일랑 입 밖에도 내지 마세요."

아내의 핀잔에 준혁은 쩝쩝 떫은 입맛을 다실 뿐이다.

한강을 굽어보는 공덕동 산동네 언덕 위에 덩그렇게 올라앉은 교회당에서는 이제 막 일요예배를 끝낸 신도들이 모닥모닥 무리를 이루어 교회당 문을 나서고 있다. 열에 여덟은 여자들이고, 그 대부분은 검소한 옷차림의 중장년층이다. 햇볕에 타거나 노동으로 손마디가 굵어진 여인들이 압도적으로 많은 것으로 보아 그들의 소박한 옷차림은 검소함이기보다는 경제적 지위를 나타낸다고 하는 편이 옳을지도 모른다.

그러나 그들의 얼굴에는 한결같이 신의 은총이 머문 듯한 흡족함과 기쁨이 어려 있다. 언제나와 같이 문간에 서서 일일이 신도들의 손을 잡거나 어깨를 다독이며 한두 마디씩 건네오는 P장로의 덕담 때문인지도 모른다.

신도들이 어지간히 빠져나간 시각, 비교적 부티 나는 모습을 한 명희가 출구에 줄을 선다. 허연 얼굴에 P장로만큼이나 살집이 넉넉한 그녀는 누가 보아도 부잣집 마님의 외양이거니와 헌금에 손이 크기로 신도들 사이에 정평이 나 있기도 하다.

"오-, 최 권사, 작은 따님이 돌아왔다구요?"

P장로의 솥뚜껑만한 손이 손과 어깨를 동시에 잡아오자 명희는 함박꽃 같은 웃음을 띠며 답했다.

"장로님은 정보가 빠르시군요. 모두 장로님 염려 덕분이지요."

"하하하. 그건 최 권사 기도가 주님에게 닿은 것이오. 그렇잖아도 내 최 권사를 기다리고 있었소. 긴히 드릴 말씀이 있는데 이따가 내 집무실로 와주시겠소?"

"어느 명이라고 거역하겠습니까. 식사 뒤에 찾아뵙지요."

교회당 뜨락으로 나선 명희는 기쁨을 주체하지 못해 연신 싱글벙글 웃음 띤 얼굴로 언덕 끝의 벤치로 가앉는다. 언제나 정감 많은 장로님이지만 오늘은 특별하다. 그 손이 어깨에 닿는 순간 몸을 타고내리던 쩌릿한 기운. 그것은 신의 손길에 닿은 듯한 전율이었다.

명희는 우중충한 강물에 시선을 두고 혼잣말을 한다.

'그분은 내 딸자식 일에까지 신경을 기울이고 계셨던가? 그 애가 돌아온 사실은 어떻게 아시고? 아무튼 신비롭고 자상한 분이야. 그런데 내게 볼일이란 무엇일까? 전도 업적이 신통찮아 꾸중하시지나 않을지. 아니야. 그럴 리는 없어. 전도 대신 내가 헌납하는 연보(捐補)가 얼만데. 아마도 오늘은 좋은 일이 있을 것 같아. 아니, 혼자서 뵙는 것만으로도 족해. 그럴 기회가 어디 흔하던가!'

교회당 앞마당은 이제 정적이 고여들고 있었다. 신도들은 모두

식당으로 몰려갔는지 교회 뒤편에서는 솔솔 음식냄새가 풍겨오고 있었다.

식당이 거의 비어가는 것을 보고 명희는 허겁지겁 밥그릇을 비웠다. 이윽고 혼자가 되어 언덕 위의 장로실로 향하는 그녀는 마치 사모하는 선생님을 만나러 교무실로 가는 여학생처럼 얼굴에 홍조가 피어 있었다.

P장로는 회전의자에서 커다란 배를 앞으로 내밀고 앉아 있었다. 그가 당겨놓은 맞은편 의자에 앉자, "최 권사!" 하고 넌지시 불러놓고 그는 잠시 뜸을 들인다.

명희는 기대 반 불안 반으로 그를 마주 보고, 두 손을 무릎 위로 포개며 말했다.

"말씀하시지요."

"딸 덕에 비행기 탄다고들 하는데 최 권사도 비행기 한번 타시지 않으시겠소?"

"예?"

"사위가 신분 좋은 미국인이니 최 권사야 마음만 먹으면 미국 가는 것이야 여반장 아니겠소?"

"그야 그렇지만……."

"실은 내가 부탁드리는 것이오. 가셔서 미국 구경도 하실 겸 교회 일을 좀 보시라고요. 미국에 전도관을 하나 세울까 하고 사람을 하나 파견해두고 있는데 그 사람에게 물건을 전달하고, 얼마 동안 그를 도와 포교를 좀 했으면 하는 것이오."

"……?"

“보낼 물건이 워낙 중요한 것이라 믿고 보낼 사람이 최 권사밖에 없어요. 내 부탁 들어주겠소?”

“그리 막중한 일을? 장로님 부탁인데 제가 어떻게 거절하겠어요. 그런데 피아노 가르치는 일이 중단되면 학생을 다 놓치는 것이라⋯⋯.”

“그 걱정은 하지 마시오. 돌아오시면 새 학생을 얼마든지 구해드리리다. 우리 자매들 중엔 자녀에게 피아노 가르치고 하고 싶은 분이 많고 많소.”

“아무튼 말씀대로 하겠어요.”

“그럼 오늘 당장 따님에게 편지를 쓰세요. 초청장 보내달라고요.”

장로실을 나와 집으로 돌아오는 길은 착잡하기 이를 데 없다. 부탁이라 하지만 명령이나 다름없고, 믿고 보낼 사람이 달리 없다는 대목에서는 생각해보겠다는 유예의 말조차 끄집어낼 수 없었다.

미국에 뿌리를 내리겠다는 장로님의 포부를 듣기는 이번이 처음은 아니다. 몇 년 전부터였던가? 설교 도중에 부쩍 해외포교를 입에 올리곤 하여 웬 뜬금없는 소린가 했는데 벌써 여기까지 진척이 이루어지고 있는 것이다.

그런데 전할 물건이 있다는 데는 영 마음이 걸린다. 그게 달러화라는 것은 의심의 여지가 없다. 그것도 전도관 건물을 살 만큼의 액수라면 예삿일이 아닐 터. 공항검색에서 발각이라도 되는 날에는 돈 뺏기고 옥살이까지 해야 하잖은가?

거기까지 생각하자 명회는 부르르 몸을 떤다. 그녀에게는 지옥보다 더 무서운 곳이 감옥이다. 간첩으로 몰려 갖은 고문을 당한 오 년간의 옥살이가 악몽처럼 되살아난다. 그러나 지금은 장로님이 지켜주리란 믿음이 있다. 그리고 신앙도.

명희는 만약 일이 잘못되면 순교하는 셈 치리라 마음을 다지며 음지가 아닌 양지로 생각을 돌렸다. 마음을 정하자 갑자기 딸 가족이 보고 싶어졌다. 그 애를 떠나보낸 지가 자그마치 칠 년이 넘었다. 그리고 사진으로만 보아온 외손녀 수잔의 깜찍한 모습도 눈에 삼삼거렸다.

'그래, 가자! 천 날 만 날 피아노에 들러붙어 얼마나 돈을 벌며, 그 돈 벌어 무슨 엄청난 영화를 누릴 것이라고. 살다가 한번쯤은 온갖 것 다 뿌리치고 여행 떠나는 것도 괜찮은 일이야!'

집으로 돌아와 한 시간쯤 휴식을 취한 명희는 혜영에게 보낼 편지를 썼다. 명진에 대한 저간의 이야기를 상세히 쓰다보니 장문의 편지가 되었다. 편지를 쓰는 동안 그녀는 문득 떠오른 묘안에 무릎을 쳤다. 찜찜하게 걸리는 문제 가운데 하나인 피아노 교습을 명진에게 맡기리란 생각이었다.

중앙우체국으로 가 편지를 부치고 찬거리를 사서 돌아오자 명진이 먼저 돌아와 있었다. 방으로 들어선 그녀는 장 바구니도 내려놓지 않은 채 싱그럽게 웃으며 말했다.

"얘, 나 미국 다녀오기로 했다아."

아니나 다를까, 명진은 놀란 토끼눈을 떴다.

"웬 일로 그런 생각을 다 하셨어요? 오라오라 해도 꿈적도 않던 분이."

"그때야 널 보내려고 가고 싶은 걸 참은 거지. 네가 안 간다는데 나라도 가야잖니?"

"잘 생각하셨어요. 여권 만드는 일은 제가 도와드릴게요."

"아니, 네가 도와줄 일은 따로 있단다. 학생들 피아노 교습 말이
다……."

명진의 얼굴에 갑자기 그늘이 꺼었다. 의자에 무너지듯 내려앉아
묵묵히 발끝을 내려다보고 있는 그녀의 모습에 명희는 와락 짜증이
솟았다.

"왜? 못하겠니?"

"……."

"내가 가르치는 열두 명 모두를 맡으라는 게 아니야. 그 가운데
절반만이라도 맡아봐. 무료하게 노는 것도 건강에 해로운 거야."

"전 못해요. 자신도 없고, 그럴 기분이 아니에요."

"뭐? 기분이라고? 누군 기분 좋아서 가르치니? 못된 것 같으니
라고. 제 애비한테는 주야간 선생질도 마다 않고 해주었으면서 에
미 부탁은 그것도 못한다고?"

명희는 들고 있던 봉지를 "에잇!" 하고 방바닥으로 메어쳤다. 무
와 콩나물, 그리고 두부와 동태 두 마리가 사방으로 흩어졌다. 흑흑
울고 있는 명진의 모습이 클로즈 업 되어오자 명희는 정신이 번쩍
들었다.

'아뿔싸! 이러는 게 아니었는데……. 금간 옹기같이 받들어야만
하는 아이였는데…….'

명희는 이러지도 저러지도 못하는 낭패에 말뚝처럼 서서 기도를
했다.

'주여, 제게 참을 인자를 세 개만 내리소서. 저 아이의 게으름을
참고, 저 아이의 비뚤어짐과 불손을 참고, 저 아이의 나약함을 참아

넘기게 해주소서. 내 품으로 돌아와준 것만으로 감사함을 느끼게
해주시옵고, 정신이 병든 저 아이에게도 굳센 힘을 주소서!'

　출국날짜가 잡혀 있던 어느 날, 아침식탁에 앉은 어머니가 명진
에게 말했다.
　"오늘 특별한 일 있니?"
　"없어요. 왜요?"
　"널 데리고 가볼 데가 있어서. 한두 시간이면 돼."
　"교회에 가자는 건 아니겠죠?"
　"왜? 교회 가는 게 그리 싫으니? 난 믿기 싫어하는 사람에게 억
지로 전도하는 성미는 아니다."
　"알아요. 그게 어머니의 장점이잖아요. 예수 믿으라고 치근덕거
리지 않으면 예수쟁이가 아닌데 어머니는 그 점에선 참 신기해요."
　"고마워서 눈물나는 칭찬이구나. 널 데려 가려는 곳은 병원이다.
신도 자매 가운데 신경과 의사를 동생으로 둔 분이 있어서 상담을
좀 해봤는데 네 노이로제 증세를 설명해주었더니 꼭 데리고 오라더
구나. 그거 놔두면 큰 병 된다더라."
　명진은 수저를 놓고 어머니의 얼굴을 뚫어지게 들여다보았다. 죄
지은 사람의 그것처럼 불안하게 흔들리는 눈동자, 당황하여 젓가락
으로 국그릇을 휘젓는 그녀에게서 쉽사리 숨겨진 뜻을 읽어냈다.
　'내게 정신병적인 데가 있다고 보신 것이구나! 노이로제 증세 외
에 또 무슨 증세로 상담을 했을지 뻔해. 하긴 그럴지도 모르겠군.
끊임없이 되살아나는 염세증, 날이 갈수록 심해지는 소심증, 사람
이 자꾸만 싫어지는 대인기피증, 밝고 트인 장소에 가면 왠지 불안

해지는 것 등. 그것들을 병리적으로 뭉뚱그려놓으면 전문의가 아니라도 정신병 일보직전이라 말할 거야.'

"그만두세요, 어머니. 누구보다 절 잘 아는 사람은 저 자신이에요."

명진은 서글픈 웃음을 흘리며 수저를 다시 집었다.

"네가 그런 말 할 것이라더니, 그 의사 예언이 꼭 맞구나. 그런데……."

"그만두시라니까요. 설사 제가 정신병에 걸렸다 해도 의사치료는 받지 않아요. 만약 병이라면 제 내부에서 생긴 병이기보다는 제가 자라온 환경 탓이라 생각지는 않으세요?"

그녀는 연달아 튀어나올 뻔한 뒷말을 간신히 삼켰다. 아버지도, 어머니도 정신병자 같은 사람들이니 자식도 그런 것이라는…….

"네 말도 일리는 있다만 언니는 굳건히 극복하지 않았느냐?"

"언니와 절 비교하지 마세요. 언니는 강한 정신력을 타고나기도 했지만 우리에게 시련이 닥쳤을 때 언니는 어느 정도 커 있었어요. 언니는 일찍이 아버지의 영향력을 방어할 능력이 생겨 있었지만 전 그럴 수 없었어요. 전 지금 제가 살아온 인생을 송두리째 바꾸고 있는 중이에요. 머릿속에 파편처럼 박힌 기억들이야 어쩔 수 없지만 전 사고를 근본적으로 뜯어고치고 있다구요. 그게 안 되면 그 누구도 절 고치지 못해요."

"알았다. 알았으니 없던 일로 하자."

그 일이 있은 지 사흘 뒤에 어머니는 샌프란시스코행 비행기를 탔다. 그녀는 떠나기 직전 두 대의 피아노 가운데 한 대를 열쇠로 잠그고는 명진에게 일렀다.

"이건 장차 너에게 주려는 피아노이니 네가 알아서 연습도 하고 잘 보관해라."

그러고 나서 검정색 '루빈스타인'의 열쇠를 쥐어주었다.

그녀를 배웅하고 집으로 돌아온 명진은 안으로 문고리를 채우고 가벼운 실내복으로 갈아입었다. 방 안이 약간 어질러져 있지만 그녀는 거들떠보지도 않고 침대 위에 벌렁 드러누웠다. 드디어 맞이한 혼자만의 생활공간을 한시 빨리 음미해보려는 것이었다. 네 활개를 멋대로 펴고 누워 눈을 감았다 떴다 하는데 기대만큼 안정은 쉽사리 오지 않았다.

'방 안 어디에 남아 있는 이 묵직한 불안의 정체는 무엇일까? 지금까지는 어머니 때문이거니 했는데……'

그녀는 양쪽으로 걸어 끈으로 묶어놓은 커튼에 눈이 가자, '저것 때문이었군' 하고 벌떡 일어나 한쪽 커튼을 풀어 가운데로 당겼다. 맞은편 커튼을 마저 풀려다 말고 그녀는 살짝 열려 있는 창문 틈으로 밀려드는 공기에 코를 벌름거렸다. 만춘의 내음이 은은하게 스며 있는 공기. 그러나 실내를 해부하고 있는 빛의 난폭함을 그대로 둘 수 없어 공기를 포기하고 말았다.

기물이 겨우 보일 정도의 아늑한 어둠을 둘러보며 적이 만족한 명진은 피아노 앞에 앉아 뚜껑을 열었다. 참으로 오랜만에 앉아보는 피아노 의자였다. 악상을 더듬어 〈If You Going to Sanfransisco〉를 연달아 두 번을 쳤다. 한 번은 그곳으로 어머니를 떠나보낸 상쾌한 기분으로, 또 한 번은 그곳으로 가지 못한 자신을 슬퍼하며. 몹시 녹슬었으리라 여겼던 연주솜씨가 그런대로 살아 있어 기분이 좋아진 그녀는 비틀스의 히트곡들을 기억나는 대로 쳐보다가 갑자기 피로를 느꼈다.

피아노 뚜껑을 닫은 그녀는 뚜껑 위에 두 팔꿈치를 괴고 두 손바닥으로 턱을 받혔다.

'이걸 내게 물려준다고? 어머니가 나보다 더 아끼던 피아노인데? 이걸 팔면 값이 얼마나 나갈까?'

그녀는 문득 떠오른 그 생각에 깜짝 놀라 피아노에서 물러났다. 그녀는 침대에 아까와 똑같은 자세로 누워 생각에 잠겼다.

학창시절에 그녀가 가장 부러웠했던 친구들은 부잣집 자식이나 화목한 집안의 자식이 아니라 독방 하숙을 하는 친구들이었고, 그 다음이 자취생들이었다. 그것과는 사정이 다르지만 이제야 가져보는 혼자만의 생활은 어찌나 편안한지 영원히 이런 식으로 살았으면 하는 염원을 불러일으켰다.

그러나 어머니의 미국 체류는 길면 두 달이고 짧으면 한 달 남짓이 될 것이라 했다. 명진은 그 기간에 최대한의 안락과 최대한의 자유를 누리리라 생각하고 일과를 될 수 있는 한 간편하게 짰다.

만판으로 늘어진 생활이 한 달 남짓 이어지고 있을 때 미국에서 기쁘기 한량없는 소식이 날아왔다. 어머니의 귀국이 상당히 늦어지리란 편지였다. 그러나 그 편지에는 기쁨에 상당하는 충격이 곁들여져 있었다.

이곳을 책임진 전도사님이 발목을 붙잡고 놓아주질 않는단다. 게다가 어제는 장로님이 전화를 하셨더구나. 하느님 사업만큼 중한 것이 무어냐 하시면서 이곳 기반이 잡힐 때까지 전도사님을 도우라 하시니 거역할 수가 없구나. 다 좋은데

오직 마음 걸리는 것은 너 하나다. 언니는 산호세에서 여기
로 매주 한 차례씩 다녀가곤 하는데 네 걱정하는 나를 야단
치고 있다. 철부지 아이도 아닌데 뭘 신경 쓰느냐고 말이다.
너도 이젠 자력으로 살아가야 할 것 같구나.

 하긴 집 있고 피아노 있으니 네 마음먹기에 달린 것 아니겠
니? 학생 셋만 가르쳐도 너 혼자 생활은 넉넉할 거야. 내가
가르치던 교습생들을 찾아다니면서 알아보면 몇 사람은 쉽
게 구할 수 있어. 피아노 위에 있는 수첩에 전화번호가 적혀
있으니 그리 알고 하루 빨리 자력갱생에 나서주기 바란다.
그리고…….

엄마가.

 무언가를 해야 한다는 강박관념에 쫓기면서 또다시 한 달을 흘려
보냈다. 그 한 달은 더 이상 자유분방한 생활일 수는 없었다. 삶을
개척하기 위해 손가락 하나 까딱하기 싫은 처절한 무력감에 몸부림
치고, 구차스러운 삶보다는 죽음의 안식에 유혹당하며 그녀는 어느
덧 여름의 문턱에 도달했다.

 생활비가 바닥나고 있던 초여름 어느 날 전화 한 통이 걸려와 명
진은 떨리는 마음으로 수화기를 들었다. 미국에서의 전화려니 했는
데 뜻밖에도 아버지의 목소리가 실려왔다. 명진은 감전이라도 된
듯 온몸이 굳었고, 수화기를 쥔 손에는 식은땀이 배어나왔다. 응답
없는 전화기에 대고 아버지가 말했다.

 "볼일이 있어 상경하여 장안여관에 묵고 있다. 널 만나고 싶구나.

지난 일 다 잊고 이야기나 나누었으면 한다.”

“…….”

“세월이 이만큼 흘렀으니 너도 웬만큼 안정되었으리라 믿는다. 여기로 와주겠니?”

“절 왜 찾으세요. 제발 죽은 자식으로 치고 절 내버려두세요. 부탁이에요.”

“널 위해 내가 할 수 있는 일이 무엇인지 도울 기회를 다오. 난 널 이해하고, 지금은 오직 돕고 싶을 뿐이다.”

“그 말씀 진심이시면 절 찾지 않으시는 게 돕는 길이에요. 언니한테는 잘도 그러셨잖아요? 저도 아버질 배신한 못된 자식이라고요.”

명진은 마침내 울음을 터뜨렸다. 그것은 설움의 울음만은 아니었다. 부녀지간의 인연에 마지막 칼질을 가하는 쓰라림, 그리고 아버지에게서 처음 느끼는 것인 성싶은, 순수한 인간적인 자정(慈情)을 물리쳐버리는 허전함이 동시에 엄습해왔다.

수화기에 짙은 침묵이 묻어났다. 언니를 들먹인 것이 잔인한 일격이었을까? 명진은 흐느낌을 악물고 말했다.

“저 이만 끊겠어요. 건강하시길 빌겠어요.”

수화기를 놓아버린 그녀는 침상에 엎어져 실컷 울었다. 울고 싶은 아이 볼기짝 때려놓은 듯한 전화였기에 눈물로 온갖 것을 다 녹여버리듯 울었지만 정작 그치려 할 때는 그쳐지지 않는 울음으로 변해 있었다. 목 뒤가 장작개비처럼 굳고 눈물과 함께 콧물이 한없이 흘러나오는 전형적인 노이로제 증세가 재발한 것이었다.

그로부터 며칠 뒤 그녀는 간단한 여장(旅裝)을 꾸려 이글거리는

태양 아래로 길을 떠났다. 악기점에 '루빈스타인'을 판 돈이 수중
에 있었고, 어깨에 걸친 배낭 옆주머니에는 한반도의 대형지도가
꽂혀 있었다.

명진은 뜬구름 같은 무상무념의 여행을 하리라 작심했다.

기차를 타고 북한강 물줄기를 따라 북상한 그녀는 호반의 도시
춘천에서 첫날 밤을 맞으며 어머니에게 편지를 썼다.

어머니.

절 용서하시지 못할 것이라 알고 있지만 사죄드리지 않을
수는 없군요. 전 어제 루빈스타인을 팔아 지금 정처 없는 여
로에 올라 있어요. 자력갱생하라는 간곡한 부탁을 실천하기
는커녕 어머니가 무엇보다 아끼시는 피아노를 팔았으니 어
찌 용서가 되겠어요.

그렇지만 고우나 미우나 어머니의 자식이고, 어머니도 어
느 정도 알고 계시듯 지금의 저는 온전한 상태가 아니오니
화가 나시더라도 제 정신상태를 헤아려주세요.

여행이라니 무슨 뚱딴지냐 하시겠지만 그것 말고는 제가
처한 현실을 타개할 방도가 없답니다. 저는 집에서 저 혼자
편안히 쉬며 흐트러지고 망가진 제 자신을 추슬러보고 싶었
어요. 하지만 수중의 돈은 떨어지고, 게다가 아버지의 전화
까지 걸려왔어요. 제 자신을 추스르지도 못하는 제가 그런
처지에서 달리 무얼 할 수 있겠어요?

그리고 여행은 제게 무엇보다 좋은 약이랍니다. 전 이번 여
행이 제게 삶의 의욕과 애착을 충전시켜주리라 믿고 있어요.

사형수에서 끈질긴 삶의 집념으로 사선(死線)을 넘어오신 어머니로선 정말 이해하기 어려우실 테지만 전 아직도 삶의 저편에 한 발을 들여놓고 있어요. 전 지금까지 삶에 연연해본 적이 없어요. 제게는 삶 그 자체가 늘 무거운 짐이었고 고통이었어요.

저야 탄생부터가 잘못된 생명이었잖아요? 어머니는 아버지를 저주하고 증오하면서 절 가지셨어요. 전 사생아로 태어난 것이나 다름없고, 전 본능적으로 버려지는 것이 두려워 어머니든 아버지든 언니든 제 곁에 남아 있는 사람에게 죽자살자 매달리며 살아온 것이에요. 어머닌 모르세요. 어느 날 어머니가 제 곁에서 홀연히 사라졌을 때 어린 제가 얼마나 무서웠으며, 어찌하여 아버지라는 분에게 철저하게 기대게 되었는지를…….

어머니는 그런 절 새끼악마라 하셨어요. 새끼악마일 때는 적어도 겉보기엔 저도 멀쩡했어요. 기댈 사람이 있고, 믿어 의심치 않는 가치관이 있었기 때문이에요. 그런데 지금의 전 기댈 언덕도 없고 저 혼자 서기엔 너무 나약해요. 어머니가 그토록 싫어하시던 사상도 없어졌어요. 하지만 지금의 전 죽음의 손짓을 뿌리치려 무척 애쓰고 있어요.

제가 여행을 끝낼 무렵이면 아마도 어머니는 서울에 돌아와계시겠지요? 그러나 전 어머니가 무서워 다시는 면전에 나타나지 못할지도 몰라요. 부디 이 자식을 이해하시고, 더불어 허물을 덮어주시길 간청드립니다.

6월 27일 못난 딸 올림.

휴전선 근처까지 북상했다가 동해안의 수많은 해수욕장들과 명승지들을 거쳐 감포에 이르고, 거기서부터 내륙으로 북상하여 서울로 되돌아오기까지의 날수를 헤아려보니 육십팔 일이었다. 서늘한 가을바람을 쏘이며 기차역을 걸어나온 명진은 성동역 근처의 허름한 여관에서 하룻밤을 묵은 뒤 이튿날 오전에는 배낭을 짊어진 채 모교의 교문에 들어섰다. 이제 알아볼 학생도 없는 교내에서 그녀는 모자를 깊숙이 눌러쓰고 색안경까지 썼다. 옛 기억을 더듬어 쉽사리 찾아낸 K교수 연구실에는 정옥이 혼자 책을 읽고 있었다.

"여기 신정옥 학생 있나요?"

목소리까지 바꾸어보지만 정옥의 고동딱지 같은 눈은 단번에 본색을 알아보았다.

"너 – 너 –. 이 계집애야, 넌 도대체 어떻게 돼먹은 애니? 이 꼴은 또 뭐고?"

"미안, 미안. 보시다시피 난 길손이야. 서울이라는 사람천지에 와보니 찾아갈 사람이라곤 너밖에 없더라. 혹시 나 때문에 널 괴롭힌 사람은 없었니?"

정옥의 눈이 희번뜩 돌아가고 있었다.

"이것아! 네가 그러고 사라졌는데 왜 찾아온 사람이 없었겠니? 충무로 어머니가 두 번, 한 달 전쯤에 아버지도 오셨더랬어. 헌데 넌 지난 초봄부터 서울에 와 있었다면서?"

"그 이야길 하자면 길어."

"나 그 소리 듣고 보통 섭섭한 게 아니었다아. 네가 어찌 나한테 그럴 수 있냐 싶었어."

명진은 후 — 한숨을 쉬고는 씁쓸한 미소를 띠었다. 혼자 씹어야 했던 그 고뇌를 정옥이 모를 리 없건만 그녀는 짐짓 화난 표정을 하고 있었다. 정이 많다는 증거이리라!

"지금 왔으면 되지 않아? 그때나 지금이나 내가 나타나서 너한테 좋을 일이라곤 없어. 나 지금 너한테 빈대 붙으러온 거야. 오갈 데 없는 신세로 전락한 그간의 스토리는 네게 사람들이 찾아왔었다니, 웬만큼 알고 있을 테고."

정옥의 눈이 '이게 사실일까' 하고 한동안 표정을 살펴왔다. 이윽고 사태를 깨달은 그녀가 손을 꼭 잡아왔다.

"피난처를 찾아온 것이라면 걱정 마. 지난 봄부터 나 혼자 방 얻어나가 피아노 교습 시작한 것 모르지?"

"뭐? 너도 피아노 교습이니?"

"배운 도둑질이 그것밖에 더 있니?"

명진은 절레절레 고개를 저었다. 오나가나 피아노 교습이라니. 그러나 그 손쉬운 생계수단이 이제는 싫지만은 않았다.

"난 일주일에 사흘은 강의 들으러 나와야 해. 넌 그 시간을 이용해 네 돈을 벌어도 돼."

"오케이. 내 처지에 그걸 마다할 수야 없지. 근데 너 지금 바쁜 거니?"

"아냐. 그런데 네 건강한 모습을 대하니 그동안 너 때문에 근심걱정에 젖어 있던 내가 바보같이 느껴진다 야. 어디 가 죽은 것은 아닐까 하고 얼마나 심란했는데."

"널 실망시키지 않기 위해 죽을 걸 그랬나?"

"미친년."

얼굴이 깨지듯 흔쾌하게 웃으며 주섬주섬 책을 덮고 일어나는 정옥의 어깨를 감싸안고 명진은 연구실을 나섰다. 그녀는 자신의 앞길을 비추는 한 가닥 서광을 느끼고 있었다.

"우휘야!"

뒤꿈치를 치켜든 도둑걸음으로 마루를 건너고 있던 우휘는 서재에서 들려오는 아버지 목소리에 나무토막처럼 뻣뻣하게 몸이 굳었다. 쿵쿵 뛰기 시작하는 심장을 한 손으로 누르고 있으려니 먼저 것보다 훨씬 힘이 실린 목소리가 들렸다.

"우휘야."

"예, 아버지."

"이리 좀 들어오너라."

"옷 갈아입고요."

"당장 오지 못해!"

심하게 갈라지는 아버지의 목소리에 우휘는 부르르 어깨를 떨었다. 이쯤 되면 밤늦은 귀가는 문제가 아니다. 이 옷차림, 그리고 어둠 속에서 휴지로 문질러 루주를 대강 지우기는 했어도 파운데이션과 향수 냄새가 밴 얼굴은 이 집에서는 일대 풍파를 일으키기에 부족함이 없다.

그녀는 가슴을 콩닥거리면서 〈남태평양〉의 긴 상영시간을 원망했다. 중간에 휴식시간까지 주어진 그 영화는 벼르고 벼른 만큼 재미를 만끽했지만 대가가 너무 비쌌다. 극장을 나선 길로 부리나케 달려왔지만 옷을 맡긴 가게는 문이 닫혀 있었고, 허둥지둥 뛰어오르는 언덕배기 길에서 통금 사이렌소리를 들어야만 했다.

그녀는 아득해지려는 정신을 가다듬으며 자신을 질타했다.

'이 겁쟁이야, 떨지 말고 당당히 부딪쳐! 이런 날이 오리라 각오하지 않았어?'

그러나 그녀는 고개를 푹 늘어뜨린 채 방문을 열었다.

앉은뱅이책상 앞에 앉아 원고를 쓰고 있던 아버지의 눈이 아랫도리에 와닿자 쐐기에 쏘인 듯 맨살에 따가운 아픔이 일었다.

"그 꼴이 뭐얏! 썩어빠진 자본주의 유행이 내 집안까지 밀고 들어오다니⋯⋯. 어허, 음!"

손에 쥐고 있던 만년필을 원고지 위로 내동댕이치고서 턱을 부르르 떨고 있는 아버지의 모습은 저승사자만큼이나 무섭고 소름끼쳤다. 우휘는 혼비백산하는 몸을 바로잡아 방문 앞에 무릎을 꿇고 앉았다.

'이제 손찌검이 시작되겠지' 하고 신경을 조이는데 웬 일인지 기다리는 매질이 오지 않는다. 우휘는 조심스럽게 시선을 위로 들어본다. 눈을 질끈 감은 채 천장으로 향하고 있는 아버지의 얼굴. 참담하게 일그러진 그 모습은 인내의 고통임이 역력하다.

'이 무슨 조화일까? 오오라! 이 폭군 나리께서는 이제야 무언가를 깨닫기 시작하신 게로군. 독선과 위선과 폭력이 자식들을 등 돌리게 만드는 것임을 깨달으신 것일까? 아니야. 그리 쉽게 변할 분은 아니야. 민족과 애국이란 맷돌에 자식들을 다 갈아 마셔도 눈 하나 깜짝하지 않을 분이야. 날 어떻게 요절낼지를 궁리하고 있을지 누가 알아? 잡아다놓은 쥐새끼처럼 혼이 빠지기를 기다리는 것일지도 모르고⋯⋯.'

손톱으로 방바닥을 긁고 있으려니 한참 만에 아버지의 쉰 목소리가 들려왔다.

"가서 옷 갈아입고, 그 치마와 가위 가지고 다시 오너라."

우휘는 서재에서 물러나 뒷방으로 와서야 후- 하고 안도의 한숨을 내쉬었다. 그녀는 멀쩡한 몸으로 호랑이굴을 벗어난 게 믿기지 않았다.

아버지도 이제 발톱이 무디어졌는가? 예전이라면 머리카락 길게 쳤다고 야단 치고, 머리핀 하나 꽂았다고 매질할 아버지일진대 미니스커트는 응당 다리를 분지르고도 남을 죄목이었을 터.

그녀는 치마를 벗어 사정없이 가위질을 했다. 이 년째 입은 옷이라 신물 나던 중이었고, 나름대로 사명(?)을 다한 옷이어서 미련도 없었다. 얼굴화장을 지운 뒤 서재로 돌아가 헝겊으로 변한 치마를 내밀자 아버지의 안면근육이 잠시 실룩거렸다. 반항인지 순종인지를 분간하지 못하는 기색이었다.

"논다니 같은 그 옷차림과 화장은 언제부터 했느냐?"

"……."

"참으로 알 수 없는 일이다. 세상이 무섭게 변하고 있다만, 남의 자식들이 다 물들어도 내 자식들만은 물들지 않으리라 믿었다. 나는 결코 너희들 교육을 잘못시켰다고는 생각지 않는다. 그런데 너희들은 커가면서 하나하나 애비를 실망시키는구나. 너희가 애국자는 못될지언정 애비 얼굴을 깎는 짓을 말아야 하지 않느냔 말이다. 긴 말 하지 않겠다. 내 눈에 흙이 들어오기 전까지는 자본주의 퇴폐성이 내 집 울타리 안으로 스며들어오는 것을 용납하지 않는다. 매국노가 따로 있는 게 아니다. 양키 문물에 쉽게 물드는 너 같은 녀석이 곧 매국노로 발전하는 것이야."

우휘는 매국노란 말에 속으로 코웃음을 쳤다. 그것은 아버지가 전가의 보도처럼 휘둘러온 말의 채찍이었다.

그녀는 두 번 다시 실수하지 않으리라 다짐하며 머릿속으로 새 옷을 그려보고 있었다.

'이번에는 좀더 짧은 치마를 사야지. 무릎 위 십오 센티 정도는 어떨까? 이십 센티를 입고 다니는 애들도 있는데 뭐. 색깔은 어떤 게 좋을까?'

생각을 방해하려는 듯이 아버지가 말했다.

"널 부른 것은 긴요한 이야기가 있어서였는데 네 꼴을 보니 한심해서 말이 나오지 않는구나. 그래가지고서 어떻게 학교선생님이 될 수 있단 말이냐? 그것도 민족의 지도자들을 길러내는 학교에서……."

우휘는 찬물을 덮어쓴 듯 정신이 번쩍 들었다.

'나더러 선생이 되라니……. 드디어 나에게도 예정된 운명이 닥치고 있는가? 그렇기는 한데 선머슴 같은 내가 선생이 된다니 믿기지 않는군. 내 목을 감는 올가미일지라도 기왕이면 선생님 소리를 듣는 게 좋겠어.'

생각을 간추리고 있는데 아버지의 잔소리가 이어진다.

"선생이란 실력이 있다고 해서 아무나 되는 것이 아니다. 인격이 갖추어져야 하고, 의식이 똑바로 박혀야 하거니와 우리 학교는 거기에 덧붙여 투철한 민족정신을 요구하고 있다. 애비가 널 선생으로 추천하면 남들은 그 아버지의 딸이니 의당 민족정신에서 남다르리라 여길 것이다. 그런데 네 실상은 어떠냐? 도대체 너에게 정신이라는 것이 있어, 없어?"

"옷차림 가지고 이러시는 건 너무 심하세요. 어쩌다 친구 옷 하나 얻어 입어본 걸 가지고요. 아버지는 못마땅하시겠지만 유행에는 그 나름의 의미가 있는 것 아니에요?"

아버지는 불끈 눈을 부릅뜬다.

"의미라니, 무슨 놈의 의미?"

"미니스커트라고 그리 나쁜 것만은 아니라는 뜻이에요. 저희들은 미니스커트 유행을 여성혁명이라 부르고 있어요. 여성에 대한 봉건적인 인식을 그것만큼 통쾌하게 쳐부수는 것은 없다고 해서요. 개방적이고 진취적인 면도 있잖아요?"

"당돌한 놈. 애비에게 그따위 돼먹지 않은 논리가 통할 것 같으냐?"

"전 아버지와 논쟁하자는 게 아니에요. 유행은 현실이니 눈꼴사나우시더라도 유연성을 가지고 봐넘기셨으면 해요. 아버지도 두루마기 대신에 외투 입으시고 바지저고리 대신에 양복 입으시잖아요. 미니스커트도 그것과 크게 다르지 않을 것 같아요."

"어라! 이놈이 갈수록 태산이구나. 이제 보니 생각이 비뚤어졌다 뿐 말은 제법이구나."

아버지는 천장과 방바닥으로 시선을 방아 찧으며 "어흠, 어흠" 헛기침을 연발했다. 그의 황당해하는 몸짓에는, 그러나 더 이상 서릿발은 없었다.

그는 자세를 가부좌로 고쳐 앉으며 한결 부드러워진 목소리로 말했다.

"내 말 잘 들어라. 서구 식민주의자들이 아시아를 침탈해올 때 공식이 있었다. 초기에는 종교적 침식이 그것이었고 근세에 와서는 경제적 수탈과 더불어 문화적 침식이 그것을 대신한 것이다. 예컨대 중국대륙이, 병든 황소같이 무기력해진 데는 서양인들의 조차지들이 결정적인 역할을 했다 해도 과언이 아니다. 그들은 그곳을 발판으로 삼아 국체는 살려둔 채 매판자본가들을 육성시켜 체액을 빨아들였고, 서구문화 숭배자들로 신흥 인텔리층을 만들어 민족정신을 와해시켰다. 오늘날에는 과거의 구라파 문화를 대신하여 양키 문화와 미 제국주의가 지구 곳곳을 침탈하고 있는 것이다. 미 제국주의와 양키 문화는 똑같은 칼날이다. 헌데 시퍼런 칼날이 눈에 빤히 보이는 군사적 제국주의보다 눈에 얼른 보이지 않는 문화적 제국주의가 더 무섭다는 데 문제가 심각한 것이다.

너희들의 유행이란 게 뭐냐? 그 대부분은 양키 문화 아니냔 말이다. 너희들의 문화모방은 과거 친일파들의 일본 문화 모방 작태와 조금도 다르지 않아. 이래도 매국적 유행을 두고 딴소리 할 테냐?”

우휘는 아버지의 현학적 질타에 대항할 말이 더는 생각나지 않았다. 그러나 내심 쾌재를 부르고 있었다. 적어도 우격다짐으로 아이 취급을 당하지는 않았고, 난생 처음 해보는 반항에서도 후퇴의 명분은 섰기 때문이다.

“제 생각이 짧았어요. 이런 옷 다시는 입지 않을게요.”

“알아들었으면 됐다. 넌 어려서부터 될성부른 싹은 아니었어. 허나 솔직한 면이 있고 성격이 활달하니 사회생활을 잘 하리라 믿는다. 단도직입적으로 말하마. 내년 봄에 널 영어 선생으로 채용하려고 하니 지금부터라도 행동에 각별히 조심하고 공부도 좀더 열심히 해두어라. 우리 학교 선생님들은 모두 의식이 높은 분들이라 너한테 사표(師表)가 되리라 생각한다.”

　자기 방으로 돌아온 우휘는 두레박 쓴 여우 같은 심정으로 생각의 실타래를 풀기 시작했다.

　'결국은 나마저 그렇게 되는 것인가? 수양재 딸들이 하나같이 중학교 선생으로 사회에 첫발을 내딛어야만 하는 운명은 대체 어디에서 비롯된 것일까? 중학교 선생이 되는 것이야 그다지 나쁠 건 없지만 수양재의 노예로 살 수는 없는 일이야. 내겐 맹세가 있었어. 절대로 아버지와 계모를 위해 사역당하지 않겠다는 맹세였지. 언니들이 그러했듯 나 또한 일이 년 봉사하고 떠나면 그만이야. 떠날 빌미야 아버지가 얼마든지 제공해주겠지.'

　우휘를 고이 놓아보낸 준혁은 어깨를 축 늘어뜨린 채 우두커니 책상 위의 원고를 들여다보고 있었다. 그러나 눈에 들어오는 것은 글자가 아니라 잃어버린 자식들의 얼굴이다. 하마터면 또 하나의 자식을 잃을 뻔한 위기에서 간신히 역정을 눌러 앉혔지만 가슴속에는 가래뭉치 같은 것이 걸려 있는 느낌이다. 뱉어내지도, 가라앉힐 수도 없는 그 응어리는 자식들에 대한 실망이기도 하고, 세태에 대한 분노이기도 하다. 아까부터 자식의 말 한마디가 귓속을 파고든 벌레처럼 앵앵거리고 있다.

　'유행은 현실이라고? 현실이니 인정하라고? 맘보바지, 나팔바지에 이어 이제 미니스커트라. 이러다가는 비키니 반 나신들이 도심지를 활보하는 시대인들 오지 않을까. 다른 이도 아닌 내 딸자식이 이럴진대 이 땅은 이미 양키의 병균이 만연되어 있는 것이야. 거리의 영화관들은 서부 총싸움 영화, 갱 영화 일색이고, 음악에는 재즈와 로큰롤인가 하는 게 판을 치고, 미술에는 정신병자 머릿속 같은

알쏭달쏭한 추상파 그림들이 주인행세를 하고, 학계에서마저 미국
물 먹지 않은 부류는 뒷전으로 밀려나는 실정이니 양키의 문화식민
지라 한들 반박할 거리가 없어.'

미국을 생각하는 그의 마음이 쓰리고 분한 것은 비단 제국주의와
양키 문화 때문만은 아니다. 미국이란 나라는 벌써 품 안의 자식 둘
을 앗아갔다. 월남으로 간 자식도 따지고보면 미국의 소행이
니……. 큰놈의 배신으로 생긴 상처가 아문 지 오래건만 둘째 놈은
온전한 정신이 아닌 상태에서 저지르는 행위라 더욱 가슴 아프다.

'자살기도가 두 번이라니……. 대체 무엇 때문에 제 생명을 두
번씩이나 죽이려 들었단 말인가!'

준혁은 두 주먹을 불끈 움켜쥔다. 그 주먹 또한 내려칠 곳이 없어
허공에서 부르르 떨고 만다.

격정의 시간이 얼마만큼 흐르고 나자 그는 방구들 밑으로 꺼져내
릴 듯한 상체를 꼿꼿이 일으켜 세우며 책상 귀퉁이에 놓인 한지를
눈앞으로 가져온다.

'開天

교지(校誌)의 제호로 얼마 전 서울까지 걸음하여 이름난 서예가
의 글씨를 받아온 것인데, 서체가 단아할 뿐더러 힘을 안으로 가둔
듯한 자획들이 웅지와 기상을 펼치지 못하는 민족의 현실을 암시해
주고 있는 듯하다. 그는 서체가 품은 힘을 빨아들이듯 두 글자를 뚫
어지게 바라본다.

'내 이것을 입으로 삼아 세상을 꾸짖으리라!'

그는 로고를 받들어 모시듯 제자리로 옮겨놓고 만년필을 집는다.
이제 권두언에 무엇을 써야할지 생각이 머릿속에 가득 차온다. 그

는 몇 장 써놓았던 원고를 꾸겨버리고 새 원고지 위로 만년필을 달리기 시작한다.

'미제의 문화침탈은 어디까지 왔는가?'

밤을 뜬눈으로 새우다시피 하고 새벽잠이 든 준혁은 한낮이 되어서야 잠에서 깨어났다. 아내가 밥상을 가져다놓고 눈치를 살피며 말했다.

"지난 밤 잠결에 당신 고함소리를 들었어요. 무슨 일이라도……?"

"아무 일도 없었소. 우휘란 놈 야단을 좀 쳐주었소. 당신 혹시 그놈 화장하고 다니는 것 눈치 채지 못했소?"

아내의 입가에 빙그레 미소가 떠올랐다.

"여자인 제가 그걸 왜 몰랐겠어요. 모른 척해주는 거지요. 요새 애들 다 그런 걸. 그 때문에 야단치셨어요?"

"그렇다고 내 자식이……."

아내가 "쉿!" 하고 입술에 손가락을 세운다.

"우휘 지금 제 방에 있어요. 소리 좀 낮추시든지, 나중에 이야기하든지 해요. 전 당신이 애들 닦달하실 때마다 간이 콩알만 해져요. 아닌 말로 전번에 명진이가 죽기라도 했으면 어쩔 뻔했어요?

실은 간밤에 당신 목소리에 잠이 깨어 있었어요. 또 난리가 나는가 싶어 얼마나 가슴 졸였는지 알아요? 이제 제발 다 큰 자식들 손찌검일랑은 하지 마세요."

준혁은 고개를 크게 주억여보이고는 수저를 집어든다. 자식에게 손찌검하지 않으리란 맹세는 이미 열 달 전 명진이를 때린 직후에

한 맹세였고, 간밤에는 그 맹세를 지켜내는 힘겨운 인내를 치른 것
이다.

　그는 메마른 가슴을 적셔오는 아내의 촉촉한 눈길을 그윽하게 마
주 보며 종내 내 곁에 남는 사람은 이 사람뿐이리라 생각한다.

　"내 저 녀석에게 선생이 될 마음의 준비를 해두라고 일러놓았소.
성적표나 남부끄럽지 않을지 걱정이구료."

　그 말에 아내의 얼굴에 그림자가 낀다.

　"성적이 문제겠어요? 허 사장이 어떻게 나올지가 더 큰 문제예
요. 교사채용은 당신 권한이라 생각하시겠지만, 두고보세요. 그 사
람이 반드시 무슨 트집을 잡아올 테니까요."

　가장 마음에 걸리는 약점을 집어내자 준혁으로서도 선뜻 흰소리
가 나오지 않았다. 이사장에, 교장에, 선생 둘까지 제자로 채용하고
있는 형국이라 이게 당신네 집안학교냐 하고 고리를 걸면 할 말이
없기도 했다.

　'시비, 트집은 어제 오늘의 일이 아니다. 돈과 관계된 일로 한정
하고 있기에 망정이지 학무와 교무에 입김을 넣었다면 아마도 큰
분란이 일어났을 일. 돈줄을 틀어쥐고 있는 그는 말이 평이사지 학
교의 명줄을 쥐고 있는 사람이나 다름없어. 학교발전을 위해 이사
장 자리는 허 사장에게 넘겨야 한다는 소리가 교직원들 사이에 공
공연히 나오고 있다니, 차제에 아내의 이사장 자리를 그에게 넘겨
버리는 것은 어떨지…….'

　생각을 하면서 묵묵히 밥을 씹고 있자, 아내가 한숨을 내쉬며 말
했다.

　"당신이 어련히 생각하고 있겠습니까만 전 학교일만 생각하면 자

다가도 벌떡 일어나곤 해요. 땅은 다 날리고 이 집까지 저당 잡힌 처지에 그 사람이 엉뚱한 심보라도 가졌다 쳐봐요. 어릇 놓고 게 놓치는 꼴이 되지 말라는 법은 없어요. 더 늦기 전에 무슨 수를 써야 해요.”

“우리한테 무슨 수가 있겠소? 설마 하니 그 사람이 학교와 우리 땅을 통째로 말아먹겠소?”

“그리 안이하게 생각할 문제가 아니라니까요. 가령 그 사람이 은행이자 불입을 학교돈으로 못하겠다고 하면 어쩌실 생각이에요? 멱살을 잡겠어요, 소송을 걸겠어요? 우린 그 사람에게 농락당하고 있는 건지도 몰라요.”

준혁은 울컥 솟구치는 짜증에 수저를 놓아버리고 말았다.

“당신의 불안을 모르는 바는 아니지만 사람을 그리 의심해서야……. 의심하자고 들면 한이 없는 것이오. 그 사람을 정 못 믿겠다면 학교를 그에게 넘겨버리도록 합시다. 민족학교의 취지만 잘 살리면 학교를 누가 경영하느냐는 큰 문제가 아니오.”

깜짝 놀란 아내가 눈가에 파르르 경련을 일으켰다. 그 놀람은 비단 아내의 것만은 아니었다. 불현듯 극단적인 말을 뱉어내는 스스로가 더 놀라웠다. 한 꺼풀 마음의 켜를 벗기면 만신창이의 자화상이 있었다. 그 자화상은 ‘피곤하다, 이쯤에서 다 집어 던지자’ 라고 외치고 있었다. 학교에 던져넣은 재산만 되찾을 수 있다면 아니, 절반만 되찾을 수 있다면 훌훌 털고 이제 마지막 작업에 착수하고 싶었다. 몇 달 전부터 짬짬이 원고를 쓰고 있는 ‘민족혁명고’ 란 제목의 저술이 그것이었다. 저술에 손을 댄다 함은 그간의 실패에 대한 두려움의 발현이었고, 휴식에의 비원이었다. 저술은 마지막 남은 마음의 도피처였다.

그는 학교문제에 한 가닥 퇴로가 열려 있음을 확신하고 있었다. 허나 그 길로 가기까지 피를 얼마나 지불하느냐가 문제였다.

일사분기 이사회를 며칠 앞둔 정월 어느 날, 시내의 음식점에서 허상만과 대좌한 준혁은 음식이 오기를 기다리는 자리에서 단도직입으로 학교이양 문제를 거론했다.

"우리가 손잡고 일한 지도 햇수로는 어언 삼 년째를 맞는구료. 교사증축도 마무리 단계에 들었고, 신학기 학생모집에도 별 난관이 없을 성싶으니 이만하면 기틀이 다져졌다 해도 과언은 아닌 것 같소이다.

내 언젠가 선열들의 혼백이 허 사장 같은 분을 우리에게 보내주었노라 말한 적 있소이다만, 기왕 민족의 부름에 응해 나서신 김에 금년부터 학교를 도맡아주셨으면 합니다."

"예? 무슨 말씀이신지……?"

"이사장직을 맡아달라는 것이외다."

허 사장은 펄쩍 뛰듯 하며 손을 내젓는다.

"그 무슨 당찮은 말씀인교? 소생은 교장생님 내외분의 뜻이 좋아서 힘을 보탠기지 그런 욕심 없어요. 소생이 돈 가지고 이러쿵저러쿵 하는 기야 학교 살림 여물게 하자고 하는 짓이고, 그 이상 아무것도 바라지 않심다. 생각해보이소. 이 무식한 사람한테 학교 이사장 감투가 맞는지."

준혁은 내심 혼란에 빠져든다. '욕심이 없다니, 시치미를 떼는 것인가? 그렇다면 지금까지 보여온 집착은 무어란 말인가? 하긴 이

능구렁이가 속을 쉽사리 드러낼 리 없지.'

"학교설립은 애당초 내 능력으론 무리였소. 개미가 동무 믿고 바위 굴리려 덤빈 형국이었지요. 지금의 세태를 보면 우리 학교는 칠흑의 어둠에 홀로 나는 반딧불 같은 존재요. 하루 속히 큰 횃불로 키워야 하는데 허 사장도 아시다시피 나는 힘이 소진되었소. 학교에 명운을 걸고자 했지만 재력이 없고서야 되는 일이 있어야지요.

해서 드리는 말씀이오만 힘이 있고 민족의지가 남다른 허 사장이 주인이 되는 것이 최선의 길이라 생각했소이다. 이건 내 뜻만은 아니외다. 내 내자는 물론이고, 교직원들의 바람이기도 하니 욕심이 아니라 민족을 위하는 마음으로 이사장직을 맡아주기 바라오."

그는 화난 몸짓으로 술을 따라 잔을 훌쩍 비우고는 식탁으로 상체를 밀어온다.

"교장생님이 이리 흔들리시모 인자 제우 고고성 울린 우리 학교는 우에 되지요? 소생이 우에 해드리면 되는교. 탁 털어놓고 말씀하이소."

그러나 준혁은 여기까지 이르러서는 발을 빼고 싶은 욕망이 더욱 간절해진다. 한평생 하는 일마다 용두사미였는데 학교마저 용두사미로 끝내기는 허무하기에 앞서 부끄럽고 자존심 상한다.

하지만 어쩌랴. 창 부러지고 방패에 구멍 난 전사 같은 현실인 것을. 준혁은 껄껄해진 목소리로 말을 잇는다.

"사공 많은 배가 산으로 간다고, 우리 학교 처지가 그렇소이다. 지금이야 별 문제가 없지만 앞으로 학교가 커갈수록 문제가 노정될 것이외다. 올바른 주인이 있어야 배가 제 갈 길을 가는 것임은 허 사장도 잘 알고 계실 터이지요. 그동안 뜻있는 동지들의 찬조는 민

족학교가 설립된 것으로 사명을 다했다 보고, 큰 몫을 내어놓은 몇
몇 분은 내가 나서서 정리를 해드리리다.

그 밖의 구체적인 사항은 내 내자와 만나 상의하시면 되고, 허 사
장께서 원하신다면 나는 학교에 남아 허 사장을 돕고 싶소이다."

"교장생님, 와 이러시능교? 이러시면 소생 입장은 뭐가 됩니까?
달 보고 짖은 개꼴밖에 더 되능교?"

"아니외다. 허 사장은 주인 될 자격이 충분합니다. 민족수재들을
어서어서 키워내자면 허 사장이 차고앉아야 한다는 내 생각엔 변함
이 없어요. 당장 이 자리에서 답하시라는 게 아니니 그 이야기는 이
만 해둡시다."

담배에 불을 붙여 물고 후 - 연기를 뿜어내고 있는 그는 얼핏 보
아서는 실망, 곤혹, 울화를 씹고 있는 모습이다. 그러나 준혁은 여
기로 올 때의 확신으로 되돌아가고 있었다. 그는 문득 생각난 듯이
우휘 문제를 끄집어낸다.

"그리고 참, 내 자식 가운데 이번에 B여대를 졸업하는 놈이 있어
영어 선생으로 채용했으면 하는데, 부녀간이란 특수입장이어서 허
사장의 양해를 구하고자 합니다. 여러 모로 부족한 자식이오만 영
어 한 과목은 썩 잘하는 모양이오."

"그런 일 가지고 소생에게 물을 게 뭔교? 남도 아인 교장생님 따
님이라 쿠는데."

"그렇게 말해주시니 고맙소이다. 우리 다른 이야기나 합시다. 우
리 학교 교지 말입니다만 각계의 반응도 좋고, 개천중학이 어떤 학
교인지 잘 알게 되었다고들 합니다. 내 생각엔 연간 이회 발행으로
늘였으면 합니다만……."

“두 번씩이나요? 그러다가 학교가 아니라 잡지사 소리 듣겠심더 그려. 반응이 좋다 쿠이 다행입니다만 제 주변 사람들은 다른 소리들을 했사서……. 사상지 같다 쿠덩가? 소생이 보기로도 중학생한테는 너무 어려운 글들이 많더만요.”

“탐탁치 않으신 게로군요? 선생님들 글이 많으니 자연히 그런 느낌이 들겠지요. 헌데 민족학교라 표방하는 우리 학교 교지가 사상지 풍이 되는 것은 당연지사 아니겠소? 학생들 글도 싣지만 학생들이 읽으라는 글이고, 나아가서 많은 사람의 손때가 묻으면서 읽혀지라는 글이외다. 연간 두 번을 내자는 것도 그런 뜻이외다.”

준혁이 정색을 하고 말하자 그는 갑자기 태도를 바꾸어 수그러들었다.

“그기사 모르는 바 아입니다만 손바닥만 한 학교에 교지만 번지레한 게 배보다 배꼽이 큰 것 같아서 소생 성질에 영 안 맞그만요. 하지만 교장생님 뜻이 그렇다쿠모 좋을 대로 하입시다.”

그날의 회합은 길지 않았다. 그 이상 대화가 진척되는 것은 피차가 피하는 분위기였는데 준혁으로서는 밀고 당겨야 하는 거래가 무엇보다 질색이었다.

며칠 뒤 허 사장을 만난 아내는 청태 긴 돌처럼 시퍼런 얼굴을 하고 집으로 돌아왔다.

“내가 뭐랬어요? 그 사람 속에 구렁이가 몇 마리 들어앉았는지 모른다고 했잖아요.”

준혁은 쿵덕 가슴이 내려앉을 뿐 왜 그러느냐는 물음조차 던지지 못하였다. 서재에서 원고를 쓰고 있던 그는 마당을 가로질러 아내

의 목소리를 듣자마자 가부좌를 틀고 앉아 심판을 기다리듯 천장을
향하고 있었는데 아내가 몰고온 것은 먹구름과 벽력이었다.

소리를 한차례 지르고 안방으로 건너가 옷을 갈아입은 그녀는 거
친 숨소리를 내며 서재로 돌아와 털썩 퍼질러 앉았다.

"그 작자 속셈은 우리 재산 다 삼키려는 것이에요. 내 오늘 그자
의 속을 확실히 들여다보았다구요. 처음에는 학교를 단독으로 인수
할 생각이 없다고 능청을 떨더니 나중엔 뭐라고 했는지 알아요?"

"……?"

"정 자기더러 인수하라고 할 것이면 학교에 투자한 돈을 포기하
는 조건으로 하자고 합디다."

"뭣이!"

준혁은 확 부릅뜬 눈으로 아내를 쏘아보았다. 넓적다리 위에 놓
였던 두 손은 저절로 주먹이 쥐어지고 턱은 사시나무 떨듯 분노에
떨렸다.

'그자가 그렇게까지? 피도 눈물도 없는 게 사채꾼이라지만 남의
약점을 이다지 악랄하게 이용하다니! 내 그 샤일록 놈을 당장……'

그러나 마음속의 소용돌이는 폐부를 으스러뜨리고 늑골을 휘어
놓을망정 밖으로는 용출되지 못한다.

'아내에게 더 이상 무슨 흰소리를 칠 것이던가? 허장성세 배짱으
로 갈 데까지 가보자고 할까?'

풀 길 없는 분노에 정신까지 아득해져 있는데 한풀 분을 삭인 아
내의 목소리가 들려왔다.

"그자에게 당한 것은 기정사실이에요. 더 버텨보았자 우리 사정
만 악화될 뿐이고요. 지금으로서는 손바닥만큼 남은 땅과 집의 저

당이나 풀어달라고 사정하고 학교를 넘기는 게 상책인 것 같아요."

준혁은 그제야 눈을 뜨고 말했다.

"그리는 해주겠답디까?"

"그것도 나 몰라라 할지도 모르죠. 투자된 원금의 절반은 돌려주어야 하지 않느냐고 했더니 그자의 말이 민족을 위한 투자를 건지려 하느냐는 것이었어요. 분하지만 대꾸할 말이 없습디다. 화가 나서 이야길 중단하고 와버렸지만 일간 다시 한번 만나봐야죠."

준혁은 내심 안도의 한숨을 돌리며 속으로 말했다.

'약아빠진 작자! 민족이란 말을 그런 데 써먹다니. 하지만 이 집은 무사할 터. 아마도 아내의 기대도 그 정도였겠지? 우리로서도 잃은 돈은 민족을 위한 투자였다고 치는 게 옳겠지. 그런데 그자가 과연 민족학교의 취지를 계속 살려갈 것인가.

아 -, 만사가 귀찮다. 이제부터는 아내가 하자는 대로 따라야만 속이 편해. 나에게는 아직 '민족혁명고'가 있으니 집행유예 기간이 끝나는 그날까지는 원고나 실컷 써야지.'

준혁은 기어들어가는 목소리로 아내를 부른다.

"여보! 참으로 당신한테 면목이 없구려. 나도 이제 패기 없고 쓸모없는 늙은이가 되었나보오."

그의 눈시울이 붉게 변하고 있었다.

시월이 가자 계절은 급전직하 겨울을 향해 곤두박질쳐 아침이면 허연 서릿발이 내려앉아 있곤 했다.

명진은 몸에 꼭 끼는 정옥의 옷을 얻어 입으며 두 달을 버티다가 마침내 옷을 사러나섰다. 그녀는 남대문시장 노점에서 내의와 양말 그리고 싸구려 겉옷 몇 가지를 사고는 점심 겸 저녁으로 순대국밥을 사먹었다.

모처럼의 쇼핑에 기분이 흐뭇한 차에 만복감까지 안은 채 버스를 타기 위해 정류장으로 가고 있을 때였다. 그녀는 뒤에서 휙 덮쳐오는 바람을 느꼈다. 아니, 퉁퉁거리며 다가오는 발자국소리를 들었는지도 몰랐다. 어쨌든 걸음을 멈추고 뒤돌아보는 순간 두툼한 손에 멱살을 붙잡히고 말았다.

"이년, 너 잘 만났다! 이 도둑년!"

그녀의 손아귀는 남자의 그것처럼 억세었다. 벗어나려 안간힘을 써보았지만 앞가슴 단추만 우두둑 떨어져 앙상한 가슴뼈가 드러날 뿐 그녀의 손은 꿈쩍도 하지 않았다. 그녀는 입에 게거품을 물고 있었다.

"네년이 숨어다니면 언제까지 숨어다녀. 원수는 외나무다리에서 만난다는 것도 몰랐니?"

그녀의 손이 멱살에서 머리채로 옮아온 순간 명진은 뱅그르르 몸이 돌며 길바닥으로 내동댕이쳐졌다. 손에 들고 있던 꾸러미가 찢어져 옷가지들이 보도 위로 어지럽게 흩어졌다. 순식간에 모여든 구경꾼들이 빙 울타리를 이루었다.

'어머니는 마침내 실성을 하셨구나. 그래, 어머니의 분이 풀릴 때까지 죄 지은 내가 참고 견디자. 한번은 당하고 넘어야 할 고비가 아니었던가.'

그렇게 각오를 다지고 있는데, 그녀가 소리쳤다.

"이 도적년아, 내 피아노 어디다 팔아먹었어? 뭐? 그것 팔아 여행을 간다고? 사람들아, 내 말 좀 들어보소. 집 보라 맡겨두고 어딜

갔다 왔더니 자식새끼라는 게 에미 피아노 팔아서 산천경개 구경을
하고 다녔다지 않소. 피아노 가르쳐서 먹고 사는 난데 그 목숨줄 같
은 피아노를 말이오. 이 도적년 상판대기를 좀 보소. 두 손 모아 싹
싹 빌어도 모자랄 판에 날 잡아먹어라 하고 두 눈 감고 있는 꼴을
말이요."

　명진은 여기가 지옥이거니 하고 체념했다. 어머니의 외침도 사람
들의 웅성거림도 더 이상 귀에 들어오지 않았다. 그러나 정신이 얼
추 나가버린 상태에서도 차도의 요란스런 경적음만이 고막을 울려
왔다.

　자동차들마저 날 야유하는구나 하는 느낌으로 눈을 떠보니 가까
이 보이는 차도가 꽉 막혀 있었다. 지나가던 차들이 구경을 하느라
멈칫거리는 통에 가뜩이나 복잡한 도로에 체증이 일어난 것이었다.

　'아 -, 이분이 내 어머니였던가. 사람으로도 모자라 지나가는 차
들마저 구경꾼으로 만드는 이 악귀가 어찌 내게 생명을 준 사람일
수가 있으랴!'

　명진은 경적음에 맞서 맹렬한 고갯짓을 했다. 그럴수록 어머니의
손은 더욱 우악스럽게 머리채를 휘감아 쥐었다. 우두둑 생머리 뽑
히는 소리가 들렸으나 전혀 아픔이 느껴지지 않았다.

　어디선가 사이렌소리가 다가왔다. 이윽고 사람들의 웅성거림이
잦아들며 바로 옆에서 남자의 사무적인 목소리가 들려왔다.

"무슨 일이요?"

　한결 차분해진 어머니가 대답했다.

"이년은 도둑년이오."

"무얼 훔쳤소?"

"내 피아노를 몰래 팔아먹고 도망친 년이에요."

"피아노라고요? 지금 누굴 놀리는 거요?"

어머니가 남자에게 버럭 화를 냈다.

"경관이라는 양반이 뭐 이래. 피아노 도둑은 도둑이 아니란 말이에요? 게다가 이년 애비는 빨갱이라고요."

"이거야 원, 무슨 소린지 모르겠군. 길거리에서 피아노 도둑은 무엇이고 빨갱이는 또 뭐요?"

"그럼 내가 생사람 잡고 있단 말이에요? 잡아가기 싫거든 놔두고 가요."

"좌우간 둘 다 차에 타시오."

"도둑년 잡아주었으면 그만이지 나까지 갈 게 뭐예요?"

"아주머니도 같이 가서 조사를 받아야 해요. 이 아가씨 아버지가 빨갱이라는 말 사실이오?"

"내가 아닌 걸 지어냈겠어요? 갑시다, 그럼."

백차는 남대문과 서울역을 지나 남영동에서 좌회전하더니 파출소도 경찰서도 아닌 커다란 신축건물 앞에서 멎었다. 경관에게 팔을 붙잡힌 채 차에서 내린 명진은 후들거리는 다리로 건물 속으로 끌려 들어갔다.

아래층 사무실로 들어가 입구 쪽 책상의 사복 입은 사나이에게 인계하면서 경관이 한참 동안 낮은 목소리로 경위를 보고하는 성싶었다. 이윽고 경관이 물러가고 사복차림의 사나이가 가까이 오라고 불렀다. 의자 두 개를 책상에 가져다 붙이고 앉으라는 손짓을 하더니 주소와 성명을 물어왔다. 이어서 그는 석고 같은 무표정한 얼굴로 어머니로부터 경위설명을 들었다.

어머니는 피아노에 관한 이야기를 장황하게 늘어놓았는데 차츰
얼굴에 짜증이 묻어나던 사나이가 말허리를 잘랐다.

"그렇다면 이 처녀는 아주머니의 딸이잖소?"

"딸이면 도둑년도 그냥 두란 말인가요?"

"에끼 여보슈! 딸을 도둑으로 모는 어머니가 어디 있단 말이요.
친자간의 절도죄는 성립되지도 않아요."

그 순간 당황한 기색이 역력한 어머니가 침을 튀기며 항변했다.

"난 호적상 이년과는 아무 관련도 없어요. 난 법적으론 엄연한 처
녀라고요."

주위에서 와르르 웃음이 터져나왔다. 제각기 자기 사무를 보고
있던 사람들이 모두 일손을 놓고 명진 쪽으로 시선을 집중하고 있
었다. 사나이가 책상을 두드리며 말했다.

"호적이고 뭐고 아주머니가 낳은 딸이오? 아니오?"

"……."

"아가씨, 이 분이 어머니 맞아요?"

명진은 별안간의 물음에 입술을 달싹일 뿐 말이 얼른 나오지 않
았다. 어머니라 말하고 싶지 않은 심정일 뿐더러 혀가 감각을 잃은
듯 굳어 있었다. 간신히 고개를 끄덕여보이자 사나이는 주위를 휘
둘러보며 혀를 내둘렀다.

"복잡한 남 가정사는 내 알 바 아니고, 이 처녀 아버지가 빨갱이
라니 그건 또 무슨 소리요?"

벌겋게 얼굴이 달아오른 어머니가 투덜대듯 말했다.

"불온단체 만든 죄에 빨갱이 신문사 만든 죄로 오륙 년간 콩밥
먹고 나왔으니 빨갱이지 뭐예요."

"나 참! 아주머니는 지금 제 정신이오? 여기가 어딘 줄이나 알아요?"

사나이가 또다시 책상을 두드리며 소리치자 어머니는 흠칫 목을 움츠렸다.

"여긴 대공분실이란 말이오. 우리더러 누굴 잡아넣으라는 거요? 아주머니가 빨갱이 빨갱이 하니까 경관이 여기로 데려온 거란 말이오. 그 사람이 누군지 몰라도 아주머니 말에 의하면 이미 형을 받은 사람인데 다시 잡아넣을 근거라도 있어요?"

어머니가 볼멘소리로 투덜거렸다.

"도둑년에게 맛을 보이라는 거지, 누가 빨갱이 잡으라 했나? 당신네들이 벌주기 싫다니 내가 집으로 데려가 버릇을 고쳐놓을 수밖에."

어머니가 의자를 밀고 일어나자 사나이가 빽 소리를 질렀다.

"거기 앉아욧! 가긴 누구 마음대로 가? 여기가 엿장수 마음대로 들어오고 나갈 수 있는 곳인 줄 알아요? 내 한마디 충고하겠소. 딸이라 해서 폭력을 휘두르면 이번에는 아주머니가 존속상해죄로 잡혀올 수도 있어요. 알았어요?"

풀이 꺾인 어머니는 얼굴만 붉으락푸르락할 뿐 아무 말도 하지 못했다. 주위에서 빈정거림이 들려왔다.

"수사관 노릇 십수 년에 딸자식 절도범 만들려는 어머니는 처음 보는군."

"절도범은 약과야. 자식을 빨갱이로 몰고 싶은 거라구."

"말세야, 말세. 호랑이도 제 새끼는 물지 않는다는데 저 여자는 호랑이 할애비라도 고아먹었나."

어머니에게 등을 떠밀리며 대공분실을 나선 명진은 그녀가 가자
는 대로 발걸음을 옮겨놓고 있었다. 명진은 더 이상 어머니가 무섭
지 않았다. 수치와 울분이 휩쓸고 간 황량한 머릿속에는 오직 하나
의 소망이 자리했다. 그것은 포근한 어둠으로부터 다가오는 한 줄
기의 빛을 타고 깃털처럼 가볍게 날아 현실에서 벗어나는 것이었
다. 그 빛의 어루만짐이 시작되고부터 어머니에 대한 증오심도 식
어갔다. 대공분실에서 사람들의 놀림감으로 변한 어머니는 고소하
기보다는 측은하고, 독하기보다는 어리석게 느껴졌다. 그녀는 자신
이 무슨 짓을 하는지도 모를 만큼 증오에 미쳐 있었다.

　명진은 흐리멍덩한 머릿속으로 어머니라는 존재를 해부해보고
있었다. 조금 전의 그녀는 정녕 증오의 화신이었다. 여태껏 그녀가
보여온 증오의 발작은 편린(片鱗)에 불과했다. 더러는 자식의 마뜩
찮음에 드러내는 증오였지만 그 이면에는 늘 아버지에 대한 증오가
도사리고 있었다. 하지만 이번의 발작은 그것만으로는 납득이 되지
않았다.

　'어쩌면 생의 갈피 속에 켜켜이 쌓고 있던 온갖 증오가 한꺼번에
분출하여 터져버린 것일지도 몰라. 그녀는 층층이 색다른 증오를
배고 있는 양파 같은 존재라 해도 좋았다. 아버지와 아버지를 추종
하는 딸자식이 표층이라면 모진 설움과 괄시를 안겨준 어머니의 친
정이며, 곽영달이란 악질 형사며, 삶의 수난사들이 한 꺼풀씩 한과
증오의 앙금을 만들었을 터. 게다가 불같은 성정을 타고난 어머니
일진대 날 발견하는 순간 벌에 쏘인 황소가 되어 좌충우돌한 것이
라 추리해본다면 불쌍한 어머니이기도 하다. 그렇지만 어머니의 피
가 싫다. 아버지는 밉지만 그의 피는 올곧은 정열과 정의감이 흐르

는 선홍색이지만 어머니의 피는 증오심으로 탁해져 있을 뿐이다.
그 두 가닥의 피가 흐르는 내 몸도 싫다. 삶에 미련이 없는데 연민
을 씹어서 무엇하랴.'

  택시를 잡아타고 충무로의 집으로 올 동안 그녀는 줄곧 입속으로
무슨 말인가를 중얼거리고 있었지만 한마디도 알아들을 수 없었다.
그녀는 차츰 중얼거림이 낮아지더니 이윽고 침묵에 빠져 들었다.
연탄난로를 피워놓은 방 안은 퍽 따스했다. 난방용이기보다는 조리
용인 화덕이 눈에 뜨인 순간 머릿속에서 섬광 같은 생각이 번쩍 스
쳤다.

  '저것이면 편안히 죽을 수 있어!

  어머니가 말했다.

  "머리에 빗질이나 좀 해."

  화장대로 걸어가 거울 앞에 선 명진은 수세미같이 헝클어져 있는
자신의 머리를 비춰보며 솟구치는 눈물을 씹었다. 솔빗에 머리카락
이 무더기로 감겨 나왔다. 머릿밑 살가죽은 그제야 아픔을 느꼈다.
그 아픔을 후비듯 명진은 빗질을 계속했다.

  "그만 하고 이리 좀 앉아."

  명진은 길든 강아지처럼 그녀와 마주 보는 의자에 가앉았다.

  "내가 그리 무섭던? 내 앞에 나서지도 못할 짓을 왜 했니?"

  "……."

  "옛날 니 애비란 작자는 어린 너희들 데리고 사는 내 집에 숨어
들어와 뒤주의 쌀을 훔쳐가곤 했었다. 배곯는 동지들 식구들에게
가져다준다고 말이다. 넌 어찌 그리 네 애비를 닮았니? 피아노는
살림밑천이야. 그걸 팔아 처먹는 짓은 쌀도둑질과는 또 달라."

어머니의 목소리가 메시지를 띠기는 거기까지였다. 계속되는 그녀의 말은 따끔한 야단이거나 위무이거나 혹은 그냥 뜻 없이 주절대는 말이었을 테지만 고막으로는 더 이상 파고 들지 못했다. 한쪽 귀로 들어와 머릿속에 공허한 공명을 일으키고 넘쳐서 다른 귀로 흘러나가는 소리의 흐름이 차츰 아득한 메아리로 멀어지고 있었다.

꼭 감은 눈으로는 보라색 어둠을 보고 있었다. 명진은 그 어둠에 자신의 염원을 띄워보내고 있었다.

'망각의 문턱을 어서 넘어서자! 솜털보다 포근한 어둠의 세계. 저 무한한 허공으로 혼을 날려보내자!'

눈앞에 어둠이 일렁이기 시작했다. 아니, 뭉게구름 같은 보라색 파문에 휩쓸린 듯한 느낌과 함께 털썩 방바닥으로 몸이 떨어져 내렸다. 그녀는 몸을 일으켜보려 팔을 허우적거리다가 포기하고 두 손을 가슴 위로 모았다.

"용서하세요. 전 잠이 와요. 더는 못 견디겠어요."

"그래, 다 잊어버리고 잠이나 자라. 내가 왜 그런 짓을 했는지 통 모르겠다. 귀신에 홀렸던가보다."

어머니가 이불을 가져다 덮어주었다. 현기증을 뒤따라온 졸음은 그지없는 안락함으로 혼을 끌어가고 있었다.

어머니의 포로가 된 지 사흘째.

명진은 잠결에 사람이 부스럭거리는 소리를 들었다. 이윽고 문여닫는 소리에 이어 깊은 잠으로 빠져들었지만 어머니가 외출한 사실을 의식하고 있었다.

또렷이 잠이 깬 것은 한낮이었다. 그녀는 화장실에 들러 세수를 하고 돌아와 머리에 빗질을 했고, 내의에서 겉옷까지 외출이라도 할 것 같은 단정한 차림새로 옷을 갈아입었다.

방 안은 밤에 쳐둔 군청색의 커튼으로 말미암아 반차광(半遮光)의 푸르스름한 빛이 감돌고 있었다. 이 방 안에서 애착을 느끼는 유일한 물건이기에 커튼에 잠시 눈길을 주고 있던 그녀는 그걸 걷어 바깥을 내다보려던 미련을 버리고 거울 앞으로 다가갔다.

이미 죽음의 그림자가 드리워져 있는 핏기 없는 얼굴. 명진은 거울 속의 자신을 물끄러미 들여다보며 두어 번 고갯짓을 했다. 무심한 두 눈과 멍청하게 풀어져 있는 입술이 말해주는 것은 초월이었다. 온갖 미망과 감정의 초월.

연탄화덕의 뚜껑을 열고 배기구를 국자로 막아버린 그녀는 침상에 반듯이 몸을 누이고 죽음을 기다리기 시작했다.

머릿속은 보라색의 짙은 안개 같은 것이 가득 차 있을 뿐 이제는 떠오르는 얼굴도, 떠오르는 기억도 없었다. 짙은 안개에 갇혀버린 듯한 회상의 실타래에서 그녀가 붙잡은 한 가닥 실마리는 자유라는 단어였다. 그걸 말한 주인공 한필의 얼굴은 떠오르지 않고 단어만이 칠흑 같은 밤하늘에 홀로 뜬 별인 양 깜빡이고 있었다. 마치 수수께끼를 풀어보라는 듯.

'자유란 무엇일까? 인간이란 존재가 태어나서부터 몸에 걸 치고 마음에 채우는 온갖 것이 다 근원적으로는 속박일 텐데 무엇으로 그것들을 털어버릴 수 있단 말인가? 가족도 친구도, 연인도 속박의 염주(念珠)이며 다니는 학교와 직장 또한 부자유의 장(場)일 텐데 그것들을 초탈하는 게 자유라면 중이 되는 것이 자유의 길일까? 아니면 강일준이 말한 대로 자신을 얽어맨 속박, 자신을 가둔 철조망을 관념으로 극복해야 하는가? 그렇지만 회의의 눈을 뜨고서 그럴 수는 없는 것. 한필이 말하는 자유의 추구는 또 어떤가? 인간을 믿지 않으며 인간이 만들어낸 사회와 법률과 국가는 물론 문명마저도 멀찌감치 거리를 두고 자연에 귀의하여 청빈하게 살리라는 그 정신을 진정한 자유라 말할 수 있을까?

아니야. 진정한 자유란 죽음뿐이야. 인간이란 존재는 시시포스 신화처럼 지혜를 갖는 순간부터 속박과 고뇌를 함께 짊어진 것이야.'

마침내 졸음이 몰려오기 시작했다. 생각의 뒤끝에 꿈속인 듯 어머니의 목소리와 쾅쾅 문 두드리는 소리를 들었다.

'벌써 돌아올 리 없는데……'

그녀는 혼신의 힘을 다해 몸을 일으키곤 몽유병자처럼 문으로 걸어가 고리를 벗겼다. 찬 공기와 함께 확 밀치고 들어온 어머니가 소리쳤다.

"너 무슨 못된 짓 하고 있었니? 내 이럴 줄 알았다니까."

철썩 후려치는 그녀의 손놀림에 명진은 볏단처럼 힘없이 방바닥으로 쓰러졌다.

"이년아, 뒈지고 싶으면 밖에 나가 뒈져. 네년 상판대기는 두 번 다시 보기 싫어!"

잠시 뒤 집 앞 도로를 비틀거리며 걷다가 택시를 잡아 탄 명진은 명륜동이라 행선지를 대고는 뒷좌석에 비스듬히 몸을 눕혔다. 신발은 어떻게 찾아 신고, 계단은 어떻게 내려왔는지, 어머니는 어떻게 뿌리쳤는지 모두가 꿈결 같기만 했다. 세상이 빙글빙글 돌고 있는 것 같았고, 자꾸만 헛구역질이 났다.

　아니, 그보다는 몰려오는 졸음을 이겨낼 수가 없었다. 그녀는 혼돈과 두통과 심한 어지럼증 가운데에서도 이내 잠이 들었다. 이제 막 잠들었으리라 생각되었는데 기사가 큰 목소리로 깨우고 있었다. 눈을 떠보니 명륜동에 있는 대학 정문이 보였다. 조금 더 가달라고 하자 기사가 빈정거리는 투로 농을 걸어왔다.

　"아가씨, 숙박료 낼 거요? 택시가 여관방인줄 아시나 본데……."

　명진은 몸을 가누기도 힘겨워 기사의 빈정거림에 부끄러움도 느끼지 못했다. 차에서 내려 한필의 집까지 백여 보의 거리를 그녀는 깜박깜박 졸면서 걸었다. 이윽고 집을 확인한 그녀는 대문을 두드리고는 정신을 놓아버렸다.

　집 안에서 사람들이 몰려나와 웅성거리는 소리가 아득히 들려왔다. 한필의 것인 성싶은 넓적한 등에 업혀 방 안으로 옮겨지는 편안한 느낌, 혹 밀려오는 방 안의 담배냄새를 맡으며 그녀는 마지막 정신을 모아 말했다.

　"저 좀 자게 해주세요."

　명진은 기타소리와 노랫소리를 들으며 잠을 깼다. 남자 둘, 여자 하나의 나직한 합창이었다.

　동그라미 그리려다 무심코 그린 얼굴.
　내 마음속에 피어나는 하얀 그대 얼굴.

　명진은 벽 하나 사이로 노래에 귀를 기울이며 뜨거운 눈물을 흘

렸다. 그들은 삶을 포기한 한 불쌍한 육신이 바로 옆방에 누워 있다
는 사실과는 무관하게 생을 찬미하고 있었다.

명진은 갑자기 '내가 왜 여기로 왔지?' 하고 벌떡 몸을 일으켰
다. 꿈속을 헤매듯 달려왔지만 생각해보니 무의식의 행동만은 아니
었다. 그가 말한 자유를 생각하다 의식이 가물가물해졌던 기억에
그 답이 있었다.

옆방에서는 노래가 멎고 웃음소리와 함께 도란도란 이야기소리
가 들려오고 있었다. 명진은 볕이 들고 있는 창호지 문을 살며시 밀
었다. 문밖 툇마루에는 한필의 어머니가 서쪽 하늘로 기우는 가을
볕을 쬐고 앉아 있었다.

"처니가 잠을 깼구나!"

그 소리에 옆방에서 세 사람이 차례로 나왔다. 한필과 고등학생
으로 보이는 아이들이었다. 그들뿐만이 아니었다. 주인집 노부부와
가정부인 듯한 소녀가 위채의 축담과 마루 끝으로 나와 호기심 어
린 시선들을 보내오고 있었다.

"저 연탄가스를 마셨어요."

"쯧쯧, 그래서 사람이 서리 맞은 고춧잎 같았그만. 꼬박 하루를
잤어. 배고프지도 않던가?"

"자고 나니 배가 고파 죽겠네요."

"밥맛이 없을 긴데 흰죽을 끓여야 되겠그만."

듣고 있던 주인집 안노인이 말했다.

"그럴 것 없이, 우리 영감님 자시는 깨죽이 있는데 한 보시기 갖
다 먹여요."

명진은 자신도 모르게 글썽해지는 눈물에 누웠던 자리로 되돌아

갔다.

깨죽으로 원기를 되찾은 명진은 걱정 어린 표정으로 책상 앞 의
자에 앉아있는 한필에게 말했다.

"함께 노래 부르던 사람들은 누구예요?"

"내 동생들입니다. 작은누님 떠난 뒤에 서울로 올라와 학교에 다
니고 있습니다."

"아까 그 노래 이름이 뭐죠? '동그라미 그리려다' 하고 시작하는
노래 말이에요."

"얼굴."

"그 노래 들으면서 잠을 깼는데 천당에 온 줄 알았어요. 우리 둘
이 이중창으로 한번 불러보는 건 어때요? 저 가사와 곡을 다 외웠
어요."

"기운 없으실 텐데……."

"이젠 괜찮아요. 기타 가져오세요."

"그럽시다. 그럼……."

잠시 뒤 노래가 시작되었지만 명진은 솟구치는 눈물에 목이 잠기
고 말았다. 그들의 행복을 흉내내기엔 자신은 너무나도 어울리지
않는 존재였다.

어둠이 깃든 동숭로에는 소슬바람이 불고 있었다. 명진은 바람에
떠밀리는 몸을 한필에게 기대며 팔을 붙잡았다.

"오늘은 제가 몹시 피곤하다는 것 아시죠?"

한필은 싱긋 웃음을 보이고는 잡힌 손을 바지주머니 안으로 찔러
넣었다.

"부탁 하나 들어주실래요?"

"뭔데요?"

"들어주신다는 약속부터 하세요."

"왠지 으스스하군요. 이 동숭동의 세느 강에 동반투신하자는 것은 설마 아닐 테고. 좋아요. 말해봐요."

"오늘은 절 위해 시간을 충분히 써 달라는 거예요."

"그거야 어렵지 않은 부탁이잖습니까?"

한필의 가벼운 응답에 명진은 회심의 미소를 짓는다. 그녀는 마음속으로 음모를 되새긴다.

'오늘 밤은 그대를 이 세상의 마지막 선물로 삼으리라. 그대 체취를 흠씬 묻힌 육신으로 내일이면 한 점 미련 없이 길을 떠나리라. 그러니 오늘 밤은 내 순결을 잔인하게 앗아가라! 그것이 쾌락 아닌 고통이라도 좋다. 내가 진실로 사랑한 사람이 그대인 줄만 깨달아 준다면.'

명진은 발밑에 흔들리고 있는 가로수 그림자를 본다. 나무는 잎사귀가 누렇게 물들었는데 그림자는 무성함으로 한여름의 춤을 추고 있는 것만 같다. 혼을 날려버린 자신의 육신과 닮은 잎사귀들. 가로등 푸른빛에 일렁이고 있는 그것들이 가슴 저미도록 슬프다.

"이 나무들에게 혼이 있다면 지금은 어떤 심정일까요?"

"나무의 혼이라……. 아마 다가오는 겨울을 슬퍼하고 있겠지요. 또는 잎사귀를 떨구기까지 얼마 남지 않은 생을 누리고 있든지."

"어머나! 제 느낌과 어쩌면 그리 똑같아요? 난 저들이 한해살이 생명의 마지막 춤을 추고 있다고 느꼈어요. 가을을 맞이한 매미들의 노래와도 같은 슬픈 춤 말이에요."

"저 가로수들 때문에 대학시절에는 이 길에 무던히도 감상을 뿌리고다녔지요. 잎사귀가 지고 난 겨울밤에 여길 걸으면 무언가를 느끼지 않고는 못 배겼습니다. 대개는 고독을 씹었지만……."

"많이 고독하셨어요?"

"고독은 가장 원시적인 감정이죠. 원시인은 혼자 있으면 춥고, 맹수에게 잡혀먹힐까봐 무서웠을 겁니다. 그게 고독의 원형 아닐까요?"

명진은 "풋" 웃음을 흘린다.

"고작 그런 고독이었어요?"

"악취미시군요. 그래요. 명진 씨 때문에 더 눈물나는 고독이었습니다. 만족하십니까?"

"고독은 마음이 빈 증거래요. 속 빈 대나무들이 서로 의지하려고 촘촘한 숲을 이루는 것을 보면 그 말도 맞지 않아요? 그런데 오늘 한필 씨 집에서 제가 느낀 바로는 한필 씨는 고독할 이유가 별로 없는 사람이었어요. 정말 고독한 사람은 바로 속이 텅 빈 나 같은 사람이에요."

"명진 씨가 속이 비었다니, 그 말을 누가 믿죠? 사상이 있고, 아버지란 우상이 있고, 창창한 장래가 있는데……. 아참, 아버지란 우상을 밀어내었다고 했지요?"

"고독의 근원이 두려움이라는 말은 옳은 것 같아요. 전 어릴 때 혼자 보내는 시간이 퍽 많았어요. 어머니는 직장으로, 언니는 학교로 가고 나면 저 혼자 집에 남겨져야 했거든요. 그 시절에 형성된 심리적 장애가 어떤 것인지는 저 자신도 잘 몰라요. 그러나 분명한 사실 하나는 그것 때문에 몹시 겁 많고 외로움 타는 아이로 성장했다는 것이에요. 전 지금도 기댈 지주, 성벽 같은 보호자가 없으면 어찌 할 바를 몰라 해요. 저더러 영웅이 되고 싶으냐 어쩌냐 하셨지만 전 결국 어떤 여자와도 비교되지 않는 나약하고 겁 많은 여자일 뿐이었어요."

"오늘 밤은 정말 명진 씨답지 않군요. 센티멘털하신 것은 좋은데, 말 못할 슬픔을 지닌 것 같군요. 그게 무엇인지 나한테 털어놓을 수는 없습니까? 고통과 슬픔은 나누어가질수록 가벼워진다 하잖습니까?"

명진은 돌아보는 한필의 눈길을 피해 머리 위의 너른 허공을 휘둘러본다. 구름 한점 없는 하늘에는 애기별들까지 나와 천상의 찬란함을 더해주고 있다. 아득하게 들려오는 도시의 소음. 오늘 밤은 그것들이 삶의 비명으로, 고달픈 한숨으로 들려온다.

"절 그런 눈으로 보지 마세요. 요즘의 저는 코뚜레도 풀고, 멍에도 벗어버린 소처럼 자유롭게 살고 있어요. 그런데 마음은 껍질 떠난 달팽이처럼 두렵고 추워요. 자유란 대체 뭐죠? 한필 씨의 십팔번인 자유에 대해 전 많은 생각을 했어요. 달팽이 알몸 같은 이 추위와 무서움은 대체 뭘까요?"

"허허. 풋내기시절에 해본 개똥철학을 가지고 십팔번이라……. 명진 씨의 그 두려움은 갑작스런 해방에서 오는 후유증은 아닐지? 달팽이에 비유했으니 말입니다만 그 껍질에 너무 의존했던 탓일 수도 있죠. 그것이 아버지란 우상이었든지, 이데올로기적 신념이었든지 간에. 자유란 불가의 깨달음 비슷한 것이라 생각합니다. 불가의 수도방식은 그 자체가 부자유라 자유의 올바른 추구방식이 아닐 테고……. 요는 마음의 태세인데 사람마다 그걸 추구하는 방식은 다르겠죠."

"그렇다면 한필 씨가 추구하는 방식은요?"

"내 경우라면 자연을 벗 삼아 유유자적하고, 적당한 노동과 땀으로 생계를 잇고, 문명을 꼭 필요한 만큼만 선택하여 향유하고, 가족과 이웃과 친구를 사랑하는 등, 도가적인 수양도 필요치 않은, 지극히 평범한 일상입니다. 말하자면 인위적인 곁가지를 최대한으로 없애는 생활방식입니다."

"되도록이면 원시인으로 돌아가자는 소리로 들리네요?"

"바로 그겁니다. 지혜의 범주 안에서 최소한의 문명을 받아들이는 것만 다를 뿐."

"그러나 전 궁극적인 자유란 죽음뿐이라 생각해요. 속박과 부자유는 삶에 부가된 숙명일 테니까요."

"그건 자유가 아니라 소멸이죠. 자유란 산 자만의 보물입니다. 그런데……."

"왜 또 그런 눈으로 보세요? 어머나! 도서관 앞의 저 은행나무들 좀 봐요. 황금 엽전을 주렁주렁 매달고 있는 것 같잖아요?"

딴전을 피웠지만 한필의 시선은 집요하게 명진을 파고 들었다. 그가 말했다.

"명진 씨, 왜 진실을 말해주지 않지요? 집 앞에 쓰러진 명진 씨를 보았을 때부터 무언가 일이 생긴 걸 알고 있었습니다. 연탄가스 의도적으로 마신 거죠?"

"아니에요. 우리 집은 실내에 연탄난로가 있다구요. 뚜껑을 덜 닫아서 그랬어요."

"그건 그렇다 치고, 지금 미국으로 가 공부하고 있어야 할 명진 씨가 아직도 서울에 있는 까닭은요?"

"사정이 있어서 좀 늦춘 것뿐이에요."

거짓말로 둘러대고 명진은 자신도 모르게 '비틀' 하고 현기증을 일으켰다. 미국행 대신에 천국행을 두 번이나 시도했었노라 고백하고 그의 가슴에 얼굴을 묻고 실컷 울고 싶었다. 아버지와 수양재 사람들에 이어 어머니에게도 죄를 짓고 의지할 데 없는 외톨이가 되어버렸노라 하소연하면 이 사람만은 아무 것도 묻지 않고 넓고 포근한 가슴을 내어주리란 믿음, 그것은 마치 아늑한 시골집의 따스한 아랫목 같은 느낌을 주어 안타까움을 자아냈다. 그가 한 팔로 허리를 감아 휘청거리는 몸을 붙잡아오자 그만 참았던 눈물이 솟아나고 말았다.

얼굴을 들여다본 그는 말없이 발길을 되돌리더니 H다방으로 이끌었다. 커피를 시켜 한 모금 들이켰을 때에야 그가 말했다.

"테이크 잇 이지(Take it easy)는 내가 영어권 인종들에게 감탄을 금치 못하는 표현입니다. 진정해라, 마음 편히 가져라 하는 뜻을 가진 일상적인 용어일 테지만 삶을 느긋하게 영위하라는 심오한 철학이 담겨 있는 듯한 표현이라서요. 그들이 민주주의를 만든 것과 결코 무관하지 않을 것 같습니다. 내가 지금 명진 씨에게 하고 싶은 말도 그것입니다. 왜 그런 짓을 했느냐고 묻기보다는 그것이 함축한 뜻이 무엇인지 잘 생각해보고 편하게 행동하라는 것입니다."

명진은 꺼질 듯한 한숨으로 백기를 들었다.

"한필 씨의 눈을 속이지는 못했군요. 그래요. 전 이만 딴 세상으로 달아나고 싶어요. 어머니에게 들켜서 실패하고는 제정신이 아닌 상태로 한필 씨 집으로 온 겁니다. 왜 그랬는지, 정신이 들고나서 한동안 제 자신에게 의문을 가졌더렸어요.

지금은 제 마음속에 확실한 답이 있어요. 이 세상의 온갖 미련을 다 털어버렸는데 한필 씨에게만은 미련이 남았어요. 전 지금 임자 없는 절이에요."

한필은 잠자코 고개를 끄덕이고 있더니 담배를 뽑아 물었다. 머리 위로 자신이 뿜어낸 담배연기를 좇고 있던 그가 나직한 목소리로 말했다.

"우상의 빈자리가 그리 공허하던가요? 삶의 의욕을 놓을 만큼이나……. 아니면 삶의 허무니 염세니 하는 감상주의에 빠진 철부지 문학소녀라도 되어버렸어요?"

명진은 어이없는 눈길로 송곳 같은 한필의 시선에 맞서다가 고개를 떨구고 말았다. 그가 조금 톤이 높아진 목소리로 말했다.

"대학의 광장에서 정의의 함성을 올리고 발을 구르던 오명진 씨가 설마 그런 나약한 정신의 소유자일 턱이야 없겠지요. 아마도 자살의 충동을 야기할 만한 사정이 있었을 겁니다. 하지만, 하지만 명진 씨는 참으로 오만하군요."

명진은 깜짝 놀라 휘둥그레진 눈으로 소리쳤다.

"오만이라 했나요?"

"오만한 정도가 아니라 방자하기까지 하죠."

"한필 씨가 저에 대해 무얼 안다고 그런 소릴 하세요? 제 고통이 어떤 것인지 알기나 하세요?"

"모를 것도 없죠. 명진 씨의 고통이란 혜영 누님이 겪었던 고통과 크게 다를 게 없을 테니까. 혜영 누님은 강인하고 명진 씨는 나약하다는 것만 다를 뿐. 분명히 말하지만 명진 씨는 오만방자한 여자입니다.

이 세상에 태어난 만물은 태어나고 싶어 태어난 생명은 없습니다. 아비의 씨를 받고 어미의 배를 빌리지만 태어나고 죽는 것은 섭리입니다. 세상 만물 가운데 종교든 이데올로기든 우상을 스스로 짊어지는 것도 인간뿐이고 자살을 하는 것도 인간뿐입니다. 고래나 코끼리가 집단자살을 한다는 설이 있지만 인간의 자살과는 같을 수는 없습니다.

타인에게 같은 길을 걸으라고 강요하는 이데올로기적인 우상을 갖는 것도 인간의 오만이라 보지만 자살은 그보다 몇 갑절이나 오만합니다. 자연을 보십시오. 생존을 위해 최선을 다하는 생명체들 말입니다. 생명이 얼마나 신성한 가치를 지녔는가를 깨닫는다면 자살을 하는 인간이란 존재의 오만과 어리석음에 참을 수 없는 분노를 느끼게 됩니다. 명진 씨가 그런 오만을 가졌다니 참으로 어처구니가 없습니다."

"그만, 그만하세요."

명진은 두 손으로 머리를 감싸쥐며 미친 듯이 흔들어댔다. 한필이 상체를 등받이에 대고 두 개비째의 담배에 불을 붙이자 명진은 충격을 가라앉힌 차분한 목소리로 말했다.

"한필 씨는 참 잔인하시군요. 내게 첫사랑의 향기를 주었던 한필 씨를 전 그 잔임함 때문에라도 포기했어야만 했어요. 변명 같지만 엄연한 사실이에요. 아버지란 우상을 타도하라며 이제 막 상아탑에 발을 들인 저를 얼마나 핍박했어요? 한필 씨 말이 다 옳다고 할지라도 그 잔인함에 전 치를 떨어야만 했어요.

지금도 한필 씨는 인정사정이 없군요. 불쌍한 저에게 가만히 가슴을 내어줄 수는 없나요?

좀 전에 말했지만 전 지금 임자 없는 빈 절이에요. 한필 씨의 가슴에 모닥불을 피워 그 빈 절을 태워버리고 싶었어요. 활활 태워서 한 줌의 재가 되고픈 바람으로 전 한필 씨에게 약속까지 받아내었어요. 오늘 밤은 저와 함께 보내달라고…….

그런데 또 잔인한 설봉(舌鋒)이니 제가 어찌해야 하나요? 예?"

한필이 여전히 칼날 같은 눈빛으로 말했다.

"명진 씨가 해야 하는 것은 현상의 직시입니다. 생명을 버리고자 한다면 차라리 그 생명을 세상을 위해 던지라고 권하고 싶습니다. 죽어서 다른 생명의 먹이가 되든지, 수풀의 거름이 되든지……. 명진 씨의 자살이 성공했더라면 무덤이란 또 다른 오만의 집에 안치되어 자연에마저 기여함이 없이 검림지옥(劍林地獄)에 떨어졌을 겁니다. 불효자가 떨어진다는, 잎은 칼이고 열매는 벌겋게 단 쇠구슬인 숲의 지옥 말입니다.

이제 보니 명진 씨는 우상을 잘못 버렸습니다. 난 명진 씨의 아버님을 혹평했지만 그분의 정신만은 높이 사고 있습니다. 그분은 내 눈에는 무지개를 좇는 소년 같더군요. 가시에 옷자락이 찢기는 것도, 엎어져 자신의 무릎이 깨지는 것도 모르고 민족혁명이란 환상을 좇는 분, 날 따르라 하고 조국통일의 기치를 흔들며 적진으로 뛰어드는 만화의 주인공 같은 분, 풍차를 향해 돌진했다가 개구리처럼 패대기쳐진 돈키호테 같은 분. 그분은 차라리 위대한 철부지였습니다.

칼라일이 말했죠. 역사는 영웅들이 만드는 것이라고. 통일이란 민족의 숙원을 안고 평생을 가시밭길을 걷는 그분은 영웅의 반열에 올려도 좋을 분입니다.

　내가 명진 씨의 옷자락을 붙잡았던 것은 그 영웅의 길이 너무나 험난했기 때문이었고, 그분의 추구가 너무나 요원한 무지개여서 그랬던 것뿐입니다. 헛된 죽음을 머릿속에 담은 명진 씨를 보고 있으려니 명진 씨에게 우상 타파를 부추겼던 나 자신마저 부끄러워집니다. 명진 씨, 지금도 늦지 않았습니다. 차라리 돈키호테를 따르십시오."

　명진은 싸늘하게 식은 커피를 마저 들이키며 머릿속에 이는 소용돌이에 상념을 실었다. 한필의 말은 한마디 한마디가 폐부를 후비고 살점을 베는 아픔을 주었지만 그 고통 속에 후련함이 있었다. 한필에 의해 오만과 방자로 낙인 찍혀버린 죽음의 향수에 검은 커튼이 벗겨지며 잔인한 햇살이 달려들고 있는 느낌인가 하면, 황폐해진 가슴에 새싹이 움터오르는 느낌도 들었다.

　명진은 땅을 기는 뭇 짐승들이며 하늘을 나는 온갖 새들을 뇌리에 떠올려보며 생명의 존엄성과 자연의 신비를 거식증 환자가 음식을 목구멍으로 넘기듯 조금씩 조금씩 인식하기 시작했다. 그러자 그것들에 동화되는 자신의 생명에 무게가 느껴져왔다. 그것은 곧 희망이었다. 희망의 무게를 느끼기 시작하자 가슴속의 박동소리마저 우렁차게 들려왔다.

　이윽고 명진은 쓴웃음을 머금으며 말했다.

　"한필 씨는 사람을 겁주는 데 도사네요. 검림지옥이라. 제가 죽어서 떨어지는 곳이 그런 곳이라면 사양하겠어요."

　그러자 한필이 꽁초를 불끈 문질러 끄고는 옆 자리로 건너와 어깨에 팔을 둘렀다.

"명진 씨, 우리 이제 그만 자유를 찾아 함께 떠납시다. 나는 땅을 일구고 명진 씨는 씨앗을 넣는 삶이, 영웅의 삶은 아닐지라도 자유를 가꾸는 삶입니다. 나무열매처럼 주렁주렁 달린 자유, 벌겋게 달은 쇠구슬보다는 낫지 않겠습니까?"

명진은 가만히 그의 어깨에 머리를 얹으며 생각에 잠겨들었다. 머릿속에는 아직도 혼돈의 어둠이 가득 차있는 듯했고, 몇 가닥의 생각이 죽음의 유혹과 싸우며 개똥벌레의 불빛처럼 명멸하고 있었다.

'한필과 함께 자연 속으로 녹아들어버릴까? 모교의 대학원으로 들어가 학문의 길을 걸을까? 차라리 머나먼 타국 땅으로 건너가 새 삶을 개척해볼까?'

생각이 돌기 시작하자 결론은 쉽게 나왔다. 현실로부터 도피해야만 한다는 생각이 그 가운데 한 가닥의 불빛을 제거해버렸고, 기왕 현실도피를 할 바에는 미국으로 건너가 새 출발을 해보자는 것으로 가닥이 잡혔다.

명진은 한필의 어깨로부터 머리를 떼고서 차분해진 목소리로 말했다.

"삶을 이어가자고 생각을 돌려보니 내 꼴이 참 처량해지네요. 어쩌다가 이 지경이 되었나 싶어요. 전 한필 씨와 함께 시골로 가기에는 너무나 마음의 준비가 없어요. 살아야 한다면 최소한 그 길은 아니라는 생각이에요. 미국으로 가겠어요. 그곳은 제게 아직도 열려 있는 세상이니까요."

그러자 한필은 고개를 끄덕이며 또 한 개비의 담배를 뽑아 물었다. 그는 마음속의 아쉬움을 불어내듯 연달아 연기를 뿜어냈다. 연

기 속에 흩어지는 희망을 붙잡아보려는 듯 명진은 물끄러미 담배연
기를 바라보다 고개를 떨구었다.

　이제 내 길을 가면 언제 다시 이 남자를 만날 수 있을까 하는 생
각에 눈물이 솟으려 했다. 그렇지만 그에게 기다려달라는 말은 할
수 없었다.

푸른눈의 유혹

엊그제까지 학생에서 별안간 선생님으로 불리기 시작한 우휘는 하룻밤 사이에 아이에서 어른으로 커버린 듯한 어리둥절함에 한동안 처신이 곤혹스러웠다. 마음은 아직도 중고등학생들이나 크게 다를 바 없는 철부지였기에, 나이 지긋한 남자 선생님이 정중한 목소리로 '오 선생님' 하고 불러오면 대답조차 크게 하지 못했다. 특히나 조연제 선생님을 대할 때가 그러했다.

그가 누군가.

기저귀 차고 식탁에 덤벼들던 아기 때 모습을 기억하는 분, 세살박이 울보시절에 집으로 데려다 반년 남짓 키워준 그 은인과 같은 교무실에서 봉직한다는 것 자체만으로 오감한 분이었다. 그는 거창시절의 은혜를 보답하기 위해 아버지가 교감으로 모셔다놓은 분이었다.

그러나 마음과 귀는 염치없을 만치 잘도 무디어갔다. 선생님이란

황송한 호칭도, 선생님으로 미욱하다는 자격지심도 세월에 씻기고
닳아 그녀는 어느새 천연덕스럽게 선생님 행세를 하게 되었다. 아
버지의 후광 때문은 결코 아니었다. 교단에 서서 아이들에게 정정
당당히 실력을 인정받는 것 – 영어 과목에 한해서 – 이야말로 자긍
심을 높이는 진정한 지렛대였다.

　그녀는 변하고 있었다. 그녀는 더 이상 말괄량이가 아니었다. 아
버지의 체면을 보아 옷차림과 행동에 신경 쓰는 것도 사실이었지만
그보다는 남들에게 얕보이지 않으려는 스스로의 노력과 의지가 있
었다. 그녀는 자신이 생각하기에도 놀라울 만큼 차분히 질서의 틀
안에 안주해갔고, 비록 잠정적이기는 하나 운명에 곱게 순종해가고
있었다.

　여러 변화 가운데서도 아버지에 대한 인식의 변화는 가장 두드러
진 것이었다. 그것은 존경이 아니라 연민이었다. 세상 속의 아버지
가 아니라 가족 속의 아버지로 격하(?)해봄으로써만 인정 가능한,
인간적인 아버지는 지극히 가엾은 분이었다.

　그는 너무나 많은 것을 잃어버린 분이었다. 그는 가장으로서의
신뢰를 잃었을 뿐 아니라, 자식을 너무 많이 잃었다. 미국으로 달아
난 큰언니와 작은언니, 그가 그토록 미워하는 미제(美帝)의 앞잡이
가 되어 그가 그토록 칭송하는 월맹군과 베트콩을 죽이고 있는 오
빠, 그 셋만 해도 그의 가슴속은 쑥대밭이 되었을 것만 같았다. 그
가 사랑하고 미워했던 여인들 역시 상실의 추억들임은 분명했다.
그리고 또 하나의 예정된 이반(離反), 그녀 자신이 있었다.

　집 밖의 아버지 또한 풍운에 옷자락 날리던 그 아버지는 아니었
다. 늙고 왜소해진 외관만큼이나 기백이 시들어 있는 최근의 아버

지는 더 이상 역전의 용사일 수가 없었다. 그가 사자후를 토하며 전선을 누빌 기회가 다시 올 리 만무했다. 그를 밀치고 흘러가는 우렁찬 시대의 흐름, 그걸 똑바로 보지 못하는 그는 이미 사양길에 서 있는 쓸쓸한 늙은이에 지나지 않았다.

우휘는 이따금 꾸부정한 아버지의 뒷모습을 지켜보며 생각에 잠기곤 했다. '아버지를 저토록 급격히 쇠락시킨 것은 무엇일까?'

딱히 최근의 일들에서 찝어내자면 학교운영권을 허상만 이사장에게 넘긴 타격이라 할 수 있지만 그것으로는 답이 미흡했다. 자식들로부터 받은 타격이 누적된 결과로 볼 수 있었다. 그는 그 타격들로 말미암아 안으로 무너지고 있었는지도 몰랐다. 특히 작은언니의 자살소동이 준 타격은 과히 결정타라고 할 만했다. 그 일로 그가 얼마나 상심했는지는 식음을 전폐하다시피 하고 나흘간이나 드러누워 있었던 것으로 능히 짐작할 수 있었다.

하지만 우휘는 아버지에 대한 연민 때문에 자신의 길을 포기할 마음은 추호도 없었다. 개천중학교의 교사직은 결코 미래를 향해 열려진 문은 아니었다. 그것 또한 수양재와 마찬가지로 때가 되면 누에고치를 뚫고 날아가는 나방처럼 미련없이 박차고 나와야 할 속박의 껍질이었다. 그녀는 어떤 예감을 갖고 있었다. 아니, 예감이라기보다는 선명한 의지였다. 미 공보원에 다니는 큰언니를 보고 '저것이다!' 하고 눈을 뜬 미국, 그것은 시큼달콤한 배반의 즙과 함께 영그는 꿈의 과일이었다.

그게 아니었더라면 오늘의 영어교사인들 가능했으랴. 아무리 어영부영 놀고 지낸 학창시절이라 해도 영어 하나만은 악착스레 붙들고 늘어진 결과가 바로 오늘인 것이다. 그녀는 미국에 가 있는 언니들로 말미암아 신세계를 향한 길이 열리리라는 어렴풋한 기대를 안고 있었다.

　그러나 기회는 뜻밖의 곳에서 왔다. 다른 곳도 아닌, 자신이 봉직하고 있는 학교로 저절로 굴러들어온 것이라 우휘는 아예 운명적 도래라 여겼다.

　딕 헌즈가 학교에 나타난 것은 선생이 된 이듬해 오월 초 어느 월요일이었다. 그는 미국정부가 우방국들에 파견하고 있는 평화봉사단 일원으로 파한(派韓)되어 일 년 남짓 부산의 여러 학교에서 영어수업을 돕고 있다고 했다. 일주일에 하루쯤 학생들에게 미국인이 회화공부를 시키면 산 교육도 되고 학교의 선전효과도 클 것이라는 김미숙 선생의 권유로, 그날은 일단 상면이나 하자고 데려온 것인데 그와 면접한 아버지는 대뜸 그를 받아들이기로 결정을 보았다.

　때 아니게 조례대 앞으로 학생들을 집합시킨 아버지는 우스꽝스럽고 위험천만한 훈시를 했다.

　"손자병법에 지피지기면 백전백승이란 말이 있어요. 적을 알고 나를 알면 백번 싸워 백번 다 이긴다는 뜻인데, 외국말을 배우는 올바른 목적은 첫째, 말을 통해 외국과 친선하고, 평화공존과 상호번영을 도모하는 것이고, 둘째가 적을 바로 아는 것이에요. 앞으로 여러분들에게 영어회화를 가르칠 저 선생님은 미국이 보낸 평화봉사단원입니다. 헌데 우리에게 미국이란 어떤 나라입니까? 원조를 주는 우방이면서 한편으로 민족통일을 해치는 나라이기도 하지요? 그러니깐 양의 얼굴을 한 나라인가 하면 이리의 이빨을 가진 나라라 그런 말이 됩니다.

민족의 장래를 짊어질 여러분들은 그 참뜻을 알고 저 선생님에게 영어를 배워 이 학교를 졸업할 때는 한 사람도 빠짐없이 미국말을 조금씩은 할 수 있어야 되는 거예요. 알았습니까?"

조례대 양옆으로 도열한 선생님들이 모두 웃음을 참느라 얼굴을 허물어뜨리고 있었는데 당사자인 헌즈는 어떤 얼굴일까 하고 돌아보니 김미숙 선생의 귀엣말 통역에도 아무렇지 않은 표정이었다. 통역을 곧이곧대로 해주지 않은 것 같았다. 집으로 돌아오는 차 안에서 아버지가 넌지시 물어왔다.

"아까 내 연설 어떻더냐?"

"너무하셨어요. 귀머거리에게 욕한 것이나 뭐가 달라요?"

"선생님과 학생들이 알아들었으면 되었지 않나?"

"선생님들이 나중에 배꼽 잡고 웃은 것 모르시죠? 저희 나라 욕하는 것도 모르고 눈만 껌벅거리고 있는 그 미국인 모습하며, 교묘한 변설로 난처한 장면에서 벗어나는 아버지의 수단하며, 통역하느라 흙 씹은 얼굴이 되어 있던 김미숙 선생님, 그 셋이 일막의 코미디를 한 것이었다고요."

"허, 허. 그랬나?"

"그 가운데서도 아버지가 반미주의자로서 체통을 세우는 방식에는 모두 혀를 내둘렀어요."

"네 말뜻은 내가 잔재주를 피웠다 그거구나?"

"아니었어요, 그럼?"

"에끼 놈! 녀석들이 하나같이 머리만 조금 크면 애비를 놀리고 든다니까."

그날 밤 우휘는 열병과도 같은 혼란으로 좀체 잠을 이루지 못했다. 딕의 털북숭이 팔이 자신의 손을 잡으며 악수를 나누던 순간의 전율. 그것은 정녕 운명의 예감이었다. 짧은 순간이었지만 딕의 바다색 두 눈동자가 얼굴을 훑고 지나가자 평형감각이 마비된 듯한 어지럼증이 일었고, 자신의 온몸이 딕의 색깔들로 칠해지는 듯한 느낌을 받았다.

그가 만약 신사복이나 우중충한 색깔의 옷을 입었더라면 그토록 환상적이지 못했으리라. 그가 만약 너무 큰 키이거나 너무 뚱뚱한 몸이었어도 환상은 덜했으리라.

청색 셔츠에 청바지를 입은 자유분방한 모습, 동양 여자에게 어울리는 적당한 크기의 체구, 빨강머리에 바다색 눈을 가진 그는 정말이지 할리우드 영화의 한 장면에서 툭 튀어나온 사람 같기만 했다. 그녀는 생각했다.

'딕은 하늘이 내게 내려준 페가수스임이 분명해. 그렇지만 무슨 수로 내가 그의 주인임을 인식시킬까? 언니는 대체 무슨 재주로 폴을 나포했지? 어쨌든 이 기회를 놓칠 수는 없어.'

그러나 그 생각은 이내 수많은 의문과 장애물들을 상기시키며 괴로운 한숨을 자아냈다. 그는 싱글인지, 혹은 고향에 두고온 애인이 있는지, 동양인에게 인종적 이질감과 경멸감은 갖지 않았는지, 바람둥이 기질은 없는지……

그러나 딕에 대한 의문보다는 그 길로 가자면 자신이 맞부딪쳐야 할 장애물이야말로 험난하기 짝이 없는 가시밭길이라는 생각이 들었다. 아버지가 감옥에 있을 동안 감쪽같이 일을 해치운 큰언니와는 입장이 판이했다. 지금 자신은 아버지의 눈 바로 아래서 감시당하고 있는 처지였다.

그녀는 공상과 뒤치락거림으로 새벽녘까지 잠을 설치다가 닭이
몇 차례 울고 나서야 잠이 들었다. 그녀는 잠들면서 중얼거렸다.
'그래도 난 그 길을 걸을 테다. 딕이 아니면 다른 누군가가 나타
나겠지……'

딕은 매주 금요일 오후에 와서 세 시간을 가르치기로 하였다. 우
휘는 아양을 떤 끝에 그 하루 전인 목요일 저녁에 광복동 큰이모의
가게로 계모를 유인하여 외상으로 옷 한 벌을 사 입었다. 보라색 치
마에 장미꽃 무늬가 큼지막하게 놓인 아이보리색의 블라우스가 그
것이었다.
선생님들의 입살이 새 옷을 가만두지 않았다. 그 가운데 김미숙
선생이 넌지시 던지는 말에는 가시가 돋쳐 있었다.
"오 선생. 새 옷에 안 하던 화장까지 했네? 오늘은 딕 헌즈가 가
르치러 오는 날인데 그가 파트너 보고 얼이나 안 빠질지 몰라?"
딕의 관심을 끌기 위한 치장임을 그녀만은 간파하고 있는 것이었
다. 지난 가을 드디어 진영 아저씨와 혼례를 올려 노처녀 딱지를 뗀
여자인데 아직도 질투심은 어쩌지 못하는 모양이었다.
점심 도시락을 비운 지 채 오 분이 못 되어 딕의 빨강머리가 운동
장을 가로질러 오고 있었다. 창밖으로 그를 곁눈질하고 있던 우휘
는 얼른 거울에 얼굴을 비춰보고는 옷매무새를 고쳤다. 교무실로
들어서는 딕을 맨 먼저 달려나가 맞은 사람은 김미숙 선생님이었
다. 그녀는 딕을 잠시도 혼자 놓아두지 않았다. 첫날에 두루뭉술한
인사일망정 선생님들과의 상견례가 있었음에도 그를 데리고 다니
며 선생님들과 일일이 인사를 시키는가 하면 수업방침을 토의하는

일까지 관여하여 딕에 대한 기득권을 나 보라는 듯 행사하고 있었
다. 딕의 자리를 그녀의 옆 자리로 배정해놓은 것도 그녀의 의도였
다. 우휘는 입술을 깨물며 생각했다.

'영어 선생인 나는 대체 뭐야. 저 여자 하는 꼴을 보면 노리개 빼
앗길까 겁내는 욕심쟁이 계집애 같잖아. 날 제쳐두고 설치는 것만
도 눈꼴시러운데 자리마저 자기 옆이라니…….'

그러나 수업종이 울려 그와 나란히 골마루를 걷게 되자, 그러한
불쾌감은 연기처럼 흩어져 달아났다. 숨 막히는 듯한 긴장감만이
느껴져 둘만이 하고 싶었던 대화마저 까맣게 지워졌다.

그가 먼저 말을 걸어왔다.

"교장선생님의 따님이라 들었습니다. 딕이라 불러주세요. 우리
서로 도우면서 잘해봅시다."

"만나게 되어 기쁘다는 인사를 제대로 못했어요. 나도 선생이 아
닌 학생이란 마음으로 딕에게서 영어를 배우고 싶어요."

처음으로 해보는 제법 긴 말에 딕이 깜짝 놀란 눈으로 돌아보았다.

"영어를 썩 잘하시는군요. 그런데 왜……."

"왜 벙어리 노릇을 했느냐고요?"

"맞아요. 난 영어회화가 서툴러서 대화를 피하는 줄로만 알았지
뭡니까. 한국의 영어 선생님들은 문법이나 어휘력은 충분하면서도
말은 잘 못하는 경우가 많다고 들어서 우휘 씨도 그런 선생님인가
했지요."

"그 말도 틀린 말은 아니에요. 외국 사람을 만나면 겁부터 나니까
요. 하지만 진짜 이유는 김미숙 선생 때문이었어요. 그녀가 척척 알
아서 딕을 응대하고 있으니 나는 입 뻥긋할 기회가 없었죠."

“아무튼 파트너와 말이 잘 통한다는 것은 나에게는 특별한 행운
입니다.”

골마루가 짧은 것을 원망하며 대화는 그것으로 그쳤지만 첫 대화
가 일으킨 전율은 온몸을 타고 흘렀다.

학교는 며칠 전부터 딕에 맞추어 커리큘럼까지 조정해두었다. 각
학년을 합반시켜 한 시간씩 도합 세 시간을 가르쳐야 하는 첫 시간
은 이학년 수업이었다. 숨을 죽이고 있는 아이들에게 딕을 소개하
고 창문 밑 구석자리에 의자를 갖다놓고 있으려니 딕은 먼저 인사
할 문장들을 칠판에 몇 줄 써놓고 따라 읽게 했다. 딕을 따라 읽는
아이들의 목소리가 학교를 울리고 있는 동안 그녀는 ‘이게 현실일
까’ 하고 가물거리는 눈으로 딕의 이모저모를 뜯어보고 있었다.

서양인에 대한 선망은 일찍이 큰언니가 닦아놓은 마음의 길이었
다. 수양재의 울타리를 훌쩍 뛰어넘어 단숨에 머나먼 꿈나라로 데
려다줄 페가수스가 동족일 리는 없었다. 그리하여 여태 치근덕거리
는 남자들에게 눈길 한번 제대로 준 적이 없는 그녀였다. 그녀는 언
젠가 작은언니가 보여준 적 있는 큰언니의 딸 사진을 떠올리며 저
남자와 나 사이의 아이는 어떤 모습으로 태어날까 하고 상상해보기
도 했다.

그러다가 얼핏 창문에 비친 한 그림자에 그녀는 제정신이 번쩍
들었다. 언제 왔는지 모르는 아버지의 얼굴이 복도 유리창에 붙어
수업광경을 지켜보고 있었다. 그녀는 자신의 마음속까지 들여다보
인 듯한 당혹감에 진저리를 치며 몸을 일으켰다.

딕 헌즈의 등장은 신생 시골학교를 온통 영어 배우기 선풍에 휩

싸이게 했다. 학생들의 열기는 자생적인 것이었는 데 견주어 교무
실의 열기는 자의 반 타의 반으로 출발했다. '하루 한 마디씩'이라
지칭된 회화학습을 발안한 것은 김미숙 선생이었다. 선생님들의 적
극적인 호응에 힘입어 그녀는 아침마나 교무실의 칠판에 문답 한
문장씩을 써놓고 발음지도를 했다. 그 학습에 동참한 것은 평교사
들뿐만 아니라 육십고개를 바라보는 교감선생님, 서무실의 허 주임
과 경리, 심지어는 역사교사 겸 공사감독인 진영 아저씨까지였다.

　학생들이 아닌, 선생님들 간의 공부라 김미숙 선생의 월권행위를
드러내놓고 비난할 수 없기에 우휘는 더욱 속상했다. 그것은 퍽 지
능적인 공세였는데 그 공세를 거드는 데 누구보다 열성인 두 사람
이 있었다. 그 가운데 하나는 진영 아저씨였다. 일견 아내가 주도하
는 일에 남편이 적극적인 것은 당연지사 같지만 적어도 그는 아버
지도 무색해 할 반미주의자였고, 영어 선생인 자신이 얼마나 상처
입는지를 누구보다 잘 아는 사람이었다.

　그러나 정말 속이 상하는 협력자는 그가 아니라 딕 헌즈였다. 금
요일 오후, 수업이 끝난 교무실은 일주일간 닦은 실력을 테스트해
보려는 선생님들이 딕을 가운데 두고 원을 만드는데, 그 중심에 으
레히 딕과 함께 자리하는 것은 김미숙 선생이었다.

　희희낙락하는 그들 두 사람을 보다 못해 우휘는 화장실로 달려가
남몰래 울기도 했다.

　'김미숙 선생은 그렇다 쳐도 딕이 그럴 수 있을까? 진짜 영어 선
생을 제쳐두는 것이 얼마나 잔인한 짓인 줄을 정녕 모른단 말인가?
그리고 나라는 존재는 그에게 아무것도 아니란 말인가?'

　김미숙 선생은 이제 눈엣가시 같았다.

그러나 우휘는 딕을 이해하려고 노력했다. 그가 선생님들의 학습
열기를 반기는 것은 당연하고, 학교와 연을 맺어준 김미숙 선생을
남달리 대하는 것도 타당한 일이었다. 그런다고 해서 자신을 무시
하는 태도를 보이는 것도 아니었고, 냉랭한 것도 아니었다. 그는 여
전히 친절하고 다정다감한 파트너로 남아 있었다.
　하지만 우휘 쪽에서 은근하게 보내는 호감의 표시에 그는 아무런
반응이 없었다. 열심히 가꾸는 외모에 대해 말 한마디 던져오지 않
았다.

　봄, 그리고 초여름은 딕을 기다리는 시간들로 점철되어 너무나
지겹게 흘러갔다. 금요일 오후 서너 시간을 위해 일주일을 기다림
으로 참아넘겨야 한다는 것은 고문이나 다름없었다. 그녀는 그 기
다림으로 닳아 없어진 것이 몇 가지 있었다. 애간장이 닳았는가 하
면 손때에 절은 회화 핸드북 두 권이 종이가 패도록 닳았다. 미국행
꿈을 꾸면서 짬짬이 공부해온 그 책들이야 닳은 만큼의 얻음이 있
었지만, 수백 수천 번 되풀이한 상상의 필름들이 닳고 퇴색한 결과
는 거의 포기와 체념의 경지였다.
　찬연하게 반짝이던 기쁨이 닳아 빛을 잃었고, 희망이 닳아 마음
매달 데가 없었다. 그런데도 모조리 녹아 없어졌을 것 같은 기다림
의 애간장만은 끊임없이 자라나곤 했다.
　어느 여름날, 오후 수업이 빈 시간에 학교 뒷켠 산기슭에 오른 우
휘는 나무그늘에 앉아 자신을 되돌아보기 시작했다.
　'이건 기다림인가, 사랑인가? 그가 옆에 없으면 아무것도 손에
잡히지 않는 이 마비상태가, 그를 향해 모든 촉수가 쏠려가고 그로

말미암아 다른 모든 희망들이 시들어버린 이 맥 빠진 상태가 사랑이라면 난 바보 멍청이가 되고 만 거야. 내가 언제 사랑을 하고자 했던가? 난 사랑 따윈 필요 없는 애였어. 내겐 목적이 있을 뿐이었어. 줄리엣식 사랑, 순애보 같은 사랑, 이녹크식 사랑. 흥! 그런 걸 내가 얼마나 비웃었어. 난 옛날의 나로 돌아가야 해. 딕이 아니라도 미국인은 쌨고 쌨는데 왜 그에게 병신같이 목을 매달아?'

우휘는 푸른 들녘을 내려다보며 한 시간 가까이 자신을 질책한 끝에 씩씩한 걸음으로 산비탈을 내려왔다. 딕을 냉정히 대하리란 결심, 이제부터라도 미국의 언니들에게 에스오에스(SOS) 편지를 띄우리라는 착상이 어느 만큼은 가슴앓이를 덜어주었다.

우휘에게는 본시 사랑에 선행하는 것이 있었다. 절대로 빈곤에 허덕이지 않는 것이 그 첫째였다. 젖을 채 떼기도 전에 굶주림을 맛보기 시작하여 유년시절 몇 해를 배고픔의 고통으로 보낸 그녀로서는 굶주림으로부터의 안전만큼 중요한 것은 없었다.

그녀는 한 걸음 더 나아가 부유함을 목표로 삼았다. 좋은 옷과 보석과 화려한 장신구와 고운 화장은 만천하의 여인들이 선망하는 것이기도 하지만, 그녀는 사랑 따위로, 혹은 사상이나 연민 따위로 그걸 포기하고 싶은 생각은 추호도 없었다. 수양재를 박차고 나가야 한다는 것, 아버지의 손이 닿지 않는 번영의 나라 미국으로 가는 것과 꿈과 부의 보장은 결코 별개가 아니었다.

청바지에 셔츠 하나를 동물의 털가죽처럼 걸치고 다니는 딕은 부를 보장해줄 남자가 아닐지도 몰랐다. 그는 오클라호마라는 곳의 목장에서 자라나 대학에서 마취학을 전공했노라 했다. 고향으로 돌아가면 스키장이 밀집되어 있는 로키산맥 아래서 마취의로 살고 싶

다고 하는 그의 꿈은 너무 작았고, 우휘의 그것과 맞지 않았다. 그
녀는 미국까지 건너가서 농촌에서 살고 싶지는 않았다. 그녀가 꿈
에도 그리는 곳은 뉴욕이나 시카고 같은 거대한 도시였다. 마음이
란 얼마나 얄궂은 것인지, 그런 쪽으로 생각을 돌리고보니 딕에 대
한 애틋한 마음도 한결 줄어 홀로서기의 자신감을 북돋아주었다.
그녀는 여러 남자에게 그랬던 것처럼 그에게 콧방귀를 날리며 무관
심으로 대해주리라 작정했다.

　이틀 뒤인 금요일, 우휘는 궤짝 속 깊숙이 처박아둔 대학시절의
후줄근한 옷들을 찾아입고 굽 낮은 구두를 신은 모습으로 출근길에
올랐다. 그것은 딕에게 널 위한 치장은 더 이상 하지 않는다는 것을
보여주려는 시위임과 동시에 잃어버린 자아를 되찾으려는 결단이
기도 했다. 속 모르고 맨 먼저 반응한 사람은 아버지였다.
　"그런 옷차림 오랜만에 보는구나. 교육자다워서 좋다."
　그러나 옷에 대한 아버지의 언급은 끓는 물에 장작을 지핀 것과
같이 울화를 더해주었다. 미니스커트 때문에 홍역을 치른 아픈 기
억을 떠올리며 그녀는 불현듯 딕과의 소원함이 아버지 때문일 것이
란 생각이 들었다.
　언젠가 딕이 말했었다.
　"나는 당신 아버지를 이해할 수 없어요. 반미주의자라 듣기는 했
지만 내게 학생들을 가르쳐달라 하고서 날 미워하는 눈치이니……."
　"헌즈 씨, 그건 오해예요. 아버지는 헌즈 씨 개인에게 나쁜 감정
은 없어요. 그는 민족주의자로 한평생을 살아온 분이고, 민족주의
자들의 적은 식민주의자들과 제국주의자들이에요. 그는 미국을 제

국주의 선봉으로 생각하고 있어요. 국토분단의 원흉으로 미워하기도 하고요."

"그건 은혜를 원수로 돌리는 사고방식입니다. 공산주의자들로부터 한국을 지켜주려고 미국인들이 얼마나 많은 피를 흘렸습니까? 경제원조는 또 얼마나 했고요? 나도 지금 한국을 도우러 와 있는 겁니다."

"알아요. 하지만 한 개인의 정치적 신념을 가지고 너무 기분 상하실 건 없어요. 한국인 대부분은 미국을 든든한 우방이며 은혜국으로 생각하고 있으니까요."

"우휘 씨도 민족주의자인가요?"

"천만에요……. 난 정치와 사상엔 관심 없어요."

"그렇다면 다행이군요. 솔직히 말해 당신 아버지를 생각하면 당장 이 학교를 때려치우고 싶지만 우휘 씨와 여러 선생님들이 좋아서 계속하고 있는 겁니다."

우정 어린 미소로 이야기를 마무리지었지만 그날의 딕은 표정이 밝지 않았다. 이 사람은 반미주의자의 딸이라서 날 께름칙하게 여기는 것은 아닐까 하는 생각에 그녀 역시 기분이 몹시 언짢았다.

우휘는 그날 딕과의 대화에서 자신의 생각과 감정을 좀더 확실하게 밝히지 못한 것을 후회했다. 민족이니 제국주의니 하는 말에는 나도 넌더리가 난다고, 그런 아버지를 이 세상 누구보다 미워하고 있다고.

딕은 옷차림에 아무런 반응도 보이지 않았다. 우휘는 그 무반응에 더욱 약이 올랐다. 한편으로는 옷에는 무딘 신경을 가진 사람일지 모른다는 생각도 들었다. 청바지와 청셔츠를 즐겨 입는 그이고

보면 그저 편한 복장이거니 하고 넘겨버릴 가능성이 훨씬 컸다. 그
럼에도 마음은 자꾸만 고까운 쪽으로만 흘렀다.
　'흥! 내게 관심조차 없다 이거지? 좋아. 이 시간 이후 너 따위를
거들떠본다면 난 사람새끼가 아니야.'
　그에게 눈길 한번 주지 않는 철저한 무관심. 사무적인 대화 외에
는 일체 말을 걸지 않는 쌀쌀함은 이내 효험이 있었다. 그는 시간이
흐를수록 의기소침해지더니 마침내 안절부절 못하는 징후를 보였
다. 우휘는 내심 회심의 미소를 지으면서도 냉담함의 고삐를 늦추
지 않았다.
　마지막 수업을 끝내고 복도로 나왔을 때 그가 쭈빗거리며 말을
걸어왔다.
　"나한테 왜 화를 내시는지 모르겠군요. 아무튼 내일은 토요일이
니 오후에 만나 이야기를 나누었으면 해요. 곧 방학이니 우리에게
시간이 없어요. 여기 장소와 시간이 적혀 있어요."
　그녀는 너무나 빨리 백기를 들어오는 그에게 어떻게 대할 바를
몰랐다. 그녀는 태연하게 발걸음을 옮겨놓으며 생각했다.
　'이 얼마나 기다리고 기다리던 말인가? 하지만 너무 쉽게 속내를
보여서는 안되겠지…….'
　그녀는 그가 건네주는 메모를 접어 손아귀 속에 감추며 말했다.
　"내게 특별히 할 말이 있어요?"
　"물론이죠. 오늘은 이 부탁을 드리고자 마음먹고 학교에 왔어
요."
　"우리한테 개인적인 볼일이 무엇인지 납득이 가지 않네요. 그렇
지만 좋아요. 내일은 특별한 일도 없으니까요."

"오-, 고마워요."

딕이 학교를 떠난 뒤 화장실로 가 펴본 메모에는 약속장소와 시간 외에 몇 구절이 첨가되어 있었다.

'나는 이번 학기 수업을 마지막으로 이 학교를 떠납니다. 오는 구월 안에 봉사기간이 끝나 미국으로 돌아가는데, 그 전에 당신과 조용한 곳에서 만나 하고 싶은 말이 있어요. 꼭 이 장소로 와야 해요.'

이튿날 오후 해운대행 버스에 오른 우휘는 지난 하루 사이에 수십 번도 더 생각한 것들을 되씹고 있었다.

그가 해올 말이란 무엇일까? 사랑의 고백이 아니고서 이런 식의 만남을 가질 까닭이 달리 무엇일 수 있단 말인가? 그것은 무산될 뻔한 기대의 틈새를 찾는 생각이라 해도 좋았다. 그러나 생각에 생각을 거듭해보아도 그런 틈새란 있을 것 같지 않았다.

돌이켜보니 지난 두세 달간 딕은 조심스런 언행 속에서 여러 가지 신호를 보내오고 있었다. 그는 미국을 어떻게 생각하느냐는 질문을 여러 차례, 여러 형태로 던져오곤 했는데 반미주의자 아버지를 의식한 질문 같아서 적당한 대답으로 흘려버리곤 했었다. 인종과 종교 문제에 대한 질문에도 대화를 위한 대화이거니 했고, 그의 고향에 대한 이야기, 가족 이야기, 농장에서 보낸 소년시절과 청년시절 이야기 등을 해왔을 때에도 이국땅에 와 있는 사람의 향수이거니 했다.

그리고 자신이 정말 읽어내기에 실패한 것은 이따금 물끄러미 보곤 했던 그 하늘색 눈동자의 언어들이었다. 그는 미국인 치고는 몹시 수줍음을 타는 성격이었고, 말로써 하지 못하는 의사전달을 눈으로 하고 있었던 것인지도 몰랐다.

둥둥거리는 가슴으로 들어선 관광호텔 커피숍에는 청바지가 아닌, 줄이 선 회색 바지와 바다 색깔의 셔츠에 넥타이까지 맨 말쑥한 모습의 그가 창가에 앉아 있었다. 반색하고 일어나 마중나온 그는 와주어서 고맙다는 말을 연거푸 해왔다.

우휘는 어제의 일을 잊어버린 듯한 싱그러운 미소를 보내며 말했다.

"머잖아 학교를 그만두신다니 섭섭하군요."

"나 역시 섭섭해요. 그 학교 선생님들을 잊지 못할 겁니다."

"구월에 귀국하신다는 말은 왜 진작 하지 않으셨어요?"

"그건 연기신청을 해서 한국에 좀더 있을까 망설였기 때문입니다. 한국에 정이 많이 들었거든요."

"그런데 왜 마음을 바꾸었지요?"

"그건, 그건……."

딕이 말을 더듬거리며 얼굴까지 붉히자 우휘는 말머리를 돌렸다.

"늘 바다색 셔츠를 입으시는 걸 보니 바다를 퍽 좋아하나봐요?"

"물론입니다."

"로키산맥을 좋아하신다 하고선?"

"산과 바다, 둘 다 좋아해요. 산을 좋아한다고 바다 좋아하지 못하란 법 있어요?"

농담을 한 차례씩 주고받자, 껄끄러운 분위기가 다소 사라졌다. 웨이터에게 아이스커피를 시킨 뒤 아직도 얼떨떨한 표정을 짓고 있는 그에게 불쑥 창끝을 들이밀어보았다.

"김미숙 선생과도 여기에서 자주 만나나요?"

휘둥그레지는 그의 눈, '노, 노, 네버!' 하고 급하게 부인해오는 그는 놀란 토끼 같았다.

"그녀와 내가 같은 교회를 다닌다는 것을 그녀가 말하지 않았어요?"

"그건 알아요. 그런데 내게 할 말이란 무어죠?"

그녀는 장난끼 어린 눈웃음을 띠며, 달싹이고 있는 그의 입술을 지켜보았다. 그는 한층 더 얼굴을 붉히고 있었다. 서양인에게도 이런 수줍음이 있었던가? 이제 명확해진 사랑의 고백에 그녀는 벌써 어떻게 대처할 것인가로 생각을 달리고 있었다.

'미국인은 아침에 만나 저녁에 결혼식을 올리기도 한다지? 나 역시 쪼 빼고 있을 여유가 없어. 번갯불에 콩 구워 먹는 사랑, 그게 지금 내가 바라는 바야. 사랑만 확인되면 내일 몸을 맡겨도 좋으리라!'

"내가 연기신청을 하려고 했던 진짜 이유는 우휘 때문이었어요. 난, 난 당신을 오래 전부터 사랑해왔어요. 처음 만나는 날부터요. 당신의 아버지가 반미주의자란 사실을 알고부터 낙심하고 포기하려고 애썼어요. 하지만 그게 마음대로 되지 않았어요. 우휘, 당신은 그런 내 마음을 몰랐어요?"

우휘는 긴 한숨을 내쉬었다. 안도의 한숨이며 소리치지 못하는 환호의 한숨이었다.

"내가 그걸 어떻게 알겠어요."

"어서 말해봐요. 당신은 날 어떻게 생각하지요? 우리의 사랑은 이루어질 수 있나요? 한국에선 부모 허락 없이는 결혼 못한다고 들었어요."

그녀는 쿵쿵거리는 가슴을 두 손으로 부여안고 두 눈을 감았다.

철썩이는 파도소리가 승리의 함성인 양 귓속으로 밀려왔다. 파도소리 들려오는 바다 멀리, 혼은 날개를 타고 떠가고 있었다. 꿈의 나라 아메리카로……

달포 가량 남아있는 기간은 딕과의 사랑을 익히기에 너무나 촉박한 세월이었다. 만남의 시간을 낼 수 있는 것은 밤과 주말뿐. 더군다나 아버지와 세상 사람들의 눈치를 살피며 밀회를 계속하기란 살얼음판을 걷는 것과도 같이 불안하고 위태로웠다.

그러나 그녀로서는 좌고우면(左顧右眄)할 여유가 없었다. 그를 포로로 묶어두어야 하는 절대절명의 과업에 망설임이 보탬될 일이라곤 없었다.

여름방학이 코앞에 닥쳐온 어느날 딕이 말했다.

"한국에서의 마지막 휴가를 얻어놓았어요. 우리 제주도로 바캉스 여행 가지 않겠어요?"

방학은 그와의 사랑을 완숙시키는 금쪽 같은 기회였기에 그녀는 나름대로 궁리를 하고 있던 중이었다. 딕과 함께 서울에 다녀오리라고……. 이모 댁을 다녀오겠다는 핑계가 있었기 때문이었다.

그럼에도 여행 제의만은 넙쭉 받아들일 수 없는 그 무엇이 마음 한구석에 도사리고 있었다. 그것은 스물두 해 동안 곱게 지녀온 처녀성의 방어본능일지도 몰랐다. 여행이 의미하는 것은 모든 것을 던지는 것이었고, 모닥불을 너무 한꺼번에, 너무 급하게 불살라버리는 것이었다.

그려는 마음의 경고에 귀를 기울이며 생각에 잠겼다.

'이 사람은 내일모레 떠나가는 이방인. 아 –, 마지막 무기이자 최

후의 보루인 처녀성인데 이런 때는 지켜야 하나, 바쳐야 하나? 어느 쪽이 그를 되돌아오게 하는 것인지 알 수가 없어.'

눈을 깜박이고 있으려니 그가 말했다.

"우휘, 무얼 그리 골똘히 생각하고 있어요? 아직도 아버지를 두려워하고 있어요?"

"그런 게 아니에요. 생각 좀 하고 있어요."

"나와 함께 미국으로 가겠다고 하고선 새삼스레 생각할 건 뭐지요? 무리한 부탁이라면 여행은 가지 않아도 좋아요. 내가 바란 것은 우리 둘이 사람들 눈치 보지 않고 편하게 단 며칠이라도 자유롭게 보내는 것이었소."

"알아요. 여행은 딕만 생각한 게 아니에요. 나도 미치도록 가고 싶다고요. 그렇지만 아버지에게 발각되면 끝장이에요. 아무런 대비도 없이 위험하기 짝이 없는 모험을 할 수 있나요?"

"대비라면?"

"어떤 경우라도 절 책임질 수 있나요? 가령 내가 집에서 쫓겨난다고 하면……?"

"쫓겨나나 스스로 나오나 결과는 마찬가지 아니오? 난 차라리 우휘가 쫓겨났으면 해요. 내겐 그동안 저축해놓은 돈이 있어요. 내가 미국에 갔다가 되돌아올 때까지 우휘 혼자 지낼 만큼의 충분한 돈이에요."

우휘는 짜릿한 기쁨에 젖어들며 생각에 종지부를 찍었다.

'하긴 여기까지 이르러 망설일 게 뭐람. 순결의 보증이 여자의 인생을 보증하나 뭐? 이런 때 써먹지 못할 바에야 순결은 거추장스러운 짐일 뿐이야. 여자의 무기가 뭐겠어? 그것으로 딕을 꼼짝 못하

게 나포(拿捕)할 수 있다면 아낌없이 써먹으리라!'

딕은 구월 말에 귀국하여 직장과 살 집을 마련해놓고 데리러 오마고 했다. 그녀는 그 언약을 백 퍼센트 믿는 것은 아니었다. 배신당할 가능성이 일 퍼센트라 해도 기다림의 고통은 작은 가능성을 엄청나게 크게 키워놓을 수 있음을 그녀는 알고 있었다. 그러나 두 번 다시 오지 않을 기회에 전력투구하여 후회할 일은 없으리라 확신했다.

며칠 뒤 그녀는 이모 댁에 다녀온다는 거짓 핑계로 여장을 꾸려 제주도행 비행기를 탔다. 딕이 예약해놓은 호텔은 필경 처녀성을 잃을 장소였지만 그녀는 신혼여행이라 생각하며 운명에 순종했다.

그날 밤 딕의 털복숭이 가슴에 짓눌릴 때 그녀는 반짝 한두 방울의 이슬을 짜냈다. 한숨과 함께 흘린 그 눈물은 파괴에 직면한 처녀성 때문이 아니었다. 노랑머리, 파란 눈의 상대에 탄식하는 눈물은 더더욱 아니었다. 아찔한 현기증과도 같은 그 슬픔은 부모가 낳아준 육신이 그들의 것으로선 종언을 고하는 순간에 오는 살떨림일 뿐이었다.

아픔에 그녀가 올린 비명 또한 '엄마!' 였다. 기억이 미치는 한에서는 한번도 불러본 적이 없는 말이었다. 그녀는 무의식 속의 어머니에게 진심으로 사죄를 빌었다. 하지만 아버지에 대한 증오는 한층 더 굳어지고 있었다.

여자는 남자를 통해 다시 태어난다고 했던가.

딕과 며칠을 보내는 동안 우휘는 퍽 달라진 자신을 발견하고 있었다. 남녀의 사랑이 육체의 결합으로 완성된다는 평범한 진리를 확인하는 과정에 불과했을 테지만 그녀의 탈바꿈은 자신이 생각하기에도 어이가 없을 만큼 극적인 것이었다. 그녀는 더 이상 사랑 따위가 뭐냐고 콧방귀 낄 수 있는 여자가 아니었다. 사랑보다 앞서는 목표를 어부지리로 얻겠다는 지극히 이기적이었던 관념은 강렬한 햇살에 말라버리는 아침이슬 같이 흔적 없이 사라졌다. 비웃어 마지않던 사랑의 권능은 그리도 강했다.

딕이 죽어라 하면 죽어버릴 수도 있을 것 같은 사랑의 노예로 전락해버린 그녀는 예전의 자신보다 훨씬 겁 많고 불안한 여인이 되었다. '그가 가서 돌아오지 않으면 난 어쩐다지? 단물을 실컷 맛보았으니 또 다른 단물을 빨기 위해 다른 여자들에게 눈짓한다면…….'

그녀는 하루에도 몇 번씩이나 딕에게 사랑의 맹세를 얻어내곤 했다. 딕은 사랑의 맹세를 말만이 아닌 물질로 증명하려 했다. 제주도에서 닷새를 머문 뒤 서울로 올라가서는 백화점들과 여러 시장들을 돌아다니며 눈에 띄는 대로 선물을 사주기 시작했다. 옷과 구두와 화장품과 패물 등등을…….

그녀는 딕의 선물공세에 꿈속을 노닐고 있는 듯한 환각에 빠져들곤 했다. 사치에 목말라 있던 자신이기는 했지만 물질로 증명되는 사랑은 그 무엇보다 확실해보였다. 그녀는 자신이 붙잡은 행운이 일장춘몽이 아님을 확신했고, 미국에는 훨씬 찬란한 세계가 기다리고 있으리란 신념에 전율하곤 했다.

여러 관광지를 거치며 보름간을 딕과 함께 보내고 돌아오는 길에는 가방 하나가 보태어 있었다. 딕이 사준 물건들은 제법 큰 가방 하나를 채우고 있었던 것이다.

바캉스가 끝나 부산으로 돌아온 뒤에도 딕과의 위태롭기 짝이 없는 밀회는 계속되었다. 사람들의 야유와 손가락질은 뒷전이었다. 그와 함께 하는 시간 동안 만남의 장소가 어디건 간에 아는 사람의 눈에 띄게 될지 모르는 불안감에 정신은 활시위처럼 당겨져 있었고, 눈은 주변을 살피느라 잠시도 쉴 틈이 없었다.

그러다 찾아낸 장소가 해운대의 외국인전용 해수욕장이었다. 내국인 구역과 철조망으로 격리되어 있는 그곳은 비교적 안전한 장소일뿐더러 얼마 남지 않은 여름을 만끽할 수 있어서 밀회장소로는 더할 나위 없이 좋았다. 그러나 그 대가는 자존심을 버리는 것이었다. 그곳은 양공주 천지이기도 했고, 그들 속에 휩싸인다고 하는 것은 곧 양공주와 동일시되는 일이었다.

우휘는 그보다 더한 수모라 해도 참을 수 있었다. 딕은 이제 얼굴을 보지 않고서는 단 하루를 넘기지 못할 사람으로 변해 있었다.

외국인전용 해수욕장 덕분인지, 그 여름은 무사히 넘어갔다. 날마다 하는 외출, 밤 늦은 귀가, 그리고 까맣게 그을린 피부로 말미암아 아버지와 계모의 성가신 잔소리에 시달려야 했지만 특별한 의심을 사지는 않았다. 아는 사람 누군가에게 발각당했을지도 몰랐지만 아버지와 계모의 귀에 들어가지 않은 소문이라면 하등 겁날 것이 없었다. 딕의 말대로라면 금년 안으로 멀리 피안의 세계에 안착해 있을 터이기 때문이다. 그러나 위험은 뜻밖의 곳에서 다가오고 있었다. 이학기 첫날 김미숙 선생이 야릇한 눈웃음을 지으며 말했다.

"올 여름엔 오 선생 보기가 장마철에 달 보기보다 어렵더라. 좋은 일이 있었나보지?"

"저 서울 갔다 왔잖아요. 모르셨어요?"

"오 선생 집이야 사흘이 멀다하고 가는 집인데 내가 오 선생 행적을 몰랐겠어? 그런데 이상한 점이 있어. 정말 요상스럽다니까."

"뭐가요?"

"그런 게 있어. 오 선생은 이 말이 무슨 뜻인줄 알 걸?"

"별말씀 다 하시네요. 제가 뭘 알아요?"

우휘는 부르르 화를 내고 자리를 떠버렸다. 그러나 놀란 가슴은 좀체 진정되지 않았다. 그녀는 골똘히 생각에 잠기었다.

'저 백여우 같은 여자가 낌새를 챈 것일까? 딕의 주변을 아는 여자, 게다가 딕에게 턱없는 관심을 가진 여자, 저 여자라면 능히 그럴 수 있어. 그렇다면 예삿일이 아니야!'

그 추측은 생각해볼수록 구체성을 띠어갔다. 딕이 보이지 않는 교회에서 그녀가 가만히 있었을 리가 없었고, 교회 사람들, 예컨대 딕의 동료에게 캐물어서 그의 행적을 알아내기란 식은 죽 먹기나 다름없었다.

우휘는 너무나 빨리 닥쳐온 암운에 으스스 몸을 떨었다. 김미숙 선생이 누군가? 빼앗긴 과목에 대한 배앓이는 접어두더라도 아버지의 또 다른 수족이 되어 있는 여자가 아닌가! 그녀가 알아낸 정보가 진영 아저씨의 입을 통해 아버지의 귀에 들어가는 것은 시간 문제일 뿐. 그 암운이 폭우를 몰아온 것은 그로부터 여드레가 지나서였다. 어렴풋이 암운을 감지하고 있었다 해도 아버지 앞에 무릎을 꿇기까지는 밀회를 발각당한 사실을 모르고 있었으니 그녀로서는 날벼락과도 같았다. 김미숙 선생을 조심하라고 딕에게는 누누이 일러두었으면서도 정작 그녀 자신은 방심하고 있었던 결과였다. 딕과 같은 교회에서 예배를 본다는 김미숙 선생이 몹시도 마음에 걸

렸으면서도 그녀가 딕을 미행할지 모른다는 것에는 생각이 미치지
못했으니…….

  김미숙 선생이 그동안 어디를 갔었느냐고 꼬치꼬치 묻더라는 딕
의 말이 께름칙하긴 했지만, 그녀의 가당찮은 질투심에만 마음이
팔려 있었다.

  "그것 봐여. 그 여우가 당신에게 꿍심이 있다니까요."

  이렇게 뽀로통 심술만 부리고 있었는데…….

  사태는 이미 걷잡을 수 없는 데까지 가 있었다. 아버지의 불호령
에 서재로 들어서보니 궤짝 속에 감추어두었던 옷과 보석들이 방구
석에 아무렇게나 쌓여 있었고, 아버지의 얼굴은 붉다 못해 파랗게
얼어 있었다.

  "네 이년, 바른대로 말해."

  그가 주먹으로 방바닥을 쳤다. 불을 뿜는 눈과 꼿꼿이 선 눈썹을
마주하지 못해 그녀는 고개를 푹 떨구었다.

  그러나 마음속으로는 옷과 보석 때문이거니 하고 변명할 말을 궁
리하고 있었다.

  "그 양키놈하고 호텔에서 대체 무슨 짓을 했느냔 말이닷!"

  아뿔사! 그 순간 그녀는 번개같이 김미숙 선생을 떠올렸다. 그녀
에게 딕이 미행당한 사실은 의심의 여지가 없었다.

  "네가 사람새끼냐? 이 짐승보다 못한 년!"

  손이 날아왔다. 예닐곱 번, 아니 열 번도 더 맞았으리라. 안방에
서 달려온 계모가 기겁을 하고 둘 사이에 끼어들자 그 틈을 타 그녀
는 후다닥 밖으로 튀어 나왔고, 수실 언덕길을 정신없이 달렸다.

  언덕이 끝난 곳에서 그녀는 어둠에 잠긴 골짜기를 뒤돌아보며 쓰

디쓴 웃음을 날렸다. 차라리 속 시원한 결말이었다. 어느 날 소리 없이 사라져버리기보다는 사연이 확실했고, 작별을 고하는 그날까지 벅찬 짐을 지느니 일찍이 매를 맞는 편이 훨씬 홀가분했다. 그녀는 얼얼한 뺨을 만져보고는 '퉤-' 침을 뱉었다.

덕에게 전화를 걸자 아무 걱정하지 말고 해운대의 C호텔로 오라고 했다. 해운대행 버스에 올랐을 때 불현듯 아련한 기억 하나가 머리를 쳤다. 아버지에게 매를 맞고 밤중에 맨발로 수실 언덕길을 뛰어내렸던 언니.

우리 자매는 왜 비슷한 길을 걸을까? 선생질도 그렇고, 아버지에게 매 맞고서 집나온 것도 그렇고……. 바보 같은 작은언니. 나처럼 침을 뱉고 떠나지는 못할망정 죽긴 왜 죽으려 했어.

실글실금 그녀가 흘리고 있던 선웃음은 어느 사이엔가 눈물로 바뀌었다. 그러나 그다지 많은 눈물은 아니었다.

"여보, 새벽이 오고 있는데 왜 이러고 계세요? 그 원고 오늘밤에 다 쓰실 것도 아닌데 그만 쓰시고 눈 좀 붙여요."

"당신이나 계속 주무시구려. 난 잠이 잘 오질 않소. 생각날 때 써두어야 할 대목도 있고요."

"우휘 때문에 그러시고 있는 것 알아요. 그 애 생각일랑 하지 마세요. 그 앤 절대 돌아오지 않아요. 생각해보세요. 지가 무슨 낯짝으로 학교엘 다니고, 여긴들 무슨 염치로 얼굴 들고 들어오겠어요. 밤차로 서울로 갔든지, 아니면 딕 헌즌가 하는 놈에게 갔을 거예요."

"그 이야긴 그만두시욧!"

대번에 날이 서는 목소리에 아내는 고개를 설레설레 젓고는 마루를 건너가버렸다.

두 번째 닭울음이 들려오고 있다. 준혁은 만년필을 놓고 우두커니 벽을 본다.

'왜 하필 이번마저 양키놈인가?'

그는 떨리는 손끝으로 만년필을 집어 민족이란 두 글자를 힘주어 써본다. 그러나 이제는 그것이 가져다주곤 하던 위안도, 용기도 우러나지 않는다.

딕 헌즈에게 딸을 도둑맞은 과정이 또다시 머릿속을 스친다.

'아무리 생각해도 도무지 현실 같지가 않아. 큰놈 혜영이를 미 공보원에 들여놓은 것이 실수라면 딕 헌즈를 학교에 발붙이게 한 것도 실수다. 그렇지만 그런 것들만이 원인의 모두일까? 아니야. 그놈들은 모두 애비에게 복수의 칼질을 한 것이야. 나는 자식을 키운 것이 아니라 배반의 씨앗, 복수의 악귀들을 키운 것이군. 날 산 채로 말려 죽이려드는 그놈들은 제 에미들의 원혼인가? 내 죄가 그리도 컸더란 말인가?'

뽀얗게 밤을 새운 준혁은 아침이 와도 앉은 자리 그대로 서재에 틀어박혀 있었다. 늦잠을 잔 아내가 푸석한 얼굴로 마루를 건너왔다.

"여태 눈 한번 붙이지 않았군요. 그러다가 병나시겠어요."

"괜찮소. 이리 좀 앉으시구려. 할 이야기가 있어요."

의아한 눈을 손등으로 비비고 그녀가 앉은뱅이책상 맞은편에 앉자 준혁은 한동안 눈을 감고 말머리를 고른다.

"말씀하세요. 곧 아이들이 일어날 텐데……."

"학교에 사표를 내야겠소."

"에엣?"

비명에 가까운 아내의 외마디 목소리에 그는 질끈 눈을 감았다 뜬다.

"내가 무슨 낯으로 그 자리를 지키겠소? 아이들 보기 부끄러워서라도 물러나야 되겠소. 김 군 내외를 좀 오라고 하시오. 소문이 퍼져나가는 건 어쩔 수 없지만 사직처리가 끝날 때까지는 입을 막아 놓아야 하겠소."

"그거야 어렵지 않지만 사직은 신중히 생각할 문제예요. 당장의 호구지책도 그러려니와, 담보가 풀리지 않았는데 학교에서 손을 떼시면 어떡해요?"

"그래서 하는 말이오만 오늘 당신이 이사장을 만나보시구료. 지금까지야 나와 우휘가 월급을 받고 있었으니 참아왔지만 둘이 한꺼번에 사직하는 마당에야 우리 땅 붙잡고 있을 핑계가 무어겠소. 그 일만 해결되면 나는 즉시 사표를 내겠소. 오늘 당장이라도요."

"……."

"산 사람 입에 거미줄 치는 법 없을 테니 더 이상 아무 소리 마시오. 부탁이오."

"결국 허무한 종말이 오고야 말았군요. 학교일은 우리의 잘못이니 속이 쓰리고 아파도 도리가 없지만 자식 키워 보복당하는 건 정말 분하고 진절머리 나요. 악물할 자식도 더는 없지만……."

아내가 치를 떨며 문밖으로 사라지자 준혁은 방바닥에 늘어붙은 몸을 떼어 우물가로 향한다. 지금부터 해야 할 또 하나의 싸움, 그 것은 딸자식의 허물을 감춘 채 남 보기에 태연한 일상을 시작해야만 하는 자신과의 싸움이었다.

조례를 취소하고 준혁은 교장실 안락의자에 몸을 파묻고 눈을 붙인다. 그러나 잠은 오지 않고 오만 가지 생각이 소용돌이쳐온다. 오늘 따라 살을 비비고 산 여인들의 얼굴이 유난스레 떠오른다. 희선이, 수경이 그리고 명희까지도.

그들 어느 누구도 밉지 않고, 회한만이 가슴을 저며온다. 인생이란 실수와 후회를 쌓다가 끝나버리는 것인가도 싶다. 뒤돌아보지 않고, 옆을 돌아보지 않고, 오직 앞만 보고 달려온 인생의 뒤안길.

한사코 눈을 돌리기 거부했던 그곳이 어찌하여 의지와 상관없이 토막토막 펼쳐져 나오는 것인지……. 그는 창밖 허공을 바라보며 마음의 소리를 보낸다.

'아 –, 쓰라림뿐인 추억이여! 젊은 날의 치기와 무절제가 그리도 꼴사나운 것일지 몰랐노라. 하지만 산포수 같았던 젊음을 이제 와서 어쩌리. 짐승의 더운 피를 마시고 온몸에 덮어쓰듯 사랑을 퍼마시고 여인의 육체를 탐했던 죄 많은 그 젊음을. 훗날 모두 죽어서 구천에서 만나면 무슨 말을 주고받을까? 자식들의 악물에 만신창이가 되고만 사연을 하소연할까? 그러나 살아서 그대들의 자식들로 살을 에이는 이 늙은 육신을 불쌍히 보아주구료. 난 이제 산 송장인 것을.'

그는 비몽사몽의 상념 속에서 전화벨소리를 들었다. 아내의 전화려니 하고 벌떡 몸을 일으킨 순간 아찔한 현기증을 느꼈다. 그는 수화기에 손이 미처 닿기도 전에 책상모서리를 짚다가 바닥으로 쓰러졌다. 아득한 전화벨소리를 들으며 그는 의식을 잃어갔다.

준혁은 순간 진동을 느끼며 눈을 떴다. 아니, 눈을 뜨기에 앞서 매미들의 합창과 웅웅거리는 기계음을 들었다. 눈앞에는 상화의 얼굴이 흔들리고 있었고, 낮은 천장과 비좁은 벽 한쪽 면에 푸른 하늘과 구름 조각이 보였다.

"교장새앵님, 정신 좀 드시능교? 우에 된 영문인지 알겠능교? 눈만 껌벅거리지 말고 말 좀 해보이소."

준혁은 '이 사람이 왜 이러지?' 하는 눈으로 상화의 얼굴을 올려다본다. 기뻐서 어쩔 줄 몰라하는 표정에, 어린애를 다루듯 하는 버릇없는 말투다. 그는 잠시 잠을 자고 일어난 듯했고, 귓전에는 아직도 전화벨소리가 묻어 있는 듯했다.

'여기가 교장실은 아니군' 하고 깨달으며 그는 차츰 현실로 돌아왔다. 이제 진동의 정체를 알아챘고, 자신의 머리가 상화의 넓적다리 위에 놓여 있는 것도 깨달았다.

"걱정 마이소. 부산에 거진 다 왔심더. 염 박사 병원으로 가는 중이니 마음 푹 놓이소."

병원이란 말에 준혁은 비로소 기억의 끄트머리에 의식이 닿는다. 전화를 받으려다 마루바닥으로 넘어진 기억, 몸이 마음대로 움직여 주지 않던 기억 등.

'그런데 왜 이리 기운이 없는 걸까? 혓바닥 놀리기도 힘겨우니…….'

준혁은 팔 하나를 간신히 눈앞으로 끌어올려보고는 상화의 손아귀 속으로 맥없이 떨어뜨리고 만다.

'아-, 피곤하구나!'

그는 눈을 감는다. 차창에 스치는 가로수 그림자가 눈꺼풀 위에 점멸하고, 아득히 매미들의 합창이 멀어져간다.

'우휘란 놈은 어디에 가 있을까? 기어이 그놈마저 가버렸는가?'

그는 가느다란 신음을 흘리며 생각에 잠기다가 의식을 놓쳤다.

"교장새앵님, 다 왔심더. 눈 좀 떠보이소."

누군가 어깨를 흔드는 통에 깨어난 준혁은 상화의 등에 보리푸대처럼 업혀 병원으로 들어가며 소독냄새를 맡는다. 평생에 병원 문턱 한번 밟지 않은 내가 이런 꼴로 제자의 병원으로 엎혀오는구나 싶자 콧등이 시려온다.

가운차림의 염 박사가 소리친다.

"선생님, 이게 어찌 된 일입니까?"

준혁은 살짝 웃음을 보였다고 생각한다. 제대로 된 웃음이었는지 자신이 없다.

응급실인 듯한 병상에 눕혀지자 염 박사와 간호원이 부산하게 움직인다. 체온과 혈압을 재고 청진기로 소리를 듣더니 피를 뽑는다. 이어서 엑스레이 촬영도 한다. 준혁은 왜 머리를 찍을까 하고 의문에 빠진다. 사지에 힘이 없을 뿐 머리는 멀쩡한데……. 이윽고 병실로 옮겨지더니 팔뚝에 링거 주사기가 꽂히고 스르르 잠이 왔다.

얼마나 긴 시간이 흐른 것일까?

준혁은 의식을 되찾으며 시간의 흐름부터 생각한다. 신선이 바둑을 두는 사이에 도끼자루가 썩었더라는 식의 시간의 공백이 느껴졌고, 그 세월의 망실감이 무엇보다 앞서 비애를 가져왔다. 그는 두 단어를 염불처럼 되풀이하여 왼다.

'민족, 사책! 민족, 사책!'

그리곤 이대로 누워있을 수 없노란 안타까움에 주먹을 쥐어본다.

하지만 손에는 전혀 힘이 들어가지 않는다. 열려 있는 문으로 발자국소리가 나더니 혜숙이 병실로 들어온다.

"당신, 깨어났군요."

그녀가 와락 달려와 두 팔로 머리를 감싸안는다.

"불쌍한 양반, 어쩌다가 이 지경이 되고 말았어요? 하지만 걱정 마세요. 당신에겐 제가 있잖아요. 당신은 여전히 내 영웅이에요. 아시죠?"

준혁은 그녀의 푹신한 젖가슴을 눈물로 적신다.

"당신, 큰일 날 뻔한 거 알아요? 젊지도 않은 양반이 그리 속 끓이고 밤을 지새웠으니……."

"내 병이 무어라 했소?"

"가벼운 뇌일혈이었대요. 과로에 정신적 충격이 원인이었고요. 정신력이 워낙 강한 분이라 견디었지, 보통 사람이면 그대로 가셨을 거라 했어요. 안정이 제일이라니까 아무 것도 생각하지 마시고 쉬세요."

"뇌일혈이라……. 내 수족에 힘이 없는 것은 그래서였군. 이사장 만난 일은 어찌 되었소?"

"아무 것도 생각지 마시라니까요. 그 일은 나한테 맡기시고요. 곧 담보를 풀어주마고 했고, 당신 사직은 재고하시라 신신당부했어요. 당신 없는 민족학교는 허수아비 학교라 하면서요. 허 사장, 당신 주무시는 사이에 다녀갔어요."

준혁은 말없이 고개를 주억이며 물끄러미 아내의 얼굴을 본다. 그러자 자신이 불행한 사람만은 아니라는 생각이 든다.

"한동안 안정하시면 모든 게 정상으로 돌아온다니까 마음 놓으세

요. 그렇지만 종전처럼 심신을 혹사하시면 큰일 나요. 더군다나 복
잡한 생각은 금물이고요. 난 당신을 알아요. 온갖 풍상 다 겪고, 모
진 시련 다 이겨낸 당신이 이만한 일에 지겠어요? 당신은 아직도
민족을 위해 할 일이 많으신 분이잖아요. 안 그래요? 돈키호테 양
반."

　준혁은 피시시 웃음을 흘린다. 그는 링거병의 투명한 액체가 방
울방울 떨어지는 것을 지켜보며 생각한다.

　'다 잊자. 여기 이 병상에서 온갖 회한을 다 묻어버리자. 그리하
여 오로지 민족이란 태양만을 바라보고 살자. 남은 생이 얼마일
지……. 나보다 더 병든 민족. 다시 힘을 모아 세파(世波)의 구정물
에 실려 떠내려가는 민족을 건져내기 위해 여생을 바치리라!'

슬픈 각성

"허니, 이번 주말에는 뭘 하죠? 세워둔 계획이라도 있나요?"

"글쎄, 당신을 뭘 하고 싶소?"

혜영은 앞치마를 두르고 조리대 앞에 섰다가 폴의 미지근한 대답에 짜증이 치민다. 카우치에 비스듬히 기대 앉은 그는 책에서 눈을 떼지 않은 채 한 손으로 맥주캔을 기울이고 있다. 결혼 팔 년 동안 진력나게 보아온 모습이다.

폴은 혜영보다 퇴근시간이 한 시간가량 이르다. 그는 퇴근 뒤에 누굴 만나거나 어디를 들렀다 오는 일이 거의 없다. 가족의 생일, 추수감사절, 또는 크리스마스 선물을 사기 위해 쇼핑을 하는 게 고작일까.

그녀는 퇴근하여 집으로 오면 일 년 삼백육십오 일 가운데 적어도 삼백오십 일은 똑같은 모습의 그를 보아왔다. 정말이지 변화라면 계절 따라 바뀌는 옷과 전축에 걸어놓은 음반, 들고 있는 책, 그리고 한 해 한 해 불어가는 그의 아랫배 정도였다.

융단 바닥에 장난감을 늘어놓고 있던 수잔이 지겨운 듯 하품을 하고, 걸어오더니 치마꼬리를 잡는다.

"마미, 난 하루 종일 심심했어. 나하고 놀아주지 않아?"

"대디하고 놀면 되잖니? 마미는 디너 준비를 해야 해."

"치잇! 대디는 재미없어. 책만 읽는 걸."

"넌 숙제는 다 했니?"

"숙제 없어."

"그럼, 동화책이라도 보렴."

혜영은 솟구치는 짜증을 참고 수잔의 볼에 입맞춤을 해주고는 엉덩이를 툭툭 쳐서 쫓는다.

"타코를 만들어줄 테니 저기 가서 놀고 있어, 알았지?"

수잔이 깡충거리며 가버리자 혜영은 감정을 억누른 말투로 폴에게 묻는다.

"무슨 책이길래 그리 열심히 읽어요?"

"당신이 내가 읽는 책에 관심을 갖다니, 뜻밖이군."

"천만에요. 난 관심 없어요. 당신은 주말을 맥주 마시면서 책이나 읽으며 지내고 싶겠죠? 그렇게 해줄 테니 실컷 즐기세요. 난 수잔과 명진일 데리고 샌프란시스코로 드라이브나 하겠어요. 친구도 만날 겸."

"허니, 당신 화났소?"

돌아보니 그는 그제야 책에서 눈을 떼고 약간 충혈된 눈길을 보내고 있었다. 혜영은 이 둔감하고 멋대가리 없는 사내에게 무얼 깨우치랴 싶어 한숨을 떨구고 만다. '이국' 처녀에게 사랑을 호소하던

그 로맨틱한 정열은 어디서 나왔다가 어디로 숨어버린 것일까?'

진정으로 행복했던 시절은 로마에서 보낸 이 년 동안이었다. 이 사내도 그 시절만은 주말을 못 기다려 주리를 틀곤 했고, 드디어 주말이 오면 유적지와 지중해의 해안으로 차를 달리며 어린애처럼 좋아하곤 했었다. 지중해의 짙푸른 바다와 올리브농장, 포도농장들이 줄지어 있는 해안도로들을 얼마나 자주 다녔던지 작은 마을들까지 기억이 생생했다.

아마도 폴은 얕은 웅덩이처럼 가두고 있던 정열의 물을 이탈리아에서 다 퍼낸 것인지도 몰랐다. 그가 갑자기 변한 것은 수잔을 낳고 아이와 씨름하던 시절이었다. 미쳐 있던 관광과 여행을 걷어치우고 집안에서 책 읽고 음악 감상하는 그는 또 얼마나 고마웠던가! 그때만 해도 그가 영원히 책과 음악과 맥주에 빠져버리리라곤 상상도 하지 못했었다.

수잔을 낳은 지 두 달 만에 미국으로 왔지만 그의 일상생활에는 그다지 큰 변화가 없었다. 그가 착하고 성실한 사람인 것만은 분명하다. 그는 자신이 다니는 제약회사를 천직이거니 한다. 직장에서 충실한 만큼 인정을 받는지는 알 수 없어도 승진과 더 많은 급료를 찾아 자주 직장을 옮기며 열나게 뛰어다니는 다른 미국인들과는 딴판으로 쉽사리 직장을 팽개치고 달아날 위인이 아니라는 점에서는 인정을 받을 것임은 분명하다.

남하고 다투거나 얼굴 붉히는 그를 본 적이 없다. 조용하고 온후한 성품에 에티켓도 만점이다. 그렇다고 친구가 많은 것은 아니다. 그는 남에게 방해가 되지 않으려는 만큼이나 남에게 방해받기도 싫어한다.

혜영은 바로 그런 면이 불만이다. 더러는 화를 내고 성질을 부려도 좋으니 박력과 패기를 보여주었으면 하는 것이다. 패기도 야심도 없는 그는 무미건조한 사람일뿐더러 아메리칸 드림을 이루어줄 위인과는 거리가 멀다. 그는 다람쥐 쳇바퀴 도는 듯한 자신의 생활을 즐길 뿐, 그 틀을 한 발자국만 벗어나도 불안해하고 멍청해지기까지 한다.

혜영은 이런 사내를 주말여행에 동반해서 무엇하랴 싶어 혼자 고개를 젓는다. 폴의 눈은 어느새 책으로 돌아가 있다. 그녀는 도마 위에 여러 가지 야채를 다지고 슈퍼마켓에서 다져온 쇠고기와 함께 그것들을 삶고 데친 뒤 멕시칸 양념인 고춧가루를 넣은 핫소스를 듬뿍 쳐 타코 껍질 속에다 채워넣는다.

이어서 야채스프를 끓이고 있는데 문소리가 났다. 명진이 돌아온 것이다. 식구가 모두 모여 식탁에 앉았을 때 혜영이 말했다.

"폴, 우리 생활에 뭔가 활력소가 필요하다고 생각지 않아요?"

"글쎄, 난 이렇게 사는 것이 퍽 행복하오만……. 좋은 생각 있으면 말해보시오, 내일 샌프란시스코에 같이 갈까?"

혜영은 와자작 타코를 씹고는 말했다.

"동양 속담에 엎드려 절 받는다는 말이 있어요. 난 그러기 싫어요, 당신은 캘리포니아 해안의 멋진 풍경보다 책과 맥주캔이 더 좋을 거예요. 하지만 내 말뜻은 잘 새겨보시는 게 좋을 거예요."

"마미, 나도 데려가는 거야?"

"타코를 흘리지 않고 깨끗이 먹으면 데려가지."

"아이, 좋아!!"

수잔이 의자에 엉덩방아를 찧고 있자 명진이 무슨 일인가 하여 큰 눈동자를 굴린다.

"너도 함께 갈 수 있지? 우린 샌프란시스코에 가서 송희네 집에서 하룻밤 자고 오는 거야."

"그것 조오치!"

명진은 멋모르고 환호성을 울리며 좋아라 했다.

버크 히긴스를 만난 것은 그로부터 한 달쯤 지나서였다. 건축기사인 그는 '혼비'에서 '웰스 파르고'로 거래은행을 바꾸는 첫날에 혜영이 앉아 있는 창구로 와 면담을 청했다. 근육질의 우람한 체격에 서글서글한 다갈색 눈매와 콧수염을 가져 첫인상부터가 시선을 끌었는데 잠시 이야기를 나누는 사이에 풍부한 유머감각과 붙임성 있는 성품이 나타났다.

그날 이후 그는 매일 한 차례씩 은행에 들렀다. 처음에는 출금, 입금 등의 용무를 가지고 왔으나 차츰 용무보다는 꽃이나 액세서리 같은 선물을 들고 오는 날이 많아졌다.

처음에는 약간의 호감과 고객에 대한 예우로서 필요 이상의 대화 시간을 가졌고, 한 달가량 지나서는 퍽 두터워진 우정으로 밖에서 만나 식사를 하거나 영화를 보는 것으로 몇 차례 데이트를 했다.

마침내 사랑을 고백해온 것은 만난 지 세 달 만이었는데 첫눈에 반해버렸다는 이야기며, 흑발을 길게 기른 동양 여인에게 소년시절부터 신비로움을 느껴왔다는 이야기를 털어놓았다. 남편과 딸이 있다는 말에도 막무가내였다.

"난 당신이 나와 결혼해줄 때까지 언제까지나 기다릴 것이오. 당신도 날 사랑하고 있다는 걸 알고 있어요. 제발 나와 결혼해주시오.

이제 당신 없이는 세상 살 맛이 없어졌어요."

그 고백을 들은 뒤 혜영은 한동안 그의 데이트 신청을 거절했다. 집에서 부쩍 폴을 들볶기 시작한 것이 이때부터였다. 흔들리는 마음을 붙잡아달라는 우회적인 호소였지만 번번이 폴의 무덤덤한 반응에 묵살당하곤 했다.

어느 날 그녀는 한 사내가 매일 꽃을 사들고 찾아온다는 이야기를 지나가는 말로 했다. 그러나 폴의 반응은 예상과는 딴판이었다.

"그가 당신을 좋아하나 보군. 좋아하는 것은 그의 자유요."

그는 읽고 있던 책을 무릎 위로 내리며 빙그레 웃었다.

굳이 불쾌함의 흔적을 찾는다면 책에서 잠시 눈을 뗀 정도일까? 혜영은 여기가 아메리카라는 사실에 간신히 놀라움을 가라앉혔다.

행여 폴의 사랑이 식어버린 것은 아닐까 하여 빤히 얼굴을 들여다보며 물었다.

"당신 아직도 날 사랑하고 있나요?"

"허니, 당신을 사랑하는 내 마음은 변함이 없고, 당신에게 아무런 불만도 없어요."

하긴 폴의 마음이 변할 리 없었다. 설령 사랑의 강도가 줄었으면 줄었지 변화라곤 모르는 그가 가장 중요한 생활의 장이며, 삶의 안식처로 삼고 있는 가정을 뒤흔든다는 것은 상상조차 할 수 없는 일이었다.

둔감한 그를 자극해주고 싶은 생각에 혜영은 한 단계 강도를 높여보았다.

"전에 말한 적 있는 버크 말인데, 당신과 헤어지고 자기와 결혼하제요. 당신 화 안 나세요?"

그가 반문했다.

"당신은 여전히 날 사랑하고 있소?"

"물론이에요."

"그러면 됐어요. 우리가 서로 사랑하고 있는데 그가 무슨 상관이오?"

혜영은 어떻게 해도 채워지지 않는 공허함을 안은 채 그를 내버려두고 레코드를 고르기 위해 선반으로 향했다. 오페라 〈라보엠〉을 걸어놓고 카우치로 돌아오니 그는 아무일 없었다는 듯 이미 책으로 시선이 돌아가 있었다.

'이 남자를 버리는 것은 배신일까, 구원일까? 이혼하자고 하면 어떤 반응을 보일까?'

불쑥 이혼하고 싶다는 생각이 들었다. 그리고 이혼이 대단한 것도 아니며, 더욱이나 죄악은 아니란 생각이 들었다. 이혼을 식은 죽 해치우듯 하는 미국인의 사고방식이 이미 자신도 모르게 머릿속에 싹트고 있는 것이었다.

그녀는 '그대의 찬 손'을 들으며 머릿속으로 버크의 모습을 그려보고 있었다. 버크는 외모에서 하는 행동까지 폴과 정반대라 해도 좋았다. 폴은 남자 치고 어깨가 좁은 편인데, 버크는 커다란 어깨에 가슴이 무척 두껍다. 폴은 갸름한 얼굴에 눈과 입이 둥근 편인데, 버크는 약간 넓은 얼굴에 눈과 입이 길게 찢어져 있다.

성격은 더욱 대조적이다. 버크는 야심에 차 있고 매사에 적극적이며 감정의 기복도 있어보인다. 데이트를 거절하고 있는 데도 한 사코 꽃과 선물을 사들고 오는 그의 적극성은 그에게서 가장 돋보이는 점이기도 하다.

그는 엘에이(LA)에 손수 지은 집이 있다고 했다. 부자동네로 알려져 있는 엘터디너에 있다고 하니 집 하나만으로도 재산가에 속했다. 그로부터 집자랑을 들으면 이 남자가 내 남편이었으면 좋았을 텐데 하는 생각이 부질없이 솟았었는데, 이제는 아예 그 생각을 펼쳐놓고 해본다.

그동안의 성취란 겨우 좁다란 집 한 채. 그것도 둘이 벌어 융자금을 갚아왔는데 아직도 십 년을 더 부어야 상환이 끝난다. 그녀는 자신에게 물었다. '이러자고 내가 여기까지 왔는가. 나는 조국에 진 빚이 있어. 나 보란 듯이 성공하는 것이 빚을 갚을 수 있는 방법이야. 날 비웃고 욕하는 그들에게 돈으로나마 본때를 보여주지 못한다면 아무런 보람이 없어. 버크라면 단숨에 아메리칸 드림을 이루어줄 텐데…….'

여름이 시작된 어느 날 예의 장미꽃 한 송이를 가져온 버크가 여느 때와는 달리 우울한 얼굴을 하고서 말했다.

"나 이삼 일 안에 엘에이로 돌아갑니다. 여기 건축감리가 끝나거든요."

혜영은 하마터면 '아 -' 소리를 지를 뻔하다가 크게 벌린 입을 천천히 오므렸다.

"웰스 파르고 계좌는 그래도 둘 겁니다. 그게 혜영을 만나게 해준 행운의 계좌였으니까요."

"저야 고맙지만 버크한테는 몹시 번거로울 텐데요."

"여기 넣어둔 돈은 언젠가 혜영을 위해 쓰려고 제쳐두기로 했어요. 오늘은 내게 시간 좀 주겠소? 작별파티는 해야죠."

"오늘 저녁은 제가 살게요. 먼젓번의 그 프랑스 요리 어때요?"

"고맙소. 그럼 퇴근시간에 그 식당에서 기다리겠소."

버크의 씩씩한 모습이 유리문 밖으로 사라지자 혜영은 얼을 놓고 생각에 잠겨들었다.

'저이는 내게 한갓 바람인가? 느닷없이 불어와 가슴을 휘저어놓고 가버리는……. 그렇지만 지난 몇 달간 내 마음은 그에게 너무나도 많이 베어먹혔어. 이제 그를 놓치면 폴의 웅덩이 속에서 괴고 썩어, 헛되이 흘려버린 청춘을 후회할 테지. 아니, 저이를 붙잡지 못한 어리석음을 통탄할 거야. 아 –, 어째야 할까? 그는 날 위해 계좌를 남겨둔다고 하는데…….'

이삼 일 뒤라던 버크의 귀향은 꼬박 일주일을 넘기고서야 실행되었다. 날마다 퇴근 뒤에 그를 만나 시내의 이름난 식당들을 찾아다니며 저녁을 먹었고, 식사 뒤에는 공원을 산책하거나 나이트클럽에 가서 춤을 추고 술을 마셨다. 그러고 맞이한 주말, 요세미티로 드라이브 하자는 그의 요청에 혜영은 별 저항 없이 응했다.

그와 한 호텔에서 토요일 밤을 묵으면서 정사에 이르지 않은 것은 아직도 명맥이 살아 있는 유교의 정절관념 때문이었다. 그걸 알고 있는 버크도 억지를 쓰지는 않았다. 어쩌면 우아함을 고수하고자 한 결과였을지도 모른다. 그것만이 인종적 열등감으로부터 자신을 지켜내는 비법이었기에 버크에게는 끝까지 정중하게, 예의 바르게, 고상하게 행동했다.

솔직함이란 때로는 경박함으로 이어진다. 남녀의 교제에서는 더욱 그럴 가능성이 크다. 그러나 지나친 절제란 상대를 지치게 만들 수도 있다. 어디까지가 한계인지는 혜영 자신도 몰랐다. 그것은 위험한 도박이기도 했다. 버크는 그다지 실망감을 드러내지 않고 산호세로 차를 몰았다. 그는 여전히 명랑하고 유머러스했다. 집이 멀지 않은 곳까지 데려다 준 그는 엘에이(LA)의 집주소와 전화번호가 인쇄된 명함을 건네주며 꼭 한번 와달라고 당부했다.

그와 헤어져 집으로 돌아와보니 명진이 혼자 집을 보고 있었다.

"폴과 수잔은?"

"부모님 집에 갔어, 폴의 어머니가 수잔 보고 싶다고 전화를 했었어."

"별일 다 보겠군, 얼음 같은 분들이 웬 일이지?"

"언니, 나하고 이야기 좀 해."

"그래? 옷 갈아입고 올 테니 기다려."

침실로 향하는 혜영의 마음은 몹시 불편했다. 죄의식 때문에 웅크린 마음이기는 했는데 폴의 외출, 그리고 불만 어린 명진의 표정이 찬바람을 느끼게 했다. 폴이야 한바탕 싸움이라도 걸어왔으면 했지만 명진은 예상치 못한 암초였다. 혜영은 차라리 명진에게 버크란 존재를 털어놓고 양해를 구하리라 마음먹고 거실로 향했다.

"무슨 이야기니?"

명진은 눈을 내리깔고 '푸후' 한숨을 쉬더니 차디차게 굳은 얼굴을 들었다.

"언니, 이래도 되는 거야? 난 언니한테 실망했어, 왜 가정의 평화를 깨려는 거야?"

"너도 눈치를 챘구나. 미안해. 하지만 난 이렇게 살려고 여기까지 온 건 아니야. 더 이상 견딜 수가 없어."

"폴이 어때서? 내가 보기엔 한없이 착한 사람이야. 언니에겐 은인이기도 하잖아?"

"난들 왜 그걸 모르겠니. 남녀관계란 그런 것만으로 충분한 게 아니야. 우리 생활을 봐. 다람쥐 쳇바퀴 도는 것과 무엇이 다르니? 사랑은 찬밥처럼 식었고, 즐거움이란 없어. 내가 가장 못 참는 게 뭔지 아니? 꿈이 없다는 거야. 폴은 현실에는 순한 아이처럼 안주하고 모험적인 야심은 갖지 않아. 자기 혼자 즐기는 법은 알아도 가족과 함께 즐기는 법을 몰라. 난 이 생활에 질식해 죽을 것만 같아. 내 아메리칸 드림은 이런 게 아니었다구."

"그렇게 말하면 이해가 가지 않는 건 아니야. 근데 그런 게 진짜 이유일까? 난 요즘의 언니에게 뭔가 색다른 일이 일어나고 있다고 느껴."

"사건이 있었어. 난 애인이 생겼고, 현재 심한 갈등을 겪고 있는 중이야. 그렇다고 여기 여자들처럼 함부로 몸을 굴린 건 아니니까, 지나친 상상은 하지 마. 그 남자는 폴과는 비교도 되지 않는 매력적인 사람인 데다, 내게 목을 매달고 있어. 그리고 솔직히 말하는 건데 그 사람의 남성적인 매력보다 훨씬 내 마음을 끄는 건 그 사람이 가진 부와 능력이야. 난 부와 능력을 존중해. 우리처럼 월급쟁이로 한 푼 두 푼 모아 언제 번듯한 집을 사고, 세계여행은 언제 하겠니? 내가 가난을 얼마나 질색하는지 너도 알잖니."

"폴이 언니의 성에 차지 않는다는 건 나도 알아. 그렇지만 은혜와 의리를 그리 헌신짝처럼 버려도 될까? 그리고 수잔이 입을 상처는 생각해봤어?"

"너 아까부터 은혜, 은혜 하는데, 폴이 날 불쌍히 여겨 결혼해주었다고 생각하는 거지? 결혼이 은혜라면 이혼부부가 절반이 넘는 이곳은 배은망덕한 사람 천지겠다, 애. 난 폴에게 고마움을 느낄 뿐, 은혜 입었다는 생각은 하지 않아. 그리고 의리란 말도 그런 데 쓰는 게 아니야. 부부에게 중요한 것은 정과 사랑이야. 그것 없이 사는 가정은 지옥일 수도 있어."

"언니가 그렇게 힘들어?"

"무척 힘들어. 어째야 할지 내 마음 나도 모르겠으니 너마저 이러지는 마. 앞으로 무슨 일이 벌어지더라도 너만은 날 이해해주어야 해."

"알았어. 난 언니가 위기를 슬기롭게 넘기기를 바랄 뿐이야. 폴도 이번에는 상당히 충격을 받은 것 같아서 은근히 걱정돼. 순한 남자가 성나면 무서운 것 있잖아, 왜."

"그런 걱정은 나한테 맡겨둬."

혜영은 나긋하게 숙여드는 명진에게 고마움을 느끼며 버크에 대한 상세한 이야기를 들려주었다.

폴과 입씨름 한번 없이 한 달이 흘렀다. 곪은 종기를 폴 쪽에서 건드려주었으면 했으나 그 둔감함과 그 초인적인 인내로 말미암아 혜영은 고름주머니를 고스란히 가슴에 안은 채 홀로 신음하고 있었다. 그것은 갈등의 종기였고, 권태의 종기였다. 그 뿌리는 점점 깊어져 가슴 밑바닥의 침전물에 닿았다. 거기부터 한 가닥 한 가닥 심지를 타고 오른 회한과 그리움들이 차곡차곡 머릿속에 쌓이면서 혜영은 생활에 활기를 잃어갔다. 아버지에 대한 복수, 계모에 대한 배신, 이복형제들과의 절연, 조국과 민족에 대한 죄의식 등이 맵고 아린 독가스라면, 잃어버린 옛 꿈들이며 느닷없이 떠오르는 친구들의 얼굴과 모국의 풍경들은 서글프고 아련한 안개였다.

'내가 왜 이러지? 향수병에 걸렸나?'

부질없는 상념들과 망상들에 휘청거리고 있는 자신이 싫어 그녀는 직장에서 필요 이상으로 일에 매달리는가 하면, 집에 들어서는 전에 없이 청소와 요리 따위에 시간을 쏟거나 수잔의 교육에 열성을 기울이기도 했다.

그러나 그 어느 것도 뻥 뚫린 가슴을 메워주지는 못했다.

'저이의 무기력증에 감염된 것이야!'

혜영은 일찍부터 폴에게 원인을 돌리고 있던 중이라 그에 대한 실망감은 이제 염증으로 치닫고 있었다. 그녀는 생각했다.

'저이의 꿈 없는 삶이 날 질식시키고 있는 주범이야. 카우치에 드러누워 독서하고 음악 듣고 맥주 마시는 재미로 사는 사람에게 내 일생을 건다는 것은 정신적 자살이나 다를 바 없어. 저이는 부쩍 심해진 내 한숨소리를 듣지 못해. 갖은 신경질이 실어증으로 바뀌고 있는 것이며 잠자리가 갈수록 뜨악해지고 있는 현상이 무얼 의미하는지도 몰라. 버크가 아직 이 도시에 머물고 있는지, 떠났는지 알려고도 하지 않는 저 무관심이 너른 이해심이고 관대함인가? 천만에. 그건 자기 생활을 방해하지 말라는 무언의 압력이고, 일종의 에고이즘이야. 그래, 내 열혈의 심장을 다시 한번 박동시키려면 번갯불 같은 자극이 필요해.'

그녀는 그 자극제로 버크를 생각했다. 날마다 한두 번씩 장거리 전화를 걸어오는 그는 자신이 필요로 하는 정열과 집념을 충분히 갖춘 사람이었다.

'의지력으로 안 되는 일은 없다' 라며 질풍같이 살아온 스물아홉 해의 삶. 그 가운데서도 내 사전에 향수병은 없노라 하고 억척으로 살아온 팔 년간의 타국살이에 슬그머니 나타난 그 해이(解弛)는 결코 쉽게 극복될 고비가 아니었다. 그것은 너무나 힘겹게 걸어오른 산고개에서 자신이 헤치고온 산비탈을 뒤돌아보고 허탈해하는 현상이었다. 작으나마 내 집 하나 마련하고 인정받는 중견 은행원으로 자리를 굳힌 것은 분명 안정, 그것이었다.

하지만 여기에 오르는 동안 잃어버린 것들을 보상하기엔 어림없이 부족한 높이였다. 그 야트막한 고개를 오르기 위해 그 많은 뿌리들을 도끼질한 것은 결코 아니었다.

어느 토요일 아침, 침대에서 눈을 뜬 혜영은 용수철처럼 몸을 튕기며 일어나더니 외출준비를 하기 시작했다. 새록새록 잠들어 있는 수잔을 깨워 옷을 입히고는 칭얼대는 그녀의 손을 끌고 차에 올랐다. 시동을 걸자 손등으로 눈을 비빈 수잔이 빠끔히 돌아보며 물었다.

"마미, 어디 가?"

"디즈니랜드, 미키마우스 만나러 가는 거야."

"우와 -, 우리 마미 최고!"

"소년소녀 여러분, 디즈니랜드로 오세요."

텔레비전 광고에 나오는 미키마우스 목소리를 흉내내자 아이는 깔깔거리는 웃음으로 졸음을 쫓았다.

"할리우드에 가서 영화배우들 이름 새겨진 별판 길을 밟아보는 것도 좋겠지?"

"정말이야? 수잔 헤이워드도 있어?" 같은 이름인 수잔 때문에 그 이름만 기억하는 모양이다. 혜영 자신도 알지 못하지만 그녀는 확신에 찬 대답을 준다.

"있고 말고."

먼동을 바라보며 차를 달리자 혜영은 비로소 숨통이 트여왔다. 그녀는 두 시간 가량을 달린 뒤 주유소에 딸려 있는 식당으로 들어가 햄버그와 우유를 사 먹었고, 망설임 끝에 버크의 집으로 전화를 걸었다.

사뭇 파경으로 치달아 마침내 처음이자 마지막 충돌 – 충돌이란 단어가 적절치 않지만 – 을 야기한 것은 그해 가을 연가(年暇)를 얻어 버크와 함께 떠난 이 주간의 사막지대 여행이었다. 소형 모터홈을 세내어 그랜드캐니언, 브라이스캐니언, 모뉴먼트밸리, 자이언캐니언 등지를 거치고 마지막 밤을 라스베가스에서 쇼와 도박으로 보낸 뒤 일요일 밤에 집에 도착했는데 폴은 예나 다름없이 카우치에 자리하고 있었고, 집안은 쥐죽은 듯 조용했다. 전과 다른 것이라면 책을 읽고 있는 대신 카우치에 길게 누워 책으로 얼굴을 덮은 채 잠들어 있는 점, 음악이 없다는 점, 융단에는 예닐곱 개의 빈 맥주캔이 뒹굴고 있는 점이었다.

혜영은 한숨으로 긴장을 풀고는 종달새 같이 목청을 뽑았다.

"여러분, 내가 왔어요."

폴이 부시시 몸을 일으키는 것과 거의 동시에 복도에서 명진이 달려나왔다. 폴도 명진도 반기는 기색이 아니었다. 폴은 눈만 충혈되어 있다 뿐 담담한 표정이었고, 오히려 명진이 싸늘한 시선을 던져왔다.

멍청히 서 있으려니 폴이 말했다.

"여행은 재미있었소?"

"나야 신나는 여행을 하고 왔지만 미안해서……. 허니, 특히 당신에게 미안해요. 여행은 역시 살맛나는 인생에 없어서는 안 되는 청량제예요. 생각해보세요. 우리가 멕시코의 아카풀코에서 휴가를 즐긴 것이 언제였는지. 내 생애에서 여행다운 여행은 이번이 두 번째였어요."

"재미있었다니 다행이군. 그러나 여보, 이젠 우리 사이에 무슨 이야기가 있어야 하지 않겠소? 난 당신이 버큰가 하는 그 남자와 동행했으리라 믿고 있소. 내 추측이 틀렸소?"

혜영은 옷을 갈아입겠다며 침실로 향했다. 드디어 올 것이 온 것이었다. 그녀는 생각했다.

'그런데 왜 이다지 가슴이 쿵덕거릴까? 이 흥분은 기쁨이면 기쁨이었지 두려움은 아니니라. 폴로서도 그리 놀랄 일은 아닐 테지. 지난 수 개월간 주말여행을 늘 혼자 떠났으니 그 대부분이 버크와 함께였음은 짐작이 가고도 남았을 일.

의리, 정절, 가정. 흥! 내 행복을 저당잡혀 그런 걸 지키랴? 호랑이 담배 피던 시절 이야기고, 몇 만리 떨어진 한국땅 이야기일 뿐이야. 이게 한국에서 벌어진 일이라면 살인극이라도 벌어지겠지? 아니. 한국이라면 아예 그런 여행은 엄두도 못 내었을 거야. 남편의 폭력이 무섭고, 주위의 눈이 두려워서라도……. 이제 폴과의 썩은 줄을 끊어버릴 때가 온 거야. 다행히 그 역시 각오가 되어 있는 모양이잖아.'

나이트가운을 입고 거실로 나오자 또 하나의 맥주캔을 홀짝이고 있던 폴이 아래위를 유심히 훑어보았다. 그의 머릿속에 이제 남의 손을 탄 알몸을 상상하고 있으리라 여겨졌다.

"허니, 나 역시 이야기가 필요한 때라고 생각해요. 난 당신에게 위험신호를 오랫동안 보내왔어요. 기억하세요? 버크 이야기를 몇 번이나 당신에게 했는지."

"난 지난 일을 이야기하고 싶지 않소. 당신은 그를 사랑하오? 나하고 헤어지고 싶소?"

혜영은 잠시 호흡을 가다듬었다. 그녀는 미국식 사고방식을 깜빡하여 과거가 어쩌고 원인이 어쩌고 시시콜콜한 이야기를 끄집어내려던 자신을 속으로 나무랐다.

"그래요. 난 그를 사랑해요. 당신과는 더 이상 행복해질 수가 없을 것 같아요."

"난 당신이 여행을 떠난 뒤 많은 생각을 했소, 헤어지고 싶어하는 당신의 마음을 진작부터 알았지만 행여나 당신이 돌아설까 기다려왔소, 난 당신이 어떤 남자를 원하고 무얼 원하는지 잘 알고 있소, 내가 당신을 충족시켜줄 수 없으니 긴 말이 소용없소. 우리 조건을 이야기합시다."

혜영은 이런 게 아닌데 하고 고개를 갸웃거렸다. 너무 쉽게 풀려가는 이야기가 도무지 현실 같지가 않았다. 문득 폴이야말로 이혼을 원하고 있었던 것은 아닐까 하는 의문이 솟았다. 결과는 마찬가지일 테지만 어쩐지 등이 떠밀리는 느낌이었다.

'어쨌거나 물컹하게 양보해서는 안 되겠지. 내게 필요한 것은 돈과 수잔이야. 돈은 둘째고 수잔만은 무슨 수를 써서라도 내 품에서 키워야 해.'

그녀는 마음을 다지고서 슬쩍 변죽을 건드려본다.

"그렇다면 당신은 이혼조건도 생각해두었겠네요?"

"물론이요. 법대로 모든 것 반반씩이면 될 것이라고 보는데……."

"수잔은?"

"당신은 버크와 재혼할 테니 수잔은 내가 맡겠소."

"그건 안 돼요. 난 홀홀단신 당신을 따라 만리타국으로 온 여자예요. 이 넓은 땅에 수잔 말고 내 핏줄이 누가 있나요? 버크와 재혼해도 난 더 이상 아기를 갖지 않아요."

"허니. 당신 욕심이 지나치다 생각하지 않소?"

"내 욕심 때문만은 아니에요. 자식은 엄마 품에서 자라야 해요. 더군다나 어린 딸자식은요. 나더러 버크와 재혼하지 않느냐고 하지만 당신인들 재혼하지 않겠어요? 상대는 백인일 테고, 그녀가 머리와 눈동자가 까만 수잔을 어떻게 대하겠어요? 난 내 딸이 계모 밑에서 혼혈아 취급당하는 건 참을 수 없다고요."

혜영은 악을 쓰듯, 애원하듯 평정을 잃고 말을 쏟아내다가, 문득 이혼이 자신의 부정에서 비롯되었음을 깨달았다.

"난 이대로 사는 한이 있어도 수잔은 포기 못해요. 절대로요."

혜영은 희망을 날려버리듯 두 손을 머리 위로 뿌리면서 말했다. 난감한 표정으로 한동안 침묵을 지키고 있던 폴이 말했다.

"당신의 말투는 마치 내가 재혼할 여자라도 숨겨두고 있다는 듯한데, 나는 결코 재혼 같은 건 하지 않소. 여자가 필요하긴 하지만 여자로 말미암아 내 취미생활을 방해받고 싶지도 않소. 수잔을 키우며 조용히 혼자 살고 싶었는데 당신 생각이 정 그러하다면 좋을 대로 하시오, 그런데 조건이 하나 있소, 방학 때는 수잔을 내게 보내주시오. 단, 수잔의 학비를 나도 반은 부담하겠소."

별안간 혜영의 눈시울이 뜨거워졌다. 이만하면 바라던 것 모두가 성취된 것이었지만, 그 성취의 이면에는 알 수 없는 허탈감이 있었다. 사람 좋기 한량없는 그를 놓치는 상실감일까? 아니면 좋았던 시절에 대한 아쉬움일까?

그녀는 어떤 두려움마저 느꼈다. 아버지를 배반하고 떠나올 때의 그것과도 같은 그 두려움의 정체는 천벌일지도 몰랐다.

"폴, 당신은 정말 좋은 분이에요. 수잔이 당신을 사랑하고 존경하도록 최선을 다해 돕겠어요. 그리고 난 당신이 좋은 여자를 만나기를 진심으로 바라고 있어요. 당신의 취미를 존중해줄 여자가 반드시 있을 거예요."

"내일 변호사를 만나 처리할 테니 그만 가서 쉬시오."

거실에 폴을 혼자 두고 침실로 향하는 혜영의 발걸음은 몹시 무거웠다. 그는 비애를 삭이기 위해 몇 개의 캔을 더 딸지 몰랐고, 오늘 밤에는 필시 카우치에서 잠들 것이라는 사실이 더욱 마음을 아프게 했다.

그러나 웬 일인지 버크의 영상은 문밖을 기웃거리는 개처럼 마음 속을 파고 들지 못했다. 혜영은 지난 세월을 조용히 반추해보리라 생각하며 침대 위로 몸을 던졌다.

이튿날 오전 폴과 함께 찾아간 변호사 사무실에서는 지체 없이 이혼합의서가 작성되었다. 비록 사태를 여기까지 몰고온 것이 그녀 자신이었다고는 하나 막상 서류에 사인을 할 때는 손끝이 떨려왔다. 그것은 죄의식이며 신에 대한 두려움 같은 것이었다. 그리고 그 순간이 마치 삶의 행로에서 피할 수 없이 가로놓여 있는 단애(斷崖)인 것 같은 느낌이 들기도 하여, 혜영은 질끈 눈을 감은 채 사인을 해치웠다.

'윤리의 뿌리란 얼마나 깊고 단단한 것일까?'

혜영은 가슴 밑바닥으로부터 우러나는 뻐근한 아픔에 소리 없이 신음을 씹고 있었다. 미국화란 표층 밑에는 삼강오륜(三綱五倫)의 덕목을 암기하면서 자라온 한국의 딸이 '넌 패륜녀야!' 하고 손가락질을 하고 있었고, 냉소와 반항의 대상이기만 했던 애국이란 말조차 '넌 썩어빠진 양키즘 가운데서도 가장 냄새나는 행위를 한 거야!' 하고 회초리질을 해오고 있었다.

먹빛의 농무(濃霧) 속으로 추락한 듯한 아득함으로 변호사 사무실을 나왔을 때 폴이 다정하게 어깨를 둘러오며 말했다.

"당신, 괜찮아요? 안색이 좋지 않아요."

"폴, 우리한테 왜 이런 일이 일어나고 말았지요? 대체 뭐가 잘못되었지요? 순전히 내 잘못인가요?"

폴은 양 손바닥을 펴보이며 말했다.

"나도 모르겠어요. 그렇지만 당신의 잘못만이 아니라는 건 분명해요. 나 역시 당신이 방황하기 시작했을 때 아무런 노력도 하지 못했으니까. 그리고 솔직히 말하겠소만 당신의 욕구를 채워줄 자신이 내겐 없었소."

"제가 밉지 않으세요?"

"허니. 우린 원하는 것이 달라 헤어질 뿐 서로 간에 하등의 미움도 원한도 없다고 믿고 있소. 당신은 퍽 활달하고 유능한 남자를 만난 것 같은데……. 내 추측이 옳다면 지금부터라도 그와 함께 꿈을 이루도록 해봐요. 나는 내가 진취성도 주변머리도 없고, 정열이 부족한 남자임을 누구보다 잘 알고 있소. 내게서 풀려나면 당신은 아마 능력을 마음껏 발휘하게 될 거요. 내가 당신의 천재성을 억누르고 있었다는 사실은 내게도 뼈아픈 각성이었소."

"정말 그렇게 생각하세요? 난 갑자기 모든 게 무서워졌어요. 조금 전에 제가 무슨 생각을 했는지 아세요? 차라리 모든 걸 원래대로 돌려놓고 싶다는 생각이 문득 들었어요."

폴이 '끙' 신음을 토했다. 그러나 그는 이내 잔잔한 미소를 떠올리며 말했다.

"나 역시 이혼이란 유행병이 내게 닥쳐온 것을 깨닫고 몹시 어리둥절하고 난감했었소. 하지만 이성(理性)이 내게 말했소. 하늘을 날고 싶어하는 새는 새장에 가두지 말라고. 이제 당신은 창공을 높이 날아올라 환희의 노래를 부르게 된 거요."

"그 말이 왜 비웃음같이 들리죠? 새와 하늘이라……. 새장 밖은 위험한 곳이라는 것을 암시하고 있군요. 이 알 수 없는 두려움의 정체가 바로 그것인지도 모르겠군요. 아무튼 당신은 참 따뜻한 남자였어요. 그 온기는 내게서 수많은 상저를 아물게 했어요. 당신과 함께 살아온 지난 팔 년간이 제 인생에서 가장 안락한 시절이었다는 것만은 틀림없어요. 어쩌면 복에 겨워 그 아늑한 보금자리를 박차는 것인지도 몰라요."

"하하, 이제야 우린 덕담을 주고받는군. 그렇게 말해주니 고맙소. 어떻소? 우리 모처럼 이탈리아 식당에 가서 멋진 외식을 하는 게."

혜영은 활짝 개인 얼굴로 폴의 팔을 붙잡았다. 올리브기름을 발라 구은 양고기요리와 스파게티를 먹으며 로마시절의 추억들을 이야기하는 사이에 그녀는 서서히 우수의 그늘을 걷어내고 있었다. 그것은 별리(別離)를 아쉽게 만들기보다는 양고기만큼이나 향긋한 감상으로 이미 추억의 일부분이 되고 있는 현실을 순화시키는 역할을 했다. 도덕적 각성이란 예도(銳刀)마저도 서슬빛을 잃고 있었다.

앞으로도 좋은 친구로 지내자는 말을 남기고 자리를 털고 일어난 폴은 서둘러 직장으로 가고, 혜영은 한가로운 대낮의 시가지로 천천히 차를 몰았다. 한 시간 남짓 하릴없이 이 거리 저 거리를 드라이브한 그녀는 이 정든 도시마저 떠나리란 결심에 도달했다.

'여긴 너무나도 폴을 닮은 도시야. 마천루도 없고 눈이 빙글빙글 돌아가는 번화가도 없어. 게다가 사람들은 느긋하다 못해 게으르기까지 해. 폴의 가슴팍처럼 따스하고 아늑하지만 힘찬 박동과 꿈이 없는 거야. 이런 곳에서 미래란 어떤 것일까? 고작해야 더 큰 집으로 옮기고 약간의 안락함을 누리고, 이윽고 얼굴에 생겨나는 잔주름을 바라보며 가망 없는 생의 꿈들을 아쉬워하겠지? 그리고 수잔에게 못다한 꿈과 희망을 물려주게 될 거야. 아 –, 그러기엔 내가 치른 희생이 너무 커, 아버지의 애국에 버금가는 그 무엇을 성취하지 못한다면 난 떳떳이 살 수가 없어. 아니, 허기진 내 혼이 위안받으려면 적어도 생각할 틈도 없이 꿈에 매달리는 생활만이라도 누려야만 해. 그래, 미련 없이 떠나자. 이 도시, 폴도……'

수잔을 뒤에 태우고 돌아오는 명진의 자전거가 저만치 보이자 혜영은 창틀에서 몸을 물리곤 털썩 카우치로 무너져 내린다.

'이제부터 저 아이를 어쩐다지?'

수잔의 양육문제는 한순간도 머릿속을 떠난본 적이 없는 난제 가운데 난제인데 갑자기 생각이 까맣게 지워져 원점으로 되돌아간 듯하다. 마미를 부르는 수잔의 목소리에 화들짝 놀라며 혜영은 자신에게 중얼거린다.

'용감히 부딪치자! 사실을 털어놓고 설득하는 수밖에 더 있겠는가. 어린 가슴에 커다란 멍자국이야 남기겠지만, 이곳은 결손가정이 수두룩한 사회야.'

문을 열고 돌진해온 아이가 품 안으로 달려오자 그녀는 볼을 비비며 짐짓 쾌활한 목소리를 내본다.

"오늘은 우리 공주님한테 무슨 좋은 일이 있길래 이리 싱글벙글일까?"

"마미가 집에 있으니 좋아."

고개를 들어보니 명진의 눈길이 회초리처럼 매섭게 스쳐가고 있었다.

"마미, 나 초콜릿 하나 먹어도 돼?"

"안 돼. 유치원에 갈 때 하나 먹었잖니?"

"치잇, 먹고 싶은데……."

"애니카처럼 너도 뚱뚱보 되고 싶니?"

"싫어. 걘 바보야. 호두까기인형 연습하면 자꾸 넘어지는 걸."

"초콜릿을 많이 먹어서 그런 거야. 장차 세계적인 무용가가 될 아이가 뚱뚱해져서야 되겠니?"

"난 초콜릿 먹어도 살 안 쪄."

혜영은 카우치에 마주 앉은 명진의 싸늘한 얼굴을 힐끔 건너다보고는 아이를 떼어놓는다.

"좋아. 하나 더 먹어. 그렇지만 하루에 두 개는 오늘뿐이야. 마미가 늘 초콜릿을 세어놓는다는 것도 잊지 마. 이모하고 할 이야기가 있으니까 초콜릿 가지고 네 방으로 가, 알았지?"

수잔이 좋아라 하고 냉장고로 달려가자 혜영은 긴 한숨부터 떨군다.

역겨움을 노골적으로 드러내고 있는 명진의 얼음장 같은 얼굴에 입이 얼어붙은 느낌이다.

"폴과는 이제 끝난 거야?"

혜영은 깊숙이 고개를 끄덕인다. 이번에는 명진이 꺼질 듯한 한숨을 쉰다.

시선을 피하여 자신의 무릎을 내려다보고 있는 그녀에게 더 이상 말을 할 기미는 없다.

"커피 끓여올게."

주방으로 들어간 혜영은 물주전자를 불에 올려놓고 우두커니 생각에 잠긴다.

'나에게 누구보다 가깝고 만만하였던 저 애가 왜 누구보다 무서운 사람으로 변했지? 나는 저 애를 통해 아버지를 보는가? 그럴지도 모르겠군. 저 애의 정신 속에는 여전히 아버지가 들어 있고, 그가 우리 둘 사이를 점점 갈라놓고 있는 거야. 저 애의 반미감정은 막연했던 적의를 혐오감으로 발전시킬 만큼 강해. 이젠 혐오의 대상에 자길 위해 온갖 희생을 치러온 나까지 편입시키고 있는지도 모를 일이야. 그러나 어떻게 해. 이제 겨우 삶의 안정감을 되찾은 저 애에게 풍파를 가져다주는 것은 나인데…….'

혜영이 탁자 위에 커피잔을 내려놓을 때에는 어느덧 평정을 찾고 있었다.

"널 실망시켜 미안하구나. 음 -, 네 문제를 곰곰이 생각해봤는데……, 대학의 기숙사로 들어가는 건 어떠니?"

명진이 번쩍 얼굴을 치켜든다.

"문제는 내가 아니라 수잔이야. 언닌 수잔이 받을 상처를 생각해봤어?"

"왜 그 생각을 하지 않았겠니? 수잔 때문에 이대로 주저앉을까도 싶었어. 하지만 곪은 종기를 가슴에 안은 내가 그렇게 한다고 수잔에게 좋은 것이라 단정할 순 없어. 엄마의 불행이 그 애에게 더 나쁜 결과를 초래할 수도 있다는 뜻이야."

"그런 말이 어딨어? 언니, 생각 좀 해봐. 우린 괴상한 부모에다, 형편없이 망가진 가정에서 뒤틀린 성장을 해왔어. 지금의 언니나 나는 결코 정상적인 사람들일 수가 없다고. 우리 가운데 누가 부모의 전철을 밟는 것까지는 좋다고 쳐. 그러나 우리들의 불행을 자식에게 대물림하는 것만은 깊이 생각해볼 문제야. 나라면 자식 낳아서 이혼 같은 건 생각지도 못해. 그럴 바엔 평생 혼자 살겠어."

혜영은 질끈 눈을 감고 신음소리를 낸다.

'그렇구나. 그 어머니에 그 딸, 장차 수잔이 결혼하여 이혼하지 말란 법은 없어. 그건 정말 끔찍한 대물림이야. 아 —, 딸은 어머니의 운명을 닮는다고 했는데…….'

귀 국

"명진, 웬 낮잠이야? 어서 일어나 이 편지들 좀 읽어봐. 세 통이나 와 있었어."

사미센 현을 퉁기는 듯한 후끼꼬의 아름다운 목소리에 명진은 기지개를 쭉 펴고는 실눈을 뜬다. 방금 침대가에서 목청을 울린 후끼꼬는 어느새 창가로 걸어가 커튼과 창문을 활짝 열어젖힌다. 무수한 화살처럼 실내로 쏟아져 들어오는 가을 햇살. 가을이라지만 한국의 여름이나 진배없는 따가움을 지닌 햇살이다. 명진은 잠시 손바닥으로 눈을 가리는데 후끼꼬는 볕의 한가운데 서서 허리에 두 손을 갖다대고 심호흡을 한다.

그녀의 뒷모습이 장관이다. 널따란 등짝과 둥근 어깨 위에 호박같이 둥근 머리가 얹혀 있고, 거기에서 길게 늘어뜨린 생머리 끝에 정말로 놀라운 광경이 펼쳐져 있다. 평야 같은 허리를 오늘은 꽉 조이는 청바지로 감싸고 있다. 저 삐져나올 듯한 엉덩이!

'저런 체격이니 그 풍부한 성량이 나오겠지……. 남자들에게는 결코 매력적인 모습은 아니겠지만 음악을 위해선 보배로운 존재야. 며칠 뒤면 그 진가를 많은 학생들에게 선보이게 되겠지.'

가을 공기를 잔뜩 들이마신 그녀가 몸을 돌리자 얇은 메리야스 속에서 출렁이는 그녀의 젖무덤이 또 한번 시선을 묶어놓는다. 거짓말 보탤 것 없이 커다란 바가지만 하다. 시선을 의식한 그녀가 멋쩍은 웃음을 띤다.

"잠을 방해해서 미안. 하지만 난 갑갑한 것은 질색이야. 나 없는 동안은 무얼 해도 좋지만 나와 함께 있을 때는 낮잠은 피해줘, 이해하지?"

명진은 불쾌감을 감춘 어색한 미소로 고개를 끄덕여보인다. 자기 감정을 거리낌 없이 표출하는 이곳의 행동양식을 어느 정도 몸에 익힌 터라 명진은 쉽사리 불쾌감을 삭인다.

그러나 후끼꼬와의 룸메이트는 아무리 생각해도 운명의 장난 같기만 하다. 전교생을 통틀어서도 몇 손가락 안에 들 거구와 전교생 가운데 몇 손가락 안에 드는 갈비씨인 자신이니 우선 남 보기에도 기묘한 한 쌍일 터이고, 거칠다 싶으리 만치 활동적이고 직선적인 그녀에, 소심하고 정숙하고 감정을 속으로 가두는 자신은 성격 면에서도 극과 극이다. 목소리를 위해 살고 목소리로 살아가는 그녀와 조용히 비교음악을 공부하는 자신은 같은 음악도일지라도 전혀 분위기가 맞지 않는다.

그 무엇보다 고약한 것은 민족감정일 터이다. 서로 간에 아픈 역사를 들먹이는 일은 없어도 민족감정은 둘 사이에 보이지 않는 벽으로 존재하고 있다. 후끼꼬보다는 명진 자신이 훨씬 심하게 민족감정에 얽매이는 것은 당연한 일이기도 하다.

그녀는 경제도약으로 새롭게 기상을 떨치고 있는 모국의 정기를 그대로 흡수한 듯 매사에 자신만만하고 어찌 보면 건방져보일 만큼 콧대가 높다. 지금 제멋대로 커튼과 창문을 열어젖히는 행위도 룸메이트의 권리행사이기보다는 상대를 무시하거나 얕잡아보는 마음과 무관치 않을 것 같다.

그러나 그녀는 유학생 기숙사에서는 고참이고, 자신은 입사한 지 겨우 삼 주째다. 감정이 있다 한들 저 큰 덩치를 어쩌랴. 청바지를 벗고 펄렁한 치마로 갈아입는 후끼꼬의 어마어마한 알몸에 시선을 두고 있던 명진은 천 년이 흘러도 그녀를 이길 수 없으리란 체념과 함께 시선을 거두고 비로소 편지를 집는다.

디즈니랜드 그림엽서는 보나마나 엘에이로 간 언니의 편지다. 지렁이 기는 듯한 글씨의 항공엽서는 어머니의 것, 그런데 똑같은 충무로 집주소에 이 아담하고 낯익은 글씨의 항공편지는?

발신인 이름을 확인한 명진은 "아니, 얘가?" 하고 급하게 편지를 뜯는다. 벗은 옷을 치우고 있던 후끼꼬가 힐끔 뒤돌아보더니 하던 일을 계속한다

언니, 이 편지에 깜짝 놀라겠지?

나 지금 최 선생 댁에 피난와 있는 거야. 부산에 사변이 터졌거든. 내가 말했잖아?

난 결코 수양재의 노예로 살지 않겠다고. 말하자면 노예해방을 위한 반란이 일어난 것이야. 내가 그동안 아버지의 빽으로 개천중학교에서 영어 선생 노릇해온 거 알고 있지? 거

기서 숨죽이고 살면서 호시탐탐 기회를 노려왔는데 하늘도 무심치 않아 백마의 왕자를 내게 보내주었어. 평화봉사단으로 우리 학교에 영어를 가르치러온 남자가 있었는데 그가 첫눈에 나한테 반한 거였어.

언니도 짐작하겠지만 사실 내 쪽이 더 반했던 거야. 까짓것, 언니니깐 툭 터놓고 말하지만 내가 꼬리를 좀 쳤어, 큰언니한테서 배운 솜씨 그런 때 안 쓰고 언제 써? 내 꿈이 미국으로 가는 것임은 언니도 잘 알고 있었잖아?

아무튼 우린 서로 사랑하게 되었고, 위험천만한 밀회 끝에 꼬리를 붙잡히고 말았어. 아버지한테 매맞다가 도망쳐 나와 삼선교로 갔었는데 거기도 안전하지 못해 며칠 전에 이곳 최선생 댁으로 온 거야. 최 선생은 나한테 참 잘해주고 있어. 아버지를 한방 먹이고 온 나인데 이런 대접 받는 것은 당연하지 않을까?

후- 후-.

이건 농담이고, 그이의 이름은 딕 헌즈인데 얼마 전 봉사기간이 끝나 지금 부모가 살고 있는 오클라호마로 가 있어. 직장을 잡는 대로 나를 데리러 오게 되어 있어. 마취학 전공이고, 스키장 지대에서 마취의로 일하는 게 꿈이래.

그는 착하고 잘생긴 남자야. 언니도 그이를 보면 마음에 들거야. 언니에게도 그런 경험이 있는지 모르지만 사랑에 빠져보니 반쯤 미치광이가 되더군. 난 그이를 정말 사랑하고 있어. 그이가 오면 여기서 결혼식 올리고 곧바로 미국행 비행기를 탈 거야. 언니를 앞지르는 것을 용서 받아야 하겠군. 언니도 그곳에서 좋은 사람 만나기를 바래. 그러나 부탁하건대 동족만은 피해. 딕을 깊이 사귀어보고 딕의 동료들을 접촉해 보아서 더욱 실감한 것은 우리 엽전사내들은 근본적으로 틀려먹었다는 거야. 그 고루한 남성우월주의나 막 돼먹은 행동거지를 말하는 게 아니야. 약아빠지고, 뒤틀어지고, 악독하고, 꾀죄죄하고……. 뭐랄까? 개로 치면 영락없이 못생기고 버르장머리 없는 똥개들이야. 주제에 여자라면 사족 못 쓰는 게 그들이라고. 내가 좀 심했나?

우리 셋이 미국에서 가까이 모여 살면 얼마나 좋을까. 어쨌든 미국이란 나라에서 외롭지 않게 살 수 있다는 것만도 꿈같은 일이야.

헌데 언니.

마음에 걸리는 게 한 가지 또 있어. 내가 도망친 다음날 아버지가 학교에서 쓰러지셨다는 거야. 물론 충격이야 크셨겠지만 그 꼬장꼬장한 분이 그리 쉽게 쓰러진다는 것은 납득이 가지 않아. 이제 늙으신 걸까?

다행히 곧 회복되셔서 집에서 집필에 몰두하고 계시대. 이런 소식도 얼마 전 아버지가 삼선교 이모 댁에 다녀가셔서 안 거야. 참. 학교를 허상만 씨에게 넘겨버린 것 언니는 모르지? 그런 처지에 나 때문에 교장직마저 그만두셨다는 게 마음에 걸려. 하지만 아버지는 응분의 대가를 치르고 계신 거야. 불쌍하지만 동정을 받기엔 너무 때가 늦었어. 안 그래? 그럼 오늘은 이만 쓸게. 언니의 미국생활 자세히 써서 보내줘.

편지를 읽어가는 사이에 명진의 심장은 쿵쿵 뛰고 있었다. 우휘마저 사고를, 그것도 언니와 똑같은 방식으로 쳤다는 사실이 믿어지지 않았다. 아버지가 쓰러졌다는 내용에서는 하마터면 심장이 멎을 뻔했다.

그녀는 편지를 내려놓고 우두커니 글자들에 시선을 떨구었다. 그러나 깨알 같은 글자들이 살아 꿈틀거리기 시작했다. 그것들 하나하나가 괴롭고 쓰라린 기억의 알갱이들로 뭉쳤다 풀어졌다 하더니 마침내 아버지의 얼굴을 만들어냈다. 추상같이 분노한 얼굴이 아니라 늙고 힘없는 얼굴이었고, 비애와 고뇌에 절은 얼굴이었다.

그녀는 입속으로 불렀다.

'아버지! 아버지! 아버지!'

편지지 위로 뚝뚝 눈물이 떨어지자 아버지의 영상도 사라졌다. 나머지 두 통의 편지는 읽어볼 생각조차 없었다. 명진은 생각했다.

'딸들을 모두 미제(美帝)의 마수에 빼앗긴 아버지의 심정은 얼마나 참담하며, 사람들의 손가락질은 또 얼마나 극성맞을까? 마지막 심혈을, 가산을 다 기울였던 학교마저 남의 손에 넘어갔다니. 아 -, 그래서는 안 되는데……. 그 애민애족정신과 투쟁의 발자취는 누가 뭐래도 추앙받아 마땅한 애국자의 그것일 텐데……. 지난날의 과오가 작다고는 못하지만 그렇게까지 모진 시련을 당해야만 했을까? 이 세상에는 그보다 못한 아버지들이 얼마나 많은데…….'

"명진, 왜 울고 있어?"

얼굴을 들어보니 후끼꼬가 책상 앞에 앉은 몸을 반쯤 돌리고 있었다.

"나쁜 소식인가 보지?"

명진은 고개를 끄덕여보이며 옷자락으로 눈물을 닦았다. 후끼꼬의 커다란 몸이 다가왔다. 그녀는 '삐거덕' 침대 위로 몸을 실어오며 두꺼운 팔로 언니처럼 어깨를 감아왔다.

"난 남이 우는 걸 보면 가슴이 아파. 곧 저녁식사 시간인데 우리 교정을 산책하면서 슬픔일랑 잊어요."

명진은 그녀의 호의를 뿌리치지 않고 함께 산책을 나섰다.

미국에 와서 두 번째 맞이하는 유학생 카니발. 명진은 이번만은 무언가를 보여주려 오랫동안 별러오던 중이라 감회가 남다르다. 그녀는 짬짬이 부채춤을 연습해왔고, 엘에이의 언니에게 부탁하여 색동저고리와 감홍색 치마, 꽃신 그리고 버선을 준비했다. 끝에 깃털이 달리고 호랑나비가 그려진 부채는 오래전 샌프란시스코에 간 길에 사두었고, 민속음악 테이프는 미국으로 올 때 가져온 것이 많아 어느 것을 고를까 고민이었다.

며칠 전 언니한테서 댕기머리까지 부쳐져왔다. 초록색 헝겊으로 댕기를 맨 그 가발은 한국적 분위기를 한층 돋우어줄 것임이 확실했다.

드디어 공연을 하루 앞두고 총연습이 시작되었다. 각국의 유학생들이 자기네 고유의 음악과 춤을 들고 나와 자랑하는 무대라 웬만한 경연장 같은 분위기였다.

명진은 차례가 오자 완전무장을 하고 무대로 나가 아리랑 노래에 맞추어 춤을 추었다. 채 오 분도 못 되는 시간이었지만 그녀는 최선을 다했고, 춤의 우아함에 스스로 빠져들었다. 아리랑과 부채춤이 그렇게 멋들어진 것인지는 그녀 자신도 처음 깨닫는 순간이었다.

춤이 끝나 무대 뒤로 가자 후끼꼬가 달려와 "원더풀"을 연발했다. 룸메이트에 대한 의례적인 찬사가 아니라 그녀가 받은 감동을 전달하고 있었다. 그녀는 음악도답게 아리랑이 어떤 노래냐, 그걸 부른 가수는 누구냐 하고 꽤 구체적으로 물어왔다. 명창 김소희라는 이름을 대자 그녀는 고개를 갸웃거리며 말했다.

"한국에 그런 가수가 있다니, 놀라워. 한마디로 신비로운 창법이었어. 그런 가수가 세계에 알려지지 않은 것은 국력 때문일 거야."

명진은 빙그레 웃으며 말했다.

"그럴까? 동양음악 천시경향 때문이 아니고? 너희 나라 일본만 해도 국력은 웬만한 서구열강에 뒤지지 않는데 음악은 그렇지 않잖아?"

"옳은 말이야. 나도 서양음악을 하고 있지만 세계무대에 진출하려면 그럴 수밖에 없는 게 현실이야. 나도 내일 아리아 부르는 대신 우리 민속노래를 할까?"

"후끼꼬는 아리아를 부르는 게 더 좋아. 즈그네들 음악으로 서양 애들 코를 납작하게 눌러놓는 거야. 너라면 충분히 그럴 수 있어."

"정말 그렇게 생각하니?"

"넌 내가 본 소프라노 학생 가운데서는 최고야."

후끼꼬는 건강한 치아를 드러내며 활짝 웃었다.

동양인의 오기 같은 것일까? 서양 애들보다 후끼꼬가 잘해주기를 바라는 것은 진심이었다. 기숙사로 돌아오자 옆방의 수지와 링페이가 놀러왔다. 그들 역시 흥분을 가라앉히지 못하고 있었다. 경영학 전공의 수지는 오늘 밤 총연습에서 인도네시아춤으로 인기를 끌었다. 그녀는 총총걸음으로, 엉덩이를 탈탈 털며 뒷걸음질로 걸어나오더니 애교 있는 손춤을 선보였다. 허리와 고개를 비틀곤 하는 그 춤은 그녀의 섹시한 몸매와 잘 어울려 명진의 부채춤 못지않은 박수를 받았다.

링페이는 남중국의 전통춤인 삼인조 사자춤의 일원으로 등장했다. 무사와 싸우는 사자의 두 다릴 맡은 그녀는 온몸을 사자탈 속에 감추고 나오지만 자신들의 춤에 자부심이 대단했다.

명진은 한국의 모습을 보이지 못해 기죽고 속상해했던 작년의 공연을 생각한다면 민족이라는 것에 새삼 눈을 떴다. 외국에 살아보아야 조국을 알고 민족을 안다고 하지만 그녀가 지금 남다른 감회를 느끼는 것은 아버지의 민족정신과 무관하지 않다.

민족은 사랑의 대상이며 열정의 대상이다. 유학생 카니발에서 각국 유학생들이 보여주는 것이 바로 그것이다. 이곳에서 아무리 작고 약한 나라일지라도 유학생들이 저마나 자기네 민족을 자랑하고자 하는 열정, 그리하여 대부분이 민속춤과 민속악기를 들고 나오는 것은 민족애와 민족자긍심의 일단인 것이다.

네 명의 동양여자들이 왁자지껄 웃고 떠들어대는 가운데서도 명진의 머릿속은 아버지를 생각하고 있었다. 마치 아버지에게 보답하기 위해 부채춤을 당당히 선보이기나 한 듯…….

언제부턴가 그녀는 학문에서도 서서히 민족음악에 대한 자긍심을 찾아가고 있었다. 비교음악이란 범주에 한정해보더라도 한민족의 고유 음악은 탁월한 우수성을 지니고 있었다. 음악이 감정을 표현하는 한 장르라고 할 때 한민족의 민속음악은 흥과 한과 해학으로 어우러진 보고와도 같았다. 그것은 이곳에 와 비교음악을 공부하기 전에는 미처 깨닫지 못한 사실이었다.

지도교수이자 비교음악의 대가인 닥터 월트즈는 한국의 전통음악을 극찬하면서 그 장점을 두 가지로 요약한 바 있다. 하나는 문화적으로 중국을 위시한 대륙 여러 민족의 영향을 심하게 받으면서도 음악에서는 독특한 영역을 고수하여 발전시켰다는 것이었다. 그가 말했다. 아마도 가장 한국적으로 살아남은 것은 음악분야가 아니겠느냐고.

다른 하나는 음계의 우수성이었다. 서양음악이 고작 반음까지를 쓰고 있는 데 반해 한국의 전통음악은 오선악보로는 수용할 수 없는, 반에 반음, 반에 반에 반음, 반반반 반음 등 미세한 분음으로 미끄러지는 특유의 음계를 지니고 있고, 그로 말미암아 인간의 오묘한 감정을 폭넓게 실을 수 있다는 것이었다.

한편으로 명진은 국악도로서 부끄러움을 통감하고 있었다. 민족음악의 계발자가 되고자 했던 대학입학 때의 포부가 온데간데없이 망실되어버린 결과이기도 하지만, 내 민족음악도 제대로 모르고서 남의 나라에 와 비교음악을 공부한다는 것 자체가 모순이라 생각되곤 했다.

이튿날, 기숙사 뜨락에는 자원봉사자들이 속속 모여들고 있었다. 이십 대의 주부에서 머리가 하얗게 센 할머니에 이르기까지 다양한 연령층을 이룬 그들은 거의 다 백인이었고, 일본인과 중국인 여인이 몇 끼어 있었다. 그들은 집에서 만들어온 음식을 풀어놓거나 요리재료들을 가지고와 즉석요리를 하기도 했다.

한낮이 되자 기숙사 입주생들은 물론이고 각양각색의 피부색과 머리카락색을 가진 유학생들이 떼거리로 모여들었다. 평소에도 기숙사를 들락거리는 자원봉사자들이 많아 놀라곤 하지만 이날의 대규모 봉사는 미국다움의 극치를 보여준다 해도 과언이 아니었다.

명진은 작년의 이날 느꼈던 것과 다름없이 이런 여인들이 사는 이 나라가 어떻게 제국주의일 수 있을까 하는 의문에 빠져들었다. 자원봉사자들의 해맑은 표정에는 인간애 외에는 아무것도 발견할 수 없었고, 그들의 눈빛에는 봉사의 기쁨 외에는 아무것도 보이지 않았다.

가지가지 요리에 디저트와 음료에 이르기까지 푸짐하기 이를 데 없는 임시 야외식당에서 유학생들은 거의 다 자기네 동족끼리 모여 앉는데 명진은 유감스럽게도 교내에 몇 사람 있는 동족을 만나지 못했다. 후끼꼬도, 수지와 링페이도 동족 남녀가 모인 자리에 가 있었다.

혼자 음식을 먹고 있는데 중국인 자리에서 남학생 하나가 왔다. 링페이와 사자춤을 춘 훈이란 대학생이었다.

"명진, 우리와 동석하지 않겠어요?"

명진은 자존심이 상했다. 약소민족의 그것과도 같은 설움이 일기도 했다.

"고맙지만, 난 식사가 끝났어요."

"그럼 우리 중국차를 마셔보도록 해요. 이것도 거절당하면 내 체면이 구겨지잖아요."

명진은 마지못해 쓸쓸한 웃음을 보이며 일어섰다. 훈과 링페이를 포함해 여섯 명이나 되는 그들 속에 끼어 앉자 자신이 중국대륙에 붙은 꼬리 같은 느낌이 들었다. 그들은 친절하고 이국인에 대한 예우가 극진했다. 특히나 훈은 소외감을 느끼지 않도록 끊임없이 대화 속으로 끌어넣었는데, 중국말로 떠드는 소리를 옆에 붙어 앉아 일일이 통역해주기도 했다.

그날 밤, 드디어 외국인 학생들의 공연이 시작되었다. 일곱 번째로 무대에 오른 명진은 그 옛날 교도소 위문공연단을 이끌며 사회를 보았던 때의 설렘이 되살아나면서 감회 어린 눈으로 관중을 둘러보았다. 그러자 야릇한 열정이 핏속을 달리기 시작했고, 아리랑이 흐르자 그 열정은 온몸을 데워 가슴속에 하나의 불꽃으로 피어올랐다.

비록 전문가의 지도 없이 혼자만의 연습으로 다진 춤 솜씨였지만 그 열정이 덧보태지자 몸은 저절로 무아지경에 빠져들었다. 춤이 끝나 환호성과 갈채가 일자 명진은 아득해진 눈으로 아버지의 영상을 보았다.

'그래, 바로 지금 네가 느낀 그것이 민족애야' 하고 그 영상이 말해주는 듯했다. 불꽃의 정체는 민족혼이었고, 아버지의 혼이기도 했다.

무대를 물러나 분장실로 돌아와 있으려니 역시 후끼꼬가 "원더풀"을 연발하며 맨 먼저 달려왔다.

"명진, 나 그 춤을 보고 감동 먹었어. 너무나 신비해. 한국이라는 나라에 대한 지금까지의 인식을 바꾸어야 할까봐."

그녀를 뒤따르듯이 훈이 달려왔다. 그도 원더풀을 연발했다. 조선을 지배했거나 밀접한 관계를 가졌던 이웃나라 학생들의 축하를 받는 기분은 참으로 묘했다. 선린이라 말을 떠올리기에 이보다 더 적합한 광경이 또 있을까.

그날 이후 여학생기숙사로 훈의 방문이 부쩍 잦아졌다. 처음에는 링페이라는 징검다리를 이용했는데 어느 사이엔가 슬그머니 징검다리를 건너뛰어 곧장 명진과 후끼꼬의 방으로 찾아오기 시작했다.

처음 얼마동안은 후끼꼬의 반응도 그리 나쁘지 않았다. 훈은 동양인 치고는 훤칠한 키에 퍽 잘 생기고 유복한 집안이라 알려져 있어서 여학생들 사이에서는 꽤나 인기가 있었다. 더구나 그는 남학생 가운데서는 흔치 않은 피아노 전공이었다. 그와의 교류는 모든 여학생들의 선망의 대상이었고 그를 나 보란 듯이 치마꼬리에 달고 다니는 것은 여학생 특유의 허영심을 충족시키는 일이기도 했다. 그것은 후끼꼬만이 아니라 명진 자신에게도 마찬가지 감정이었다.

세 사람에게는 음악이란 공통분모가 무진장한 대화거리를 제공했다. 더욱이 소프라노와 피아노 학도와 비교음악 학도란 다양성이 있었다.

음악에서 화제가 흥미를 잃을 무렵에는 역사와 문화와 정치가 새로운 화제로 등장하곤 했다. 그것들은 신선하고 흥미진진하기는 해도 한·중·일 세 나라 유학생 사이에 벌어지는 그런 대화가 얼마나 민감하고 위험한가를 서로가 잘 알기에 몹시 조심스러웠다.

사건이 터진 그날도 처음에는 분명히 의기투합의 형태로 대화가 시작되었다. 문화의 유사성 내지는 동질성을 이야기함으로써 쉽사리 유대감을 찾을 수 있었고, 인종적 유사성과 반서구적 저항의식에 이르러서는 동양인 공통의 열등감까지 작용하여 제법 짝짜꿍이 맞았다. 그러나 그런 종류의 이야기는 필연적으로 역사라는 지뢰밭을 건드리기 마련이었다. 서양에 비해 동양이 열등하지 않다는 이야기 가운데 역사 자랑이 나오고 말았다. 자기네 민족 자랑이라면 한 발자국도 물러서지 않는 후끼꼬와 훈, 그다지 자랑거리가 없는 명진은 두 사람의 침 튀기는 열변을 한동안 듣고만 있어야 했다.

그들은 마침내 민족감정이란 지뢰를 터뜨리기 시작하였고, 민족감정이라면 명진도 팔 접고 있을 수만은 없었다. 명진은 일본의 침략근성을 들먹여 한반도와 만주와 대만의 식민지배를 규탄하기에 이르렀다. 당연한 귀결로 훈이 맞장구를 쳤다.

후끼꼬는 두 사람의 협공에 얼굴이 시뻘겋게 변해 있었다. 명진이 그녀의 감정을 고려하여 훈에게도 중국의 침략성들을 열거하면서 공박의 화살을 날리고 나섰지만 이미 때가 늦었다. 후끼꼬가 거대한 몸을 분노로 떨며 말했다.

"조선이 우리의 식민통치를 받은 것은 그때의 역사적 배경으로 볼 때 당연하지 않았을까? 그때의 조선은 제 발로 설 힘도 없었던 민족이었다고 알고 있어. 일본 아니면 중국의 밥이 되었겠지. 조센징은 둘만 모여도 서로 헐뜯고 싸운다고 들었어. 지금도 남북으로 갈라져 싸우고서 서로 으르렁대고 있잖아?"

이번에는 명진이 발끈했다.

"아니, 후끼꼬. 그걸 말이라고 해? 힘만 세면 남의 나라를 마구 짓밟고 착취해도 된다는 거야? 그리고 남북분단이 누구 탓인지 알고 하는 말이야?"

"남 탓이라는 거니? 너희 나라 너희가 지키지 못했다고는 생각하지 않고?"

"기막힌 사고방식이군. 후끼꼬는 이 세상이 힘센 야만국이 멋대로 날뛰어도 좋다고 생각하는 모양이지만 일본인 대다수가 그런 생각인 한 일본의 미래는 뻔해. 원자탄이 아니라 언젠가 수소탄을 맞을 거라고."

"좋도록 생각해. 우리 나라를 야만이라 하지만 너희 나라가 지금 하고 있는 짓은 무엇이니? 월남에 군대 보내서 원한도 없는 베트콩들을 마구 죽이는 것은? 그건 야만보다 몇 갑절 추악한 짓이라고. 달러를 벌기 위해 국민의 생명도 팔아먹고 있으니까. 너희 나라는 자존심도 없이 우방국들에게 거렁뱅이짓을 하고 있는 거야. 공장 몇 개 지어 경제부흥 어쩌고 하지만 그 돈은 일본에서 구걸한 돈이고, 미국에게 군대 팔아먹은 돈이야. 그것도 모자라 남한은 세계 제일의 고아수출국이라지, 아마? 북한은 그러지는 않는다고 들었어."

명진은 새파래진 얼굴로 두 주먹을 불끈 쥐었다. 그러나 후끼꼬의 말은 유감스럽게도 진실이었다. 그녀는 간신히 반박거리 하나를 붙잡아 울분을 실었다.

"너희 나라에 구걸했다고? 적반하장도 유분수지. 어떻게 그런 말을 해? 강도가 강탈해간 것 가운데 고작 몇 푼을 주인에게 돌려주면서 거렁뱅이라고 손가락질 하는 것이나 똑같아. 후끼꼬의 말은 세상이 웃을 소리야. 그건 엄연한 청구권 행사였고, 너희는 파렴치하게도 반환금을 깎아내렸어. 너희 나라는 반성할 줄도 모르는 국제깡패라고."

훈이 빙긋이 웃음을 머금은 채 둘 사이에 끼어들었다.

"이거 정말 재미있군. 바야흐로 동북아 삼국이 티격태격 치고받고 있으니 말이야. 우리가 어쩌다가 나라를 대표하게 되었지? 난 이쯤에서 빠지겠어. 전쟁은 질색이니까."

그러나 약이 오를대로 오른 후끼꼬는 그를 놓아주지 않았다.

"싸움은 훈이 붙여놓고 무슨 소리야? 내가 말하다 말았지만 당신

네 민족이야말로 부끄러움을 알아야 해. 덩치만 쓸데없이 커가지고 몽골족에게 짓밟히질 않나, 만주족 지배를 받지 않나……. 지금 본토에선 문혁(文革)인가 뭔가를 한답시고 대창으로 마구 사람을 찔러 죽이고 있다면서? 훈이 그리 자랑하는 공자님이 후손들에게 수염을 뜯기고 있다는데 그래도 자랑거리가 남았어?"

좌충우돌하는 후끼꼬는 이미 이성을 잃고 있었다. 그녀는 훈의 빈정거리는 듯한 웃음에 기어코 한계를 넘고 만다.

"훈, 오늘 이 시간 뒤로 이 방에 발을 끊어주면 고맙겠어. 훈이 바람둥이라는 것은 알 만한 사람은 다 알고 있어. 난 알아. 이 조센징 처녀를 어찌 해보려는 꿍꿍이속 말이야. 둘이 연애를 하든 말든 내 알 바 아니지만. 이 방에선 안 돼. 여긴 신성한 공부방이자, 두 사람의 거처라고."

"어머머, 후끼꼬. 무슨 말을 그렇게 해?"

후끼꼬는 들은 척도 않고 휙 몸을 돌려 거친 발걸음으로 방문을 열고 나가버렸다. 머쓱한 얼굴의 훈은 슬며시 의자에서 몸을 일으키더니 두 손을 가슴 앞으로 펴보이고는 방문을 열었다.

명진은 어안이 벙벙해서 그에게 잘 가란 인사조차 하지 못했다. 혼자 남은 그녀는 분을 삭이지 못해 자신의 머리카락을 쥐어뜯으며 눈물을 찔끔거렸다. 그러다가 문득 후끼꼬가 정상이 아니라는 데 생각이 미쳤다. 그녀는 어머니의 히스테리 광경을 떠올리며 후끼꼬의 비만한 몸과 난폭성을 띤 신경질 발작이 어머니의 그것과 퍽 흡사하다고 깨달은 것이었다.

명진은 후끼꼬와 훈의 갑론을박에 끼어들고만 자신의 어리석음을 한없이 후회했다. 그것은 오십여 일의 노력 끝에 안락한 보금자리로 만들어놓은 새 거처를 별안간 감옥으로 바꾸어놓은 것과도 같았다. 이미 적이 되어버린 후끼꼬는 구십 킬로그램에 육박하는 거구에 일촉즉발의 다이너마이트 같은 존재였고, 게다가 오만방자한 군국주의 망령까지 씌어 있는 여자였다. 이제 와서 후끼꼬가 싫으니 룸메이트를 바꾸어달라고 사감에게 말하는 것은 실현가능성을 떠나 자청하여 웃음거리가 되는 길이었다. 그것은 후끼꼬도 마찬가지여서 둘은 사흘이 못 가 어설픈 화해를 할 수밖에 없었다. 그러나 둘 사이에 벌어진 틈새는 현해탄만큼이나 깊었고, 충돌을 일으키지 않으려는 서로의 조심성으로 말미암아 오히려 답답하고 어색한 분위기를 만들어갈 뿐이었다.

당연한 귀결로 훈의 발길이 뚝 끊어졌다. 그는 밖에서 맞닥뜨리면 여전히 다정하고 친절했지만 후끼꼬를 자극하지 않으려는 배려로 명진은 가급적 그를 피했다. 링페이에게 슬쩍 떠본 바로는 후끼꼬가 플레이보이라고 한 훈의 평판은 어느 정도 사실인 듯했다.

어쨌거나 그 사건으로 누구보다 상처 입은 사람은 명진 자신이었다. 그녀가 미국으로 와 가까스로 찾아가던 삶의 의욕과 안정이 송두리째 흔들리고 있었다. 정신적 불안은 곧 미국에 대한 환멸로 이어지고 있었다. 언니의 외도로 말미암아 표면화되기 시작한 그 환멸에는 양키문화 혐오감이 근원적으로 작용하고 있었고, 민족에 대한 각성은 향수병과도 같은 그리움을 쌓아갔다. 특히나 한필에 대한 그리움이 그러했다.

지난 봄 샌프란시스코로 가 송희 언니를 만났을 때 그가 송희 언니에게 보낸 편지를 읽어볼 수 있었다. 미국으로 오라는 송희 언니의 권고에 그가 답하고 있었다.

　…… 저는 나무 한 그루, 풀 한 포기도 내 나라의 것을 사랑
합니다. 전 애국자는 아니지만 내 나라의 모든 것을 사랑합
니다. 슬프도록 못난 족속들, 그리고 가난까지도요. 그러므
로 양코배기들 속에서 풍요를 누릴 수 있다 한들 이런 정신
구조로는 결코 행복해질 수 없습니다. 옥희가 미국병에 걸려
있으니 그 애나 데려가주면 고맙겠습니다. ……

명진은 마치 귓전에 그의 목소리가 들려오고 있는 듯한 환청에
빠져들며 눈물어린 눈으로 그 구절을 읽고 또 읽었었다.
부쩍 잦아진 한필에 대한 회상은 훈이 슬쩍 건드려놓은 사랑의
욕망 탓일지도 몰랐다. 그녀는 서쪽 하늘로 흘러가는 구름을 향해
말하곤 했다.
"당신은 지금 어느 여자의 품에 안기셨나요? 안 돼요. 내가 돌아
갈 때까지는. 당신이 내 주인이라는 것을 어떻게 하면 증명할 수 있
을까요. 두려움 때문에 편지 한번 보낼 수 없는 이 안타까움을 어쩌
면 좋지요?"
겨울방학이 다가오고 있었다. 방학을 엘에이로 와서 보내라는 언
니의 엽서도 벌써 몇 장이 쌓여 있었다. 명진은 이러지도 저러지도
못하는 답답한 날들을 보내고 있었다. 후끼꼬를 생각하면 하루 빨
리 그녀와 떨어져 숨통을 틔우고 싶은데 엘에이만은 가고 싶지 않
았다.
그것은 언니에 대한 반감임과 동시에 유부녀를 꼬여 낚아채고 만

버크라는 인물에 대한 혐오감이기도 했다. 학비를 대어주고 있는 언니에게 최소한의 예우로서 속마음을 빼고 답장을 보내곤 했지만, 이제까지 버크에 대해서만은 인사말의 전언은 물론 단 한마디의 언급도 하지 않았다. 그는 정말이지 죽기보다 상면하기 싫은 사람이었다.

다행히도 그 고민은 후끼꼬 쪽에서 해결해주었다. 방학을 하루 앞둔 날 밤 그녀가 말을 걸어왔다.

"이번 방학에 명진의 계획은 어떤 것이야?"

"샌프란시스코나 다녀올까? 하루 이틀간이지만."

"엘에이로 가지 않고?"

"글쎄, 생각 중이야. 후끼꼬는?"

"난 내일 동부로 떠나. 뉴욕과 보스톤의 친척들을 만나야 하고……. 이 참에 나이아가라 폭포와 캐나다 등지를 여행할까 해."

명진은 번쩍 고개를 치켜들었다. 이보다 반가운 말이 있을까? 그녀는 묵은 체증이 내려가는 듯한 후련한 느낌으로 말했다.

"후끼꼬가 부럽군, 멋진 여행이 될 거야."

그녀가 빙그레 웃었다. 한동안의 이별은 그녀에게도 방학에 못지 않은 가슴 후련한 해방이었다.

공부나 실컷 하면서 독방을 즐기자 하고 맞은 방학. 그 첫날에 난데없는 방문자가 있었다. 우휘였다. 별안간 미국 땅에서 그녀를 만나게 된 것만도 얼얼할 지경이었는데 그녀가 달고온 딕 헌즈는 더더욱 눈앞을 캄캄하게 하는 존재였다. 우휘로부터 마지막 편지를 받은 것은 한 달 전쯤이었고, 딕이 서울로 온다는 연락이 있었다는 소식이 끝이었다. 그런데 이렇게 빨리 미국으로 오게 되리라곤 상상치도 못한 일이었다.

명진은 왈칵 혐오감부터 느끼며 딕과 첫인사를 나누었다. 딕보다 더 혐오감을 불러일으키는 것은 우휘의 요란한 옷차림과 주렁주렁 달고 있는 귀금속 액세서리였다. 게다가 그녀는 머리를 적갈색으로 물들이고 있었다.

"이 계집애야. 오면 온다고 연락이나 하고 와야지."

명진은 혐오감을 꾹 참으며 눈을 흘겼다.

"언닐 놀래주려고…… . 근데 언니는 왜 이리 말랐어? 미국 생활이 언니 체질에 맞지 않는 거야?"

"그런 건 아니야. 공부가 고되서 그렇겠지 뭐. 그건 그렇고, 네 이야기나 좀 해봐. 미국은 언제 온 거야?"

"열흘쯤 됐어. 헌데 언니, 나 여길 잘 온 걸까?"

"이제 와서 그건 또 무슨 소리야? 너 벌써부터 후회하고 있는 거니?"

"후회는 하지 않아. 다만 아버지에게 너무 모진 짓을 하고 온 게 괴로울 뿐이야."

"아버진 잊어. 네가 말했잖아. 언젠가는 아버지에게 복수하겠다고. 편지엔 또 뭐랬어. 아버지는 응분의 대가를 치르고 계신댔지? 기왕 자유를 찾아 여기까지 왔으면 지난날의 기억들이랑 빨리 지울수록 좋아."

"그게 가능한 일일까? 언닌 그럴 수 있었어?"

"나?"

명진은 쓴웃음을 지으며 우휘의 어깨 너머로 딕을 바라보았다. 한국말을 알아듣지 못해 눈알을 굴리고 있던 그가 멋쩍은 웃음을 보이며 말했다.

"난 교정을 한 바퀴 둘러보고 와도 되겠죠?"

우휘가 벌써 등을 보이고 있는 그에게 말했다.

"한 시간쯤 있다가 오세요. 우린 할 이야기가 많아요."

딕이 문 밖으로 사라지자 둘은 교정이 내다보이는 창가로 의자를 갖다 붙이고 나란히 앉았다.

"너라면 아버지에 대한 기억쯤은 먼지처럼 툴툴 털어버릴 수 있으리라 믿었는데……. 넌 처음부터 아버지란 우상을 섬기지 않았고, 기질로 말해도 나보다도 열 배나 강한 아이였어."

"과연 그럴까? 내 허세 때문에 언니가 내 약한 면을 보지 못한 건 아니고?"

"……."

"언니는 이곳에 온 것을 후회하지 않아?"

"나야 후회고 자시고 할 게 없잖니. 난 걸레 같은 심신을 끌고 여길 왔더랬어. 여기라고 크게 다를 건 없지만 고통스런 현상들로부터 도피하고 있다는 것만으로도 제대로 숨을 쉬고 있어."

"큰언니는 어떻게 지내? 엘에이로 이사 갔다는 사실은 최 선생한테서 들었는데 뭔가 숨기는 눈치였어. 언젠가 큰언니로부터 편지 한 통을 받더니 북북 찢어버리더라고."

"그랬겠지. 너도 어차피 알게 될 일이니 말해주지. 언니는 폴과 헤어졌어. 지금은 엘에이에서 버크란 남자와 살고 있어."

우휘는 벌어진 입을 다물지 못한 채 한동안 눈동자만 굴리고 있었다. 명진은 언니 이야기를 입에 올리기 괴로워 재빨리 화제를 돌려놓았다.

"넌 어디서 살 거니?"

"당분간 오클라호마에 살 거야. 겨울이 오기 전에 로키산맥 쪽으로 정착하러 갈 거야. 저이는 대학에서 마취학을 전공했는데 겨울에는 스키 타다가 다쳐서 수술하는 사람이 많아 병원에 자리를 구하기 쉽대. 헌데 언니, 우린 모두 왜 이 모양이지. 내 어린 시절 우상이었던 큰언니는 이제 환상이 깨어졌고, 언니는 아직도 병든 영혼 그대로인 것 같으니……."

명진은 또다시 쓴웃음을 머금었다.

쿡쿡 바늘로 쑤시듯 말을 함부로 던져오는 그녀가 얄밉지만 듣고 보니 옳은 말이었다. 백마의 왕자를 만나 여기로 온 우휘에게는 또 어떤 운명이 기다리고 있는 것일지…….

" 내가 미국으로 날아오는 비행기 속에서 깨달은 게 뭐였는지 알아? 포도송이에서 떨어져나온 한 알의 포도가 사람들 눈에 어떻게 보일까 하는 의문이 들더라구. 제 아무리 탐스럽게 영글었더라도 한 알의 포도란 볼품없는 것이란 슬픈 깨달음이었어. 난 포도알처럼 처량한 외톨이가 되고 말았지만 여기 큰언니와 작은언니가 있다는 믿음이 새 힘을 주었어. 그런데 와서 보니 이게 뭐야. 우리끼리 작은 포도송이를 만들 수 있으리란 기대는 헛것이었잖아."

그녀의 뺨에 마스카라를 녹인 눈물이 흘러내리고 있었다. 그 눈물은 마스카라의 검정 물을 명진의 가슴으로 풀어놓았다. 못 보던 사이에 갑자기 어른이 되어버린 우휘는 겉모습만 옛날의 그녀였지 가슴속엔 수양재 딸들의 공통함수와 비애가 고스란히 들어 있는 것이었다.

그녀가 손수건으로 눈물을 지우고는 말을 이었다.

"난 이곳에 온 뒤 딕이 보이지 않는 데서 무척 많이 울었어. 날 울게 만든 것은 죄의식, 그리고 아버지에 대한 연민이었어. 우습지 않아? 우리 가운데 누구보다 아버질 미워한 내가 그딴 걸로 눈물을 짜다니……."

"그만둬. 여긴 아버지가 철천지 원수로 삼는 미제(美帝) 본토야. 자꾸만 아버지 이야길 해서 어쩌겠다는 거니? 그건 전혀 너답지 않은 짓이야."

"언니, 그런 게 아니야. 아버지가 또 쓰러지셨단 말이야."

"그게 대체 무슨 말이니?"

"언니, 놀라지 말고 들어. 오빠가 상이군인이 되어 돌아왔어. 지뢰를 밟았대. 다리 하나를 잃고 구사일생으로 목숨은 건진 모양이야. 아버지가 그 소식을 듣고 육군병원으로 면회 갔다가 오빠 병실에서 쓰러지신 거야. 아버지는 그 길로 말문을 닫으셨을 뿐 아니라 수족을 전혀 못 쓰신대. 언니, 그 지경을 보고 미국으로 도망쳐온 내가 사람이겠어. 딕에겐 슬픔도 괴로움도 내색하지 않지만 내 속은 숯처럼 까맣게 타버렸어. 죽고 싶은 심정이야."

"아 -, 명식이마저……. 이 모두 거짓말이었으면 좋겠어. 그 앨 만나보고 왔니?"

"응. 난 차마 눈뜨고 보기 무서웠어. 차라리 전사를 했으면 덜 괴로웠을 거야. 참혹한 모습에 통곡하고 있으려니 오빠가 뭐라는 줄 알아? 발가락에 지독한 무좀이 있었는데 그게 없어져 시원하대나……."

"망할 자식. 그런 말이 어딨어?"

명진은 한꺼번에 닥친 비보에 슬픔도 잊고 망연히 창밖의 허공을 바라보았다. 이복형제들이 와글와글 몸을 비비고 살던 수양재의 옛 모습이 눈에 아른거려왔다. 싸우고, 찢고, 온갖 갈등으로 지새우는 날들이었지만 한때는 거기에 사람 사는 즐거움이 있었고 넘치는 활기가 있었다. 그 원동력은 희망이었다. 아버지의 통일과 민족혁명의 희망이 있었고, 삼천만의 어머니가 되고 싶어 하던 계모의 가당찮은 희망이 있었으며, 자식들은 저마다 아버지가 모르는 희망들을 은밀히 가꾸고 있었다.

하지만 누구 하나 그 시절의 희망을 손에 쥔 사람은 없다.

무엇이 그 숱한 희망들을 앗아가버렸을까? 수양재는 이제 무엇이 남았을까? 번데기들이 빠져나간 고치처럼 헐고 퇴색했을 수양재. 계단식 밭뙈기들이며 밤산이 떨어져나가고 낡은 기와집 한 채만 남은 그 곳은 눈물 없이는 바라볼 수 없는 폐허일 터.

그리고 알알이 떨어져나와 마침내 터지고 껍질이 벗겨진 포도알들. 수양재란 넝쿨은 그래도 그 포도알들을 성한 모습으로 보호했던 그루터기였던가?

명진은 그렁그렁 눈물을 매달고 말했다.

"아버지도 결국은 여느 아버지와 다를 게 없었군. 자식들로 말미암아 두 번씩이나 쓰러지시다니……. 자식에 대한 애정보다 자신의 사상이 우선이었던 분, 동지가 되지 못하면 자식도 적으로 삼던 분이었는데 그 무엇이 아버지를 변하게 했을까?"

"최근의 아버지를 언니는 몰라. 나마저 연민을 느낄 만큼 바싹 늙고 쇠잔해지셨어. 아버지가 급격히 기울기 시작한 것은 작은언니가 수양재를 떠난 뒤였어. 아버지에게는 작은언니가 그만큼 미더운 자식이었던 거야. 게다가 나마저 배반의 칼질을 했으니……."

“아무튼 수양재의 기둥이 부러졌다고 생각하니 너무나 허탈하고 서글퍼. 삶의 뿌리를 송두리째 뽑혀버린 것처럼 말이야. 명식이 그 녀석만 무사해도 이리 참담하지는 않을 거야. 우리 엘에이로 언니를 보러가야지? 딕과 동행하기엔 때가 좋지 않은데, 어쩔래?”

“지금 아니면 언제 큰언니를 보겠어. 딕은 혼자 집으로 가라고 해야지.”

공항으로 마중 나온 혜영은 우휘를 그다지 반기는 기색이 아니었다. 이복이라고 하지만 팔 년 만에 보는 우휘가 반갑지 않을 리 없었는데 그녀는 환호성을 울리지도, 포옹을 하지도 않았다.

“결국 너도 오고 말았구나.”

두 손을 맞잡는 그녀의 얼굴에는 회한과도 같은 씁쓸한 미소가 어려 있었다.

“큰언니, 미안해요. 어쩌다보니 이렇게 되고 말았어요.”

“나한테 미안해 할 게 뭐니? 서울 어머니 편지로 네 이야기는 다 알고 있다. 명식이 소식도. 헌데 널 보니 내 닮은 꼴을 보는 것 같아 마음이 아프구나. 이게 우리 자매들의 숙명일까?”

우휘가 주르르 눈물을 흘리자 언니는 비로소 그녀를 끌어안으며 어깨를 토닥거렸다. 집으로 가는 동안 혜영은 줄곧 우울한 얼굴을 하고 있었다. 묵묵히 핸들을 잡고 있는 그녀를 대신하여 명진은 마음에 없는 연극을 해야만 했다. 낯선 시가지를 손가락질 해보이거나 소리를 질러 가라앉은 분위기를 돋우는 것은 순전히 우휘 보기가 민망해서였다.

그러나 차가 복잡한 시가지를 벗어나 완만한 경사지의 주택가로 들어서고부터는 억지 연극이 아닌 진짜로 바뀌었다. 그곳의 경치는 경탄을 자아내기에 부족함이 없었다. 조용하기 이를 데 없는 거리에 온갖 정성과 기술을 쏟아 가꾼 듯한 화원과 수풀들이 전시되어 있어, 사람으로 치면 미인대회라도 하듯 집집마다 아름다움을 겨루고 있었다.

그 주택가의 한가운데쯤에서 혜영이 차를 세웠다.

"이게 우리 집이야."

턱짓을 해보인 집은 하얀 페인트를 칠한 벽에 적갈색 기와를 얹은 멕시코풍의 이층가옥이었다. 정성들여 가꾼 듯한 잔디밭에는 여러 색깔의 장미를 주제로 삼은 화원이 큰길과 이어져 있고, 길에서 보이지 않는 후원에는 키 큰 소나무 한 그루가 솟아올라 지붕을 절반쯤 덮고 있었다.

명진은 잔디밭 안으로 들어서며 짐짓 환호성을 올렸다.

"우와! 죽여주는 집이잖아. 이 아름다움이라니!"

우휘도 덩달아 소리쳤다.

"여긴 꿈나라는 저리 가라야. 꿈도 이만큼은 아름답게 꾸지는 못해!"

한바탕 동네와 집에 대한 찬탄을 늘어놓을 동안 혜영의 표정은 잠시 구름이 걷힌 듯했다. 그러나 집 안으로 들어가 카우치에 앉았을 때는 침울한 얼굴로 돌아갔다.

"버크는 직장에 갔고, 수잔은 방학이라 폴이 데려갔어."

그 말을 끝으로 오렌지 주스만 홀짝거리고 있는 그녀에게 명진이 더는 참지 못하고 말했다.

"언니 기분이 왜 그래? 혹시 아버지 소식을 들은 거야?"

그녀는 무겁게 고개를 끄덕이더니 탁자 밑에서 편지 한 통을 끄집어냈다. 명진은 그녀가 건네주는 편지를 읽지도 않고 탁자 위로 내려놓으며 말했다.

"우휘한테서 아버지 소식은 들을 만큼 들었어."

"그 편지를 사흘 전에 받았는데 지난 밤엔 어머니가 전화를 했더랬어. 아버지가 위독하시다고. 계모가 연락을 하더라고 말이다."

"어느 정도로?"

"아주 나쁜 상태인가봐."

침묵이 흘렀다. 세 자매는 가슴속에 똑같은 회한과 똑같은 죄의식을 자아올리고 있었지만 침묵의 무게에 짓눌린 듯 누구도 쉽사리 말문을 열지 않았다.

한참 만에 명진이 결연히 고개를 치켜들며 말했다.

"언니. 난 귀국할 테야. 아버질 이대로 돌아가시게 할 수는 없어. 언니와 우휘는 어렵겠지만 나만이라도 가야 해."

혜영은 괴로운 듯 두 손으로 가슴을 누르고 있더니 중얼거렸다.

"이 모두가 나 때문이야."

"아니야. 나 때문이야. 언니의 일은 벌써 옛일이잖아."

그러자 우휘가 울음을 터뜨리며 말했다.

"큰언니, 작은언니, 이러지들 마. 아버지를 쓰러뜨린 건 난데 언니들이 왜 이래? 날더러 어쩌라고."

"그래. 너희들도 나도 아버지에게 잔인한 배반을 했어. 명식이까지도. 자식 넷이 앞서거니 뒤서거니 배반의 칼질을 한 것은 모두 맏이인 나를 본받아서 한 짓 아니겠니? 그러니 원흉은 나야. 그렇지만 너희들은 내가 가진 증오를 몰라. 그래, 세월이 이만큼 흘렀는데 무슨 말인들 못 하겠니. 난 거창에서 얼굴도 모르는 불한당에게 겁탈을 당했더랬어. 우휘 너는 너무 어려서 기억이 없겠지만 명진이는 기억할 거야. 양잿물을 마시고 병원으로 업혀가던 일 말이다."

"언니, 제발 그 이야기는 하지 마."

"아니, 너희들만이라도 진실을 알아야 해. 죽으려던 내가 되살아나 무슨 생각을 했겠니? 그래, 내가 흘린 피눈물을 고스란히 아버지에게 되돌려주자, 내 어머니가 흘렸던 피눈물까지도 덤으로 되돌려주자, 그런 결심이었어. 내가 한 배반은 나로서는 통쾌한 복수였어. 그런데, 그런데 지금은 쓰라린 회오가 부메랑이 되어 내 가슴을 때리고 있구나. 애증은 한 몸이라는 걸 이제야 절감하게 되다니……. 나는 너희들이 날 본받아 차례차례 아버지의 등에 비수를 꽂기를 바랐고, 너희들은 과연 내 기대를 저버리지 않았어. 우휘 너마저 나와 똑같은 방식으로 배반의 칼질을 한 사실을 알고는 마땅히 환호했어야 할 나인데, 아버지가 쓰러지셨다는 소식에 내 가슴속에서 무언가가 쿵 떨어져 내렸어. 그게 무엇이었겠니? 단단하고 크게 뭉쳤던 증오의 덩어리가 땅에 떨어져 깨어져버린 것이었고, 증오의 껍질 속에 감추어져 있던 알맹이는 애잔하기 그지없는 애정이었어.

내가 말하고자 하는 것은 천륜(天倫)이야. 미우나 고우나 아버지는 우리의 뿌리야. 우리 아버지는 허물도 많지만 우러러보아야 할 가치를 지니기도 했어. 애민애국 일편단심은 아무나 지킬 수 있는 게 아니잖아. 난 자식으로서 이제는 아버지에게 용서를 빌고 싶구나. 나는 수양재로 가야겠어."

우휘가 말했다.

"큰언니가 간다는데 난 어쩌지? 아버지는 절대로 날 용서하지 않으실 텐데."

"그러실 테지. 용서받지 못한다 할지라도 난 가서 빌어야겠어."

"큰언니 말이 맞아. 이대로 돌아가시게 하면 우린 한평생 죄의식을 안고 불행하게 살게 될 거야. 나도 갈 테야."

"그래. 우리 모두 가자. 우릴 보고 아버지가 병석에서 벌떡 일어나실지도 모르잖니? 아 -, 그리하여 다시 한번 수양재 마루에서 쩌렁쩌렁 민족을 외치실 수 있다면……."